BIANCA IOSIVONI

FLYING high

ROMAN

LYX

LYX in der Bastei Lübbe AG
Dieser Titel ist auch als E-Book und Hörbuch erschienen.

MIX
Papier aus verantwortungsvollen Quellen
FSC® C019821

Originalausgabe

Textredaktion: Kristina Langenbuch Gerez
Covergestaltung: ZERO Werbeagentur GmbH
Coverabbildung: © FinePic/shutterstock
Satz: Greiner & Reichel, Köln
Gesetzt aus der Adobe Caslon
Druck und Einband: C.H.Beck, Nördlingen
Printed in Germany
ISBN 978-3-7363-0989-0

3 5 7 6 4 2

Sie finden uns im Internet unter: www.lyx-verlag.de
Bitte beachten Sie auch: www.luebbe.de und www.lesejury.de

Liebe Leser*innen,

dieses Buch enthält potenziell triggernde Inhalte. Deshalb findet ihr auf Seite 408 eine Triggerwarnung.

ACHTUNG: Diese enthält Spoiler für das gesamte Buch.

Wir wünschen uns für euch alle das bestmögliche Leseerlebnis.

Eure Bianca und euer LYX-Verlag

Für alle,
die die Dunkelheit kennen.
Ihr seid nicht allein.
Ihr seid niemals allein.

To be yourself in a world
that is constantly trying
to make you something else
is the greatest accomplishment.
– *Ralph Waldo Emerson*

Playlist

Kelly Clarkson – Already Gone
The Fray – How to Save a Life
Walking On Cars – Don't Mind Me
Jason Walker feat. Molly Reed – The Way Back
Avril Lavigne – Head Above Water
Rachel Platten – Fooling You
Jack Garratt – Weathered
Lady Gaga – Always Remember Us This Way
OneRepublic – Choke
Machine Gun, X Ambassadors & Bebe Rexha – Home
Florence + The Machine – Wish That You Were Here
Eric Arjes – Find My Way Back
The Band Perry – Stay in the Dark
Florence + The Machine – Stand by Me
X Ambassadors – Torches
Andra Day – Rise Up
Jem – You Will Make It
Walking On Cars – Catch Me If You Can
Tom Petty and the Heartbreakers – Learning to Fly
OneRepublic – Burning Bridges
Fleur East – Girl on Fire
You Me At Six – Take on the World
Imagine Dragons – I Bet My Life
WILD – Back to You

Kapitel 1

Chase

Ich habe einen neuen schönsten Ort gefunden. Einen, der zwar nicht Katie, dafür aber Jesper die Welt bedeutet hat.

Von all den Worten in Hailees Abschiedsbrief haben sich ausgerechnet diese in mein Gedächtnis eingebrannt. Sie kreisen in meinem Kopf, krallen sich darin fest und tauchen mit solcher Klarheit vor meinem inneren Auge auf, dass sich alles in mir zusammenzieht und ich mich fast übergeben muss. Stattdessen umklammere ich das Lenkrad fester und zwinge mich dazu, tief durchzuatmen. Einmal. Zweimal. Dreimal. Aber das Gefühl, gleich zu ersticken, bleibt.

Ich habe keine Ahnung, wie ich von *Beth's Diner* hierhergekommen bin – auf den Skyline Drive außerhalb von Fairwood. Ich kann mich beim besten Willen nicht daran erinnern. Ich weiß nur, dass ich weiterfahren muss.

Schneller. Immer schneller. Ich muss Hailee finden, bevor es zu spät ist. Bevor sie etwas tut, was keiner von uns rückgängig machen kann.

Bei der Vorstellung, Hailee auf diese Weise zu verlieren, dreht sich mir erneut der Magen um. Clayton versucht mich wieder zu erreichen, wahrscheinlich weil ich ihn vorhin einfach abgewürgt habe, aber ich ignoriere das Klingeln, reiße das Handy aus der Halterung und werfe es auf den Beifahrersitz. Damit kann ich mich jetzt nicht beschäftigen. In meinem

Kopf ist nur noch Platz für einen einzigen Gedanken. Für ein einziges Ziel.

Ich sehe nicht, wie die Landschaft, wegen der so viele Besucher in dieses Tal kommen, an mir vorbeirast. Ich starre nur geradeaus und drücke das Gaspedal durch. Der Motor meines Dodge Avengers jault auf, und der Wagen schießt nach vorne. Nur noch ein paar Meilen. Nur noch ein paar Minuten.

Gott, bitte lass mich nicht zu spät sein.

Ausgerechnet jetzt entscheidet mein Gehirn, Erinnerungen auf mich abzufeuern. Bruchstücke von Bildern und Emotionen, die wie eine verdammte Flutwelle über mich hereinbrechen und mich unter sich zu begraben drohen.

Das erste Mal, dass ich Hailee gesehen habe. Erst im *Barney's*, als sie mich angesprochen hat, und dann am nächsten Tag in *Lizzy's Cakes*, als sie von meiner Anwesenheit mindestens genauso überrascht schien wie ich von ihrer.

Das erste Mal, dass ich sie lächeln gesehen habe.

Der Moment auf dem Plateau, als sie sich völlig lebensmüde halb kopfüber hat fallen lassen.

Der Streit in Jespers Zimmer.

Ihr Lachen im Maislabyrinth.

Das Gefühl ihrer Hand in meiner, ihres warmen Körpers an meinem, als wir ohne Musik in völliger Dunkelheit in ihrem Zimmer miteinander getanzt haben.

Die Art, wie sie mich mit aller Kraft festgehalten und beruhigt hat, als ich auf Shaine losgegangen bin.

Der erste Kuss nach einem langen Nachmittag am See, während der Geruch vom Lagerfeuer in der Luft hing.

Das Leuchten in ihren Augen während des Musikfestivals.

Die Entschlossenheit in ihrem Gesicht, als sie mir Lebewohl gesagt hat.

In diesem Moment wird mir klar, dass dieser Augenblick unser letzter gewesen sein könnte. Dass gestern Abend das letzte Mal gewesen sein könnte, dass ich mit Hailee gesprochen, ihre Stimme gehört, sie berührt, umarmt und geliebt habe.

Ich schlucke hart. Meine Finger umklammern das Lenkrad so fest, dass mein ganzer Arm vor Anspannung bebt. Fuck, ich muss mich konzentrieren. Ich muss die richtige Ausfahrt erwischen, denn wenn ich auch nur ein paar Minuten, ein paar Sekunden zu spät komme, ist alles vorbei.

Einfach vorbei.

Hailee

Als wir klein waren, hat Katie mich dazu überredet, mit ihr den Wald hinter dem Haus zu erkunden. Wir waren gerade mal sieben oder acht Jahre alt, es war ein warmer Sommertag, und uns war langweilig. Mom suchte irgendetwas in der Küche, und Dad, der bis eben noch bei uns im Garten gesessen und gelesen hatte, war nach irgendeinem wichtigen Anruf aus der Kanzlei ins Arbeitszimmer verschwunden.

»Komm schon, Hailee!«

Ich kann Katies Stimme so deutlich hören, als würde sie jetzt neben mir stehen. Und ich kann das kleine Mädchen mit dem von der Sonne aufgehellten braunen Haar und dem dunkleren Teint ebenso vor mir sehen wie die wunderschöne junge Frau, zu der meine Zwillingsschwester herangewachsen ist.

»Los, wir gehen in den Wald! Das wird ein Abenteuer, du wirst schon sehen!«

Anfangs habe ich gezögert, weil ich Angst hatte und wir bisher immer nur mit Dad dort waren, aber nie allein. Doch dann hat Katie mir ihre Hand hingehalten und ich habe sie genommen. Kichernd sind wir über das Feld in den Wald gerannt, ohne einen Gedanken an irgendetwas oder irgendjemanden zu verschwenden. Schon gar nicht daran, dass es gefährlich sein oder unsere Eltern sich Sorgen machen könnten. Und Katie behielt recht: Es war ein Abenteuer. Wir haben einen kleinen Bach entdeckt. Die Lichtstrahlen zwischen den Bäumen und das gluckernde Wasser, das in der Sonne gefunkelt hat, waren so magisch, als hätten wir eine andere Welt betreten. Aber das war noch nicht genug, also sind wir auf einen Baum geklettert, dessen Äste sich über den Bach erstreckten.

»Guck, wie hoch ich komme! Guck mal, Hailee! Guck doch!«

An diesem Nachmittag ist Katie beim Klettern ausgerutscht und vom Baum gefallen. Sie hatte Glück. Ein paar Äste haben ihren Sturz gebremst, und sie ist nicht auf den Steinen am Ufer des Baches gelandet, sondern auf dem weichen Waldboden. Für einen Moment lag sie ganz still da. Bewegungslos. Ohne ein einziges Geräusch von sich zu geben. Damals dachte ich, ich hätte sie verloren.

Diesmal habe ich sie wirklich verloren.

Katie DeLuca wurde am 20. Februar ganze zwei Minuten und siebenundfünfzig Sekunden vor mir geboren, aber sie hat es immer auf drei Minuten aufgerundet, weil das cooler klang. Sie war meine große Schwester, meine zweite Hälfte, meine Mutmacherin, Trösterin und der Mittelpunkt in meinem Leben. Ich kann mich an keine Zeit erinnern, in der wir länger als eine Nacht voneinander getrennt waren.

Und jetzt sind es auf den Tag genau fünfzehn Wochen. Fünfzehn Wochen ohne Katie. Fünfzehn Wochen, in denen ich alles getan habe, was ich schon immer mal tun wollte, und mich Dinge getraut habe, die ich niemals für möglich gehalten hätte. Fünfzehn Wochen, in denen ich mein Versprechen an Katie erfüllt habe.

Ich war mutig. Mein Leben lang bin ich Regeln und Plänen

gefolgt. Ich war die Brave, während Katie die Rebellin von uns war. Der Wirbelwind. Und obwohl ich in diesem Sommer all meine Regeln gebrochen und drei Monate lang so gelebt habe, als gäbe es kein Morgen, ist erst heute der Tag, an dem das wirklich stimmt. Es gibt kein Morgen für mich. Dieser Sommer hatte von Anfang an ein Ablaufdatum. Das war die einzige Möglichkeit, wie ich es durchziehen konnte. In dem Wissen, Katie und auch Jesper schon bald wiederzusehen, konnte ich alles tun, alles erreichen und immer wieder mutig sein. Und nun ist es an der Zeit, ein allerletztes Mal mutig zu sein.

Meine Hand zittert, als ich nach dem Türgriff taste und aus dem Honda steige. In wenigen Schritten bin ich am Rand des Plateaus. Eine warme Sommerbrise begrüßt mich, und der Ausblick, den ich bereits aus dem Wageninneren gesehen habe, wird um ein Vielfaches schöner. Das Tal mit all seinen Bäumen, deren Blätter sich allmählich bunt zu verfärben beginnen, erstreckt sich zu meinen Füßen. Der Shenandoah-Fluss schlängelt sich durch den Nationalpark und das Wasser glitzert genauso in der Sonne wie der Bach im Wald hinter unserem Haus. Von hier aus kann ich auch den Skyline Drive erkennen, den ich in den letzten Wochen mit Chase entlanggefahren bin.

Chase …

Ich kneife die Augen zusammen, atme tief durch und zwinge mich dazu, jeden Gedanken an ihn zu vertreiben. Hierbei geht es nicht um ihn. Das hat es nie. Es geht nur um das Versprechen, das ich am Grab meiner Schwester gemacht habe.

Wie sehen uns wieder, Katie. Ich verspreche dir, dass wir uns wiedersehen.

Heute ist der einhundertsechste Tag, den ich ohne sie erlebe. Und es wird der letzte sein.

Ein lautes Knacken dringt an mein Ohr und stört die friedliche Stille auf der Aussichtsplattform. Meine Finger sind so verkrampft, dass sie die Plastikflasche in meiner Hand eindrücken. Die milchig weiße Flüssigkeit darin schwappt etwas herum. Es hat viel länger gedauert als gedacht, Moms Schlaftabletten zusammen mit den Schmerzmitteln in Wasser aufzulösen, aber ich habe es geschafft.

Jetzt muss ich nur noch …

Sobald ich das Zeug getrunken habe, muss ich nur noch die Augen schließen. Ich werde einschlafen. Wieder bei Katie sein. Bei Jesper. Ich werde sie beide endlich wiedersehen.

Meine Hände zittern stärker. Nein, nicht meine Hände. Ich zittere am ganzen Körper.

Meine Knie geben nach.

Heißer Schmerz schießt durch sie hindurch, als ich auf dem harten Stein des Felsplateaus lande. Irgendwie halte ich mich aufrecht. Ich muss nur die Flasche öffnen, sie an meine Lippen führen und trinken, dann ist es vorbei.

Das Atmen tut weh. Etwas Heißes, Feuchtes rinnt über meine Wangen. Ich wische mir die Tränen mit dem Arm weg, aber sie kommen immer wieder. Hören einfach nicht auf. Total dämlich.

Ich hatte nie vor, hierherzukommen. Ich wollte nie nach Fairwood. Aber vor allem hatte ich nie vor, hierzubleiben. Nicht für ein paar Tage. Nicht für ein paar Wochen. Und schon gar nicht für immer. Also warum weine ich dann? Warum tut mir alles weh, als würde sich mein Körper mit aller Macht dagegen wehren, dass ich die Hand hebe und die Flasche ansetze?

Meine Fingerspitzen kribbeln und werden taub, als ich den Deckel abmache. Es kostet mich mehrere Versuche, weil ich immer wieder abrutsche. Verdammt, waren meine Hände schon die ganze Zeit so schwitzig?

Ein Schluchzen kommt mir über die Lippen.

Ich habe es versprochen.

Ich habe es Katie versprochen.

Ich weiß nicht, wie ich ohne sie leben soll. Ich kann es einfach nicht.

Ich. Kann. Nicht.

Aber mein Arm bewegt sich nicht.

Zitternd rutsche ich näher an den Abgrund und sehe hinunter. Ich könnte mich fallen lassen. Einfach die Augen schließen und es passieren lassen. Aber würde ich dann wirklich sterben? Was, wenn ich in einem Krankenhaus aufwache? Schwer verletzt und ohne die geringste Chance, es nach meinen eigenen Vorstellungen zu beenden. Der Gedanke, Mom und Dad auf diese Weise gegenübertreten und die Enttäuschung in ihren Gesichtern sehen zu müssen, ist schlimmer als alles andere. Schlimmer als die Vorstellung, nie wieder aufzuwachen.

Außerdem gibt es kein Zurück mehr. Ich habe den Brief an meine Eltern abgeschickt. Habe den Brief an Chase geschrieben. Mich verabschiedet.

Ich kann nicht mehr zurück, selbst wenn ich das wollte.

Ganz langsam hebe ich die Hand. Führe die Flasche an meine Lippen. Meine Finger beben so sehr, dass die Flüssigkeit wild herumschwappt.

Ich muss nur trinken.

Nur trinken.

Gleich ist es vorbei.

Chase

Ich biege ab und rase über den unbefestigten Weg. Kieselsteine spritzen auf und donnern gegen die Karosserie. Bäume und Sträucher fliegen an mir vorbei. Ich muss mich dazu zwingen, den Fuß etwas vom Gas zu nehmen, um mich nicht gleich um den nächsten Stamm zu wickeln. Aber – verdammt! Jede Sekunde ist wichtig. Jede Sekunde, in der ich es schneller zu Hailee schaffen kann, in der ich …

Der rote Honda taucht am Rande der Aussichtsplattform vor mir auf.

Im ersten Moment bin ich gelähmt vor Schock, vor Erleichterung, dann trete ich auf die Bremse. Der Wagen kommt mit quietschenden Reifen nur wenige Zentimeter hinter dem Honda zum Stehen.

Mein Puls rast. In meinem Kopf ist kein klarer Gedanke mehr. Nur ein einziges Chaos.

Ich reiße die Tür auf, springe aus dem Wagen und laufe auf das Plateau.

»Hailee?«

Sie ist da. Sie ist noch da.

Sie sitzt mit dem Rücken zu mir viel zu nahe am Abgrund, und sie rührt sich nicht. Sie ist so verflucht bewegungslos, als wäre sie selbst zu Stein erstarrt. Oder als wäre sie …

»Hailee!«

Diesmal zuckt sie deutlich zusammen. Ganz langsam dreht sie sich zu mir um. Wenn ich geglaubt habe, ich könnte unmöglich noch mehr Angst empfinden, dann habe ich mich geirrt. Bei Hailees Anblick setzt mein Herz einen verdammten Schlag lang aus, ehe es umso heftiger, umso schmerzhafter hinter meinen Rippen weiterhämmert.

Hailees Augen sind rot vom Weinen. Tränen schimmern auf ihren Wangen. Ihre Wimperntusche hat schwarze Spuren auf ihrer Haut hinterlassen. Und sie ist blass. Sie ist so verflucht blass, als würde sie jeden Moment in sich zusammenfallen. Die Klippe hinunterstürzen. Ist das vielleicht ihr Plan? Zu springen?

»Chase …?«

Ich weiß nicht, ob ich meinen Namen gehört oder nur von ihren Lippen abgelesen habe. Aber sie hat mich erkannt. Sie atmet. Sie redet mit mir. Vor Erleichterung knicken mir fast die Beine weg. Dann fällt mein Blick auf die Plastikflasche in ihrer Hand.

Sie ist leer.

»Shit!« Ich merke nicht, wie ich mich bewege, aber plötzlich bin ich bei ihr, sinke vor ihr auf die Knie und packe sie behutsam an den Schultern. »Was war da drin? Hast du es getrunken? Alles davon?«

Ihre Finger schließen sich um meine Handgelenke. Sie sind kalt, kraftlos, aber sie hält sich an mir fest.

»Hast du es getrunken?«, bohre ich nach, während es fieberhaft in mir arbeitet. Mein Puls rast noch immer, aber jetzt übernimmt mein Verstand die Kontrolle. All die Dinge, die ich in den letzten Jahren gelernt habe, kommen mir wieder in den Sinn und rücken alles andere in den Hintergrund. Erste Hilfe. Lebensrettende Sofortmaßnahmen. Traumabehandlung. Aber weder damals bei der Feuerwehr noch bei meinem Nebenjob im Krankenhaus oder im Military Paramedic Training bei der Army war davon die Rede, was in einem Fall wie diesem zu tun ist. Und niemand hat mich davor gewarnt, wie verflucht hilflos ich mich fühlen würde.

»Rede mit mir«, bitte ich sie und lege die Hand an ihre Wange. Ihre Haut ist heiß und feucht.

Hailees Atmung geht viel zu schnell, und ihr Puls hämmert an ihrem Hals. Aber ich kann keine offenen Wunden entdecken, außerdem sehen ihre Pupillen normal aus, und sie scheint ansprechbar zu sein.

Ganz langsam schüttelt sie den Kopf. »I-ich … ich konnte nicht.« Ihre Stimme ist nur ein abgehacktes Flüstern, kaum hörbar und doch so laut in der Stille um uns herum. »Ich w-wollte es tun. I-ich will mein Versprechen an Katie einhalten, u-und … und ich … ich will wieder bei ihr sein, a-aber … ich kann … ich kann nicht.« Tränen laufen ihr über die Wangen. »Ich kann einfach nicht …«

Sie sagt es wieder und wieder, selbst dann noch, als ich die Arme um sie lege und sie an mich ziehe. Die Flasche fällt ihr aus der Hand und rollt über den Stein. Erst jetzt bemerke ich die Reste einer milchig weißen Flüssigkeit darin – und die Feuchtigkeit auf dem Boden direkt neben uns. Was auch immer Hailee da zu sich nehmen wollte – vermutlich eine Mischung aus Schlaftabletten und anderen Medikamenten, wenn ich die Spuren richtig deute –, sie scheint es weggeschüttet zu haben, bevor ich hergekommen bin.

Ich kann gar nicht sagen, was das in mir auslöst. Ich kann sie nur noch fester halten und ihr immer wieder über den Hinterkopf und den Rücken streicheln, während sie sich an mich klammert. Ein Schluchzen kommt ihr über die Lippen, dann noch eines, bis sie gar nicht mehr aufhören kann. Das Zittern, das durch ihren Körper läuft, wird immer stärker.

Ich halte sie so lange fest, wie sie es braucht. Wie wir beide es brauchen.

»Ich bin kein ganzer Mensch mehr«, wispert sie kaum hörbar. »Ich bin nur noch halb da …«

Alles in mir zieht sich zusammen, und ich umarme sie noch etwas stärker. Obwohl ich ihr so verdammt gerne versichern würde, dass dieses Gefühl vergehen und alles gut werden wird, kann ich es nicht. Denn ich weiß nicht, ob es wirklich so sein wird. Es gibt keine Garantien. Schon gar nicht dafür, dass der Schmerz eines Tages verblassen wird.

Ich hasse meine eigene Hilflosigkeit in diesem Moment mehr als alles andere. Das Einzige, was ich tun kann, ist, jetzt für sie da zu sein und ihr das Gefühl zu geben, dass sie nicht allein ist. Denn das ist sie nicht. Und ich muss hoffen, dass es fürs Erste ausreicht.

»Bist du ganz sicher, dass du nichts genommen hast?«, hake ich nach ein paar Sekunden nach, da trotz der Erleichterung noch immer diese nagenden Zweifel in mir sind. Die Panik, die darauf drängt, Hailee sofort ins Krankenhaus zu fahren, damit sie untersucht und behandelt werden kann. Sie muss nicht alles von dem Schlaftablettenmix getrunken haben, damit er eine Wirkung zeigt. Und wer weiß, ob sie nicht zuvor etwas anderes eingeworfen hat, bevor sie zu der Mixtur in der Flasche gegriffen hat …

»Ich konnte nicht«, beteuert sie. »Ich konnte es einfach nicht.«

Ich zögere einen Herzschlag lang. »Du solltest trotzdem ins Krankenhaus und dich durchchecken lassen«, sage ich behutsam.

Sofort schüttelt sie den Kopf und lehnt sich etwas zurück, um mich ansehen zu können. »Ich kann nicht ins Krankenhaus. Wenn ich … wenn ich dort hingehe, werden sie … Sie werden es als … als …«

Sie werden es als Suizidabsicht registrieren, mit Hailee reden und sie, je nachdem, wie das Gespräch verläuft, als gefährdet einstufen. Unter Umständen wird ihr geraten, für ein paar Tage unter Aufsicht dazubleiben. Aber es wird keine Zwangseinweisung geben. Hailee hat nichts getan. Sie hatte den Plan, ja, aber sie hat ihn nicht durchgezogen.

»Im Krankenhaus können sie dir helfen«, versuche ich sie zu beruhigen. »Es wird nichts passieren, was du nicht willst, das verspreche ich dir. Aber du musst dich untersuchen lassen und mit jemandem reden. Mit jemandem, der dafür ausgebildet ist.«

Sie schüttelt den Kopf. »Ich schwöre dir, ich habe nichts davon getrunken. Bitte, Chase.« Ihre Augen sind riesig in ihrem noch immer unnatürlich blassen Gesicht. Flehend.

Sie ist schon am Boden. Fuck, sie ist so weit unten, wie sie nur sein kann, und wenn ich jetzt einfach handle und sie in die Notaufnahme fahre, obwohl sie das nicht will … Was tue ich ihr damit an? Aber kann ich es wirklich verantworten, anders zu handeln? Kann ich nur auf ihr Wort vertrauen? Nach allem, was passiert ist? Nach dem, was sie fast getan hätte?

»Bitte …« Ihre Stimme ist nur noch ein Hauchen. Erneut treten ihr Tränen in die Augen und kullern über ihre Wangen. »Ich will da nicht hin.«

In meinem Kopf reiht sich ein Fluch an den anderen, während ich die Zähne so fest zusammenbeiße, dass mein Kiefer wehtut. Ich kann Hailees Vertrauen nicht missbrauchen. Aber ich kann auch nicht nichts tun. Das wäre nicht nur unverantwortlich, sondern geht auch gegen alles, was ich gelernt habe. Scheiße, es geht gegen alles, was mich ausmacht.

»In Ordnung«, sage ich, als mir eine Idee kommt. »Wir fahren nicht ins Krankenhaus. Ich bringe dich zurück in dein Zimmer über dem Diner. Unter einer Bedingung.«

Sie erwidert meinen Blick einen Moment lang stumm, dann nickt sie ganz leicht.

»Ein Bekannter von mir ist Arzt und schuldet mir noch einen Gefallen. Er wird dich untersuchen, ohne dass es in die Akten kommt, okay?«

Sie zögert, scheint mit sich zu ringen, nickt dann jedoch erneut. »Okay …«

»Versprich es mir, Hailee. Versprich mir, dass du dich von ihm behandeln lässt.«

»Versprochen«, wispert sie und klammert sich an mich, als ich sie wieder in meine Arme ziehe. »Aber ich habe nichts davon getrunken.«

Gott, ich hoffe, dass es die Wahrheit ist. Ich hoffe es so sehr. Fast genauso sehr, wie ich hoffe, dass ich sie dazu bringen kann, mit jemandem zu reden, der für Situationen wie diese ausgebildet ist.

Langsam stehe ich auf und helfe Hailee ebenfalls hoch. Dann führe ich sie zum Dodge, öffne die Beifahrertür und schließe den Sicherheitsgurt für sie, nachdem ich ihr auf den Sitz geholfen habe. Die ganze Zeit über hämmert es schmerzhaft in meiner Brust, während es unablässig in meinem Kopf arbeitet.

Sie hat es nicht getan. Hailee hat es nicht getan. Aber sie hätte es beinahe. Vielleicht hätte sie einen anderen Weg gewählt, wenn ich nicht rechtzeitig angekommen wäre. Wenn ich nur ein paar Minuten später hier aufgetaucht wäre – hätte ich sie noch genau so vorgefunden wie jetzt? Oder wäre dann nichts mehr von der Hailee übrig, mit der ich die letzten Wochen verbracht habe?

Doch noch während ich um den Wagen herumgehe, mich hinters Lenkrad setze und den Motor starte, wird mir klar, dass ich mich geirrt habe. Ich kenne Hailee nicht. Nicht wirklich. Und vielleicht habe ich das nie.

Kapitel 2

Hailee

Als ich die Augen aufschlage, ist es ruhig. Meine Umgebung. Meine Atemzüge. Meine Gedanken. Alles ist vollkommen still. Und für einen kleinen Moment schwebe ich irgendwo zwischen Schlafen und Wachen, und es ist das Friedlichste, was ich je erlebt habe. Bis die Erinnerungen zurückkehren. An das, was passiert ist. An das, was ich fast getan hätte. Jede einzelne reißt etwas in mir auf, wieder und wieder, bis es so viel ist, dass ich gar nichts mehr fühle.

Nach und nach stellt sich meine Umgebung scharf. Ich liege in einem Bett, das mir vertraut ist und an dem nicht nur mein Duft haftet, sondern auch seiner. Ich starre an eine Decke, an die ich in den letzten Wochen viel zu oft gestarrt habe. Ein warmer Windhauch streift mein Gesicht. Das Fenster muss geöffnet sein. Von der Straße sind Stimmen zu hören. Schritte. Kindergeschrei. Autos. Fahrradklingeln. Alles wirkt so … *normal.* So alltäglich. Dabei sollte es das nicht sein. Wie kann alles dort draußen einfach weitergehen, als wäre nichts geschehen?

Ich kneife die Augen zusammen und versuche es auszublenden. Aber vor allem versuche ich dem Drang zu widerstehen, auf die Uhr zu schauen. Denn ganz egal, welche Zeit sie mir anzeigen wird, ich weiß, dass es zu spät ist. Ich sollte nicht mehr hier sein. Ich *wollte* nicht mehr hier sein. Und trotzdem bin ich es jetzt. Nicht, weil Chase oder irgendjemand sonst mich davon abgehalten hat, die in Wasser aufgelösten Tabletten zu schlucken. Ich habe mich selbst davon abgehalten. Und in diesem Moment, als ich die Augen erneut aufschlage, weiß ich nicht, ob ich dankbar sein oder mich dafür hassen soll.

Obwohl ich nichts lieber tun würde, als wieder in den Schlaf abzudriften und alles zu vergessen, setze ich mich langsam auf. Mir ist schwindelig, mein Mund ist trocken, meine Augen brennen und mein Kopf dröhnt. Ich habe geweint. Daran erinnere ich mich viel zu deutlich. Chase hat mich festgehalten, und ich habe so sehr geweint wie nie zuvor. Wahrscheinlich fühle ich mich deswegen, als wäre ich einmal durch die Hölle und zurück geschleift worden.

Der Arzt, mit dem Chase befreundet ist und der bei mir war, hat ihm bestätigt, was ich bereits wusste. Ich habe nichts eingenommen. Ich konnte es nicht. Im Flur habe ich sie leise murmeln gehört. Ich kann mich nur noch an ein paar Bruchstücke ihres Gesprächs erinnern. »Körperlich scheint alles in Ordnung zu sein, abgesehen von totaler Erschöpfung. Aber alles andere …« Der Arzt, dessen Namen ich vergesse habe, hat Chase geraten, ich sollte schnellstmöglich einen Therapeuten aufsuchen oder zu einer Beratungsstelle gehen. Außerdem sollte man mich in nächster Zeit besser nicht allein lassen. Wahrscheinlich sollte ich also damit rechnen, dass jemand bei mir im Zimmer ist. Trotzdem bin ich überrascht, als ich die bekannte Stimme höre.

»Willkommen zurück.«

Ich drehe den Kopf zur Seite und starre in das Gesicht der Person, die auf einem Stuhl neben meinem Bett sitzt. »Lexi …?«

Chase' Cousine lässt ihr Buch sinken und klemmt einen Finger als Lesezeichen hinein. Dann mustert sie mich geradeheraus.

Sie ist es wirklich. Lexi sitzt bei mir, vielleicht erst seit ein paar Minuten, womöglich aber auch schon seit Stunden. Zumindest müssen Stunden vergangen sein, denn der Himmel vor meinem Fenster verfärbt sich golden. Anscheinend habe ich fast den ganzen Tag verschlafen. Wahrscheinlich kein Wunder, nachdem ich letzte Nacht kein Auge zubekommen habe.

Die Frage danach, was passiert ist, liegt mir auf der Zunge, aber ich spreche sie nicht aus, weil mir im selben Moment klar wird, wie absurd das wäre. Ich weiß genau, was passiert ist, und ich glaube nicht, dass ich es jemals vergessen werde. Selbst wenn ich wollte.

Kurz zuckt mein Blick durch das Zimmer, von dem ich geglaubt habe, es nie wiederzusehen, dann landet er wieder bei Lexi. Sie wirkt blass. Die langen, leicht gelockten Haare sind eine zerzauste Mähne, als wäre sie gerade erst aus dem Bett gekrochen. Ihr Make-up ist unter den Augen ein bisschen verschmiert, und ihr Nacken knackt, als sie sich aufrichtet und den Kopf etwas zur Seite rollt.

»Wo ist Chase?«

Ich weiß nicht, warum das die erste richtige Frage ist, die ich hervorbringe. Vielleicht, weil er das Letzte war, was ich gesehen und gespürt habe, bevor ich eingeschlafen bin. Vielleicht, weil sein Duft und seine Präsenz noch immer so stark in diesem Raum sind, er aber nicht da ist. Und vielleicht auch, weil ich nach allem, was passiert ist, Angst davor habe, ihm wieder gegenüberzutreten.

»Jetzt gerade?« Lexi zieht die Brauen in die Höhe und wirft das Buch auf den Nachttisch. Ein kurzer Blick auf ihr Handy, dann landet auch das scheppernd auf dem Nachttisch. »Keine Ahnung. Er hat gesagt, er wäre in ein paar Stunden zurück.« Die letzten Worte presst sie zwischen zusammengebissenen Zähnen hervor.

Langsam sehe ich vom Telefon zu Lexi zurück. Diesen angepissten, störrischen Gesichtsausdruck habe ich schon mal bei ihr gesehen. Mehr als einmal, um genau zu sein. »Bist du meinetwegen so wütend …? Oder ist es wegen Chase?«

Sie schnaubt abfällig. »Chase ist ein Idiot. Er läuft lieber vor Problemen davon, statt dazubleiben und sich ihnen zu stellen. Oder – Gott bewahre! – gemeinsam nach einer Lösung zu suchen. Genau wie ein gewisser anderer Kerl, dessen Name hier nicht genannt wird.«

Ich zucke unwillkürlich zusammen und starre auf die dünne Bettdecke hinab. »Sieht so aus, als hätten wir da alle etwas gemeinsam …«

Lexi starrt mich einen Moment lang an, dann steht sie schwungvoll auf. »Willst du etwas essen? Trinken? Ich bin am Verhungern.«

Sie wechselt das Thema so schnell, dass ich ihr kaum folgen kann, aber ich nicke langsam, auch wenn ich keinen Hunger verspüre. »Das wäre toll.«

»Okay.« Sie stemmt die Hände in die Hüften und mustert mich durchdringend. »Ich gehe kurz runter ins Diner und hole uns etwas. Tu nichts …«

»Dummes?«

Kurz presst sie die Lippen aufeinander. »Nichts, was ich nicht auch tun würde.« Ein prüfender Blick durchs Zimmer, als würde sie nach etwas suchen, dann nickt sie mir zu. »Ich bin gleich zurück.«

Ich sehe ihr nach, bemerke, wie sie die Tür nur anlehnt, statt sie hinter sich zu schließen, und weiß nicht, ob ich erleichtert darüber sein soll – oder weinen möchte. Genau genommen weiß ich überhaupt nichts mehr. Nichts ist so, wie es sein sollte, und das ist meine Schuld.

Einen Moment lang starre ich nur auf meine Hände hinab,

dann zwinge ich mich dazu, aufzustehen und mich ins Bad zu schleppen. Dort gehe ich zur Toilette, putze mir die Zähne und wasche mir anschließend das Gesicht. Als ich es mir mit dem Handtuch abtrockne, fällt mein Blick auf meine Sachen. Lexi oder Chase müssen sie aus dem Honda geholt und wieder ausgepackt haben. Bürste, Schminkzeug, Haargummis, Duschgel, Shampoo … aber mein Rasierer fehlt. Genau wie das Wasserglas im Zimmer. Ich kann mir denken, warum sie diese Sachen entfernt haben, trotzdem dreht sich mir bei der Erkenntnis der Magen um.

Ich kann nicht fassen, dass ich dieses Mädchen geworden bin. Das Mädchen, auf das man aufpassen muss, damit es sich nichts antut. Dabei hatte ich nie den Drang, mir selbst wehzutun. Ich wollte immer nur vor dem Schmerz fliehen, statt ihn zu spüren. Langsam lasse ich das Handtuch sinken und hänge es zurück. Ich kenne ein paar Leute vom College, die sich eine Zeit lang selbst verletzt haben. Manchen sieht man es nicht an, andere werden die Erinnerung daran für immer auf ihrem Körper tragen. Die Leute werden sie ansehen und wissen, woher diese Narben stammen. Und es wird stets Menschen geben, die sie dafür verurteilen werden, dass sie keinen anderen Weg gefunden haben. Genauso wie es von jetzt an immer Menschen geben wird, die wissen, was *ich* tun wollte, und die mich dafür verurteilen werden.

Ich kneife die Augen zusammen, trotzdem komme ich nicht gegen die Tränen an. Mein ganzer Körper schmerzt. Mein Kopf tut weh. Aber am schlimmsten ist es in meinem Inneren, ganz tief in meiner Brust, wo nur noch ein riesiges schwarzes Loch zurückgeblieben ist. Der einzige Grund, weshalb ich diesen Sommer genießen und all diese verrückten und mutigen Dinge tun konnte, war die absolute Sicherheit, Katie am sechsten September wiederzusehen. Ich habe mir Datum, Ort und Uhrzeit sogar in den Kalender geschrieben, bevor ich zu diesem Roadtrip aufgebrochen bin. Exakt fünfzehn Wochen nachdem sie uns verlassen hat. Derselbe Wochentag. Dieselbe Uhrzeit. Ein besonderer Ort, an den Katie und ich unbedingt zurückkehren wollten. Heute ist zwar noch immer der sechste September, aber es ist Abend geworden, und ich … ich weiß nicht weiter. Es gibt kein Datum mehr, an dem ich mich festhalten kann, keinen Tag, an dem ich meine Schwester und auch meinen besten Freund wiedersehen werde. Und ich habe nicht die geringste Ahnung, wie ich damit umgehen soll. Wie ich mit dem Wissen leben soll, dass die beiden nie mehr zurückkommen. Dass ich sie für immer verloren habe.

»Hailee?« Lexis Stimme reißt mich aus meinen Gedanken.

Mein Spiegelbild starrt mir aus geröteten, verdächtig glänzenden Augen entgegen. Ich ziehe die Nase hoch, wische mir mit der Hand über die Wangen und kehre dann ins Zimmer zurück. »Was hast du mitgebracht?«

Lexi mustert mich misstrauisch. Es ist nur ein kurzer Moment, womöglich nur eine einzige Sekunde, aber ich hasse es. Denn es zeigt, dass sie mir nicht vertraut. Und ich habe selbst dafür gesorgt, dass sie keinen Grund mehr dazu hat. Sie deutet auf die Papiertüten und die Plastikbecher auf dem Bett. »Milchshakes, Kaffee, etwas von Beth' Kuchen, Bagels und so weiter.«

Ich setze mich zu ihr aufs Bett und helfe ihr dabei, die Sachen auszupacken. Ich habe noch immer keinen Hunger, beiße Lexi zuliebe aber in einen Bagel und nehme einen Schluck von meinem Latte macchiato. Beth muss ihn zubereitet haben, da er genau so schmeckt, wie ich ihn in den letzten drei Wochen ständig getrunken habe. Genau so, wie ich ihn am liebsten mag.

»Wusstest du, dass Chase mal Paramedic werden wollte?«, fragt Lexi nach ein paar Minuten plötzlich.

Ich halte im Kauen inne und schüttle langsam den Kopf. Das hat er mir nie erzählt, aber irgendwie überrascht es mich nicht. Wenn Chase jemandem helfen kann, dann tut er es.

Lexi schneidet eine Grimasse. »Ja, das war noch zu Schulzeiten, aber auch kurz danach. Als Kind war es sein allergrößter Wunsch, Feuerwehrmann zu werden. Er ist ständig mit diesem lächerlichen Helm auf dem Kopf herumgerannt, den er mal zu Weihnachten bekommen hat. Und sobald er konnte, ging er zur Freiwilligen Feuerwehr. Eigentlich dürfen sie Minderjährige nicht ausbilden, aber der Chief ist ein Freund unserer Familie und hat Chase das eine oder andere Mal mitfahren lassen. Dort hat er dann ziemlich schnell gemerkt, dass er lieber Menschen rettet, als Feuer zu löschen. In der Highschool hat er medizinische Kurse belegt und ein paar Monate lang nach dem Unterricht sogar als Medical Aid im Krankenhaus gearbeitet. Du weißt schon: Akten von A nach B schaffen, Zeit mit den Patienten verbringen, die Fachkräfte unterstützen und so weiter.«

»Kennt er von dort auch den Arzt?«, höre ich mich fragen. »Von seiner Arbeit als Medical Aid?«

Lexi nickt und schiebt sich einen großen Bissen Schokokuchen in den Mund. »Eine Zeit lang war ich fest davon überzeugt, dass er seine Bestimmung gefunden hat«, nuschelt sie.

»Was ist passiert?«

Denn offensichtlich arbeitet Chase nicht mehr ehrenamtlich im Krankenhaus und hat auch keine Karriere als Paramedic eingeschlagen. Er studiert Architektur, wird nächste Woche zurück zum Campus fahren, nach dem Studium in die Firma seines Vaters und seines Onkels einsteigen und Gebäude entwerfen.

»Unsere Familie ist passiert.« Lexi lacht leise, aber es klingt irgendwie hohl. »Unzählige Generationen von Architekten.

Niemand hat Chase oder Josh je gefragt, was sie mit ihrem Leben anfangen wollen. Es stand von Anfang an fest. Als Chase das in der Highschool bewusst geworden ist, hat er eine Hundertachtzig-Grad-Wende hingelegt und eine Weile gegen alles und jeden rebelliert. Aber letzten Endes …« Sie seufzt tief und zuckt resigniert mit den Schultern. »Letzten Endes hat er sich den Erwartungen gebeugt. Er ging zur Army – noch so eine Tradition in der Familie – und hat dort die Grundausbildung absolviert …« Sie unterbricht sich und scheint einen Augenblick lang zu überlegen. »Aber auch das Paramedic Training. Danach ist er allerdings brav nach Boston gegangen und hat mit dem Architekturstudium angefangen.«

Davon hat er nie etwas erzählt. Ich wusste zwar, dass er nicht besonders glücklich mit seinem Studium und der damit einhergehenden Berufswahl ist – aber ich hatte keine Ahnung, dass es nicht wirklich eine Wahl war. Vor allem nicht seine. Andererseits habe ich ihm selbst zu viel verschwiegen, um ihm deswegen einen Vorwurf machen zu können. Ich frage mich nur, warum er nichts gesagt hat. Hat er seinen Traum von damals längst aufgegeben? Denkt er manchmal noch daran zurück?

»Was ist mit dir?«, frage ich und lenke meine Gedanken damit bewusst in eine andere Richtung. »Warum bist du nicht ins Familiengeschäft eingestiegen?«

Ihre vollen Lippen verziehen sich zu einem Grinsen. »Weil meine rebellische Phase nie aufgehört hat. Aber um ehrlich zu sein, glaube ich, dass Dad und Onkel Quentin insgeheim immer noch hoffen, dass ich eines Tages meine Liebe zur Architektur entdecke und *zur Vernunft komme.*« Bei den letzten Worten malt sie Anführungszeichen in die Luft. »Was nie passieren wird. Es gibt nichts Langweiligeres für mich, als irgendwelche hässlichen Firmengebäude und Hotels zu entwerfen, in Raumgeometrie war ich schon immer eine Niete und bei der

Vorstellung, für den Rest meines Lebens in einem stickigen Büro zu hocken, würde ich am liebsten von einem Dach springen.« Die Worte haben kaum ihren Mund verlassen, da weiten sich ihre Augen vor Schreck. »Oh Shit. Sorry. Das war ein saudummer Spruch.«

»Nein.« Ich schüttle den Kopf und muss zu meiner eigenen Überraschung sogar lächeln. »Das war genau richtig.«

»Nein, das war unsensibel und …«

»Danke«, unterbreche ich sie und lege den halb aufgegessenen Bagel zurück auf die Papiertüte.

Lexi runzelt die Stirn. Sie wirkt ehrlich verwirrt. »Danke wofür?«

»Dafür, dass du mich wieder so behandelst wie vorher und nicht wie jemanden, der … der …«

»Sich umbringen wollte?« Sie fixiert mich mit ihrem Blick. »Du wolltest es tun, also kannst du es ruhig sagen.«

Ich presse die Lippen aufeinander. Ich werde diese Worte nicht laut aussprechen. Für mich hatte dieser Plan nie etwas mit all den grausigen Bildern zu tun, die einem dabei sofort einfallen. Nie mit Blut und Qualen und dem Leid, das man anderen damit antut. Ich wollte einfach nur wieder bei Katie sein. Ich wollte bei Jesper sein. Und ich wollte, dass der Schmerz endlich aufhört. Weil ich den Gedanken an ein Leben ohne meine Zwillingsschwester nicht ertrage. Nicht vor diesem Sommer und nicht heute.

Vielleicht fühlt es sich deshalb so unwirklich an, jetzt hier zu sein und mit Lexi auf diesem Bett zu sitzen. Es ist so surreal, überhaupt zu atmen. Zu sprechen. Zu existieren. Alles ist falsch gelaufen. Katie und ich waren von Anfang an eine Einheit. Wir hätten eine bleiben sollen. Wir haben immer Witze darüber gerissen, dass wir als alte Omas in einem riesigen Haus voller Katzen oder Enkelkinder enden würden. Welche Version davon es werden würde, wussten wir selbst nicht so genau, aber dass wir bis zu unserem letzten Atemzug zusammen sein würden, war für uns beide völlig klar. Wir haben so oft darüber gesprochen, und keine von uns hat sich je ausmalen können, dass es anders kommen könnte. Dass eine von uns zurückbleiben würde. Ganz allein.

Ich schlucke schwer und senke den Blick auf die geblümte Decke unter all den Papiertüten.

»Oh, Hailee …«

Ich habe nicht mal realisiert, dass ich weine. Erst als Lexi mir von irgendwoher ein Taschentuch reicht, bemerke ich die heißen Tränen auf meinen Wangen. Ich wische sie weg, schnäuze mich und zerknülle das Taschentuch in meiner Faust. Im nächsten Moment räumt Lexi das Essen und die Getränke vom Bett auf den Schreibtisch am Fenster, setzt sich wieder und zieht mich wortlos an sich.

Ich will nicht heulen. Ich will nicht noch mal zusammenbrechen, weil ich das, ehrlich gesagt, so verdammt satthabe. Aber ich kann nicht anders. Der ganze Schmerz ist wieder da. Die schreckliche Leere. Es fühlt sich an, als würde er mich von innen heraus zerreißen. Meine Haut spannt, meine Kehle ist ganz heiser, und jeder Atemzug tut weh. Es tut so weh, hier zu sein, wenn Katie fort ist. Warum bin ich noch da? Warum hat es sie getroffen und nicht mich? Sie war so viel besser als ich. Sie war die Mutige, die Lebenshungrige, die mit den wildesten Plänen und verrücktesten Träumen. Es hätte mich erwischen sollen. Ich hätte diejenige in der Leichenhalle sein sollen. Diejenige im Sarg. Diejenige unter der Erde. Ich hätte es sein sollen, aber niemals sie. Niemals Katie.

Lexi hält mich fest. Sie gibt keine beruhigenden Laute von sich und erzählt mir auch nicht, dass alles wieder gut wird – und dafür bin ich ihr so unendlich dankbar, auch wenn ich nicht die Worte dafür finde. Denn nichts wird jemals wieder *gut* sein.

Ich weiß nicht, wie lange wir so sitzen. Zeit scheint nicht mehr zu existieren und zeigt sich nur noch darin, dass der Himmel vor dem Fenster an Farbe verliert und es draußen immer dunkler wird. Mein Kopf hämmert. Meine Kehle ist ganz trocken. Meine Muskeln sind ohne jede Kraft. Ich kann nicht mehr. Ich kann einfach nicht mehr.

»Willst du darüber reden?«, fragt Lexi schließlich, nachdem ich aufgehört habe, in ihren Armen zu schluchzen.

Ich schüttle den Kopf und meine, sie leise seufzen zu hören, aber sie löst sich nicht von mir. Sie macht mir keine Vorwürfe, sondern streicht mir nur sanft über den Rücken.

»Das ist okay«, murmelt sie nach einer Weile. »Niemand wird dich zu irgendetwas zwingen. Aber wenn du reden möchtest, bin ich da, okay? Chase ist für dich da, wenn du ihn lässt, genauso wie Charlotte und Clayton und Eric und auch Beth. Wir sind alle für dich da, Hailee.«

Ich kneife die Augen zusammen, trotzdem strömen mir weitere Tränen über die Wangen. Ich weiß nicht mal, warum ich noch weine. Weil es so wehtut? Weil ich mich so verloren und trotz Lexis Worten so verdammt allein fühle? Weil ich ihr glauben möchte und so unglaublich dankbar und erleichtert darüber bin, dass sie mich nicht für das verachtet, was ich tun wollte?

Ich weiß es einfach nicht.

Die Tränen fließen immer weiter, auch wenn ich gedacht habe, keine einzige mehr übrig zu haben, und Lexi hält mich die ganze Zeit fest.

Kapitel 3

Chase

»Wo willst du hin?«

»Keine Ahnung. Ich weiß gerade überhaupt nichts mehr.«

Das kurze Gespräch mit Lexi schwirrt mir immer wieder durch den Kopf, während ich durch die Gegend fahre, aber selbst Stunden später weiß ich immer noch nicht, wo ich eigentlich hinwill. Ich weiß nur, dass ich in Bewegung bleiben muss, dass ich etwas brauche, was meine Gedanken beschäftigt und mich von den Geschehnissen von heute Morgen ablenkt.

Ein Hupen reißt mich aus meiner Starre. Die Ampel ist auf Grün umgesprungen. Ich gebe dem Fahrer hinter mir ein Zeichen und gehe wieder aufs Gas. Mittlerweile habe ich Fairwood längst hinter mir gelassen. Scheiße, ich glaube, ich bin nicht mal mehr im selben Bundesstaat. Irgendwie bin ich in dieser kleinen Stadt gelandet, an die ich mich nicht erinnern kann, die mir aber trotzdem irgendwie bekannt vorkommt.

Ohne darüber nachzudenken, biege ich ab und folge dem Straßenverlauf, bis ich erneut abbiegen kann und auf einem Parkplatz haltmache.

Der Motor läuft noch, meine linke Hand liegt auf dem Lenkrad, die rechte am Schalthebel. Ich kann jederzeit weiterfahren. Ich muss nur wenden und wieder zurück auf die Straße. Aber ich tue es nicht, weil ich aus irgendeinem verdammten

Grund hierhergekommen bin. Ausgerechnet hierher. Am Rande des Parkplatzes steht ein lang gestrecktes, flaches Gebäude. Eine Boxhalle. Aber eine, in der man nicht nur seiner Fitness, sondern auch einer ganz anderen Art der Unterhaltung nachgehen kann.

Es ist nicht das Studio in Charleston, West Virginia, nicht Roys Club, wo es im Ring deutlich mörderischer zugeht und in dem ich letzten Winter bei einem der illegalen Kämpfe angetreten bin, die dort regelmäßig stattfinden. Ursprünglich war es Joshs Kampf, doch dann musste er sich ja unbedingt dieses Zeug einwerfen, also bin ich für ihn eingesprungen. Wie auch unzählige Male davor und danach. Wieder und wieder und wieder. Ich dachte, wir hätten das zu Ende gebracht. Ich war mir sicher, diese Phase hinter mir gelassen zu haben.

Und trotzdem bin ich jetzt hier. Nicht, um Joshs Schulden zu begleichen, sondern weil ich es will. Weil ich die Ablenkung brauche. Zum ersten Mal in meinem Leben bin ich freiwillig an einem Ort wie diesem.

Bevor ich darüber nachdenken kann, was ich hier verdammt noch mal tue, ziehe ich den Schlüssel ab und steige aus. Feuchtwarme Luft empfängt mich. Der Boden ist trocken, der Himmel klar und dunkel. Bis auf zwei Lücken ist der Parkplatz vor dem Boxstudio voller Autos. Kein Wunder, es ist schließlich Freitagabend, und die Leute kommen nicht nur hierher, um zu trainieren, sondern auch, um sich die Kämpfe anzuschauen und Wetten abzuschließen.

Ich habe keine Sportsachen dabei, im Auto aber immer Ersatzkleidung für die Arbeit auf dem Bau oder die Ausflüge mit Phil. Jetzt schnappe ich mir das Zeug zusammen mit der Flasche Wasser, überquere den Parkplatz in großen Schritten und betrete das Studio. Von außen sieht es nach nichts Besonderem aus. Ein bisschen heruntergekommen und abgelegen vielleicht, dennoch deutet nichts darauf hin, dass hier mehr passiert als nur ein bisschen Boxtraining.

Am Empfang hockt ein gelangweilter Kerl und verfolgt mit einem Proteinshake in der Hand einen Boxkampf im TV. Ich sage die richtigen Worte und nenne die richtigen Namen, schon darf ich ohne Gebühr und ohne Mitgliedsausweis passieren. Es gibt keine Fenster, und die Beleuchtung ist beschissen, trotzdem trainieren im Hauptbereich anscheinend ganz normale Leute. Ein paar sind zum Aufwärmen auf den Laufbändern. Ein übermäßig muskulöser Kerl trabt an mir vorbei Richtung Trainingsraum, in dem ein Dutzend Sandsäcke von der Decke hängen. Eine Handvoll Männer und Frauen ächzen an den Hanteln. Vom Teenager bis zum reichen Anzugträger mit den manikürten Händen, über die er gerade die Boxhandschuhe zieht, ist alles dabei.

Nach einem letzten Blick in ihre Richtung mache ich mich auf den Weg nach unten in den Keller. Das Dröhnen der Bässe ist zu hören, noch bevor ich die Tür zur Arena erreiche. Mit ausgestreckter Hand halte ich inne. Sobald ich diese Tür öffne, werde ich zu einem Teil von dem, was da drinnen vor sich geht. Und das, obwohl ich mir geschworen habe, das hier nicht mehr zu tun. Es gibt nichts, was ich nicht daran hasse. Die Kämpfe. Die Wetten. Das Gebrüll. Der Geruch von Schweiß, Bier und Pisse. Die Schmerzen. Die Schulden. Aber … fuck! Heute Abend tue ich es zum ersten Mal nicht für Josh – und auch nicht für sonst jemanden. Ich tue es für mich selbst. Dieses eine Mal *will* ich diesen Kampf. Dieses eine Mal *will* ich es tun – um alles andere zu vergessen. Denn das muss ich, weil ich sonst nicht aufhören kann, darüber nachzudenken, was heute Morgen passiert ist. Was Hailee beinahe getan hätte. Und dann drehe ich durch.

Ohne weiter zu zögern, packe ich den Knauf und reiße die

Tür auf. Die Lautstärke, die Gerüche und die Hitze hier drinnen erschlagen mich fast. Ich versuche möglichst flach zu atmen und schiebe mich an den Umstehenden vorbei, die sich um den Ring geschart haben und sich die Seele aus dem Leib schreien.

Ich muss nicht lange warten, bis mich ein muskelbepackter Kerl mit finsterer Miene und Tattoos im Gesicht vom letzten Mal wiedererkennt und mich in einen kleinen Hinterraum führt, in dem es noch schlimmer stinkt als vorne bei den ganzen Menschen. Wahrscheinlich wurde hier seit Jahren nicht mehr richtig durchgewischt. Ich ignoriere den Geruch, den Lärm und die Gedanken in meinem Kopf. Ziehe mir Shirt, Schuhe und Jeans aus und stopfe sie zusammen mit meiner Tasche, Handy und Autoschlüsseln in einen Spind, der schon bessere Tage erlebt hat. Die Tür quietscht erbärmlich, aber das Schloss hält. Nur in einer langen Sporthose und mit einer Flasche Wasser in der Hand kehre ich in die Haupthalle zurück. Ein paar der Jungs bleiben hinten, um sich mental auf den Kampf vorzubereiten. Früher habe ich das auch getan. Mir selbst gut zugeredet. Mir Mut zugesprochen. Mir gesagt, dass es nur ein paarmal sein wird, dann wäre Josh seine Schulden los, und ich würde nie wieder an Abende wie diese zurückdenken.

Bei der Erinnerung daran schnaube ich. *Ja, klar.* Als ob man so leicht vor seiner Vergangenheit davonlaufen könnte. Oder mit ihr abschließen.

Eigentlich sollte der Lärm jeden einzelnen Gedanken in meinem Kopf auslöschen – aus genau diesem Grund bin ich schließlich hier. Trotzdem kehren sie immer wieder zu Hailee zurück. Zu heute Morgen. Und mit ihnen kommen die Fragen. Warum zum Teufel habe ich es nicht kommen sehen? Wie konnte ich mir so sicher sein, dieses Mädchen zu kennen? Wir haben ganze Tage und Nächte miteinander verbracht. Wie um alles in der Welt konnte ich den Schmerz in ihren Augen nicht sehen? Wie konnte ich nicht einmal ahnen, was sie vorhatte?

Gott ... Wenn ich die Zeit zurückdrehen könnte, würde ich alles anders machen. Andererseits weiß ich überhaupt nicht, was ich hätte tun oder wie ich es rechtzeitig hätte bemerken sollen. Ich weiß es einfach nicht. Und das macht mich fertig. Dass ich Joshs Drogenproblem nicht mitbekommen habe, bis es zu spät war, ist die eine Sache. Der Kerl ist mein großer Bruder. Wir studieren zwar an derselben Universität, aber er hat gerade seinen Master gemacht und größtenteils einen ganz anderen Freundeskreis als ich. Wir haben uns nie öfter als ein-, höchstens zweimal die Woche gesehen. Waren ab und zu ein Bier trinken. Mehr nicht.

Aber Hailee? Wie hat sie das während unserer gemeinsamen Zeit vor mir geheim halten können? Wie konnte ich so dumm, so blind sein und es nicht bemerken?

Aber selbst wenn – wie hätte ich damals wissen sollen, was ich tun kann, wenn ich es nicht mal jetzt weiß?

Der einzige Grund, weshalb ich Hailee für die letzten Stunden in Lexis Obhut lassen konnte, ist, dass Dr. Pearson sie untersucht und mir versichert hat, dass es ihr zumindest körperlich gut geht. Dass sie tatsächlich nichts eingenommen hat. Zur Sicherheit hat er Hailee auch noch Blut abgenommen, um es im Labor untersuchen zu lassen, und mich vor einer Stunde angerufen, um mir zu versichern, dass keine fremden chemischen Substanzen in ihrem Blut nachgewiesen werden konnten. Also hat sie die Wahrheit gesagt. Sie hat es nicht getan. Sie hat nicht versucht, sich umzubringen.

Aber sie wollte es.

Der Gedanke kehrt mit einer unerträglichen Klarheit zurück, bohrt sich in meinen Kopf und setzt sich in meinem Bewusstsein fest. Sie wollte es tun, hatte alles vorbereitet und schon den Abschiedsbrief an ihre Eltern geschrieben. Und sie wusste, dass sie es tun würde, als wir uns kennengelernt haben, so viel ging aus ihrem Brief an mich hervor. Sie wusste es. Wochenlang.

Shit … Ich habe keine Ahnung mehr, was ich noch denken oder fühlen soll. Ich weiß nur, dass ich eine Auszeit brauche. Einen Moment, nur ein paar verdammte Minuten, in denen ich an gar nichts mehr denken muss. In denen ich nicht mehr diese Panik und diese alles erdrückenden Schuldgefühle spüren muss.

Mit der Hand fahre ich mir durch das Haar. Direkt vor mir im Ring stürzt sich ein großer, glatzköpfiger Kerl auf seinen Kontrahenten und schlägt so lange auf ihn ein, bis ich meine, das Knacken von brechenden Knochen zu hören. Rote Spritzer landen auf dem Boden. Der Typ hustet und spuckt Blut. Er versucht, sich aufzurichten und weiterzumachen. Durchhaltevermögen hat er, das muss man ihm lassen. Aber ein einziger gezielter Faustschlag des Glatzkopfes genügt, und er geht wieder zu Boden. Diesmal rührt er sich nicht mehr.

Mein Magen zieht sich zusammen. Ich balle die Hände zu Fäusten, um jeden Impuls in mir zu unterdrücken, da hochzurennen und zu überprüfen, ob der Kerl noch atmet. Die Paramedic-Ausbildung ist noch immer so tief in mir verankert, dass ich in Gedanken bereits jeden einzelnen Schritt durchgehe. Atmung, Puls und Herzschlag überprüfen. Lebensrettende Maßnahmen einleiten. Hilfe rufen.

Der Kerl hat Glück. Ich kenne Studios mit Arenen, in denen man den Ring nur als Sieger, bewusstlos oder, im schlimmsten Fall, tot verlässt. Andere Optionen gibt es dort nicht. Hier stehen seine Chancen ganz gut. Und tatsächlich beugt sich in diesem Moment jemand über den Kämpfer am Boden und überprüft seine Vitalfunktionen. Gleich darauf helfen sie dem Kerl wieder auf die Beine.

»Whittaker.« Der Typ mit den Tattoos im Gesicht steht auf einmal neben mir und mustert mich von oben bis unten. »Hätte nicht gedacht, dich hier noch mal zu sehen. Na ja, wenigstens einer von euch Jungs steht zu seinem Wort und kommt wieder her.«

Ich beiße die Zähne zusammen. Zwinge mich dazu, die Klappe zu halten und weiterhin unbewegt auf den Boxring zu starren. Der Name des Typs will mir nicht mehr einfallen, aber das ist auch egal. Ich bin nur hier, um wenigstens für eine kurze Zeit alles andere zu vergessen, dann bin ich wieder raus.

Seelenruhig zündet sich der Kerl eine Zigarre an. Die Beleuchtung in diesem Keller ist so beschissen, dass ich das Aufglühen deutlich erkennen kann. »Ich kann euch nie auseinanderhalten«, murmelt er und schnippt etwas Asche auf den kahlen Betonboden. »Bist du der Ältere oder der Jüngere?«

Ein bulliger Kerl spritzt den Ring mit einem Gartenschlauch ab. Blut vermischt sich mit Wasser und anderen Ausdünstungen und tropft auf den Boden.

»Spielt es eine Rolle?«, presse ich hervor.

Dariusz – jetzt fällt mir sein Name doch wieder ein – grinst und entblößt dabei eine Reihe strahlend weißer Zähne. Die schwarzen Tattoos, die an seiner Schläfe beginnen und seine ganze linke Gesichtshälfte bedecken, treten jetzt noch deutlicher hervor. »Nope.« Mit dem Kopf deutet er auf den Ring. »Du bist der Nächste, Whittaker.«

Ich hasse die Tatsache, dass er meinen Namen kennt, obwohl ich nur ein einziges Mal hier war. Dass er Josh kennt. Und dass ich damals überhaupt hierhergekommen bin. Aber heute Abend werde ich all das ausblenden. Denn heute Abend geht es nicht darum, Joshs Schulden zu begleichen, sondern darum, zu vergessen. Und wenn es auch nur für eine Handvoll Minuten ist.

Meine Finger kribbeln. Mein Puls rast. Unter dem Gejubel und Gebrüll der Leute steige ich in den Ring.

Ein paar Stunden später öffnet Lexi mir die Tür und starrt mich an, als würde sie mich kaum wiedererkennen. Ihr Blick wandert kurz an mir hinab, registriert alle Wunden, die sie auf den ersten Blick erkennen kann, und landet dann wieder in meinem Gesicht. Ihre Augen werden ganz schmal. »Ich schwöre, wenn sie dich nicht gerade brauchen würde, dann würde ich dir dermaßen in den Hintern treten …« Wut schwingt in jeder einzelnen Silbe mit.

Ich nicke nur. »Ich weiß.«

Doch dann überrascht mich meine Cousine. Statt einen Schritt zur Seite zu machen, damit ich hereinkommen kann, oder mir einen Schubs zu verpassen, um wenigstens ein kleines Ventil für ihren Zorn zu finden, tut sie etwas anderes. Etwas, das so unerwartet kommt, dass ich zunächst überhaupt nicht darauf reagieren kann: Sie umarmt mich.

Es dauert mehrere Sekunden, bis ich begreife, was hier passiert, und dann noch mal genauso lange, bis ich dazu in der Lage bin, die Geste zu erwidern. Im nächsten Moment macht sich Lexi auch schon von mir los und verpasst mir den Schubs gegen die Brust, mit dem ich bereits gerechnet habe. Sie sagt nichts mehr, aber ihr Gesichtsausdruck ist mörderisch und lässt keine Zweifel offen: Ich werde mir noch einiges von ihr anhören dürfen – genau wie Josh, sobald sie die Wahrheit kennt und er wieder auf der Bildfläche erscheint. Wann auch immer das sein wird.

»Wie geht es ihr?«, frage ich leise, da es schon nach Mitternacht ist und im Zimmer nur die kleine Schreibtischlampe brennt. Ihr warmes Licht fällt durch die Tür in den ansonsten dunklen Flur.

»Sie schläft.« Das ist alles, was Lexi sagt. Worüber auch immer sie und Hailee gesprochen haben, es bleibt ein Geheimnis zwischen den beiden. »Ich hole dir etwas Eis für dein Auge.« Sie schiebt sich an mir vorbei und ist fort, bevor ich mich bei ihr bedanken kann.

Auf der Fahrt ging es noch, doch jetzt merke ich, dass mein linkes Auge immer mehr wehtut. Wahrscheinlich hat es sich schon längst grün und blau verfärbt. Ich sollte es kühlen, um das Schlimmste zu verhindern, doch das ist zweitrangig. Jetzt will ich nur Hailee sehen und mich davon überzeugen, dass es ihr gut geht. Dass sie noch atmet.

Ich schüttle den Kopf, doch dieser Gedanke hält sich hartnäckig. Selbst dann noch, als ich das Zimmer betrete, die Tür hinter mir anlehne und ans Bett trete. Lexi hatte recht. Hailee liegt auf der Seite zusammengerollt unter der dünnen Bettdecke und schläft. Ich weiß nicht, wie lange ich einfach nur dastehe und zusehe, wie sich ihre Brust mit jedem Atemzug ganz leicht hebt und senkt. Aber nach allem, was geschehen ist, brauche ich diesen Moment. Ich muss mich mit eigenen Augen davon überzeugen, dass Hailee noch da ist.

Hinter mir knarzt eine Diele. Meine Cousine steht in der Tür, hält mir ein Kühlpack, eine Packung Schmerztabletten und eine Flasche Wasser hin.

»Danke, Lex.«

Sie tut es mit einem Schulterzucken ab. Auch wenn sie es niemals zugeben würde, Lexi kümmert sich um die Menschen, die ihr wichtig sind, und tut alles dafür, dass es ihnen gut geht. Wahrscheinlich ist das der einzige Grund, weshalb sie beim sonntäglichen Brunch noch nicht explodiert ist, wenn es wieder mal darum ging, dass Josh und ich in die Firma einsteigen werden. Sie kennt uns beide gut genug, um zu wissen, dass sich keiner von uns freiwillig dafür entschieden hat.

Seufzend sehe ich zu Hailee zurück, dann deute ich Lexi an, mit mir nach draußen in den Flur zu kommen.

»Was ist los?«, fragt sie mit gesenkter Stimme. Die Tür ist weiterhin nur angelehnt, und keiner von uns will Hailee wecken. Aber um sie geht es gerade auch nicht, sondern um jemand anders. Um eine Wahrheit, die ich Lexi schuldig bin, auch wenn mein Bruder mir dafür vermutlich den Hals umdrehen wird.

Ich seufze tief. »Josh ist nicht auf Reisen, sondern in einer Entzugsklinik in der Nähe von Boston.«

»Was?! Du machst Witze, oder?«

»Glaub mir, ich wünschte, es wäre so.« Erschöpft lehne ich mich gegen die Wand und drücke mir das Kühlpack auf das linke Auge.

»Aber was … wie? Wie?«, wiederholt sie ungläubig. »Wie kann Mister Saubermann Josh in einer Entzugsklinik sein?«

Ich schnaube bei dem Spitznamen, weil sie damit nicht ganz unrecht hat. Ich war derjenige, der sich selbst und alle um ihn herum in Schwierigkeiten gebracht hat, Lexi war auf jede erdenkliche Art die Rebellin – und Josh? Josh war immer derjenige, der versucht hat, alles in Ordnung zu bringen. Ich kann gar nicht zählen, wie oft er Lexi und mich gedeckt oder die Schuld für etwas auf sich genommen hat, das er gar nicht ausgefressen hatte, sondern wir. Von Großmutter Alexandras kostbarer Ming-Vase, die plötzlich in Scherben lag, bis hin zu unerlaubtem Graffiti auf dem Schulgelände.

»Ich schätze, wir kennen ihn nicht so gut, wie wir dachten«, murmle ich und starre auf die angelehnte Tür. »Jeder hat Geheimnisse.«

»Das weiß ich. Aber wie zum Teufel ist das passiert? Wann? Und wie, verdammt?«

Ich muss beinahe lachen angesichts ihrer Fassungslosigkeit,

aber es fühlt sich so verflucht bitter an. »Da fragst du den Falschen. Ich hatte keine Ahnung, bis der Anruf aus der Notaufnahme kam. Überdosis«, füge ich mit einem kurzen Blick in ihre Richtung hinzu. Meine Stimme ist ruhiger und gefasster, als ich mich fühle. Allein bei der Erinnerung daran kommt alles wieder hoch: die Hilflosigkeit, das Unverständnis, die Wut. Die blanke Panik, weil wir ihn fast verloren hätten. Damals hätte ich ihn am liebsten durchgeschüttelt, um ihn wieder zur Vernunft zu bringen, aber so einfach ist das nicht. So einfach ist es nie. »Er hat versprochen aufzuhören, aber er hat Schulden bei den falschen Leuten gemacht, ist wieder in die ganze Sache reingeschlittert und hat sich schließlich selbst eingewiesen.«

Lexi verschränkt die Arme vor der Brust. »Wie hoch sind die Schulden?«

»Hoch. Und er konnte sie nicht so einfach abbezahlen.« Das Eis in meiner Hand knistert, als ich das Kühlpack neu platziere.

»Darum die Kämpfe, oder? Und deswegen meldet er sich nie bei mir oder seinen Eltern?«

Ich nicke.

»Scheiße, Chase.« Lexi läuft vor dem Zimmer auf und ab. Aus dem Diner unter uns ertönen gedämpfte Geräusche: das Klappern von Geschirr. Schritte. Stimmen. Musik aus der Küche. »Warum habt ihr nichts gesagt?«

»Weil es nichts ändern würde. Außerdem musste ich Josh versprechen, den Mund zu halten. Er wollte weder dich noch sonst jemanden in die Sache reinziehen.«

Lexi wirbelt zu mir herum. »Aber dich schon, oder wie?«

Ich zucke nur mit den Schultern.

»Das ist nicht fair. Wahrscheinlich hätte es wirklich nichts geändert, aber ich gehöre zur Familie, verdammt noch mal! Josh ist wie ein Bruder für mich. Das seid ihr beide.«

Ich kann nicht anders, als zu lächeln, während Lexi sich immer weiter in Rage redet. Das ist so typisch für sie – und ein weiterer Grund, warum ich ihr diese Sache verschwiegen habe. Ich wollte nicht, dass sie sich unnötig aufregt, wenn sie sowieso nichts an der Situation ändern kann. Aber vor allem wollte ich nicht, dass sie dieses Geheimnis vor Mom und Dad, vor ihren eigenen Eltern, ihrem Bruder, ihrer Schwägerin und allen anderen bewahren muss.

Mein Blick wandert zurück zur Tür. Auch Hailee hat ein Geheimnis aus ihren Plänen gemacht. Wahrscheinlich, weil sie sehr genau wusste, dass jeder, der davon erfahren würde, alles in seiner Macht Stehende tun würde, um sie aufzuhalten. Ich weiß, dass ich es getan hätte.

Seufzend fahre ich mir mit der Hand übers Gesicht und lasse das Kühlpack sinken. Ich wäre ein Heuchler, wenn ich Hailee vorwerfen würde, dass sie sich mir nicht anvertraut hat. Das bin ich ja sowieso schon. Ich kann ihr nicht mal vorwerfen, dass sie nicht weiß, wie sie ohne ihre Schwester leben soll. Oder ohne Jesper. Sie hat innerhalb weniger Monate kurz nacheinander ihren besten Freund und ihre Zwillingsschwester verloren. Und ihre Eltern? Wo zur Hölle sind ihre Eltern, wenn Hailee sie so dringend braucht? Wie konnten sie Hailee diese Reise nach allem, was geschehen ist, allein unternehmen lassen? Und wieso haben sie sich kein einziges Mal bei ihr gemeldet? Zumindest hat Hailee nichts dergleichen erzählt, und in den Wochen, die wir gemeinsam verbracht haben, habe ich nie mitbekommen, dass sie Kontakt zu ihren Eltern hatte.

»Ich werde Josh den Arsch aufreißen, wenn ich ihn das nächste Mal sehe!« Lexis Stimme holt mich zurück in die Gegenwart. Sie stapft noch immer vor mir auf und ab. »Und dir auch! Denk ja nicht, dass die Sache damit gegessen ist. Du hättest mich schon längst einweihen müssen!« Kopfschüttelnd wendet sie sich wieder ab und läuft weiter. »Ich wusste, dass irgendwas nicht stimmt. Ich *wusste* es die ganze Zeit! Und ich habe nichts … Scheiße! Was ist mit deiner Hand passiert?« Plötzlich ist sie bei mir und reißt meine rechte Hand hoch.

Ich unterdrücke ein Wimmern. Die Knöchel sind aufgeschrammt. Trockenes Blut, Hautfetzen und Dreck kleben daran. Bisher habe ich mir nicht die Mühe gemacht, sie mir näher anzuschauen. Nach dem Kampf hatte ich nur ein Ziel: auf schnellstem Weg zurück nach Hause zu kommen. Zurück zu Hailee. Doch jetzt erkenne ich das ganze Ausmaß der Verletzung und verziehe das Gesicht. Als würde die verheilende Prellung von dem Unfall auf der Baustelle in Richmond vor zwei Wochen nicht schon reichen. Dank der neuen Abschürfungen wird das noch eine ganze Weile länger wehtun. Aber wenigstens konnte ich im Ring für ein paar Minuten den Kopf ausschalten. Keine Erinnerungen mehr an heute Morgen. Keine Gedanken daran, was alles hätte passieren und wie es hätte schiefgehen können. Stattdessen absolute Stille.

Eine Stille, die in dem Moment vorbei war, in dem auch der Kampf endete. Und danach kehrte alles umso heftiger zurück.

»Gott, manchmal würde ich am liebsten eure Köpfe zusammenschlagen, bis ihr wieder so etwas wie ein Gehirn entwickelt«, faucht Lexi, lässt meine Hand jedoch überraschend sanft wieder los. »Behandle das gefälligst, bevor es sich entzündet!« Sie atmet mehrmals tief durch, und ich kann förmlich sehen, wie es in ihrem Kopf arbeitet. »Bleib bei Hailee. Ich lasse mir eine Ausrede für den Brunch am Sonntagmorgen einfallen. Und wenn Josh dich das nächste Mal anruft, will ich mit ihm sprechen.«

»Du meinst, du willst ihn anschreien.«

»Oh ja, das auch.« Sie schnaubt und sieht von mir zur Tür und wieder zurück. »Braucht ihr irgendetwas?«

»Ein neues Leben?«, erwidere ich trocken.

Ein Klaps gegen meinen Hinterkopf ist die Antwort darauf. In diesem Moment ähnelt Lexi ihrer Mom so sehr, dass ich mir auf die Lippen beißen muss, um nicht zu lachen. Oder sie darauf hinzuweisen. Denn dann würde sie mir ohne Zweifel nur noch mehr Schmerzen zufügen.

»Rein da!« Mit dem Zeigefinger deutet sie auf das Zimmer. »Kümmere dich um sie und um deine Verletzungen. Ich sorge dafür, dass euch niemand auf die Nerven geht. Mit Beth habe ich schon gesprochen. Hailee kann das Zimmer so lange haben, wie sie will.«

Ich halte mit der Hand am Türknauf inne. »Weiß Beth, was passiert ist?«

Lexi schüttelt den Kopf. »Wahrscheinlich denkt sie, dass Hailee es sich anders überlegt hat und doch nicht wegwill.«

Uns ist beiden bewusst, wie viel Wahrheit in dieser Aussage steckt. Ich nicke meiner Cousine dankbar dazu, dann betrete ich das Zimmer.

Hailee schläft noch, als ich die Tür mit einem leisen Klicken hinter mir zudrücke. Wie wenige Minuten zuvor nehme ich mir einen Augenblick, um sie einfach nur anzusehen. Um mir zu versichern, dass sie noch atmet. Dass sie noch hier ist.

Bisher hat mich das Adrenalin aufrecht gehalten, doch jetzt merke ich, wie meine Muskeln zu zittern beginnen und meine Knie nachgeben wollen. Scheiße, ich bin am Ende. Am Ende mit den Kräften und den Nerven. Ich habe keine Ahnung, was ich tun oder wie ich mich verhalten soll.

Also tue ich das Einzige, was sich richtig anfühlt.

Nach einem letzten Blick in Hailees Richtung gehe ich ins angrenzende Bad und lege dort das mittlerweile geschmolzene Kühlpack ab. Der Raum ist winzig, und wenn ich mich zu schnell umdrehe, stoße ich mit dem Ellbogen irgendwo an. Ich weiß aus eigener Erfahrung, wie weh das tut, und für heute Abend habe ich schon genug gelitten.

Ich werfe die Schmerztabletten ein und spüle sie mit einer halben Flasche Wasser runter, dann steige ich unter die Dusche. Nur kurz und in der Hoffnung, Hailee damit nicht aufzuwecken, aber nach den letzten Stunden muss das einfach sein. Anschließend trockne ich mich ab, ziehe mir Boxershorts und ein T-Shirt über und schnappe mir das Zeug aus dem kleinen Erste-Hilfe-Kasten im Bad. Ich reinige und desinfiziere meine rechte Hand so schnell und gründlich wie möglich, und gebe mir Mühe, kein Geräusch zu verursachen, auch wenn es höllisch brennt. Wahrscheinlich habe ich gerade alles an Haut weggeätzt, was noch da war, aber wenigstens wird sich nichts entzünden. Zum Schluss verbinde ich die Hand etwas umständlich und kehre dann ins Schlafzimmer zurück.

Vielleicht sollte ich die Schreibtischlampe ausschalten, aber irgendetwas sagt mir, dass wir beide etwas Licht in der Dunkelheit gebrauchen könnten. Langsam, um Hailee nicht zu wecken, klettere ich hinter ihr ins Bett. Sie gibt ein leises Seufzen von sich, dann schmiegt sie sich mit dem Rücken an mich. So selbstverständlich, so vertrauensvoll, dass ich hart schlucken muss. Ich lege den Arm um sie, vergrabe das Gesicht in ihrem Haar und atme tief ein.

Sie ist noch da. Sie ist am Leben. Sie ist bei mir.

Diese Gedanken übertönen alle anderen in meinem Kopf. Ich weiß, dass Hailee und ich reden müssen. Dringend. Aber nicht jetzt. Nicht heute Nacht. Denn jetzt will ich sie einfach nur festhalten und mir selbst versichern, dass es ihr gut geht. Zumindest für den Moment.

Kapitel 4

Chase

Ich wache auf, als Hailee sich bewegt. Die ganze Nacht über haben wir dicht aneinandergekuschelt geschlafen, ohne uns zu rühren. Mein Arm ist taub, meine rechte Hand brennt und in meinem Kopf hämmert es.

Müde blinzelnd öffne ich die Augen und unterdrücke ein Stöhnen. Die Nachttischlampe brennt noch, aber mittlerweile ist es draußen hell geworden. Die Sonne ist aufgegangen, versteckt sich jedoch hinter dichten Wolken, die einen eher trüben Septembertag versprechen. Trotzdem ist es zu hell – und zu früh, auch wenn ich keinen Schimmer habe, wie viel Uhr es eigentlich genau ist.

Vorsichtig ziehe ich meinen Arm unter Hailee hervor. Sofort beginnt er zu prickeln, als würde jemand mit tausend kleinen Nadeln darauf einstechen. Ich beiße die Zähne zusammen, drehe mich wieder auf die Seite und richte mich auf dem Ellbogen auf. Hailee liegt mit dem Rücken zu mir, eine Hand unterm Kopf und die Knie angezogen, während ihr langes Haar sich über Kissen und Bettdecke ausbreitet.

Sie wacht genauso langsam auf wie ich. Ihre Lider flattern, und sie zieht die Nase kraus, als würde ihr das Tageslicht genauso wenig gefallen wie mir. Es dauert ein paar Sekunden, bis sie die Augen öffnet und realisiert, wo sie ist und mit wem sie hier im Bett liegt.

»Morgen …«, begrüße ich sie mit vom Schlaf heiserer Stimme.

Ganz langsam rollt sich Hailee auf den Rücken, und unsere Blicke treffen sich. »Hey …«

Ich kann nicht anders. Ich strecke die Hand nach ihr aus und streiche ihr über die Wange. Ihre Haut ist ganz warm, und ich werde das Gefühl nicht los, sie viel zu lange nicht mehr berührt zu haben, dabei habe ich sie doch die ganze Nacht im Arm gehalten.

Hailee lächelt nicht, sondern sieht mich einfach nur an. Und für einen viel zu kurzen Moment ist alles dort draußen ganz weit weg. Wir sind allein in unserer kleinen Welt.

Doch dann richtet sich Hailee abrupt auf und starrt mich mit offenem Mund an. »Oh mein Gott. Dein Auge!«

Richtig. Da war ja was. Das erklärt vermutlich auch, wieso ich so verflucht lichtempfindlich bin und am liebsten gar nicht erst aufstehen, sondern den ganzen Tag liegen bleiben würde. Obwohl ich keine Ahnung habe, wie viele Stunden ich geschlafen habe, bin ich völlig platt.

Trotzdem setze ich mich jetzt auf und fahre mir mit den Fingern durchs Haar. »Mach dir keine Sorgen. Das ist in ein paar Tagen verheilt.«

Ohne ein weiteres Wort schiebt Hailee meine Hände beiseite. Sie legt die Finger an mein unrasiertes Kinn und dreht meinen Kopf hin und her, um den Schaden zu begutachten. Wahrscheinlich war der letzte Kampf schon zu lange her, oder ich war einfach zu abgelenkt, denn diesmal hat mich mein Gegner volle Kanne erwischt. Keine Platzwunde, keine Schramme, dafür ein ordentliches Veilchen, das eine Weile brauchen wird, bis es nicht mehr zu sehen ist. Ich habe nicht die geringste Ahnung, was ich Mom und Dad erzählen soll, ohne dass sie misstrauisch werden und anfangen, Fragen zu stellen. Fragen, die ich nicht beantworten kann, ohne ihnen die ganze Geschichte zu erzählen oder ihnen ins Gesicht zu lügen. Lexi wird mir fürs Erste den Rücken frei halten, aber ich kann meiner restlichen Familie schlecht für die nächsten paar Wochen aus dem Weg gehen. Außerdem reden die Leute in Fairwood. Im Grunde muss ich nur raus auf die Straße, und die Nachricht von meiner »Prügelei« wird eher früher als später meine Eltern erreichen. Ganz toll.

Aber hier geht es nicht um mich. Und während Hailee meine Verletzungen inspiziert, betrachte ich sie genauso intensiv. Sie wirkt nicht mehr ganz so fertig wie gestern, auch wenn da noch immer die dunklen Ringe unter ihren Augen sind. Kissenabdrücke prangen auf ihrer rechten Wange, und ihr Haar ist auf einer Seite platt gedrückt. Ich realisiere nicht mal, wie ich die Hand an ihre Wange lege, bis sich unsere Blicke mit einer Heftigkeit treffen, bei der mir der Atem stockt.

Erleichterung beginnt sich in mir auszubreiten. Ich bin so verflucht erleichtert, dass Hailee heute mit mir auf diesem Bett sitzt und nicht … Ich stoppe die Gedanken, bevor sie in diese Richtung wandern können. Aber da ist auch diese Fassungslosigkeit darüber, was beinahe passiert wäre. Und die Wut. Wut darüber, es nicht rechtzeitig erkannt, es nicht einmal geahnt zu haben. Nicht geahnt zu haben, wie schlecht es ihr tatsächlich geht und wie sehr sie leidet. Scheiße, wie konnte mir das die ganze Zeit über entgangen sein?

»Hailee …«, beginne ich, aber sie schüttelt den Kopf.

In diesem Moment kann ich jede einzelne Emotion in ihrem Gesicht ablesen. Die Zweifel in ihren Augen, die vorher nicht da waren. Oder die sie einfach zu gut vor mir verborgen hat. Die Unsicherheit, die sie im Laufe der vergangenen Wochen Stück für Stück abgelegt hatte und die jetzt mit aller Macht zurückgekehrt ist. Und die Angst. Aber da ist auch die inzwischen vertraute Wärme in ihrem Blick – und eine plötzliche Entschlossenheit, mit der ich nicht gerechnet habe. Ehe ich nachfragen oder auch nur einen klaren Gedanken fassen kann, lehnt sich Hailee zu mir und presst ihre Lippen auf meine.

Zuerst bin ich zu überrascht, um zu reagieren, dann übernehmen meine Instinkte die Kontrolle. Ich schiebe die Finger in Hailees Haar und halte ihren Kopf fest, während ich den Kuss erwidere. Ihre Lippen teilen sich, und mir entkommt ein gedämpftes Stöhnen, als sich unsere Zungen berühren. Weil es so verdammt vertraut ist. Weil es Hailee ist.

Sie schiebt die Bettdecke beiseite, drückt mich zurück und klettert auf mich, bevor ich überhaupt begreife, was hier geschieht. Aber ich kann es auch nicht stoppen. Dafür sitzt die Angst, die Panik, noch viel zu tief. Beinahe hätte ich Hailee verloren. Wenn sie sich nicht dagegen entschieden hätte. Wenn ich noch etwas später auf der Aussichtsplattform angekommen wäre. Ich will nicht daran denken, weigere mich, mir auszumalen, was alles hätte passieren können, aber ich komme nicht dagegen an. Dieser stürmische Kuss, Hailees Geruch, ihr Geschmack, ihre Wärme und Nähe so früh an diesem Morgen zeigen mir, dass sie noch da ist. Dass sie noch lebt. Dass sie sicher ist.

Wahrscheinlich ist es falsch, was wir hier tun. Wahrscheinlich sollte ich den Kuss nicht so sehnsüchtig erwidern und meine Hände nicht unter das weite Band-T-Shirt schieben, das sie zum Schlafen trägt, aber ich kann nicht anders. Erst als ich etwas Warmes, Feuchtes auf meinem Gesicht spüre, halte ich inne. Trotzdem dauert es noch ein paar Sekunden, bis ich wieder klar genug denken kann, um den Kopf etwas zurückzulehnen und Hailee anzusehen.

»Du weinst«, wispere ich rau.

Sie ignoriert mich. Vielleicht will sie es auch nicht wahrhaben. »Bitte«, haucht sie an meinen Lippen. »Ich muss … Ich … brauche das. Ich muss etwas anderes fühlen. Irgendetwas anderes. Bitte, Chase …«

Ihre Stimme klingt so flehend, so verzweifelt, dass ich beinahe nachgebe. Aber nur beinahe. Denn da ist ein Teil in mir, der mir klar und deutlich sagt, dass das hier ein Fehler wäre. Jetzt weiterzumachen, ohne an die Konsequenzen zu denken oder daran, was gestern passiert ist, wäre ein Fehler, den wir beide bereuen würden. Abgesehen davon weiß ich genau, was Hailee hier tut – weil ich letzte Nacht genau dasselbe getan habe: nach etwas gesucht, um zu vergessen, um etwas anderes zu fühlen und nicht mehr denken zu müssen. Und es hat auch funktioniert, allerdings nur kurzfristig. Danach sind all die Gedanken, Erinnerungen und die Hilflosigkeit schlagartig zurückgekehrt.

Ich will nicht, dass Hailee das zwischen uns benutzt, um auf die gleiche Weise vor ihren Emotionen zu fliehen wie ich. Und wenn sie nur einen Moment innehalten und ehrlich mit sich selbst sein würde, dann würde sie erkennen, dass sie das im Grunde auch nicht will.

Trotzdem kostet es mich einiges an Selbstbeherrschung, die Finger um ihre Handgelenke zu schließen und sie wegzudrücken. Den neuen Kuss zu unterbrechen, obwohl er uns beide schwer atmend und erregt zurücklässt. Und stattdessen Hailees Blick zu suchen und mich der Verzweiflung darin zu stellen. Und den Tränen in ihren Augen.

Shit.

»Hailee …«

Sie schüttelt den Kopf. Wieder und wieder. Versucht mich erneut zu küssen, doch diesmal weiche ich ihr aus.

»Warte.«

Sie hält inne. Ihre Brust hebt und senkt sich schnell. Ihre

Haut ist gerötet, genau wie ihre Augen, und Tränenspuren zeichnen ihre Wangen.

»T-tut mir leid …«, flüstert sie erstickt und sinkt in sich zusammen. »Ich … ich habe keine Ahnung, was ich tun, was ich denken oder fühlen soll. Ich weiß nicht mehr, was noch richtig und was falsch ist.«

Der Drang, sie ganz fest in die Arme zu nehmen und vor allem zu beschützen, was ihr wehtut, ist übermächtig, aber ich weiß, dass das nicht das Richtige in dieser Situation ist. Hailee hat Verluste erlebt, vor denen ich sie jetzt, Monate später, genauso wenig schützen kann wie vor ihren eigenen Gefühlen. Ich kann ihr den Schmerz nicht ersparen oder ihn auf mich nehmen, auch wenn ich das sofort tun würde. Scheiße, ich würde nicht eine Sekunde lang zögern. Doch nichts, was ich sage oder tue, wird etwas an dem ändern, was passiert ist. Nichts und niemand kann ihr Katie und Jesper zurückbringen.

Behutsam lege ich die Hände an ihr Gesicht und warte, bis sie mich wieder ansieht. »Ich kannte deine Schwester nicht«, beginne ich leise und zögerlich, da wir zum ersten Mal so offen über dieses Thema reden. Bis vor Kurzem war ich der festen Überzeugung, dass Katie nur verreist war. Dass sich die beiden gestritten hatten und den Sommer über anschwiegen. Gott, wie konnte ich mich nur so irren? »Aber glaubst du wirklich, Katie hätte gewollt, dass du ihr folgst?«

Wieder bilden sich Tränen in ihren Augen, aber sie weicht mir nicht aus, sondern hält sich an meinem Blick und jetzt auch an meinen Handgelenken fest. »Das würde sie nicht …«, gibt Hailee kaum hörbar zu. »Katie ist immer … Katie *war* immer voller Energie und Lebensfreude, und jetzt … jetzt wird sie nie mehr auf ihre geliebten Partys gehen können. Sie wird nie mehr eine Nacht vor den Prüfungen durchmachen und ihre Mitschriften auswendig lernen. Sie wird nie mehr mit mir Eis essen und mich nie mehr vor Gewittern beschützen.« Bei den letzten Worten stößt Hailee ein heiseres Lachen aus, das in einem erstickten Schluchzen endet. »Ich habe riesige Angst davor, aber irgendwann hat Katie damit angefangen, so zu tun, als wäre sie diejenige, die sich fürchtet, und ist nachts schon beim ersten Donnern zu mir ins Bett gekrabbelt.«

Ich löse eine Hand aus Hailees Umklammerung, um ihr die Tränen mit dem Daumen von den Wangen zu wischen.

»Sie wird sich nie mehr verlieben, nie mehr surfen gehen, und ich werde sie nie mehr so sehr über etwas lachen hören, bis ihr die Tränen kommen und sie wie ein Meerschweinchen fiepsen muss.« Ein wehmütiges Lächeln begleitet ihre Worte. »Wir werden unseren Abschluss nicht zusammen machen. Dad wird sie nicht zum Altar führen. Sie wird niemals eine Mutter oder Tante sein. Und sie wird nie zusammen mit mir und ganz vielen Enkelkindern oder Katzen alt werden.«

Ich streiche ihr das Haar hinters Ohr. Gebe mir alle Mühe, ruhig zu bleiben und für Hailee da zu sein, auch wenn es mich umbringt, dabei zusehen zu müssen, wie sie vor meinen Augen zusammenbricht.

»Enkelkinder oder Katzen?«, hake ich leise nach.

Hailee nickt. »Wir haben uns immer ausgemalt, wie wir zusammen alt werden und in einem hübschen Haus am See in unseren Schaukelstühlen sitzen. Um uns herum entweder eine ganze Armee von Enkelkindern – oder, wenn das nicht klappt, unzählige Katzen.«

Ich muss lächeln, weil dieses Bild so skurril ist. Niedlich, aber skurril. Doch da ist auch so viel Sehnsucht in Hailees Stimme, und mein Lächeln wird weniger, bis es schließlich ganz verblasst. Für mich mag es nur eine süße Vorstellung sein, aber für sie und Katie war es ihre Zukunft. Eine Zukunft, die es jetzt nicht mehr geben wird.

»Ich weiß nicht, was ich ohne sie tun soll«, wispert Hailee. Die Panik in ihren Augen überschattet alle anderen Emotionen. »Ich habe keine Ahnung, wie ich ohne sie weitermachen soll …«

»Aber das hast du. Du hast den ganzen Sommer über weitergemacht.«

»Nur weil ich wusste, dass alles am sechsten September endet. Nur weil ich wusste, dass es keine Konsequenzen gibt, zumindest keine langfristigen. Ich wollte, dass Katie stolz auf mich ist, wenn wir uns wiedersehen. Nur deshalb war ich so mutig.«

»Das bist du auch ohne sie, Hailee.«

Sie glaubt mir nicht. Das kann ich ihrer ganzen Haltung anmerken. Sie sieht nicht das, was ich in ihr sehe. Sie erkennt diese mutige, unglaubliche Frau nicht, die durch so viel Schmerz gegangen ist, die so viel verloren hat, und jetzt trotzdem hier bei mir sitzt. Nicht meinetwegen. Nicht für Katie oder für Jesper oder sonst jemanden. Nein, Hailee sitzt hier, weil sie leben will, selbst wenn sie nicht weiß, wie. Und ich würde nichts lieber tun, als ihr dabei zu helfen, aber ich bin genauso ratlos. Und das macht mich fertig.

»Komm her …«, murmle ich.

Ein erstickter Laut kommt ihr über die Lippen. Diesmal küsst sie mich nicht, sondern schlingt die Arme um mich und vergräbt das Gesicht an meinem Hals. Ihr warmer Atem streift über meine Haut. Unregelmäßig. Stockend. Ihre Schultern beben. Es zerreißt mich innerlich, sie so zu sehen, aber ich halte sie fest. Wie oben auf dem Plateau halte ich Hailee einfach nur fest. So lange, wie sie möchte.

Ich habe keine Ahnung, wie lange wir so dasitzen. Von draußen sind nach und nach die üblichen Geräusche zu hören, als würde die Welt langsam erwachen – vorbeifahrende Autos, erste Passanten, die vor den Schaufenstern stehen bleiben und sich unterhalten, lachende und kreischende Kinder. Auch im Diner ein Stockwerk unter uns wird es lauter. Gäste kommen und gehen. Irgendwo scheppert etwas. Beth' Stimme hallt durch das Lokal. Die vielen Stimmen und die Musik sind hier oben nur als entferntes Summen wahrzunehmen. Und während offenbar jeder in Fairwood an diesem Samstagmorgen seinem Alltag nachgeht, versuche ich immer noch zu begreifen, wie das überhaupt möglich ist. Wie kann jeder einfach weitermachen? Wie kann sich die Welt weiterdrehen, als wäre nichts geschehen?

Hailee beruhigt sich nur langsam in meinen Armen. Ihre Atmung wird gleichmäßiger, ihr Schniefen seltener, ihr Herzschlag ruhiger.

»Ich brauche Hilfe …«

Die Worte sind kaum zu verstehen, aber ich bin mir sicher, sie gehört zu haben. Genauso wie die Resignation in ihrer Stimme.

Sachte schiebe ich ihr ein paar Haarsträhnen hinters Ohr. »Charlotte hat …«, beginne ich und räuspere mich, dann setze ich erneut an. »Nach Jespers Beerdigung hat Charlotte angefangen, regelmäßig zu einer Therapeutin zu gehen, die sich auf Trauerbewältigung spezialisiert hat. Die Praxis ist hier in Fairwood.«

Es ist nur eine schlichte Aussage. Keine Frage, dennoch nickt Hailee nach einem Moment.

»Okay …«

Ich blinzle überrascht und versuche etwas in ihrem Gesicht zu erkennen, aber sie hat es noch immer an meinem Hals vergraben. »Okay …?«, hake ich leise nach.

Sie nickt – und ich kann kaum fassen, was diese winzige Geste in mir auslöst. Erleichterung. Dankbarkeit. Hoffnung. So verdammt viel Hoffnung. Aber da ist noch mehr, so viel mehr, das ich nicht in Worte fassen kann. Ich weiß nur, dass ich sie noch etwas fester an mich ziehen muss.

Hailee schmiegt sich an mich. »Tut mir leid«, flüstert sie. Inzwischen zittert sie – ob vor Kälte oder Erschöpfung weiß ich nicht.

»Dir muss überhaupt nichts leidtun«, erwidere ich und streichle ihr über den Rücken.

»Doch. Ich hab dein Shirt versaut.«

Nur mit Mühe kann ich ein Lachen unterdrücken. Von allen Dingen fällt ihr ausgerechnet das ein. Diese Aussage ist so typisch für Hailee, dass es wehtut. Es tut weh, weil sie jetzt bei mir ist, ich ihre Stimme hören und sie im Arm halten kann, ich sie aber vor vierundzwanzig Stunden beinahe verloren hätte.

Ich weiß, dass ich zu spät war. Hätte Hailee wirklich sterben wollen und das Zeug geschluckt, dann hätte sie nichts und niemand retten können, da jede Hilfe zu spät gekommen wäre. Vor allem dort draußen auf dieser Aussichtsplattform, die selbst mit dem Auto nur schwer zu erreichen ist. Die Entscheidung, zu leben, hat Hailee ganz allein getroffen.

Das Wissen darum, wie knapp es tatsächlich war und dass ich nichts hätte ausrichten können, macht mich schier wahnsinnig. Ich darf nicht zu lange darüber nachdenken, sonst drehe ich durch. Daran hat auch der Kampf gestern Abend nichts geändert. Für ein paar Minuten hat er diese Gedanken zwar in meinem Kopf ausgelöscht, hat mir die dringend notwendige Ablenkung beschert, doch danach kamen sie mit voller Wucht zurück. Es gibt kein Entkommen. Aber ich will nicht davor weglaufen. Nicht mehr. Jeder Instinkt in mir will Hailee helfen, sie unterstützen und ihr bei jedem Schritt zur Seite stehen, wenn sie wieder lernt, was es bedeutet, zu leben. Ohne die Menschen, die sie verloren hat.

Ich kann nur hoffen, dass sie mich das auch für sie tun lässt.

Kapitel 5

Chase

Wir verbringen den ganzen Samstag in Hailees Zimmer. Zwischendurch gehe ich einmal kurz runter ins Diner, um uns etwas zu essen und zu trinken zu holen, und ignoriere dabei sowohl Beth' mörderische Blicke als auch das neugierige Starren einiger Gäste. So schnell es geht, kehre ich zu Hailee zurück. Wir reden, bingewatchen eine Serienfolge nach der anderen und ich lasse Hailee schlafen, wann immer ihr die Augen zufallen. Sie hat über eine Stunde mit Charlotte telefoniert, ihr alles erzählt und sie gefragt, ob es möglich wäre, einen Termin bei ihrer Therapeutin zu bekommen. Ich konnte ihr ansehen, wie viel Mut und Überwindung sie dieses Telefonat gekostet hat, aber sie hat es durchgezogen. Selbst wenn sie danach gezittert hat und ihr wieder die Tränen kamen.

Als am Sonntag die ersten Sonnenstrahlen durch das Fenster auf die Holzdielen fallen, liegt Hailee in meinen Armen. Sie hat sich die halbe Nacht unruhig hin und her gewälzt. Erst vor ein paar Stunden konnte sie endlich richtig einschlafen und hat sich an meine Seite gekuschelt. Ihre Hand liegt auf meinem Oberkörper, direkt über dem Tattoo auf meinen Rippen, und ich habe den Arm um sie geschlungen. Unter normalen Umständen müsste ich jetzt aufstehen und nach Hause zum Familienbrunch fahren. Unter normalen Umständen hätte ich Hailee gefragt, ob sie mitkommen und den Rest meiner

Familie kennenlernen will. Aber das sind keine normalen Umstände. Nicht für Hailee und auch nicht für mich.

Lexi wird sich irgendeine Ausrede einfallen lassen, warum ich heute nicht da bin, auch wenn mir klar ist, dass ich meiner Verwandtschaft und den Fragen, die definitiv auftauchen werden, nicht ewig ausweichen kann. Doch daran will ich jetzt nicht denken. Nicht an diesem Morgen. Nicht, wenn ich ein weiteres Mal mit Hailee in meinen Armen aufwachen kann.

Ich streichle ihr über die Schulter und setze einen Kuss auf ihr Haar, dann löse ich mich ganz vorsichtig von ihr. Im Bad danke ich meiner Cousine in Gedanken dafür, dass sie gestern noch ein paar Sachen vorbeigebracht hat – vornehmlich saubere Klamotten und meine Zahnbürste. Ich steige in die Dusche und zucke zusammen, als zunächst nur kaltes Wasser herabprasselt. Wenigstens bin ich jetzt richtig wach. Nach und nach erwärmt sich das Wasser jedoch, ich seife mich ein, wasche mir schnell die Haare und greife keine fünf Minuten später nach dem Handtuch, um mich abzutrocknen. Auch daran hat Lexi gedacht, aber sie hat keinen Rasierschaum und keinen Rasierer eingepackt, und ich kann mir denken, warum. Auch wenn allein dieser Gedanke Übelkeit in mir auslöst.

Seufzend fahre ich mir mit den Fingern durch das kurze Haar und über die Stoppel in meinem Gesicht, dann ziehe ich mich wieder an. Auf dem weißen T-Shirt landen ein paar Wassertropfen aus meinen Haaren, aber das ist mir egal.

Als ich ins Zimmer zurückkomme, liegt Hailee noch im Bett. Sie hat sich nicht von der Stelle gerührt, schläft aber nicht mehr, sondern blinzelt leicht, als sie mich bemerkt.

»Hey.« Ich werfe ihr ein Lächeln zu und setze mich neben sie. »Guten Morgen.«

»Morgen«, nuschelt sie und sieht sich etwas desorientiert um. »Wie spät ist es?«

Ich schaue auf meinem Handy nach. »Kurz nach zehn.« Ich stecke das Gerät wieder ein und lege die Hand an Hailees Wange. Mit dem Daumen streiche ich ganz leicht über ihre Haut. Hatte ich vor dieser Sache auch schon ständig das Bedürfnis, sie zu berühren? Oder ist das eine neue Entwicklung? Ich weiß es ehrlich nicht. »Ich habe eine Idee für heute«, sage ich nach einem Moment, in dem ich sie einfach nur angesehen habe.

»Ja …?«

»Ja. Lass dich überraschen.«

Sie zieht die Nase wieder auf diese niedliche Art kraus. »Ich mag keine Überraschungen.«

»Glaub mir, diese wirst du mögen.«

Denn die Wahrheit ist: Wir können uns nicht für immer in diesem Zimmer vor der Welt verstecken, auch wenn die Vorstellung durchaus etwas Verlockendes hat. Aber wir müssen beide wieder da raus, selbst wenn das in meinem Fall Fragen und irritierte Blicke nach sich ziehen wird. Mein Auge ist glücklicherweise nicht angeschwollen, aber das Veilchen trotzdem unübersehbar. Egal. Damit werde ich mich noch früh genug auseinandersetzen müssen. Heute geht es nur darum, Hailee etwas Gutes zu tun und sie abzulenken. Morgen wird Charlotte sie zu ihrer Therapeutin begleiten, und bis dahin werde ich dafür sorgen, dass sie auf andere Gedanken kommt. Auch wenn ich ihr sonst nicht helfen kann – dieser Tag heute ist etwas, das ich für sie tun kann. Und das ist immerhin ein Anfang.

»Na los«, fordere ich sie auf und halte ihr die Hände hin, um ihr hoch zu helfen. »Wir haben viel vor.«

Sie verdreht die Augen, lächelt aber auch schwach. Und ignoriert meine Hände. Stattdessen schiebt sie ächzend die Decke beiseite und trottet in einem Tempo ins Bad, das einen Zombie stolz machen würde.

Eine halbe Stunde später ist Hailee geduscht und angezogen – nicht mit einem ihrer Kleider, sondern einer engen Jeans, einem locker fallenden, bunt gemusterten Oberteil und den Federohrringen – und schnappt sich ihren Schlapphut.

Ich spüre ihr Zögern, als ich die Tür öffne. Nicht nur, weil sie für eine Sekunde wie erstarrt ist, sondern weil ich auch mein eigenes Zögern nur zu deutlich wahrnehme. Obwohl alles dort draußen so aussieht wie zuvor, wissen wir beide, dass nichts mehr so ist wie früher. Für keinen von uns, aber vor allem nicht für Hailee. Ich nehme ihre Hand in meine und verschränke unsere Finger miteinander, dann führe ich sie die Treppe hinunter und zügig durch das Diner. Wir wünschen Beth einen guten Morgen, doch bevor sie etwas sagen kann, sind wir auch schon draußen auf dem Gehweg. Mein Dodge steht nicht weit von hier auf dem Parkplatz hinter dem Diner, aber das ist nicht unser erstes Ziel.

»Wohin gehen wir?«, will Hailee wissen, als ich sie die Main Street entlangführe.

»Zu einem deiner Lieblingsorte.«

Als wir vor der Buchhandlung stehen bleiben, werden ihre Augen groß. Und da ist es endlich wieder, dieses kleine aufgeregte Funkeln, das ich in den letzten Tagen so vermisst habe. Tante Jazmine und Mary Ann sind beide beim Familienbrunch, also muss ich mir keine Gedanken darüber machen, ihnen hier über den Weg zu laufen. Sonntags kümmert sich Trudy um den Laden. Sie war schon zu meiner Schulzeit in Rente und hat uns Kinder immer mit Süßigkeiten versorgt. Mittlerweile bessert sie ihre Haushaltskasse ein wenig auf, indem sie einmal die Woche hier aushilft.

Das Glöckchen über der Tür verkündet unser Eintreten. Trudy sitzt wie immer in einem Kostüm hinter dem Ladentisch, bestehend aus einer adretten weißen Bluse, einem hellgrünen Blazer und einem farblich dazu passenden Rock. Damit könnte sie eher in einer Bankfiliale arbeiten als in einer Buchhandlung, aber sie hatte schon immer eine seriöse Ausstrahlung. Ich kann mich an keine Zeit erinnern, in der ihr Haar nicht völlig weiß war und sie es nicht zu einem strengen Dutt zusammengebunden getragen hat. Sie hat die Nase in einen Jane-Austen-Roman vergraben und hebt den Kopf, als wir hereinkommen.

»Guten Morgen, Trudy«, begrüße ich sie.

Ihre Augen weiten sich bei meinem Anblick, und die Falten in ihrem sonnengegerbten Gesicht vertiefen sich. »Chase! Um Himmels willen! Was ist denn mit dir passiert?«

Ich beiße die Zähne zusammen. Gleichzeitig spüre ich, wie Hailee meine Hand drückt, als wollte sie mich daran erinnern, dass ich nicht allein bin. Dass sie bei mir ist. Und, Gott, es tut so verflucht gut, das zu wissen.

»Ach, nichts weiter.« Ich zwinge mich zu einem unbekümmerten Lächeln. »Nur eine kleine Auseinandersetzung. Sie sollten mal den anderen Kerl sehen.«

Die alte Dame schnaubt, aber ihre Mundwinkel zucken. »Du hast schon früher immer Ärger gemacht, selbst als kleiner Junge.« Dann wendet sie sich an Hailee, registriert unsere miteinander verschränkten Finger und lächelt zum ersten Mal offen. »Pass bloß gut auf den hier auf«, weist sie Hailee an und entlässt uns aus dem Verhör, indem sie sich wieder auf ihr Buch konzentriert.

Ich sehe zu Hailee hinüber, die verblüfft blinzelt, aber auch schmunzeln muss, und beuge mich zu ihr hinunter. »Such dir was aus«, flüstere ich ihr ins Ohr.

Sie starrt mich einen Moment lang an, lässt sich aber nicht zweimal bitten. Gleich darauf stehe ich allein im Eingangsbereich, während Hailee die Regale abläuft und die Neuerscheinungen studiert. Als sie sich entschieden hat, bestehe ich darauf, das Buch zu kaufen und ihr zu schenken, auch wenn sie zunächst protestiert. Aber ganz ehrlich? Ich weiß nicht, wie ich ihr helfen kann. Ich weiß nicht, wie ich ihr beweisen kann, dass es sich lohnt, weiterzuleben, obwohl die wichtigsten Menschen in ihrem Leben nicht mehr bei ihr sind. Also tue ich das Einzige, was mir einfällt: sie ablenken. Ihr schöne Momente bescheren. Sie an die Dinge erinnern, die sie in diesem Sommer genossen hat. Momente, in denen sie sich wohlgefühlt hat, vielleicht sogar richtig glücklich war.

Zumindest glaube ich, dass sie es war, denn mit absoluter Sicherheit kann ich das nicht sagen. Nicht nach Freitagmorgen. Nicht nach der Erkenntnis, dass sie die ganze Zeit wusste, wie dieser Sommer für sie enden würde und es mir wochenlang verschwiegen hat. Unweigerlich drängt sich mir die Frage auf, was sie noch für sich behalten oder welche Teile ihrer Persönlichkeit sie vor mir versteckt hat. Gleichzeitig hasse ich mich für diesen Gedanken, für diese plötzliche Unsicherheit. Sie ist doch noch immer die Hailee, die ich in den vergangenen Wochen kennengelernt habe. Oder etwa … nicht?

Unser nächstes Ziel sollte eigentlich keine große Überraschung sein, trotzdem reißt Hailee die Augen auf, als wir kurze Zeit später zur Lavendelfarm abbiegen, und wirft mir ein Lächeln zu. Zugegeben, ihre Augen schimmern dabei verdächtig und sie muss mehrmals schlucken, aber es ist ein Lächeln. Immerhin.

Wir haben Glück mit dem Wetter. Es ist nicht mehr völlig wolkenverhangen, auch wenn noch immer ein paar Wolken am blauen Himmel schweben. Ein leichter Wind weht und treibt den Duft von Lavendel in unsere Richtung, sobald wir ausgestiegen sind.

Heute ist deutlich mehr los als bei unserem letzten Besuch.

Mehrere Familien mit Kindern laufen durch die Felder, in der Scheune scheint gerade ein Bastelworkshop stattzufinden, und ein paar Touristen mit Sonnenbrille, Kamera und Rucksack haben sich ebenfalls dazu entschlossen, einen Ausflug hierher zu machen.

Wenige Minuten später entdecken wir ganz in der Nähe auf dem Feld ein älteres Ehepaar, das gerade Lavendel erntet. Die Frau in dem weißen Kleid mit dem Strohhut erinnert mich ein bisschen an meine Großmutter. Ihr ganzes Gesicht hellt sich auf, als ihr Mann ihr einen Strauß überreicht.

Hailee seufzt neben mir. »Die zwei sind fast schon zu süß«, murmelt sie und schneidet eine weitere Pflanze mit der Schere ab, die wir vorhin zusammen mit einem Korb zum Ernten geholt haben.

Normalerweise würde ich nicht lange zögern, irgendeinen Spruch zu bringen oder Hailee damit aufzuziehen, dass sie in Wahrheit doch später genau so etwas erleben will wie dieses Paar. Doch jetzt tue ich es. Ich halte inne. Zögere. Und verfluche mich im Stillen selbst dafür. Scheiße. Wann habe ich angefangen, jedes Wort in Gedanken zwei- und dreimal umzudrehen, bevor ich es Hailee gegenüber ausspreche? Es sollte nicht so sein. Ich sollte mich nicht so verdammt hilflos fühlen, so als würde ich gegen eine Sturzflut anschwimmen, ohne zu wissen, ob ich je wieder daraus entkommen werde.

Der Duft von Lavendel begleitet jeden unserer Schritte. Zuerst zwischen den endlos scheinenden und doch schon zu einem Großteil abgeernteten Reihen mit den lilafarbenen Blumen, dann im Shop, wo es lauter selbst gemachte Dinge aus Lavendel gibt – Liköre, Seifen, Kräuterkissen, Marmelade, Kekse und vieles mehr –, und anschließend im Auto, als ich über zwei Stunden später wieder den Motor starte.

Auf Hailees Schoß liegen zwei große gebundene Lavendelsträuße, und ich muss gar nicht erst fragen, um zu wissen, für wen sie sind: Diese Blumen sind für Jesper und Katie.

Ich werfe Hailee einen kurzen Seitenblick zu. Wir fahren mit offenen Fenstern, und der Wind wirbelt ihre langen Haare durcheinander. Im Radio läuft irgendein Popsong. Hailee hat ihren Hut auf die Rückbank geworfen, die Sonnenbrille aber noch auf. Und sie lächelt. Sie wirkt so entspannt, als hätte es die letzten Tage gar nicht gegeben. Und für einen Moment will ich daran glauben. Ich will so tun, als hätte sie sich nie von mir getrennt, als hätte sie mich nie weggeschickt, als wäre sie nie zur Aussichtsplattform gefahren, um … *Shit.* Alles in mir wehrt sich dagegen, dennoch zwinge ich mich dazu, den Gedanken zu Ende zu bringen: um sich das Leben zu nehmen.

Erst als ich Hailees Hand in meiner spüre, bemerke ich, dass ich danach gegriffen habe. Wie selbstverständlich verschränkt sie die Finger mit meinen, und der Druck auf meiner Brust lässt etwas nach. Trotzdem halte ich ihre Hand die ganze Zeit über fest und lasse sie erst wieder los, als wir auf den Parkplatz eines Diners fahren, das wir bisher nie zusammen besucht haben. Ich bin selbst zum ersten Mal hier, aber Clayton und Eric haben es mir mal empfohlen. Außerdem will ich mit diesem Ausflug heute nicht nur alte Erinnerungen aufwärmen, sondern auch neue schaffen.

Mittlerweile ist es schon nach zwei Uhr, und die meisten Mittagsgäste scheinen gegangen zu sein, sodass wir fast allein im Diner sind. Die Kellnerin begrüßt uns herzlich, nimmt unsere Bestellungen auf und verschwindet dann schnell wieder.

Ich lasse meinen Blick durch das spärlich gefüllte Lokal mit den dunklen Möbeln und der Jukebox an der Wand gleiten. »Diesmal sehe ich niemanden, dem du ein Glas Wasser ins Gesicht schütten kannst. Oder heißen Kaffee«, füge ich trocken hinzu.

Hailee zuckt mit den Mundwinkeln. »Du bist noch da«, erwidert sie nur.

Ich hole bereits Luft, um entsprechend darauf zu antworten – nämlich, dass sie die Idee mit dem kochend heißen Kaffee vergessen kann –, halte dann jedoch inne, als ich ihren Gesichtsausdruck bemerke. Und mir klar wird, dass viel mehr hinter ihrer Aussage steckt, als ich zunächst dachte.

»Du bist noch da«, wiederholt sie, diesmal ohne die Spur eines Lächelns, dafür aber mit tausend Fragen in den Augen. »Warum? Ich meine … Warum bist du … Du müsstest mich hassen für das, was ich da fast getan hätte.« Beschämt senkt sie den Blick auf die Tischplatte.

»Dich hassen?«, wiederhole ich, nachdem ich mich von dem kurzen Schock erholt habe. »Hailee, ich könnte dich niemals hassen.«

Sie schnaubt leise. »Nicht einmal, wenn ich etwas so Wichtiges vor dir geheim halte, die Sache zwischen uns beende und dann wegfahre, um … um …«

Ich greife über den Tisch nach ihrer Hand und halte sie ebenso fest wie ihren Blick, sobald sie wieder aufsieht. »Ich würde lügen, wenn ich behaupten würde, dass es egal ist oder mir nichts ausmacht. Oder dass ich mir nicht wünsche, es wäre gar nicht erst dazu gekommen. Aber, Hailee … du bist hier. Und auch wenn alles ein einziges verdammtes Chaos ist – nur das zählt. Okay? Dass du jetzt hier bist, ist das Einzige, was für mich zählt.«

Ihre Augen füllen sich mit Tränen, und ich drücke ihre Hand.

»Nicht weinen«, beschwöre ich sie. »Ich habe keine Taschentücher mit, und die Leute hier werden bestimmt denken, dass ich dir gerade das Herz gebrochen habe, und mich dann rausschmeißen.«

Ich übertreibe maßlos, aber es erzielt die erhoffte Wirkung: Hailee lacht leise. Zwar kullern ihr trotzdem Tränen über die Wangen, aber sie wischt sie mit der freien Hand weg und lächelt mich an.

»Danke. Für alles. Für diesen Tag heute und gestern und überhaupt.«

Ich kann nicht anders, ich lehne mich über den Tisch, lege Hailee die Hand ans Gesicht und wische die letzten Tränenspuren mit dem Daumen weg. Dieses Gespräch ist keine Liebeserklärung und keine Zusicherung, dass alles wieder in Ordnung kommt oder dass sie und ich wieder zusammen sind. Vermutlich ist es dafür auch zu früh, selbst wenn die letzten Worte aus Hailees Abschiedsbrief seither ungesagt zwischen uns in der Luft hängen. Aber es ist genug. Für den Moment ist es mehr als genug.

Nach dem Essen machen wir einen kurzen Zwischenstopp am Friedhof, wo Hailee die beiden Lavendelsträuße an Jespers Grab legt. Anschließend fahren wir an den See, wo wir zusammen mit Clay, Lexi und den anderen am Lagerfeuer gesessen und Marshmallows gegrillt haben. Auch heute sitzen kleine Grüppchen und Paare am Ufer, mehrere Lagerfeuer brennen, und der Geruch von Holz, Wasser und Essen liegt in der Luft. Gitarrenklänge und leise Stimmen dringen ebenso zu uns durch wie das Plätschern, wann immer jemand schwimmen geht. Aber wir liegen einfach nur auf der Motorhaube meines Wagens nebeneinander und beobachten zunächst das Treiben am See, dann die Sterne, von denen immer mehr über uns am Himmel funkeln.

Es ist noch immer warm genug, um bis tief in die Nacht draußen zu sitzen. Doch je später es wird, desto mehr Menschen gehen, bis man meinen könnte, wir wären die Einzigen hier draußen.

Grillenzirpen gesellt sich zu den leisen Geräuschen des Wassers. Stimmen sind nur noch vereinzelt zu hören. Und wir liegen noch immer hier auf der Motorhaube, als hätten wir alle Zeit der Welt. Und, bei Gott, ich hoffe, dass es die Wahrheit ist. Dass das hier nicht das Ende eines Lebens oder eines Sommers ist, sondern der Beginn von etwas Neuem. Etwas Besserem.

Ich drehe den Kopf zu Hailee, die noch immer gebannt in den Sternenhimmel sieht. Sie hat die Hände auf dem Bauch gefaltet, ihre Atmung ist gleichmäßig, und ihre Gesichtszüge sind entspannt. Beinahe so, als hätte sie für eine Weile alles andere vergessen. Als gäbe es nur noch sie und mich und als wäre der ganze Schmerz, den sie empfindet, weit, weit weg.

»Komm her …«, raune ich, und für einen Moment bin ich selbst davon überrascht, wie belegt meine Stimme klingt.

Hailee zieht die Brauen hoch, rührt sich aber nicht. »Warum?«

»Ich will dich einfach nur festhalten.«

Einen Moment lang sieht sie mich bloß an, dann heben sich ihre Mundwinkel ein wenig, und sie rutscht zu mir herüber. Ich mache es uns beiden einfacher, indem ich sie an der Taille packe und vor mich zwischen meine Beine setze, bis sie sich an mich lehnen und ich die Arme von hinten um sie schlingen kann. Sofort dringt mir ihr vertrauter Geruch in die Nase, und ihre Haare kitzeln mich im Gesicht, aber das ist okay. Es ist sogar mehr als okay. Sie ist hier. Sie ist am Leben. Und es wird keinen Tag mehr geben, an dem ich nicht dankbar dafür sein werde. Wenn mich die Sache mit Jesper eines gelehrt hat, dann, wie schnell alles vorbei sein kann. Selbst wenn es bei ihm irgendwie absehbar war, da es ihm in den letzten Jahren immer schlechter ging, kam es dennoch viel zu plötzlich. In der einen Sekunde war er noch da, in der nächsten für immer fort. Und beinahe hätte ich Hailee auf die gleiche Weise verloren.

»Hast du eine Ahnung, wie mutig du bist?«, wispere ich hinter ihr.

»Ich? Mutig?« Sie dreht den Kopf etwas, um mich erstaunt anzusehen.

»Ja, du.«

Sie schüttelt den Kopf und blickt wieder nach vorne zu den Bäumen, zwischen denen man den See im Licht des Mondes glitzern sehen kann. »Ich bin nicht mutig. Ich bin das genaue Gegenteil davon.«

»Das ist nicht wahr, Hailee. Du *bist* mutig. Und damit meine ich nicht nur diesen Roadtrip und die ganzen Dinge, die du unbedingt tun wolltest und den Sommer über auch getan hast.« Mit den Lippen streife ich über ihren Hals, dann flüstere ich ihr etwas sehr Wichtiges ins Ohr. »Was du tun wolltest, hat dich unheimlich viel Mut gekostet – aber es war noch viel mutiger, es nicht zu tun. Du hast dich für das Leben entschieden, als du sterben wolltest.«

Sie zittert in meinen Armen, erwidert aber nichts darauf. Sie hat die Augen geschlossen und die Lippen zusammengepresst, aber was auch immer gerade in ihr vorgeht, sie behält es für sich. Wieder ist da dieses Gefühl der Machtlosigkeit, das immer größer wird, bis es mich unter sich zu begraben droht. Ich schlucke hart und zwinge die Empfindung zurück. Und ich tue das, was ich für Hailee tun kann: Ich halte sie fest. Bin bei ihr. Und lasse sie erst los, als sie fast in meinen Armen einschläft und wir beschließen, zurück nach Fairwood zu fahren.

Die Fahrt verläuft schweigend und ohne Musik. Unzählige Fragen toben in meinem Kopf und drängen darauf, ausgesprochen zu werden. Was hat sie jetzt vor? Möchte Hailee in Fairwood bleiben? Was ist mit ihren Eltern? Geht sie zurück nach Hause? Zurück nach Minnesota? Hat sie alles in ihrem Abschiedsbrief ernst gemeint? Oder hat sie es nur geschrieben, weil sie wusste, dass sie mich nie wiedersehen würde? Dass ihre Worte keine Konsequenzen haben würden – zumindest nicht für sie? Wie soll es weitergehen? Für sie? Für mich? Mir bleibt noch eine Woche in meiner Heimatstadt, dann muss ich zurück ans College, weil das neue Semester beginnt. Und auch wenn ich nicht die geringste Lust verspüre, wieder nach Boston zu fahren und weiterzustudieren, weiß ich leider auch, dass ich es trotzdem tun werde. Genauso wie ich meine Familie weiterhin für Josh anlügen werde. Zumindest alle außer Lexi, die nun die Wahrheit kennt.

Ich seufze tief. *Fuck.* Ich habe nicht die geringste Ahnung, wie es weitergehen soll. Das Einzige, was ich mit absoluter Sicherheit weiß, ist, dass ich keine Sekunde dieses Sommers bereue. Und ich will, dass es weitergeht. Ich will Hailee auch nach diesem Sommer wiedersehen. Aber ist es auch das, was sie möchte? Ist sie bei all dem Chaos und Schmerz in ihrem Leben überhaupt bereit dazu?

»Chase?«

»Hm?« Ich schaue zu ihr hinüber, vielleicht ein bisschen ertappt, weil ich so in Gedanken war.

Hailee deutet nach vorne. »Es ist grün.«

Oh. Ich sehe mich kurz um, aber wir sind allein an der Kreuzung, als ich weiterfahre. Irgendwie kein Wunder, denn es ist Sonntagabend und bereits nach elf Uhr. Die meisten Leute müssen morgen wieder arbeiten, und die Touristen verbringen den Abend wahrscheinlich bei *Barney's* oder schlafen schon nach einem anstrengenden Wandertag.

Ich denke gar nicht darüber nach, als ich den Wagen auf dem einzigen freien Platz hinter dem Diner parke und zusammen mit Hailee aussteige, statt sie einfach vor dem Diner abzusetzen. Keiner von uns scheint gerade zu wissen, was das zwischen uns ist, aber ich werde sie nicht allein lassen. Nicht, weil ich ihr nicht vertraue oder befürchte, sie könnte etwas Dummes anstellen, sondern weil ich ihre Nähe genauso brauche wie sie meine zu brauchen scheint. Und solange sie mich nicht wegschickt, bleibe ich an ihrer Seite. So lange ich kann.

Im Diner ist nicht viel los. Ein paar Sitzecken sind belegt, genau wie drei Hocker am Tresen. Beth steht mit einer Kaffeekanne in der Hand an einem Tisch und unterhält sich mit einem Paar, das ich nie zuvor gesehen habe. Wahrscheinlich Touristen. Aus der Küche sind leise Musik und das Zischen von brutzelndem Fett zu hören.

»Gute Nacht, Beth.« Ich nicke ihr zu, aber sie erwidert nichts darauf, sondern starrt mich nur an. Ach, verdammt. Ich vergesse immer wieder, dass ich aussehe, als wäre ich geradewegs aus einer Schlägerei gekommen. Shit. Doch dann bemerke ich, dass ihr durchdringender Blick gar nicht mir gilt, sondern meiner Begleitung.

Sie sieht zu Hailee und deutet mit dem Kopf unmerklich nach links auf die Sitznische, vor der sie steht. In diesem Moment erheben sich die zwei Fremden und wenden sich uns zu.

»Mom?« Hailee starrt die beiden an, als könnte sie nicht fassen, was hier passiert. »Dad?«

Kapitel 6

Hailee

Ich habe mich nicht bewegt. Ich weiß genau, dass ich mich nicht vom Fleck gerührt habe, trotzdem finde ich mich plötzlich in einer Umarmung wieder, die mir die Luft abschnürt und mir die Tränen in die Augen treibt.

Sie sind hier. Sie sind wirklich hier. Meine Eltern sind in Fairwood. Aber ... wie kann das sein? Bilde ich mir das nur ein?

Nein. Dads Geruch von Pfefferminz und den seltenen Zigaretten, die er nur in Stresssituationen raucht, ist so vertraut wie Moms warmer Rosenduft. Als ich klein war, habe ich immer geglaubt, sie hätte einen ganzen Blumengarten in diesem hübschen Flakon auf ihrem Schminktisch. Die Gerüche, die Nähe, die Stimmen – all das ist so real, dass ich es mir unmöglich einbilden kann.

»Wie ...« Langsam mache ich mich von den beiden los und trete einen halben Schritt zurück. »Wie seid ihr ...? Wie habt ihr ...?«

»Dein Brief«, erklärt Mom und wischt sich über die Augenwinkel. Gott, sie sieht aus wie eine ältere Version von Katie. Das gleiche dunkelbraune Haar. Der gleiche dunklere Teint. Die gleichen Augen wie Katie und ich. Nur dass rund um Moms Augen ein paar Fältchen hinzugekommen sind, seit ich sie das letzte Mal gesehen habe. »Als dein Brief ankam, haben wir uns sofort auf die Suche nach dir gemacht. Wir haben versucht, dich zu erreichen, aber du bist nicht rangegangen, oder dein Akku war leer, und … und dann haben wir während der Fahrt alle Krankenhäuser in der Gegend angerufen.«

»Der Brief wurde in Fairwood abgestempelt«, erklärt Dad und streicht ihr beruhigend über die Schulter. Auch er wirkt älter. Grauer an den Schläfen. »Wir sind sofort losgefahren.«

Mehr als eintausend Meilen. Für mich. Sie haben alles stehen und liegen gelassen, um mich zu finden. Ich weiß nicht, warum ich so überrascht bin, aber ich bin es. Damit habe ich absolut nicht gerechnet. Im Gegenteil. Ich war felsenfest davon überzeugt, dass es ihnen nicht mal auffallen würde, wenn ich weg bin. Wenn ich genauso verschwinde wie Katie. Nur hat sie eine Lücke in ihrem Leben hinterlassen, wie ich es niemals tun würde. Sie haben ja kaum bemerkt, dass ich durch das ganze Land fahre, statt zu Hause in meinem Zimmer zu sitzen wie sonst so oft in den Semesterferien.

Die Erinnerung an das Telefonat mit Mom kehrt so deutlich zurück, dass sich mein Magen schmerzhaft verkrampft. Es war ihr egal. Ich war ihr egal, verdammt noch mal! Aber wie kann sie dann auf einmal hier sein? Wie können sie beide den ganzen Weg von Rondale in Minnesota nach Fairwood mitten in Virginia gefahren sein?

Zu meiner Schande muss ich gestehen, dass ich überhaupt nicht mehr an den Brief gedacht habe, den ich vor zwei Tagen eingeworfen habe. Für mich war alles gesagt. Und es ist ja nicht so, als ob sie versucht hätten, mich an dieser Reise zu hindern, oder sich allzu oft danach erkundigt hätten, wo ich bin, was ich gerade tue und bisher erlebt habe. Oder wie es mir geht. Denn sie sind nicht die Einzigen, die jemanden verloren haben. Sie sind verdammt noch mal nicht die Einzigen, auch wenn sie mir in den darauffolgenden Wochen genau dieses Gefühl vermittelt haben.

Trotzdem sind sie jetzt hier – und es fühlt sich so surreal an, dass ich nicht weiß, was ich denken oder fühlen soll. Mein altes und mein neues Leben treffen aufeinander, und ich habe nicht die geringste Ahnung, wie ich mich verhalten soll.

»Setzen wir uns doch.« Wie so oft übernimmt Mom die Regie und deutet auf die Sitznische, aus der sie gerade aufgestanden sind. Wie lange sie wohl schon hier auf mich warten? Hat Beth versucht, mich anzurufen, als sie angekommen sind? Ich weiß es nicht. Ich weiß nicht mal, ob ich mein Handy bei mir trage oder heute Morgen in meinem Zimmer zurückgelassen habe. Oder wann ich es überhaupt zuletzt in der Hand hatte.

Mom mustert mich abwartend. »Oder möchtest du lieber woandershin? Wenn du nach Hause willst …«

Ein leises Räuspern und eine warme Hand an meinem Rücken erinnern mich daran, dass wir nicht allein sind. Und als Chase neben mich tritt und meinen Eltern die Hand hinhält, wird diese ganze Situation nur noch surrealer.

»Mrs DeLuca. Mr DeLuca. Ich bin Chase Whittaker. Freut mich, Sie kennenzulernen.«

Er ist ganz der höfliche junge Mann, zu dem ihn seine Eltern erzogen haben – nur dass meine ihn jetzt reichlich irritiert anstarren. Dad fasst sich als Erstes und schüttelt Chase' Hand, dann reißt sich auch Mom aus ihrer Starre und begrüßt ihn.

Seit ich von zu Hause ausgezogen und ans College gegangen bin, habe ich ihnen keine neuen Freunde von mir vorgestellt. Weder meinen Exfreund noch die wenigen anderen Leute, mit denen ich in San Diego zu tun hatte, also ist das hier für uns alle Neuland. Und wenn ich den Gesichtsausdruck meiner Eltern richtig verstehe, haben sie sich bereits eine Meinung über Chase gebildet. Völlig egal, wie wohlerzogen er ist, alles, was sie sehen, sind das dunkelviolette Veilchen unter seinem Auge und die Abschürfungen an seinen Fingerknöcheln. Und sie schieben ihn sofort in eine Schublade. Sie fragen nicht einmal nach, wer er ist oder ob ich ihn gerade erst kennengelernt habe, und angesichts ihrer Reaktion finde ich nicht den Mut, geschweige denn die Kraft, um ihnen zu erklären, dass er derjenige war, der in den letzten Wochen immer an meiner Seite war. Derjenige, der am tiefsten Punkt meines Lebens für mich da war und mich festgehalten hat, als ich nicht mehr konnte.

Angespanntes Schweigen breitet sich zwischen uns aus, was diese ganze Situation nur noch seltsamer macht. Vor allem, als alle nun mich erwartungsvoll anschauen, als wüsste ausgerechnet ich, was jetzt zu tun ist.

»Vielleicht sollten wir …«, beginne ich zögerlich, da mir gerade auffällt, dass wir noch immer mitten im Diner herumstehen und viele Blicke auf uns ziehen. Nicht nur die von Beth, sondern auch von den anderen Gästen. Sogar Mr Kerridge sieht von seiner Zeitung auf und mustert uns stirnrunzelnd. »Vielleicht sollten wir nach oben gehen.« Die Worte sind an meine Eltern gerichtet, auch wenn ich Chase gerne weiterhin in meiner Nähe hätte. Aber ich bin mir ziemlich sicher, dass es das Ganze nur noch komplizierter machen würde. Mit einem gezwungenen Lächeln wende ich mich ihm zu. »Danke. Für alles heute und dass du mich zurückgebracht hast.«

Er zögert. Kurz zuckt sein Blick zu meinen Eltern, die uns zweifellos beobachten, dann nickt er langsam und nimmt mein Gesicht in seine Hände. Am liebsten würde ich die Augen schließen und mich in diese Berührung lehnen. Stattdessen atme ich tief ein und wieder aus, um mich für das zu wappnen, was gleich folgt.

»Kommst du zurecht?«, will er leise wissen. So leise, dass meine Eltern weder ihn noch meine Antwort hören können. Ich weiß, was er tut. Er bietet mir einen Ausweg an. Eine Fluchtmöglichkeit. Und sosehr ich sie auch ergreifen möchte –

wenn ich mich Mom und Dad jetzt nicht stelle, werde ich es niemals tun. Dann werde ich für immer Angst vor ihren Reaktionen haben. Außerdem hat Chase die letzten Tage ununterbrochen mit mir verbracht. Er würde es niemals selbst sagen, aber ich bin mir sicher, dass er eine Pause braucht – von mir und … allem. Also nicke ich auf seine Frage hin.

»Wenn etwas ist, wenn du weg möchtest oder einfach nur reden willst, ruf mich an, okay? Ich bin sofort da.«

Ich habe keine Ahnung, womit ich das, womit ich jemanden wie ihn verdient habe. Er müsste wütend auf mich sein. Verletzt. Enttäuscht. Vielleicht ist er all das auch, doch im Moment steckt er es zurück und stellt meine Bedürfnisse über seine. Ja, das klingt ganz nach dem Chase, den ich kenne. Ein Teil von mir will ihm dafür um den Hals fallen, ein anderer will ihn so lange schütteln, bis er endlich mal an sich selbst, an seine eigenen Wünsche und Bedürfnisse denkt. Doch für nichts davon ist gerade Platz.

Also lächle ich nur und lege meine Hand für einen kurzen Augenblick auf seinen Arm. »Danke.«

Wieder zögert er. Ich kann ihm ansehen, dass er mich küssen will. Das hat er seit Samstagmorgen, seit ich ihn so damit überfallen habe, nicht mehr getan. Ich wünschte, er würde es jetzt tun. Zum allerersten Mal wünsche ich mir, jemand würde mir versichern, dass alles gut wird – und es die Wahrheit ist. Aber wir wissen beide, dass nichts mehr wie zuvor zwischen uns ist, auch wenn Chase noch so hartnäckig alles dafür tut, um mir das Gegenteil zu beweisen. Aber er hat unrecht. Die Dinge können gar nicht mehr wie vorher sein, weil ich nicht mehr dieselbe Person bin. Und er auch nicht.

»Gute Nacht, Chase.«

Seine Mundwinkel wandern ein kleines Stück in die Höhe. »Süße Träume.«

Ein letzter Blick, eine letzte Berührung, dann lässt er mich los, nickt meinen Eltern zum Abschied zu und verlässt das Diner. Und obwohl andere Menschen hier sind, obwohl meine Eltern nur wenige Meter hinter mir stehen, fühle ich mich plötzlich völlig allein.

Meine Kehle wird eng, und mein Magen zieht sich zusammen, als mir wieder bewusst wird, warum Mom und Dad hier sind. Was es gebraucht hat, um sie aus ihrer Welt zu reißen und sie sich daran erinnern zu lassen, dass sie noch eine zweite Tochter haben. Eine, die nicht tot ist. Ja, das ist ihnen gegenüber unfair. Es ist so verdammt unfair, aber ich kann nicht anders, als genau so zu fühlen. Den ganzen Sommer über, nein, schon seit Katies schrecklichem Unfall haben sie mich ignoriert. Ich war praktisch Luft für sie. Als wären Katie und ich eine untrennbare Einheit gewesen und ich wäre zusammen mit meiner Zwillingsschwester gestorben. Und ich könnte schwören, dass es Tage gegeben hat, an denen mich meine eigene Mutter und mein eigener Vater nicht mal richtig ansehen konnten.

Und doch sind sie jetzt hier. Sie haben meinen Abschiedsbrief bekommen, ihn gelesen und … das Erste, was sie getan haben, ist, nach Fairwood zu kommen? Wie kann das sein? Wie passt das zusammen? Wie können dieselben Menschen, denen ich monatelang nichts bedeutet habe, plötzlich alles für mich stehen und liegen lassen? Ich begreife es einfach nicht.

»Hailee …« Dads ruhige Stimme reißt mich aus meinen Gedanken.

Nur widerwillig wende ich mich von der Tür ab und führe sie durch das Diner zur Treppe, während uns die neugierigen Blicke mehrerer Leute folgen. Es ist so seltsam, mit meinen Eltern hier zu sein, nachdem ich die letzten Wochen in diesem Diner gearbeitet habe. Ich weiß genau, wo die Ersatzkarten und

Servietten sind. Ich weiß, dass ein Salzstreuer eine Kerbe hat und viel zu viel Salz herauskommt, darum stellen wir ihn nur auf einen Tisch, wenn der ganze Laden voll ist. Mr Kerridge sitzt am Tresen und ist wieder in seine Zeitung vertieft. Sein Kaffee ist bestimmt schon leer oder zumindest kalt geworden. In der Küche summt Simon das Lied mit, das aus seinem Handy schallt. Während seiner Schicht hört er immer ein- und dieselbe Playlist. Immer. Und Beth steht mit einer Kaffeekanne in der Hand da und wirft mir einen undeutbaren Blick zu. Was haben meine Eltern ihr erzählt?

Ich räuspere mich, als wir oben ankommen, und drücke die Tür zu meinem Zimmer auf, das mir plötzlich so viel kleiner vorkommt als zuvor. Und unordentlich. Das Bett ist nicht gemacht, und auf dem Schreibtisch stapeln sich Essenspackungen, fettige Papiertüten und leere Flaschen. Vielleicht hätte ich heute Morgen lüften sollen.

Ich gehe zum Schreibtisch hinüber und lehne mich leicht an, dann bleibt mir nichts mehr übrig, als meine Eltern wieder anzusehen. Denn nun gibt es nichts mehr, das mich ablenken oder davon abhalten könnte, mich ihnen zu stellen.

Zögernd kommen sie herein und setzen sich nebeneinander auf die Bettkante. Das überrascht mich nicht – sie haben schon immer alle Entscheidungen zusammen gefällt. Im Gegensatz zu anderen Kindern in unserem Alter konnten Katie und ich sie nie austricksen, indem wir erst den einen Elternteil und dann den anderen gefragt haben, wenn wir irgendetwas haben wollten. Mom und Dad haben sich immer abgesprochen und alles gemeinsam entschieden. Auch jetzt präsentieren sie eine geschlossene Front.

Doch ich kann ihnen die Müdigkeit ansehen. Sie sind steif und angespannt, Mom ist ganz blass, und ihre Augen sind gerötet. Hat sie etwa geweint? Meinetwegen? Dad hat Augenringe und wirkt völlig erledigt. Sind sie die ganze Strecke hierher durchgefahren? Ohne Pause?

»Hailee …«, beginnt mein Vater und fährt sich mit der Hand durch das kurz geschnittene Haar. »Was in diesem Brief steht …«

Ich starre auf meine Finger hinab, die ich unbewusst zu kneten begonnen habe. Okay, vielleicht habe ich es mir doch anders überlegt. Ich will mich dem Ganzen nicht stellen. Ich will die Enttäuschung und die Vorwürfe in ihren Gesichtern nicht sehen. Ich weiß nicht, wie ich damit umgehen, wie ich darauf reagieren soll. Das hier war nie Teil des Plans.

»Du hast uns einen riesigen Schrecken eingejagt. Und wir … wir …«

»Müssen wir jetzt darüber reden?«, unterbreche ich ihn und wage es, die beiden wieder anzusehen.

»Ob wir darüber reden müssen?«, wiederholt Mom entrüstet, springt auf und beginnt in dem viel zu kleinen Raum auf und ab zu laufen. »Willst du damit etwa andeuten, dass dieser … dieser *Abschiedsbrief* nicht ernst gemeint war? Sollte das etwa ein Scherz sein? Was wolltest du damit erreichen, Hailee?«

Ich zucke zusammen und senke den Blick rasch wieder. Mit den Händen reibe ich über meine Jeans, aber sie sind immer noch ganz klamm vor Anspannung. Vor Nervosität. Vor Angst.

»Es war kein Scherz.« Die Worte fühlen sich rau an, als würde mir jede Silbe wie eine Glasscherbe in die Haut schneiden. »Ich habe alles davon ernst gemeint.«

Mom bleibt abrupt stehen. Atmet scharf ein. Dad starrt mich an. Ich kann ihm ansehen, wie es in ihm arbeitet, wie er versucht, den Brief und das Mädchen, das jetzt vor ihm steht, miteinander in Einklang zu bringen. Und ich könnte sogar verstehen, wenn es ihm nicht gelingt.

Es ist die eine Sache, sich vorzunehmen, zu sterben. Einen Plan aufzustellen und alles Notwendige dafür zu besorgen und in die Wege zu leiten – das ist der einfache Teil. Es dann allerdings umzusetzen, ist fast unmöglich. Und hinterher seine Eltern wiederzusehen und ihnen gestehen zu müssen, dass man vorhatte, sich umzubringen, ist eine völlig andere Sache. Eine, die ich nie tun wollte. Und sie ist schlimmer, als ich es mir je hätte vorstellen können.

Es tut weh. Es tut so weh, den Schock und die Enttäuschung in ihren Gesichtern zu lesen, obwohl ich geglaubt habe, neben all der Trauer nichts anderes mehr empfinden zu können. Obwohl ich mir absolut sicher war, nie wieder etwas so Schreckliches zu fühlen wie an diesem Morgen auf dem Plateau, als ich es nicht über mich gebracht habe, die Mischung aus Wasser, Schmerz- und Schlaftabletten zu trinken. Und jetzt, während ich meinen Eltern gegenüberstehe, meine Wangen vor Scham brennen und ich die Fingernägel so fest in meine Handflächen bohre, dass meine Arme anfangen zu zittern, wünsche ich mir fast, es doch getan zu haben. Dann würde ich jetzt nämlich nicht hier sein. Dann müsste ich das hier, dieses Unverständnis und diese stummen Vorwürfe nicht über mich ergehen lassen.

»Mom …?« Irgendwie bringe ich dieses eine Wort über die Lippen.

Meine Stimme, so leise und brüchig sie auch sein mag, scheint meine Mutter aus ihrer Schockstarre zu reißen. Sekundenlang sieht sie mich nur an, dann schüttelt sie den Kopf. Erst langsam, dann immer heftiger, und weicht sogar vor mir zurück, als könnte sie nicht akzeptieren, was ich soeben gesagt und was ich damit zugegeben habe.

»Ich … Tut mir leid, ich muss …« Hilfe suchend sieht sie zu meinem Vater, der noch immer bewegungslos dasitzt und nicht mal mehr zu atmen scheint. Erst bei Moms Ausbruch kommt wieder Leben in ihn. Er nickt ihr kurz zu, dann stürmt sie aus dem Zimmer und die Treppe hinunter.

Die Tür fällt hinter ihr zu, und ich starre darauf, bis sie vor meinen Augen verschwimmt.

Das war's? Ihre Tochter schreibt einen Abschiedsbrief und gesteht, dass sie sich das Leben nehmen wollte, und Mom … geht einfach?

»Hailee.«

Ich reiße den Blick von der Tür los und richte ihn auf meinem Vater. Meine Knie wollen mich nicht länger tragen, und ich lasse mich auf den einzigen Stuhl am Tisch sinken. Heiße Tränen rollen mir über die Wangen, doch diesmal mache ich mir nicht die Mühe, sie wegzuwischen. Wozu auch? Es ändert nichts. Nichts von dem, was ich sage oder tue, ändert irgendetwas. Ist es da wirklich ein Wunder, dass ich mir sicher war, es würde keinen Unterschied machen, ob ich da bin oder nicht? Ob ich am Leben bin oder nicht?

Langsam geht Dad vor mir in die Hocke und streckt die Hand nach mir aus. Ich denke nicht mal darüber nach, meine Bewegungen sind mechanisch, als ich die Fäuste nacheinander löse und meine Hand in seine lege. Er schließt seine Finger darum und hält sie fest. Warm. Vertraut. So, wie er mir früher, als ich noch klein war, oft die Hand gehalten hat. Beim allerersten Zahnarztbesuch. Am ersten Schultag. Als ich mit Fieber im Bett lag und stundenlang irgendwelche Cartoons geschaut habe.

»Es tut mir so leid …«, wispere ich.

Dad schüttelt den Kopf. »Dir muss überhaupt nichts leidtun, Spatz. Wir …« Er atmet tief durch. »Wir waren so in unserer eigenen Trauer gefangen, dass wir … Wir sind diejenigen, die sich entschuldigen müssen. Wir hätten dir niemals das Gefühl geben dürfen, dass du uns egal bist. Denn das bist du nicht,

Hailee. Deine Mom und ich, wir lieben dich von ganzem Herzen. Der einzige Grund, weshalb deine Mutter gerade gegangen ist, ist der, dass sie die Vorstellung nicht erträgt, dich auch noch zu verlieren. Katies Tod hat sie schwer getroffen, aber dich jetzt auch noch zu verlieren würde sie zerstören.«

»Aber es war ihr egal«, murmle ich und starre auf unsere Hände hinab. »Ich habe mit ihr telefoniert, und sie … sie war mit tausend anderen Dingen beschäftigt. Sie hat mich *Katie* genannt.«

Ich weiß nicht mal, warum mich das am härtesten getroffen hat. Nicht die monatelange Gleichgültigkeit. Nicht die Tatsache, dass sie sich während meiner Reise nie nach mir erkundigt haben. Nicht einmal, dass Mom auf der Arbeit so viel zu tun hatte und ich sie in einem blöden Moment erwischt habe. Nein, sie hat mich *Katie* genannt. Als würde ich, als würde *Hailee* gar nicht existieren.

»Ich weiß.« Dad seufzt tief. »Sie hat mich danach angerufen und mir davon erzählt. Sie wollte in Ruhe mit dir darüber reden, es erklären und sich entschuldigen, aber dann war dein Handy aus, und am nächsten Tag kam dieser Brief.«

»Es tut mir so leid …«, wiederhole ich, weil ich das Gefühl habe, es gar nicht oft genug sagen zu können. »Ich wollte euch nicht noch mehr Kummer bereiten. Ich wollte euch nicht wehtun. Ich dachte, es wäre euch egal, und ich … ich …« Meine Stimme bricht. »Ich vermisse Katie so schrecklich. Ich wollte wieder bei ihr sein.« Die letzten Worte sind nur ein ersticktes Flüstern. »Sie fehlt mir so sehr.«

Dad richtet sich etwas auf und legt den Arm um mich. Ich sinke gegen ihn und schluchze unkontrolliert.

Fünf Monate. Fünf Monate lang habe ich mir nicht erlaubt, um meine Schwester zu trauern. Habe mir nicht eingestehen wollen, dass sie nie mehr zurückkommt. Ich weiß nicht, ob ich das jemals ganz akzeptieren kann. In der einen Sekunde war Katie noch da, wir waren zusammen in unserem Wohnheimzimmer, haben über die Uni geredet, und Katie wollte mich auf diese blöde Party mitschleppen. Sie hat so darauf gedrängt, bis mir der Kragen geplatzt ist und ich ihr all diese Dinge an den Kopf geworfen habe, die überhaupt nicht wahr waren. Dass sie mich umkrempeln will und mich nicht einfach akzeptieren kann. Dass sie lieber eine andere Schwester hätte, eine, die mehr so ist wie sie. Dabei weiß ich doch, dass Katie mich geliebt und genau so angenommen hat, wie ich bin. Ich weiß das. Genauso wie ich weiß, dass sie mir nie lange böse sein konnte. Katie hat innerhalb von wenigen Minuten alles vergeben und vergessen. Aber ich werde nie vergessen, dass das Letzte, was sie von mir zu hören bekommen hat, Vorwürfe waren. Und dann ist sie allein auf diese Verbindungsparty gegangen. Sie ist über Nacht dortgeblieben, nach dem Aufstehen in den Garten gegangen und hat mit einer Kommilitonin telefoniert. Der Polizei zufolge muss sie gestolpert oder neben dem Pool ausgerutscht sein. Ihr Kopf ist gegen den Beckenrand geknallt, wodurch sie das Bewusstsein verloren hat. Dann ist sie in den Pool gefallen und ertrunken, bevor die Rettungskräfte eintrafen.

In der einen Sekunde war Katie noch da, voller Leben, voller Pläne. Und in der nächsten war sie für immer fort.

Es ist so leicht, anderen Menschen Vorwürfe zu machen. Sich über sie aufzuregen. Sich mit ihnen zu streiten. Aber wir denken nie daran, dass es das letzte Mal sein könnte. Die letzte Umarmung. Das letzte Wort. Der letzte Blick.

Wieso habe ich damals nicht daran gedacht? Wieso habe ich Katie nicht zum Abschied umarmt und ihr gesagt, wie lieb ich sie habe? Warum bin ich nicht mit ihr zu dieser blöden Party gegangen? Womöglich hätte das überhaupt nichts geändert, aber vielleicht … nur vielleicht …

»Sie fehlt uns auch, Spatz.« Dad streicht mir über den Kopf, und seine Stimme klingt belegt. »Ihr beide fehlt uns so unglaublich.«

Das löst nur eine weitere Flut an Tränen aus. Ich wünschte, ich könnte sie stoppen, aber ich kann nicht. Es ist beinahe so, als hätte sich in den letzten Monaten alles hinter einem verdammten Damm angestaut und würde jetzt unaufhaltsam durchbrechen.

Dad kommentiert mein Schluchzen nicht, er streicht mir nur immer wieder über das Haar, wie er es schon gemacht hat, als ich mit fünf vom Fahrrad gefallen bin und mir die Knie aufgeschlagen habe. Er lässt mich weinen, bis ich das Gefühl habe, völlig leer zu sein. In meinem Kopf hämmert es, mein Gesicht tut weh, und ich bin dankbar für die Taschentücher auf dem Tisch, die Lexi irgendwann dort hingestellt haben muss, ohne dass ich es bemerkt habe.

»Seid ihr wirklich sofort hergekommen, nachdem ihr den Brief gelesen habt?«, wispere ich, lehne mich etwas zurück, um ihn ansehen zu können, und schniefe ein letztes Mal.

»Natürlich.« Seine Augen weiten sich. »Hailee, du … Wie konntest du jemals etwas anderes glauben?«

Ihr habt mich das glauben lassen. Ihr habt es mich tage-, wochen- und monatelang spüren lassen. Ich will es hinausschreien, aber ich kann nicht. Weil ich es schon gesagt oder vielmehr aufgeschrieben habe. Und weil ich den Schmerz in Dads Gesicht nur zu deutlich erkenne und ihm nicht noch mehr davon zufügen will. Das wollte ich nie. Ich wollte den Menschen, die mir wichtig sind, doch niemals wehtun. Ich wollte nur … ich wollte nur, dass es aufhört. Dass es endlich vorbei ist und ich meine Schwester und meinen besten Freund endlich wiedersehen kann.

»Wir haben ein Zimmer in diesem großen Hotel gemietet«, erzählt er, und ich brauche einen Moment, um mich daran zu erinnern, welches Hotel er meint. Die dreistöckige Villa, die einst einem Plantagenbesitzer gehört hat. Das Gebäude, das Chase' Großvater restauriert hat. »Wir bleiben so lange in der Stadt, wie du es möchtest.«

Ich nicke dankbar.

»Aber, Hailee …?«

»Ja?«

Er zögert. Es fällt ihm sichtlich schwer, seine Gedanken auszusprechen. Dad war schon immer besser darin, Katie und mich mit netten Gesten zu trösten, mit uns zu spielen oder uns mit Süßigkeiten und Geschenken zu verwöhnen, als über Gefühle zu reden. Mom war diejenige, zu der wir gegangen sind, wenn wir Rat brauchten. Zumindest bis zur Highschoolzeit. Zu Dad sind wir immer gegangen, wenn wir eine Umarmung wollten.

»Warst du bei einem Arzt? Oder im Krankenhaus? Hast du mit irgendjemandem gesprochen?«

»Chase …«, bringe ich stockend hervor. »Er hat … Er hat darauf bestanden, dass mich ein Arzt untersucht. Und morgen …« Ich räuspere mich. »Morgen gehe ich mit einer Freundin zu ihrer Therapeutin.«

Dad nickt langsam. »Das ist gut. Das ist sehr gut, Hailee.«

Ein seltsames Schweigen breitet sich zwischen uns aus. Ich habe keine Ahnung, wie spät es ist, aber plötzlich spüre ich diesen ganzen wundervollen, schrecklichen Tag bis in die Knochen. Chase hat es geschafft, mich abzulenken, aber mit dem Auftauchen meiner Eltern in Fairwood bin ich schlagartig wieder in der Realität angekommen.

Auch mein Vater wirkt erschöpft. Er starrt aus dem Fenster auf die Stadt hinab. Grübelt still vor sich hin.

»Es ist okay, Dad«, beschwöre ich ihn. »Du musst nicht hier bei mir bleiben. Du kannst ruhig zu Mom gehen.«

Entschieden schüttelt er den Kopf. »Ich will dich nicht allein lassen. Nicht nach all der Zeit. Und nicht nach … nicht nach diesem Brief.«

Scham, Schuldgefühle und Wut prallen in mir aufeinander und lösen ein einziges Chaos aus. Mein Magen rebelliert. Meine Kehle ist trocken. Am liebsten würde ich schreien, stattdessen zwinge ich mich zu etwas, das hoffentlich wie ein Lächeln aussieht, auch wenn es sich für mich nicht danach anfühlt.

»Ich bin nicht allein«, erwidere ich leise. »Ich habe Freunde. Ich kann jemanden anrufen, damit ich die Nacht über nicht allein bin.«

Ganz langsam zieht Dad die Brauen in die Höhe. »Jemanden wie diesen Chase?«

Ich beiße die Zähne zusammen. Wenn er wüsste, was Chase alles für mich getan hat. Was er mir bedeutet. Dass er derjenige war, der zur Aussichtsplattform gerast ist, um mich aufzuhalten. Dass er mich festgehalten hat und bei mir geblieben ist, als ich jemanden gebraucht habe. Aber mein Vater sieht nichts davon. Er sieht nur den jungen Mann mit dem blauen Auge und den aufgeschürften Fingerknöcheln und meint, damit bereits alles über Chase zu wissen, was es zu wissen gibt. Allerdings hatten meine Eltern auch noch keine Gelegenheit, Chase richtig kennenzulernen – und das hier ist weder der richtige Ort noch die richtige Zeit, um eine Diskussion darüber anzufangen. Wir sind beide erschöpft, und in mir herrscht ein zu großes Chaos, um mich jetzt noch länger vernünftig unterhalten zu können.

»Komm mit zu deiner Mom und mir ins Hotel«, schlägt Dad vor. Nur dass es nicht wie ein Vorschlag klingt, sondern wie eine Mischung aus einem Befehl und … purer Verzweiflung.

Ich schüttle den Kopf. »Ich gebe Lexi Bescheid«, sage ich, ohne darüber nachzudenken. »Sie ist eine Freundin von mir, wohnt in der Nähe und hat meinen Honda repariert. Sie kann bei mir bleiben.«

Zumindest hoffe ich das. Aber so, wie ich Lexi in den letzten Wochen erlebt habe, ist sie eher eine Nachteule und wahrscheinlich noch in der Werkstatt, wo sie an irgendeinem Fahrzeug herumschraubt, obwohl es schon so spät ist.

Dad zögert, scheint mit sich zu ringen und fährt sich mit der Hand durch das Haar, was dadurch nur noch mehr durcheinanderkommt. Ich habe ihn selten so gesehen. Normalerweise sitzt bei ihm alles – die Frisur ist immer ordentlich, er ist glatt rasiert, seine Kleidung weist keine einzige Falte auf, und für die Arbeit in der Kanzlei trägt er eine Bügelfaltenhose, glänzende schwarze Schuhe, ein blütenweißes Hemd mit Krawatte und Jackett. Selbst in seiner wenigen Freizeit hat er am liebsten Hemden oder Poloshirts an. Doch jetzt liegen dunkle Schatten unter seinen Augen, er scheint sich seit Tagen nicht mehr rasiert zu haben, und sein Hemd hat Falten. Das letzte Mal, dass ich ihn so gesehen habe, war kurz nach Katies Beerdigung.

»Einverstanden.« Er seufzt tief, nickt aber. »Gib ihr Bescheid.«

Erleichtert taste ich nach meinem Handy auf dem Schreibtisch, das ich den ganzen Tag über hier vergessen hatte. Ich habe tatsächlich ein paar verpasste Anrufe sowie vor rund einer Stunde eine Nachricht von Beth erhalten, die mich darüber informiert, dass meine Eltern im Diner sind. Und da ist noch eine von Chase, vor nicht einmal fünf Minuten, in der er mich fragt, ob alles okay ist.

Wärme breitet sich in mir aus und mischt sich unter das Chaos an Emotionen in meinem Inneren. Ich antworte auf keine der beiden Nachrichten, sondern tippe einen kurzen Text an Lexi, den ich sofort abschicke.

»Ich bleibe hier, bis deine Freundin kommt, und leiste dir Gesellschaft«, höre ich Dad betont beiläufig sagen.

Ich erstarre mit dem Telefon in der Hand, denn ich weiß genau, was er damit ausdrücken möchte: Er bleibt hier und passt auf, dass ich mir nicht allein in diesem Zimmer etwas antue. Ist es wirklich so leicht? Verliert man das Vertrauen seiner Mitmenschen wirklich so schnell? Ein einziger Fehler, und plötzlich ist alles anders? Ich frage mich, womit er rechnet. Dass ich jeden Moment aus dem Fenster springen könnte oder mich freiwillig die Treppe runterwerfe? Dass ich Rattengift oder irgendein anderes, ähnlich giftiges Zeug aus der Vorratskammer im Diner klaue und in meinen Kaffee schütte? Was? Und was lässt ihn glauben, dass er *jetzt* auf mich aufpassen muss, wenn er es in den letzten Monaten auch nicht getan hat?

Ich lege das Smartphone auf den Tisch, bohre die Fingernägel in meine Handflächen und sehe zur Seite, aus dem Fenster und raus auf die menschenleere Straße. Meine Augen brennen, und meine Muskeln zittern. Ich bin so … so … unglaublich wütend. Verletzt. Und gleichzeitig sage ich mir immer wieder, dass ich kein Recht dazu habe, mich so zu fühlen. Ich habe ihnen schließlich einen Grund gegeben, mich so zu behandeln. Das ist ganz allein meine Schuld. Ihre plötzliche Wachsamkeit. Dass sie alles zurückgelassen haben, um hierherzukommen und mich zu finden. Dass ich ihnen nach der Sache mit Katie einen solchen Schock versetzt und ihnen derart wehgetan habe.

Meine Finger lösen sich langsam wieder, und ich ignoriere das Brennen in meinen Handflächen. Es ist meine Schuld. Ich bin die Letzte, die wegen irgendetwas wütend sein darf. Nicht nach dem, was ich Mom und Dad gerade angetan habe.

Wir warten schweigend, bis Lexi keine fünfzehn Minuten später an die Tür klopft und ich ihr öffne. In der Hand hat sie eine Tasche mit, wie ich vermute, Schlafsachen und sauberen Klamotten für den nächsten Tag. Als sie meinen Vater bemerkt, zieht sie fragend die Brauen hoch.

Ich stelle die beiden einander kurz vor, unterschlage aber die Information, dass sie Chase' Cousine ist. Irgendwie glaube ich nicht, dass sich das allzu positiv auf Dads Stimmung auswirken würde. Beim Abschied zögert er wieder, umarmt mich dann jedoch kurz und fest.

»Versuch ein bisschen zu schlafen, Spatz. Wir reden morgen weiter.«

Ich nicke nur, da ich kaum ein Wort herausbringe, und sehe ihm nach, wie er die Treppe hinuntergeht. »Danke, dass du so schnell hergekommen bist«, sage ich an Lexi gewandt und drücke die Tür langsam zu.

»Kein Problem.« Sie legt mir die Hand auf die Schulter. »Alles in Ordnung?«

Ich schüttle den Kopf. Nichts ist in Ordnung. Ich weiß nicht einmal mehr, wie sich das anfühlt. Oder ob es das je wieder sein wird.

Kapitel 7

Hailee

Am nächsten Tag holt Charlotte mich frühmorgens ab, und wir verabschieden uns von Lexi, die sich im Diner etwas zu essen sowie einen Milchshake mitnimmt und dann zur Arbeit in die Werkstatt fährt. Ich weiß nicht, wie ich es finden soll, dass mich seit meiner Rückkehr keiner auch nur eine Sekunde lang aus den Augen lassen will, aber es ist auch nicht so, als könnte ich es nicht nachvollziehen. Wäre ich an ihrer Stelle, würde ich mich auch nicht mehr aus den Augen lassen. Oder mir vertrauen. Dabei wollte ich doch nie … Gott, ich wollte mir nie etwas *antun*. Ich wollte bei Katie sein, weil ich mir ein Leben ohne sie nicht vorstellen kann. Weil ich nicht weiß, wie ich funktionieren soll, wenn sie nicht da sind. Wie ich ohne meine Zwillingsschwester existieren soll, wenn mir jeder einzelne Atemzug nur zu deutlich vor Augen führt, dass sie nicht mehr da ist. Dass ich sie nie wiedersehen werde.

Meine Hände beginnen zu zittern, und meine Brust fühlt sich ganz eng an, trotzdem zwinge ich mich dazu, weiterzuatmen. Ich schaffe es sogar, Charlotte zuliebe so etwas wie ein Lächeln aufzusetzen. Sie steht in einem hübschen Kleid mit Brille und einem Haarreif mit schwarzer Blume in ihrem blonden Pixie-Cut vor dem Diner und wartet geduldig darauf, dass wir loskönnen.

»Danke, dass du das machst«, sage ich, auch wenn sie sofort den Kopf schüttelt und mir die Hand für einen Moment auf den Arm legt. Allerdings zieht sie mich weder zur Begrüßung noch jetzt in eine Umarmung. Und irgendwie bin ich ihr dankbar dafür, denn wenn sie mich umarmen würde, würde ich wahrscheinlich gleich anfangen zu weinen. Und ich habe es satt, ständig zu weinen.

»Das ist doch selbstverständlich. Ich wünschte, ich hätte vorher etwas gemerkt und …« Sie nestelt nervös an ihrer Handtasche. »Hailee, es tut mir schrecklich leid, wenn ich dich mit dem Manuskript und der Literaturagentur irgendwie bedrängt habe. Das war nie meine Absicht. Ich hoffe, das weißt du.«

Ich nicke, denn – ganz ehrlich? Seit Freitagmorgen habe ich nicht mal mehr an diese Sache gedacht. Außerdem könnte ich Charlotte nie böse sein. Ich weiß, dass sie gute Absichten hatte. Dass das Ergebnis und diese Möglichkeit, die sich da für Emikos Geschichte und mich aufgetan hat, absolut nicht zu meinem Plan gepasst hat, war nicht Charlottes Schuld. Genauso wenig wie die Tatsache, dass ich noch immer nicht weiß, wie ich mit dieser Sache umgehen und was ich tun soll. Und ich kann nicht darüber nachdenken, weil mein Kopf schon so voll ist mit anderen Dingen, also schiebe ich das fürs Erste beiseite.

»Können wir los?« Ich deute etwas hilflos in irgendeine Richtung, da ich keine Ahnung habe, wo diese Praxis ist. »Ich will nicht zu spät kommen.«

Aber vor allem will ich nicht länger vor dem Diner herumstehen, während Leute darin ein und aus gehen. Es ist schon schwer genug, überhaupt die nächsten Minuten zu bewältigen in dem Wissen, dass ich längst nicht mehr hier sein sollte, aber nach gestern Abend und so verheult, wie ich immer noch aussehe, will ich nicht auch noch das neue Klatsch- und Tratschthema werden.

Charlotte nickt sofort. »Natürlich. Es ist gar nicht weit. Wir können hinlaufen.«

»Okay.«

Es ist ein warmer, wenn auch wolkiger Septembertag. Der Sommer ist noch spürbar, doch der Herbst zeigt sich in den Blättern, die sich an den Bäumen verfärbt haben oder bereits den Boden bedecken. Und in den ersten Dekorationen und Süßigkeiten, die schon jetzt für Halloween verkauft werden. Auch das Schaufenster der Buchhandlung wurde umdekoriert und sieht mit den bunten Blättern und den Reiseführern über das Shenandoah-Tal herbstlicher aus. Bei meinem ersten Ausflug mit Chase habe ich mich gefragt, wie es hier wohl im Herbst aussehen mag, doch nun fühlt sich alles, was ich sehe, höre und sogar rieche, seltsam unwirklich an. Als wäre ich noch hier, aber irgendwie auch nicht. Weil mein Plan vorsah, nur bis zum sechsten September zu leben. Und heute ist der neunte.

»Ich hab gehört, dass deine Eltern in der Stadt sind«, bemerkt Charlotte nach einer Weile.

Ich seufze. »Neuigkeiten verbreiten sich hier ziemlich schnell, was?«

Sie wirft mir ein ironisches Lächeln zu. »Das fällt dir erst jetzt auf?«

Nein, eigentlich nicht. Allerdings wollte ich nie ein Teil davon sein. Ich war sehr zufrieden damit, das Mädchen auf dem Roadtrip zu sein, das in Fairwood festsitzt, bis ihr Auto wieder repariert ist. Keine weiteren Details. Keine tragische Hintergrundgeschichte. Nur ein Mädchen aus Minnesota, das spontan ein paar Wochen hier verbringt. Gott, ich wünschte, ich könnte zurückgehen und wieder diese Person sein, selbst wenn das bedeutet, alles, was passiert ist, zu verdrängen. Das war so viel leichter, als mich allem zu stellen und damit auseinandersetzen zu müssen.

»Meine Tante arbeitet im Hotel am Empfang. Sie hat meiner Mom von den neuen Gästen erzählt, und Mom hat es mir gegenüber erwähnt. Hast du sie angerufen, oder …?«

Ein irrwitziges Lachen kitzelt in meiner Kehle, aber ich unterdrücke es mit aller Macht. »Ich habe sie nicht angerufen«, murmle ich und starre auf meine weiß lackierten Fußnägel in den Römersandalen. »Ich habe ihnen einen Abschiedsbrief geschrieben, und als sie den bekommen haben, sind sie sofort hergefahren.«

»So schnell?«, sinniert Charlotte. »Wenn ich mal was per Post verschicke, dauert es immer ewig, bis das ankommt. Du hattest Glück.«

Ja. Es ist mein verdammtes Glück, dass ausgerechnet dieser Brief rasend schnell zugestellt wurde. Andernfalls wären Mom und Dad jetzt gar nicht hier. Aber mir ist auch klar, dass ich das Unvermeidliche damit nur hinausgezögert hätte. So, wie sie reagiert haben, wären sie auch in ein paar Tagen oder in einer Woche sofort losgefahren und nach Fairwood gekommen.

»Weißt du schon, wie es weitergeht?«, fragt Charlotte nach einem Moment, nur um fast im gleichen Atemzug entschuldigend die Hände zu heben. »Sorry, ich will dich nicht drängen. Das muss gerade ein einziges Chaos für dich sein.«

Ich nicke, weil sie recht hat. Mit allem. Es ist ein einziges Chaos, und ich habe nicht die geringste Ahnung, wie es jetzt weitergehen soll. Ich weiß nur, was der nächste Schritt ist. Und das ist das Einzige, worauf ich mich gerade konzentrieren kann.

Wir biegen von der Main Street in eine kleine Seitenstraße ab. Hier sind weniger Läden, dafür aber eine Konditorei, deren Auslage sogar mir, die gar keinen Appetit und nicht einen Bissen zum Frühstück heruntergebracht hat, das Wasser im Mund zusammenlaufen lässt.

Charlotte, die meinen Blick bemerkt haben muss, schmunzelt leicht. »Nach einer Sitzung komme ich oft hierher, um mich zu belohnen. Oder ich gehe in die Buchhandlung. Das können wir nachher machen, wenn du möchtest.«

Ich atme tief durch und wappne mich innerlich. Auch wenn ich selbst noch nie bei einer Therapeutin, Psychologin oder Psychiaterin war und auch niemanden kenne, der dort hingehen musste, kann ich mir nicht vorstellen, dass es angenehm wird. Eher, als würde man mich bei lebendigem Leib sezieren – nur werden statt meines Körpers meine Gedanken und Gefühle auseinandergenommen. Puh. Reizend.

»Okay«, antworte ich verspätet und reiße mich von der Auslage der Konditorei los. Ich habe nicht mal gemerkt, dass ich die Hände wieder zu Fäusten geballt habe, bis ich das Brennen in meinen Handflächen spüre. Gott, ich wünschte wirklich, ich hätte etwas Langärmliges angezogen. Damit würde ich spätestens zur Mittagszeit zwar total ins Schwitzen geraten, aber ich könnte wenigstens mit den Ärmeln herumspielen, um meine Finger irgendwie zu beschäftigen.

Wir biegen ein weiteres Mal ab, dann bleibt Charlotte vor einem unscheinbaren weißen Haus mit hübschen dunkelgrünen Fensterläden stehen. Neben der Tür hängt eine goldene Plakette mit eingravierter schwarzer Schrift: *Dr. Jane Sanchez. Praxis für Psychotherapie, psychologische Beratung und Trauerbegleitung.*

»Wenn du …«, beginnt Charlotte und hält kurz inne. »Wenn du das wirklich durchziehen willst, wird es nicht einfach.«

»Ich weiß.«

»Es wird wehtun. An manchen Tagen weniger, aber an anderen wirst du dich fühlen, als hätte dich ein Laster überrollt. Ich will dir damit nichts ausreden«, fügt sie hastig hinzu, und ich kann die Besorgnis in ihren Augen erkennen. »Ich möchte nur, dass dir von Anfang klar ist, dass es ein langwieriger Prozess ist. Es wird eine Weile dauern, bis du dich besser fühlst. Aber das wirst du. Es wird besser werden. Das kann ich dir versprechen.«

Ich habe keine Ahnung, warum, aber mir kommen schon wieder die Tränen. Vielleicht, weil Charlotte diesen Weg ebenfalls geht. Nicht denselben wie ich, aber mit Jesper hat auch sie jemanden verloren, der ihr die Welt bedeutet hat. Und sie hat es trotzdem geschafft, irgendwie weiterzuleben, sonst würde sie heute nicht hier stehen. Sie hat recht. Es kann besser werden. Gott, es *muss* besser werden, denn ich weiß nicht, wie ich ohne Katie weitermachen soll. Ich weiß es einfach nicht. In meinem Kopf existiert kein Leben ohne sie. Selbst in den vergangenen Monaten war sie ein Teil von mir, weil ich ihr immer wieder getextet, ihr Sprachnachrichten geschickt und mir ihre alten Voicemails angehört habe, wann immer ich ihre Stimme hören musste. Und weil ich diese Reise nicht für mich angetreten bin und nicht für mich mutig war, sondern für sie. Immer nur für sie.

Wie sagt man Lebewohl zu dem Menschen, der schon vor deiner Geburt die wichtigste Person in deinem Leben war? Ich habe nicht die geringste Ahnung, aber das ist es nicht einmal, wovor ich am meisten Angst habe. Denn viel mehr Angst macht mir die Vorstellung, ohne Katie weiterzumachen. Ohne sie weiterzuleben und *glücklich* zu sein, obwohl sie nicht mehr da ist. Denn wie kann ich jemals ohne sie glücklich sein?

»Hailee?« Charlotte mustert mich fragend. »Bist du bereit?«

Ich blinzle die Tränen weg und nicke hastig, da ich jetzt um nichts in der Welt ein Lächeln zustande bringen könnte.

»Ich bin im Wartezimmer, wenn du mich brauchst, okay?«

»Okay.«

Sie lächelt mir aufmunternd zu, dann betreten wir zusammen die Praxis.

Charlotte hat recht behalten. Als ich rund eine Stunde später wieder aus der Praxis komme, fühle ich mich kein Stück besser. Ich fühle mich beschissen. Irgendwie leichter als zuvor, aber trotzdem beschissen. Mein Kopf dröhnt, meine Augen sind verquollen, und ich brauche schon wieder ein Taschentuch, dabei habe ich bei dem Gespräch da drinnen bereits eine ganze Packung verbraucht. Wir schweigen auf dem Weg zurück, und ich bin dankbar dafür, da ich in der letzten Stunde so viel geredet habe, wie schon ewig nicht mehr. Wie vielleicht noch nie. Dr. Sanchez war die ganze Zeit über freundlich und mitfühlend, hat mir zugehört und kein einziges Mal über mich geurteilt oder seltsam reagiert, ganz egal, was da aus meinem Mund kam. Aber sie hat auch Fragen gestellt. Unbequeme Fragen, mit denen ich mich nicht auseinandersetzen möchte.

Hailee, als Sie am Freitagmorgen mit den Schlaftabletten auf der Aussichtsplattform waren … Wollten Sie da wirklich sterben? Oder ging es Ihnen darum, dass Sie nicht ohne Katie weitermachen möchten?

Ihre Fragen hallen in meinem Kopf nach, selbst jetzt noch, nach der Sitzung.

Ohne Katie weitermachen …

Gott, ich will nicht darüber nachdenken. Ich habe keine Kraft mehr dazu. Ich will nur noch in mein Bett, mir die Decke über den Kopf ziehen und schlafen. Oder die Serie weiterschauen, die Chase und ich angefangen haben.

Beim Gedanken an Chase zieht sich etwas schmerzhaft in meiner Brust zusammen. Gestern Abend hat er mir noch eine weitere Nachricht geschickt, um mir Gute Nacht zu wünschen, und ich wette, wenn ich auf mein Handy schaue, dann werde ich noch eine von ihm finden. Er weiß, dass heute mein Termin mit Dr. Sanchez war. Schließlich hat er das Ganze vorgeschlagen, und wir haben es mit Charlottes Hilfe organisiert.

Dr. Sanchez hat mir versichert, dass es völlig in Ordnung ist, sich so zu fühlen, wie ich mich gerade fühle. Dass es gut und mutig von mir war, zu ihr zu kommen. Und obwohl ich nicht einmal weiß, wie ich diesen oder die nächsten Tage überstehen soll, haben wir weitere Termine vereinbart. Eine Medikation habe ich abgelehnt, aber weitere Termine, um mit Dr. Sanchez zu reden ... ja, das kann ich. Das möchte ich.

Charlotte und ich laufen an der Konditorei vorbei, ohne reinzugehen. Wir lassen die Buchhandlung hinter uns, ohne einen Blick hineinzuwerfen. Und als wir das Diner erreichen, steht meine Mutter dort und wartet auf mich.

Ich bleibe abrupt stehen. Denn obwohl ich *weiß*, dass sie und mein Vater in der Stadt sind, überrascht es mich dennoch, sie hier zu sehen. »Mom?«

Sie starrt mich einen Moment lang an, dann blinzelt sie leicht und kommt mit einem zögerlichen Lächeln auf mich zu. »Hailee.« Ihr Blick gleitet an mir auf und ab. »Ich hätte dich fast nicht wiedererkannt. Du siehst so ... anders aus.«

Erst als ich Charlottes irritierte Miene bemerke und an mir hinunterschaue, wird mir klar, was Mom damit meint. Und sie hat recht. Ich bin nicht mehr die Hailee mit den Leggings, den weiten Hoodies und farblosen Pullovern. Ich trage das lange dunkelrote Trägerkleid mit den Mustern aus goldenen Pailletten, das anzuziehen ich mich früher nie getraut hätte. Dazu eine ganze Reihe von Ketten und Armbändern, die im Laufe des Sommers hinzugekommen sind. Einschließlich ein paar von dem Musikfestival, auf dem ich mit Chase war. Gott, es fühlt sich an, als wäre das eine Ewigkeit her. Als hätte es in einem anderen Leben stattgefunden und wäre einer anderen Hailee passiert. Aber die Armbänder sind der Beweis dafür, dass dem nicht so ist. Ich *war* mit Chase dort, und ich habe eine meiner absoluten Lieblingsbands spielen sehen.

Ein Räuspern reißt mich aus meinen Gedanken.

Charlotte deutet Richtung Café. »Ich muss leider los. Die Arbeit ruft.«

Diesmal zögere ich nicht, sondern drücke sie kurz an mich. »Danke, dass du mitgekommen bist«, flüstere ich.

Sie lächelt weich und schiebt sich die Brille auf dem Nasenrücken hoch. »Jederzeit. Schaust du später bei *Lizzy's* oder abends im *Barney's* vorbei? Die anderen werden auch da sein.«

Ich nicke, auch wenn ich aktuell für nichts garantieren kann, da ich mich am liebsten wieder vor aller Welt verkriechen würde. Nur dass ich mich nicht vor meinen eigenen Gedanken und Gefühlen verstecken kann, ganz egal, wie sehr ich es mir wünsche. Aber die Vorstellung, einen Abend mit Chase, Lexi, Charlotte, Clayton und Eric zu verbringen, ist irgendwie … schön. Vor allem, nachdem ich mir sicher war, all diese Menschen nie wiederzusehen.

Charlotte verabschiedet sich höflich von meiner Mutter, dann eilt sie über die Straße zum Café.

Mom lächelt etwas gezwungen. »Sie scheint nett zu sein.«

»Sie hat mich zu meiner ersten Therapiestunde begleitet.«

Das scheint sie zu überraschen, wenn auch nur kurz. »Das ist gut, Hailee. Ich wünschte, uns wäre schon viel früher aufgefallen, was mit dir los ist. Ich …«

»Müssen wir hier darüber reden, Mom?«

Sie sieht sich kurz um, aber kaum jemand scheint von uns Notiz zu nehmen. Es ist Vormittag, und alles in Fairwood geht seinen gewohnten Gang. Die Leute, die zum Frühstück ins Diner gekommen sind, dürften bereits weg sein oder jeden Moment von ihren Tischen aufstehen und gehen. Und der Trubel zur Mittagszeit hat noch nicht begonnen.

»Nein, natürlich nicht, Schatz.« Mom legt mir die Hand an den Rücken und führt mich fort. Fort vom Diner und von meinem Zimmer. »Aber ich denke, es ist wichtig, dass du mit jemandem darüber sprichst. Und wenn es eine Therapeutin ist, umso besser.«

Ehe ich mich versehe, schlendern wir die Main Street auf der anderen Seite hinauf. Es ist die Richtung, die früher oder später zum Friedhof führt. Ob ihr bewusst ist, wie makaber das ist? Nein, vermutlich nicht. Wahrscheinlich weiß sie nicht mal, dass da der städtische Friedhof ist. Oder dass mein bester Freund dort begraben liegt.

Mom atmet tief durch. »Ich wollte mich bei dir entschuldigen.«

»Du musst nicht …«

»Doch.« Sie sieht nicht mehr ganz so fertig aus wie gestern Abend und mit Sicherheit wesentlich besser als ich mit den verquollenen Augen und der geröteten Nase. Dennoch füllen sich ihre Augen jetzt mit Tränen. »Doch, das muss ich. Hailee, ich … Es tut mir leid. Ich hätte dir zuhören müssen, als du angerufen hast, und ich hätte gestern Abend nicht einfach gehen sollen, und … und ich hätte dich niemals Katie nennen dürfen.« Tränen laufen ihr über die Wangen, aber sie kümmert sich nicht darum, sondern knetet nervös ihre Finger, genauso wie ich es oft tue. »Es tut mir schrecklich leid, Schatz. Und all die Monate vorher …«

»Mom …«, unterbreche ich sie erneut, weil ich das nicht hören, aber vor allem nicht länger mitansehen kann. »Es ist okay.«

Sie schüttelt heftig den Kopf. »Nichts ist okay, und das wissen wir beide. Es kann überhaupt nicht okay sein, wenn Katie fort ist, dein Vater und ich uns in die Arbeit stürzen und dir dadurch das Gefühl geben, du wärst uns egal, und du … du fast …« Sie atmet tief ein und aus. »Wir könnten es nicht ertragen, dich auch noch zu verlieren, Hailee. Dein Vater und ich lieben dich mehr als alles andere auf der Welt.«

Ich weiß nicht, wer sich zuerst bewegt. Ob Mom auf mich zukommt oder ich ihr entgegengehe, aber plötzlich liege ich schniefend in ihren Armen. »Ich hab euch auch lieb«, wispere ich erstickt. »Und ich wollte euch niemals wehtun. Ich wollte nur … nur …«

»Ich weiß.« Sie schlingt die Arme um mich und streicht mir über das Haar. »Das weiß ich doch, Schatz.«

Diesmal ist es mir egal, wer vorbeiläuft und uns so sieht. Es ist mir egal, was sie denken. Denn in diesem Moment gibt es nur mich und meine Mom. Meine Mom, die ich endlich wiederhabe.

Vorsichtig löst sie sich von mir, aber nur so weit, dass sie mich anschauen kann. Ein trauriges Lächeln huscht über ihr Gesicht. »Sieh uns nur an …« Mit den Fingern wischt sie erst meine, dann ihre eigenen Tränen fort. Und ich verbrauche das gefühlt hundertste Taschentuch an diesem Morgen.

Wir laufen noch ein Stück weiter die Main Street entlang, vorbei an dem Studio, in dem ich mein Tattoo bekommen habe, vorbei an einem Friseur und einer kleinen Boutique mit Hüten. Mom hat meinen Arm genommen und ihn bei sich eingehakt, sodass wir jetzt im Gleichschritt nebeneinander hergehen.

»Dein Vater und ich machen uns Sorgen um dich, Hailee«, sagt sie nach einer Weile.

»Ich weiß.«

»Wir haben gestern noch sehr lange geredet, und wir möchten, dass du mit uns zurück nach Hause kommst.«

Ich erstarre. Höre einfach auf zu atmen. Und bleibe stehen, was Mom dazu zwingt, ebenfalls anzuhalten. »Was …?«, hauche ich.

»Du bist ganz allein in dieser fremden Stadt weit weg von daheim und allem, was dir vertraut ist. Hier wolltest du dich ...« Sie hält inne, bringt das Wort genauso wenig über die Lippen wie ich.

»Ich bin nicht allein«, protestiere ich, aber es klingt sogar in meinen eigenen Ohren schwach. Vielleicht, weil ich gerade eine Stunde lang bei Dr. Sanchez gesessen und ihr meine halbe Lebensgeschichte erzählt habe. Ich fühle mich leer und kraftlos und nicht dazu in der Lage, mit Mom zu diskutieren. Aber ich kann ihre Aussage auch nicht einfach stehen lassen. »Ich habe Freunde.«

Freunde, die für mich da waren, als meine Eltern es nicht waren. Freunde, die mich hier aufgenommen und mir das Gefühl gegeben haben dazuzugehören. Die bei mir bleiben und mich nicht drängen, mit ihnen zu reden. Die mich selbst nach dieser Sache so akzeptieren, wie ich bin.

Und ich habe Chase. Auch wenn ich nach allem, was geschehen ist, keine Ahnung habe, was er und ich genau sind, weiß ich ohne jeden Zweifel, dass ich mich auf ihn verlassen kann. Dass er für mich da sein wird, komme, was wolle.

Mom seufzt. Sie sieht nicht glücklich aus, aber sie weiß genauso gut wie ich, dass sie mich zu nichts zwingen kann. Ich bin einundzwanzig Jahre alt. Meine Eltern können mir nicht mehr viel befehlen. Und zum Glück versucht Mom das gar nicht erst.

»Denk doch mal nach«, beschwört sie mich stattdessen. »Du gehörst nicht hierher. Dieser ganze Ort ... Diese Menschen ... Du kennst sie doch kaum. Fairwood ist nicht dein Zuhause.« Sie schüttelt den Kopf, als würde sie diese Stadt oder seinen Bewohnern die Schuld dafür geben, dass ich versucht habe, mir das Leben zu nehmen. »Daheim können wir auf dich aufpassen, wir können für dich da sein und dir alle Betreuung und Beratung ermöglichen, die du brauchst, Schatz.«

»Ich bekomme hier auch Beratung.«

»Hailee.« Sie greift nach meinen Händen und drückt sie sachte. »Wir sind für dich da. Dein Vater und ich wollen nur, dass es dir besser geht. Daheim können wir uns um alles kümmern. Aber hier? In dieser Stadt? Womit willst du die Therapie bezahlen? Du bist eine College-Studentin, die ihr Studium abgebrochen hat. Du hast keinen richtigen Job und hast das ganze Geld aus deinen Fonds für diese Reise aufgebraucht. Ja, dein Vater hat mit der Bank gesprochen«, fügt sie hinzu, als hätte sie mir die unausgesprochene Frage bereits angesehen. »Gerade telefoniert er mit dem College und setzt alle Hebel in Bewegung, damit man dir deine bisherigen Leistungen anrechnet, wenn du irgendwann weiterstudierst. Das möchtest du doch, oder?«

Ich weiß es nicht. Ich habe ja noch nicht mal darüber nachgedacht.

»Natürlich nicht wieder an diesem College«, fährt Mom entschieden fort. »Mach dir keine Sorgen. Niemand wird dich dazu zwingen, an diesen schrecklichen Ort zurückzukehren. Sobald es dir besser geht, kannst du dir jede Universität des Landes aussuchen.«

Um … was zu tun? Irgendein langweiliges Fach zu studieren, das mich kaum interessiert? Allein oder mit irgendwelchen fremden Leuten im Wohnheim zu wohnen? Meinen Abschluss zu machen? Ohne Katie? Soll ich etwa einfach weiterleben und so tun, als hätte es sie nie gegeben? Als hätte ich nie eine Zwillingsschwester gehabt? Als wäre mit ihr nicht auch der wichtigste Teil von mir selbst gestorben?

»Nein.«

Mom hält mitten in ihren Überlegungen inne. »Was meinst du, Schatz?«

Ich atme tief durch und gebe mein Bestes, um ruhig zu bleiben, auch wenn ich mich alles andere als ruhig fühle. Eher wie ein Vulkan, der so kurz vor dem Ausbruch steht, dass es mich alles an Willenskraft kostet, dagegen anzukämpfen.

»Nein«, wiederhole ich betont ruhig. »Ich will nicht wieder ans College. Und ich will auch nicht mit euch zurück nach Hause. Ich will nicht von hier weg, Mom.«

Im selben Moment, in dem die Worte meinen Mund verlassen, bereue ich sie bereits, denn Mom zuckt ganz leicht zusammen. Zuerst ist da Ungläubigkeit in ihrer Miene, als könnte sie nicht fassen, was ich gesagt habe, dann Schmerz. Ich kann ihn so deutlich in ihren Augen erkennen, weil ich ihn jeden Tag im Spiegel sehe, wenn ich in mein eigenes Gesicht blicke.

»Tut mir leid, Mom …«

Behutsam reibt sie mir über die Arme. »Bitte denk noch mal darüber nach, Hailee. Es wird nicht so wie vorher sein, wenn du mit uns nach Hause kommst. Das verspreche ich dir. Wir werden uns um dich kümmern.«

Ein Teil von mir will ihr glauben. Nein, das ist gelogen. *Alles* in mir will ihr glauben, will sich in ihre Arme stürzen und ihr und Dad den Rest überlassen. Ich will nicht mehr nachdenken, keine Entscheidungen fällen und Menschen wehtun müssen. Ich will einfach nur, dass es aufhört. Ich weiß doch schon kaum, wie ich überhaupt die nächste Stunde oder diesen Tag überstehen soll – wie soll ich da an die Zukunft denken? Allein bei der Vorstellung, mich um Colleges, Studienfächer oder die Suche nach einem Ausbildungsplatz und allem, was dazugehört – eine Wohnung oder ein Zimmer finden, einen Umzug organisieren, Kartons packen, neue Menschen kennenlernen, Rechnungen bezahlen und noch so viel mehr – kümmern zu müssen, dreht sich mir der Magen um. Ich kann mich jetzt nicht damit auseinandersetzen. Ich kann einfach nicht.

Also nicke ich und schließe für einen Moment die Augen, um tief durchzuatmen. »Ich werde darüber nachdenken.«

Und da ist sie: die Hoffnung in Moms Gesicht. Hoffnung, von der ich weiß, dass ich sie früher oder später wieder zerstören werde, ganz egal, ob ich das möchte oder nicht.

»Danke, Hailee.«

Kapitel 8

Chase

Ich hatte kein gutes Gefühl dabei, Hailee allein zu lassen. Scheiße, ich habe noch immer kein gutes Gefühl dabei, obwohl es mittlerweile Montagmorgen ist und ich auf dem Weg zur Firma bin. Ich werfe einen schnellen Blick auf die Zeitanzeige am Armaturenbrett und fluche innerlich. Ich bin zu spät – wie so oft in letzter Zeit. Verflucht.

Trotzdem wandern meine Gedanken unweigerlich zu Hailee zurück. Und mit ihnen verstärkt sich meine Anspannung nur noch. Ich hätte Hailee gestern nicht allein lassen sollen – aber was hätte ich sonst tun sollen? Ich kann sie schlecht vor ihren eigenen Eltern beschützen, auch wenn die sich den Sommer über nicht ein Mal die Mühe gemacht haben, sich nach ihrer Tochter zu erkundigen. Außerdem sind es ihre Eltern, verdammt. Wo wäre sie sicherer als bei ihrer Familie?

Ich biege mit quietschenden Reifen ab, lasse den Dodge auf dem Mitarbeiterparkplatz hinter dem imposanten Glas- und Betongebäude stehen, in dem sich die Büros von *Whittakers* befinden, und jogge zum Eingang.

»Morgen, Madeleine«, begrüße ich die ältere Dame mit dem grauen Dutt und der gepunkteten Bluse am Empfang.

Über den Rand ihrer halbmondförmigen Brillengläser wirft sie mir einen finsteren Blick zu. »Du beeilst dich besser.«

Oh oh. Normalerweise mag Madeleine mich ziemlich gern,

erzählt mir von ihren Enkeln und bringt mir immer eine Papiertüte voll mit ihren selbst gemachten Cookies mit. Dass sie heute die Stirn runzelt und mich fast schon mitleidig betrachtet, verheißt nichts Gutes. *Shit.*

Ich werfe ihr ein kurzes Lächeln zu und nehme den Fahrstuhl nach oben, den ich mir mit einer Architektin aus dem zweiten Stock, einem Lieferanten mit drei schweren Paketen und einem überdrehten Assistenten mit Tablet in der Hand und Telefon am Ohr teile. Als sich die Türen wieder öffnen und ich in der richtigen Etage aussteigen kann, atme ich auf. Doch die Erleichterung hält nur kurz an.

»Chase.« Mein Vater kommt aus seinem Büro, noch bevor ich es an seiner Sekretärin vorbei geschafft habe, und wirft mir einen harten Blick zu. »Wo warst du so lange?«

Zu Hause? Im Bett? Unter der Dusche? Irgendetwas sagt mir, dass ihm keine dieser Antworten gefallen wird.

»Warum? Was ist los?«, frage ich stattdessen.

Seine Lippen bilden eine harte Linie. Er kommt auf mich zu, legt mir die Hand schwer auf die Schulter und dirigiert mich in einen leeren Konferenzraum ein paar Türen weiter. Und das verstärkt das dumpfe Gefühl in meiner Magengrube nur noch. Wenn es nichts allzu Schlimmes wäre, hätte Dad es auch vor seiner Sekretärin ausgesprochen. Aber er nimmt sich seine Mitarbeiter nie in aller Öffentlichkeit zur Brust, wenn sie Mist gebaut haben. Er regelt das immer in einem Gespräch unter vier Augen. Und mit seinem eigenen Sohn macht er das nicht anders.

Bedächtig drückt er die Tür hinter uns zu. Der Raum ist schlauchförmig, darin steht ein glänzender langer Tisch mit schwarzen Stühlen. Die ganze rechte Wandseite ist verglast und bietet einen Ausblick auf Fairwood sowie die Wälder und Berge in der Ferne, die das Shenandoah-Tal umschließen.

Dad räuspert sich. »Wir hatten einen Termin um acht Uhr, Chase.«

Hatten wir? Ich krame in meinem Gedächtnis, suche nach irgendeinem Hinweis, irgendeiner Erinnerung, aber da ist nichts.

Er mustert mich so argwöhnisch, als wüsste er genau, dass ich keine Ahnung habe, wovon er da redet. Was gut sein kann, immerhin kennt mich dieser Mann schon mein ganzes Leben lang.

»Zum Projekt in Richmond? Die Baustelle, mit der wir dich beauftragt haben und für die du einen Bericht geschrieben hast?«

Ich erinnere mich. Und meine gequetschte Hand erinnert sich ebenfalls daran.

»Wir hatten heute Morgen einen Termin mit dem Bauleiter, um den Zeitplan anzupassen und über die Sicherheitsvorkehrungen zu sprechen, damit ein solcher Unfall nie wieder vorkommt. Aber statt pünktlich hier aufzutauchen, wie es sich für den Sohn des Chefs und zukünftigen Partner im Unternehmen gehört, lässt du dich nicht blicken, gibst nicht Bescheid, bist telefonisch nicht zu erreichen und kommst Stunden zu spät. Was zum Teufel soll das, Chase? Hast du gestern Abend getrunken und dich geprügelt? Und wage es ja nicht, mir irgendeine Lüge aufzutischen. Ich bin nicht blind.«

Gottverdammt noch mal. Das Veilchen hatte ich total vergessen. Wenn ich ehrlich bin, habe ich nach dem Aufstehen nicht mal richtig in den Spiegel geschaut, sondern bin direkt duschen gegangen. Es gab nur eine leichte Schwellung, die mittlerweile vollständig zurückgegangen ist, aber wahrscheinlich ist mein Auge immer noch bunt verfärbt. Das erklärt auch den mitleidigen Blick von Madeleine unten am Empfang. Shit. In all dem Trubel habe ich keinen Gedanken daran verschwendet, was ich meiner Familie erzählen soll – oder heute Morgen überhaupt auf mein Handy zu schauen, ob es verpasste Anrufe gibt. Dank Lexi war das Thema zumindest für das Wochenende abgehakt – aber jetzt? Montagmorgen, nachdem ich einen wichtigen Termin verpasst habe?

»Fuck. Das hab ich total vergessen.«

»Ausdruck«, ermahnt Dad mich, als wäre ich ein Neunjähriger, der das Wort zum ersten Mal in den Mund nimmt.

»Tut mir leid.« Dafür, dass ich herumfluche. Dass ich mit einem blauen Auge hier auftauche. Dass ich das Meeting vergessen habe. Dass ich eine solche Enttäuschung für ihn bin.

»Das ist alles?«, fragt er nach einem Moment und starrt mich ungläubig an. »*Es tut mir leid?* Keine Erklärung? Gar nichts?«

Seufzend reibe ich mir über das Gesicht und zucke vor Schmerz zusammen. Scheiße, das hat mir gerade noch gefehlt. Was soll ich meinem Vater denn bitte erzählen? Dass ich keinen Kopf für diese ganze Meetingsache hatte, weil sich meine Freundin am Wochenende fast umgebracht hätte? Dass ich sie am liebsten keine Sekunde aus den Augen lassen würde? Nicht, um sie zu überwachen, sondern um mir selbst zu versichern, dass sie noch bei mir und am Leben ist. Dass ich Freitagabend in den nächsten Bundesstaat gefahren bin, und dann in einem illegalen Boxclub auf einen anderen Kerl eingeschlagen habe, weil ich nicht wusste, wohin mit dem ganzen Chaos und der Panik in mir? Dass ich von Anfang an nicht in das Unternehmen involviert sein wollte, jetzt aber keinen Ausweg mehr sehe? Ich bin mir ziemlich sicher, dass Dad nichts davon gefallen würde, also halte ich den Mund.

»Was ist nur los mit dir, Chase?« Seine Stimme klingt nicht mehr verärgert, sondern verständnislos. Und enttäuscht. Großartig. Jetzt bin ich von der Wut-Kategorie in die Enttäuscht-

Kategorie abgerutscht. Das ist noch schlimmer. »Du bist in letzter Zeit so abgelenkt, so gar nicht bei der Sache. Das hier ist auch dein Traum, erinnerst du dich? Nur weil etwas für eine Weile schwieriger ist, als erwartet, bedeutet das nicht, dass man einfach aufgeben darf.«

Der Drang, laut loszulachen, lässt sich kaum unterdrücken. Und er ist verflucht stark, weil es so eine Ironie ist. Das hier soll auch mein Traum sein? Das war er vielleicht mal, als ich noch mit Bauklötzen gespielt und mit derselben Begeisterung durch die Werkstätten und über die Baustellen gerannt bin, wie mein kleiner Bruder Phil es heutzutage tut. Aber das heißt nicht automatisch, dass es noch immer mein Wunsch ist, in dieser Firma zu arbeiten. Oder auch nur fertigzustudieren, obwohl ich bereits drei Jahre meines Lebens darin investiert habe. Drei Jahre, die ich nicht zurückbekomme. Ich wäre der größte Idiot auf Erden, so kurz vor meinem Bachelorabschluss alles hinzuschmeißen. Mal ganz davon abgesehen, dass Josh es auch durchgezogen hat. Jepp. Obwohl mein großer Bruder die Vorstellung, eines Tages auf der anderen Seite dieses Flurs in einem der Büros zu sitzen, genauso grauenhaft findet wie ich, hat er es bis zum bitteren Ende durchgezogen und sogar noch seinen Master-Abschluss gemacht.

Und was ist dann passiert? Dann wäre er fast an einer Überdosis draufgegangen und hat sich selbst in eine Entzugsklinik eingewiesen.

Ich schüttle den Kopf, versuche diese Gedanken und Erinnerungen zu vertreiben. Dafür habe ich jetzt weiß Gott keine Zeit. Mein Bruder ist in den besten Händen, unsere Familie kauft mir nach wie vor unsere Lügengeschichte ab, und ich habe genug andere Dinge, um die ich mich jetzt kümmern muss. Zum Beispiel die Enttäuschung im Gesicht meines Vaters, die ich dort nie wieder sehen wollte. Verdammt. Nach dieser rebellischen Phase damals in der Highschool habe ich alles dafür getan, der perfekte Sohn zu sein und meinen Eltern nicht noch mehr Kummer zu bereiten. Und jetzt das.

Gut gemacht, Chase. Ganz toll.

»Es tut mir leid«, wiederhole ich, auch wenn die Worte selbst in meinen eigenen Ohren lahm klingen. »Ich hab den Termin vergessen. Das kann ich leider nicht ändern, aber ich mache es wieder gut, Dad.«

Einen Moment lang beäugt er mich zweifelnd, dann seufzt er schließlich und deutet mir an, zu ihm zu kommen. Innerhalb von Sekunden finde ich mich in einer kräftigen Umarmung wieder, und Dad klopft mir auf den Rücken. Als er sich wieder von mir losmacht, sind ihm die Sorgen geradezu ins Gesicht geschrieben.

»Wir kriegen das schon wieder hin. Versprich mir nur, dass du nicht wieder so abrutscht wie damals in der Highschool.«

Ich schnaube. »Du meinst, als Mom Jesper und mich vom Polizeirevier abholen musste? Keine Sorge. Das wird nicht passieren.«

Er nickt, scheint aber nicht völlig überzeugt zu sein. »Ich meine auch das hier.« Er deutet auf mein Auge. »Mit diesem Veilchen können wir dich sowieso zu keinem Meeting lassen. Das heißt, du wirst Papierkram machen, bis das neue Semester nächste Woche anfängt.«

Scheiße. Nächste Woche schon. Alles in mir zieht sich beim Gedanken daran zusammen, wieder zurück nach Boston zu fahren und Hailee in Fairwood zurücklassen zu müssen, aber ich versuche mir nichts davon anmerken zu lassen. Ein Jahr noch, dann bin ich mit dem Studium durch. Zumindest wenn ich keinen Master draufsetze wie Josh, aber darüber will ich jetzt nicht nachdenken. Ich versuche nur, einen Tag nach dem anderen zu überstehen.

»Okay«, antworte ich darum. »Danke, Dad.«

»Freu dich nicht zu früh.« Er klopft mir auf die Schulter und öffnet die Tür. »Das ist eine Menge Papierkram.«

Hailee

Habe ich wirklich gedacht, die bloße Tatsache, dass mein Leben weitergeht, wäre surreal? Weit gefehlt. Denn seit Mom und Dad in der Stadt sind, hat die Surrealität völlig neue Ausmaße angenommen. Und ich habe keine Ahnung, wie ich damit umgehen soll. Es ist fast, als würden meine Vergangenheit, mein Leben vor diesem Sommer, und meine Gegenwart in Fairwood mit der Geschwindigkeit zweier Fahrzeuge auf der Autobahn miteinander kollidieren. Die Katastrophe ist unvermeidlich. Und ganz egal, wie viele Sekunden, Minuten und Stunden vergehen, seit Mom und Dad hier angekommen sind, es fühlt sich noch immer völlig konfus an. Als wäre ich nicht mehr ich, sondern würde nur noch danebenstehen und dabei zusehen, wie das Chaos seinen Lauf nimmt.

Bestes Beispiel? Mom und Dad sitzen im *Barney's* an einem Tisch und unterhalten sich mit einem Ehepaar, das ich schon ein paarmal im Diner beim Frühstück gesehen habe. Jetzt scheinen sie sich mit meinen Eltern angefreundet zu haben und geben ihnen jede Menge Tipps zu Ausflugszielen, als würden wir hier in der Gegend Urlaub machen. Ein paar Minuten saß ich dabei, dann habe ich es nicht länger ausgehalten und bin zur Bar hinübergegangen.

Aus den Lautsprechern dröhnt die Musik, und ich danke Darlene und ihrem Team im Stillen dafür, dass heute nicht wieder Karaoke-Abend ist. Obwohl wir Montag haben, ist einiges los. Ich entdecke jede Menge vertraute Gesichter in der

Menge, aber auch ein paar neue. Es ist so ein krasser Gegensatz zu meinem ersten Besuch, dass ich gar nicht weiß, wohin mit mir und meinen Gedanken. Bei meiner Ankunft in Fairwood kannte ich niemanden, ich kam gerade vom Friedhof und wollte nur irgendwo etwas Warmes essen. So bin ich im *Barney's* gelandet … und habe Chase das erste Mal getroffen. Obwohl das erst ein paar Wochen her ist, kommt es mir wie eine Ewigkeit vor. Wie aus einem anderen Leben. Und in gewisser Weise stimmt das auch. Es war das Leben *vor* dieser Sache, und irgendetwas sagt mir, dass es nur noch ein Davor und ein Danach geben wird. Bevor Jesper gestorben ist und danach. Bevor Katie für immer aus meinem Leben verschwunden ist und danach. Bevor ich mit den Tabletten auf der Aussichtsplattform saß – und danach. Und dabei ist es vollkommen egal, dass ich keine Ahnung habe, wie dieses Danach aussehen soll.

Moms Worte schwirren mir immer wieder im Kopf herum. Ich habe kein Geld. Kein Studium. Keine Pläne. Sicher, ich habe noch das Zimmer über dem Diner, aber ewig kann Beth mich dort auch nicht wohnen lassen. Nicht, wenn es normalerweise von den Angestellten bei der Spätschicht genutzt wird. Und will ich das überhaupt? Will ich die nächsten Jahre in diesem Zimmer bleiben und im Diner kellnern? Die Mail von der Agentur fällt mir wieder ein, aber ich schiebe diesen Gedanken sofort weg. Bei der Vorstellung, mich auch noch damit auseinandersetzen und eine Entscheidung treffen zu müssen, bekomme ich Panik.

Ich umklammere mein Glas fester und lehne mich gegen den Tresen, weil ich das Gefühl habe, gleich das Gleichgewicht zu verlieren. Vielleicht habe ich das auch schon längst. Um mich abzulenken, lasse ich den Blick über die Leute gleiten. Lexi habe ich heute Abend schon getroffen. Sie hat sich Eric geschnappt und macht mit ihm die Tanzfläche auf der anderen Seite des Raumes unsicher. Mit ihren goldbraunen Locken und seinem langen schwarzen Haar geben die beiden ein unglaubliches Paar ab – selbst wenn sie noch so verrückt herumhüpfen und sich dabei kaputtlachen. Bei dem Anblick muss ich unweigerlich lächeln. Als Lexi mich entdeckt, winkt sie mir gut gelaunt zu.

Ich winke zurück und unterdrücke ein Seufzen. Nicht weil ich ihr diese Auszeit vom Alltag nicht gönne, sondern weil ich gerne mit ihr tauschen würde. Ich würde so viel dafür geben, die Augen schließen und alles für eine Weile ausblenden zu können. Doch das kann ich nicht. Dafür kreisen meine Gedanken zu sehr, dafür ist da ein zu großes Chaos in mir. Und Angst.

»Hey.« Charlotte stupst mich von der Seite an. Heute scheint sie selbst in Gedanken versunken zu sein, denn sie hat kaum ein Wort gesagt, seit wir hier angekommen sind und uns an der Bar etwas zu trinken bestellt haben. Ein Bier für sie, eine Cola für mich. Im Moment brauche ich wirklich nichts, das mir die Sinne vernebelt. Außerdem haben sich der Karaoke-Abend und der Kater am nächsten Tag ziemlich deutlich in mein Gedächtnis eingebrannt. Nein, danke. Kein Bedarf.

»Was ist?«, frage ich und lehne mich etwas zu ihr, um sie über die Musik, das Stimmengewirr und das Klirren von Gläsern hinweg verstehen zu können.

»Ich bin froh, dass du das heute Morgen durchgezogen hast.«

Ich lächle schwach. Noch so eine Sache, über die ich lieber nicht nachdenken will. Also nippe ich an meinem Strohhalm, um nicht darauf antworten zu müssen.

»Oh, ich glaube, Chase ist da.« Sie deutet zur Tür.

Mein Herz setzt einen Schlag lang aus und hämmert dann umso schneller weiter. Aber bevor ich mich nach ihm umsehen kann, tauchen Lexi und Eric neben uns auf.

»Durst!« Lexi fächelt sich Luft zu und gibt Darlene ein Zeichen.

Eric lehnt sich mit einem breiten Lächeln gegen den Tresen. »Ich hab dich gewarnt, dass ich dich total verausgaben werde.«

Charlotte prustet in ihre Flasche, ich ziehe die Brauen hoch, und Lexi lacht auf. »Träum weiter. Ich habe ja wohl *dich* verausgabt. Das haben alle mitgekriegt.«

»Von wegen«, kontert er. »Hailee, du hast von hier aus alles gesehen. Sag ihr, dass sie keine Chance gegen mich hatte.«

Ich kann nicht anders, als zu grinsen. »Sorry, Eric, aber in der Sache bin ich ganz auf Lexis Seite.«

»Ha!«, ruft sie triumphierend und hält ihre Bierflasche wie einen Pokal hoch. »Das ist echte Frauenpower. Sorry, Kumpel.«

Er lacht nur kopfschüttelnd, und für einen Moment, für ein paar winzige Minuten, fühle ich mich beinahe … normal. So als würden wir das hier jede Woche machen und als gäbe es immer wieder diese kleine Diskussion zwischen den beiden. Und … Gott, ich wünschte, es wäre so. Ich sehne mich so heftig danach, nach dieser Normalität, diesem Gefühl von Gemeinschaft, dass alles in mir – jeder Muskel, jeder Knochen und jeder Nerv – wehtut. Genau wie mein Herz.

Um mich davon abzulenken, sehe ich mich nach Chase um, der inzwischen zu uns gestoßen sein müsste, kann ihn zwischen den ganzen Leuten aber nicht sofort entdecken. Huh? Das ist seltsam. Charlotte meinte vorhin doch, dass er hereingekommen ist, also sollte er eigentlich … Mein Blick bleibt an dunklen Haaren und breiten Schultern hängen. Chase trägt ein schwarzes T-Shirt, und sein Haar ist ein bisschen durcheinander, als wäre er sich heute schon mehrfach mit den Fingern hindurchgefahren. Obwohl er ein paar Meter entfernt mit dem Rücken zu mir steht, erkenne ich ihn sofort.

Und dann registriere ich die junge Frau, mit der er sich unterhält.

Sie ist ein ganzes Stück kleiner als er, und ich bemerke sie nur, weil er einen halben Schritt zur Seite macht, um jemanden vorbeizulassen, dabei allerdings nicht das Gespräch unterbricht. Ich bin mir ziemlich sicher, sie noch nie zuvor hier gesehen zu haben, obwohl mir irgendetwas an ihr bekannt vorkommt. Sie hat eine lange schwarze Mähne, einen hellen Teint und scheint geradezu von innen heraus zu strahlen. Sie trägt ein hübsches, aber schlichtes rosafarbenes Kleid. Und sie sagt irgendetwas, bei dem Chase den Kopf in den Nacken legt und laut auflacht.

»Wer ist das?«, frage ich Lexi, ohne auch nur eine Sekunde lang wegzusehen.

»Hm?« Sie folgt meinem Blick und reißt die Augen auf. »Oh. Wow. Das ist Mia. Ich wusste gar nicht, dass sie wieder in der Stadt ist.«

Mia. Seine Ex-Freundin. Das Mädchen, mit dem er auf der Highschool zusammen war. Das Mädchen, das ihm dabei geholfen hat, ein besserer Mensch zu werden. Mit der er nach der Highschool eine Fernbeziehung geführt hat, bis diese in die Brüche gegangen ist.

Jetzt unterhält sich Chase völlig ungezwungen mit ihr, und sie macht wieder irgendeine Bemerkung, die ihn zum Lachen bringt. Nicht zum Lächeln. Nicht mal zum Grinsen. Ich kann sein Lachen bis hierher hören, und etwas in meiner Brust zieht sich zusammen. Chase wirkt … *glücklich*. Entspannt. Beinahe so, als hätte er nicht die geringste Sorge auf der Welt.

Ein Ellbogen trifft mich in der Seite und ich zucke zusammen. Lexi wirkt äußerst amüsiert, als ich sie irritiert anstarre, entschuldigt sich aber auch nicht. »Mach dir keine Sorgen«, sagt sie stattdessen und deutet auf einen attraktiven blonden

Mann Ende zwanzig. Er steht an einem der Tische und unterhält sich mit einem Pärchen und einem anderen Kerl mit schwarzen Haaren, der Mia ziemlich ähnlich sieht. Ihr Bruder vielleicht? Mein Blick wandert zurück zu dem blonden Typen, auf den Lexi gezeigt hat. »Das ist Mias Ehemann Marco. Sie haben vor einem Jahr geheiratet und inzwischen auch ein Kind bekommen. Ich schätze mal, sie sind hier, um Mias Eltern zu besuchen, und wahrscheinlich ist der kleine Knirps gerade bei ihnen. Du siehst also, es gibt keinen Grund zur Sorge. Oder zur Eifersucht«, fügt sie nachdrücklich hinzu.

Seltsam, dass sie das gleich zweimal betonen muss, denn ich bin nicht eifersüchtig. Ja, es tut weh, Chase so vertraut mit dieser Person zu sehen, von der ich nur zu gut weiß, wie viel sie ihm einst bedeutet hat, aber mir ist auch bewusst, dass Mia ein wichtiger Teil seines Lebens war. In gewisser Weise wird sie immer wichtig für ihn sein. Und trotz all der widersprüchlichen Gefühle in mir bin ich ihr irgendwie dankbar, denn sie hat Chase dabei geholfen, aus seinem Tief herauszufinden und zu dem Menschen zu werden, der er heute ist. Der Mensch, in den ich mich verliebt habe. Und trotz ihrer gemeinsamen Vergangenheit scheint er in ihrer Gegenwart wenigstens für eine kleine Weile all die Dinge vergessen zu können, die ihn sonst immer belasten. Die Sache mit Josh. Die Lügen, die er seiner Familie deswegen erzählen muss. Die Erwartungen, die an ihn und seine Zukunft gestellt werden.

Das, was ich ihm angetan habe.

Nicht die beiden so zusammen zu sehen, lachend, redend, scherzend, sondern der Anblick von *Chase* – so entspannt, so losgelöst – ist es, der dafür sorgt, dass sich etwas in meiner Brust zusammenzieht. Er war schon mal so locker, so frei von allen Sorgen, und zwar in den vergangenen Wochen mit mir. Aber jetzt nicht mehr. Nicht seit er weiß, was ich vorhatte.

Nicht seit er permanent das Gefühl hat, auf mich aufpassen zu müssen.

Ich trinke einen großen Schluck von meiner Cola, aber der bittere Geschmack in meinem Mund bleibt. Ich will nicht das Mädchen sein, um das er sich ständig Sorgen machen muss. Ich will, dass er glücklich ist. Ich will, dass er sein Leben lebt, ohne dauernd auf alle anderen, ohne *auf mich* achten zu müssen. Aber wie kann er das tun, wenn er die ganze Zeit das Gefühl hat, für mich da sein und auf mich aufpassen zu müssen?

Unser Abschied im Diner gestern Abend fällt mir wieder ein. Die Sorge in seinen Augen. Die unausgesprochenen Fragen. Wie zögernd er gegangen ist und mich bei meinen Eltern zurückgelassen hat.

Du gehörst nicht hierher. Dieser ganze Ort … Diese Menschen … Du kennst sie doch kaum. Fairwood ist nicht dein Zuhause.

Moms Worte hallen mit erschreckender Klarheit in meinem Bewusstsein nach. Und sie hat recht. Fairwood mag nicht mein Zuhause sein, aber es hat sich für eine kleine Weile so angefühlt. Hier konnte ich wenigstens für ein paar Wochen so tun, als würde ich dazugehören. Anfangs nur widerwillig, da ich nicht wegkonnte, ehe mein Auto nicht repariert war, aber je länger ich da war, desto stärker habe ich diese Stadt und seine Bewohner lieb gewonnen. Desto heimischer habe ich mich gefühlt. Allerdings war dieser Sommer nur ein Traum, meilenweit entfernt von der Realität. Ich habe die ganze Zeit über so gelebt, als gäbe es kein Morgen, als hätte nichts von dem, was ich sage oder tue, irgendwelche Konsequenzen. Und wenn ich meinen Plan am Freitagmorgen durchgezogen hätte, dann wäre es auch so gewesen. Dann hätte nichts eine Konsequenz, weil ich dann nicht mehr hier wäre. Aber ich bin noch hier. Und da sind Konsequenzen.

Du bist eine College-Studentin, die ihr Studium abgebrochen hat, Hailee. Du hast keinen richtigen Job und hast das ganze Geld aus deinen Fonds für diese Reise aufgebraucht.

Sie hat recht. Ganz gleich, wie sehr ich mich dagegen sträube, Mom hat absolut recht.

Aber was soll ich tun? Will ich wirklich in Fairwood bleiben, statt mit meinen Eltern zurück nach Hause zu fahren? Kann ich das überhaupt? Ohne Zukunft, ohne Perspektive? Will ich wirklich, dass Chase sich immer Sorgen um mich machen muss? Oder dass er meinetwegen stundenlang ziellos durch die Gegend fährt und sich in einen Kampf stürzt, aus dem er mit einem blauen Auge und aufgeschürften Knöcheln zurückkehrt? So direkt hat er es zwar nicht gesagt, aber ich kann mir denken, wo er war, woher diese Wunden kommen, und auch, was ihn dazu veranlasst hat.

Meinetwegen ist er am Wochenende dageblieben, statt zum Brunch mit seiner Familie zu gehen, wie er es sonst immer tut. Und meinetwegen hat er jetzt ein Veilchen, wegen dem er noch mehr Lügen erzählen muss. Wie kann ich das verantworten? Wie kann ich guten Gewissens hierbleiben, wenn ich weiß, dass Chase alles stehen und liegen lassen würde, um mir zu helfen? Denn das ist seine Art. Chase ist jemand, der alles für die Menschen tut, die ihm wichtig sind. Selbst wenn das bedeutet, seine eigenen Wünsche und Bedürfnisse zurückzustecken. Und das hat er schon viel zu lange getan. Ich will kein weiterer Grund für ihn sein, nicht das Leben führen zu können, das er sich wünscht. Das Leben, das er verdient hat.

Ich will keine Last für ihn sein, aber genau das bin ich im Moment. Selbst wenn er wie jetzt gerade in meine Richtung schaut und mir ein warmes Lächeln zuwirft, das ein Kribbeln in meinem Bauch auslöst. Ich bin eine Belastung für ihn. Denn sogar auf die Entfernung bemerke ich seinen wachsamen Blick und die Sorge in seinen Augen. Und plötzlich ist sie wieder da – die Anspannung, die er bis gerade eben in Mias Gegenwart vollständig abgelegt zu haben schien.

Ich erwidere sein Lächeln, auch wenn mir nicht danach zumute ist. Auch wenn es mich so verflucht viel Beherrschung kostet, überhaupt hier stehen zu bleiben.

»Alles in Ordnung?«, fragt Charlotte und mustert mich fragend von der Seite. Ihr scheint der kurze Blickaustausch mit Chase nicht entgangen zu sein. Vielleicht merkt sie aber auch, dass absolut nichts mehr okay ist.

Ich will den Kopf schütteln, will all diese Gedanken und konfusen Gefühle loswerden, sie aus mir herausschneiden und für immer verbannen – stattdessen nicke ich nur. Nichts ist in Ordnung, aber das wird es bald wieder sein. Es muss in Ordnung kommen, weil ich sonst nicht weiß, wie ich das durchstehen, wie ich weitermachen soll. Und während ich in mein Glas starre, als würde die dunkle Flüssigkeit darin alle Antworten enthalten, spüre ich Katies Fehlen deutlicher als jemals zuvor. Seit ich mit dieser Reise begonnen habe, konnte ich mir einreden, dass sie noch da ist. Irgendwo dort draußen. Dass sie zu beschäftigt ist, um meine Nachrichten zu beantworten, sie aber liest und sich alles anhört. Dass sie Spaß hat, ihr Leben lebt und sich auf lauter Abenteuer einlässt, von denen sie mir am Ende des Sommers ausführlich berichten wird.

Doch nun ist der Sommer zu Ende, und Katie ist nicht da. Sie wird mir nie wieder etwas erzählen, und ich kann ihr nicht sagen, wie sehr ich sie vermisse. Ich kann ihr nicht von dem ganzen Chaos erzählen – oder von dem Mann, in den ich mich wider besseres Wissen verliebt habe. Sie würde Chase mögen, da bin ich absolut sicher.

Ich habe keine Ahnung, wieso es ausgerechnet dieser Gedanke ist, der mir die Tränen in die Augen treibt. Vielleicht, weil Katie ihn niemals kennenlernen wird. Weil sie nichts hiervon jemals erfahren wird. Und weil sie nicht bloß eine Nachricht oder Voicemail entfernt, sondern tot ist.

Ich war eine Idiotin, zu glauben, dass ich einfach hierbleiben und so weitermachen könnte wie zuvor.

»Hailee!«

Erst als Lexi meinen Namen ruft, realisiere ich, was ich tue. Ich habe mein Glas abgestellt und dränge mich an den Leuten vorbei Richtung Ausgang. Ohne meinen Freunden oder Eltern Bescheid zu geben. Ohne Chase Bescheid zu geben. Ich will einfach nur noch hier raus. Ich brauche frische Luft, weil ich das Gefühl habe, gleich an meinen eigenen Gedanken zu ersticken.

Ich schiebe mich an Menschen vorbei, die mich aus dem Diner kennen und grüßen, ignoriere die fragenden Blicke und umrunde einen Tisch, an dem eine Gruppe älterer Männer Karten spielt. Es fühlt sich wie eine Ewigkeit an, bis die Tür endlich vor mir auftaucht. Nur noch ein paar Schritte, und dann …

»Hey.«

Ich zucke zusammen, als ich eine Hand an meinem Arm spüre, und reiße ihn instinktiv zurück. Gleich darauf starre ich in Chase' grünbraune Augen.

Und plötzlich weiß ich genau, was ich tun muss.

Kapitel 9

Chase

Irgendetwas stimmt nicht. Ich spüre es so deutlich, als hätte Hailee die Worte laut ausgesprochen, auch wenn sie keinen einzigen Ton gesagt hat. Aber ihre Augen sind geweitet, und ich kann die Panik darin ebenso deutlich erkennen wie an ihrem ersten Abend in Fairwood, als sie mich angesprochen und so getan hat, als würden wir uns kennen. Nur dass die Panik diesmal sehr viel größer zu sein scheint.

»Komm.« Ich lege ihr die Hand auf den Rücken, auch wenn sie vorhin noch vor meiner Berührung zurückgezuckt ist, und öffne die Tür.

Gleich darauf stehen wir vor der Bar, und die warme Nachtluft umgibt uns, vermischt mit dem Geruch von Zigaretten aus einer kleinen Gruppe Raucher, die nur ein paar Schritte entfernt zusammensteht.

Ich sehe auf Hailee hinunter. »Soll ich dich zum Diner zurückbringen?«

So fluchtartig, wie sie das *Barney's* verlassen wollte, kann ich mir nicht vorstellen, dass sie noch länger dableiben will, trotzdem frage ich nach. Sie nickt stumm, und wir setzen uns in Bewegung. Nach ein paar Schritten kramt sie ihr Handy aus der Tasche und tippt eine Nachricht. Vermutlich an ihre Eltern, die ebenfalls in der Bar sind. Ich habe sie beim Hereinkommen kurz gesehen, bin allerdings gar nicht so weit gekommen, um mich mit ihnen zu unterhalten. Falls sie das überhaupt gewollt hätten, schließlich kann ich mir ziemlich gut vorstellen, was für einen beschissenen ersten Eindruck ich auf sie gemacht haben muss. Der Kerl mit dem blauen Auge, der bestimmt in irgendeine Kneipenschlägerei verwickelt war, und ihre Tochter spätabends zurück ins Diner begleitet. Ich schnaube innerlich. Fehlte nur noch das Motorrad und die Bikerjacke, aber das ist Claytons Stil, nicht meiner.

Auf dem Weg sagt Hailee kein Wort. Sie starrt auf einen Punkt auf dem Boden und setzt fast schon mechanisch einen Fuß vor den anderen. Als könnte sie es gar nicht erwarten, endlich wieder in ihrem Zimmer zu sein. Und das nicht, weil ich jetzt bei ihr bin. Im Laufe des Tages hat sie mir zwar auf meine letzten Nachrichten geantwortet, allerdings nur kurz angebunden und ohne irgendwelche Details. Weder zu ihrer ersten Sitzung bei der Therapeutin noch zu der Aussprache mit ihren Eltern oder wie es jetzt weitergeht. Wenn ich es nicht besser wüsste, würde ich davon ausgehen, dass Hailee mich gerade bewusst auf Distanz hält. Aber ich hoffe, dass ich mir das nur einbilde. Gott, ich hoffe es so sehr.

»Willst du dich setzen? Noch etwas essen?«, frage ich, sobald wir das Diner erreicht haben. Heute ist drinnen mehr los, weil es noch früh am Abend ist, gerade mal kurz nach acht. Einheimische und Touristen sitzen gleichermaßen beim Abendessen, und eine Gruppe Teenager hat sich trotz Schulwoche in einer Sitzecke versammelt und trinkt Milchshakes.

Hailee schüttelt den Kopf und eilt Richtung Treppe. Ich zögere kurz, nicke Marisol, die die Abendschicht hat, zur Begrüßung zu, dann folge ich Hailee nach oben. Zwei Stufen auf einmal nehmend, weil diese dunkle Vorahnung in mir immer stärker wird. Irgendetwas stimmt nicht. Ich weiß es. Und es wird von Sekunde zu Sekunde deutlicher.

Hailee ist bereits in ihrem Zimmer, als ich dort ankomme. Sie hat ihre Tasche abgelegt, die Sandalen ausgezogen und die Nachttischlampe eingeschaltet. Und sie steht genauso bewegungslos da wie beim letzten Mal. Wie bei unserem letzten Abschied. Nur dass sie mir jetzt nicht den Rücken zuwendet und aus dem Fenster starrt, sondern mitten im Raum steht und so sehr zittert, als wären wir geradewegs aus einem Schneesturm gekommen.

Wortlos gehe ich zu ihr und nehme ihre Hände in meine. Sie sind eiskalt. Und Hailee sieht so unglücklich aus, dass ich gar nicht anders kann, als sie an mich zu ziehen.

Sie schlingt die Arme um mich und krallt die Finger in mein T-Shirt. Ich habe keine Ahnung, was los ist oder ob irgendetwas passiert ist, also halte ich sie einfach nur fest und streiche ihr beruhigend über den Rücken. Ohne zu wissen, ob ihr das hilft. Ob überhaupt etwas von dem, was ich sage oder tue, ihr in irgendeiner Form weiterhilft oder alles nur noch schlimmer macht. Ich weiß es einfach nicht. Nicht mal bei Jesper habe ich mich so verdammt machtlos gefühlt, und es ist ein beschissenes Gefühl. Ich würde alles dafür tun, um Hailee zu helfen, aber ich habe keine Ahnung, wie.

»Willst du darüber reden?«, frage ich schließlich kaum hörbar, da wir so eng umschlungen dastehen und mein Mund fast auf Höhe ihres Ohrs ist.

Sie schüttelt den Kopf. Klammert sich nur noch ein bisschen fester an mich. Und dann spüre ich sie. Die Tränen. Hailee schluchzt nicht, sie schnieft nicht, sondern weint lautlos – und alles in mir zieht sich schmerzhaft zusammen.

»Du weißt, dass du über alles mit mir reden kannst, oder?« Ich lasse sie nicht los, aber ich lehne mich ein Stück zurück, lege die Hände an ihre Wangen und suche ihren Blick.

Ihre Augen sind tränenverschleiert – und es ist, als würde

mir jemand ein Messer in die Brust rammen. Ich hasse es, sie so zu sehen. Aber noch mehr hasse ich es, dass sie leidet. Und dass es anscheinend nichts gibt, was ich für sie tun kann. Wie auch? Ich weiß immer noch nicht, ob ich den Sommer über die echte Hailee kennenlernen durfte – oder nur jemanden, der sie gerne sein wollte. Ich weiß noch immer nicht, wer dieses Mädchen eigentlich ist.

Ich schlucke das bittere Gefühl hinunter und wische ihre Tränen mit den Daumen weg. »Rede mit mir …«

»Ich habe dich vorhin mit … mit Mia gesehen und …«

Das ist es? Das hat sie so aus der Fassung gebracht? Ich schüttle sofort den Kopf. »Wir haben uns lange nicht mehr gesehen und nur geredet. Das ist alles. Sie ist mit ihrem Mann und ihrem Sohn in der Stadt.«

Hailee stößt ein humorloses Lachen aus. »Warum denkt jeder, dass ich eifersüchtig bin?«

Ich lasse die Hände sinken. »Bist du es?«

»Nein«, erwidert sie entschlossen, verzieht gleich darauf aber das Gesicht. »Okay, doch. Ein bisschen. Aber nur auf das, was du früher mit ihr hattest. Auf das, was du eines Tages mit einer anderen Frau haben wirst. Und das hast du verdient, Chase. Du hast so viel mehr verdient, als … als …«

»Bullshit.« Ich will das nicht hören. Oder dieses Gespräch mit ihr führen. Nicht jetzt. Nicht morgen. Niemals.

Doch Hailee scheint noch nicht fertig zu sein. Sie befreit sich aus meinen Armen und weicht vor mir zurück. »Wer will schon mit einem Mädchen zusammen sein, das sich umbringen wollte?«

Wir erstarren beide, als die Worte ihren Mund verlassen. Ihre Augen weiten sich vor Schreck, aber sie nimmt es nicht zurück. Sie nimmt die Worte nicht zurück, sondern lässt sie genau so stehen.

Gott … Ich fahre mir mit der Hand durchs Haar und atme tief durch, um ruhig zu bleiben. Wenn Hailee nicht schon so fertig wäre, würde ich ihr am liebsten in allen Details aufzählen, warum sie so falschliegt. Sie liegt so verdammt falsch und realisiert es nicht einmal.

»Ich«, erwidere ich fest. »Okay? Ich möchte mit diesem Mädchen zusammen sein.«

Wieder weiten sich ihre Augen, aber sie rührt sich nicht, bleibt wie angewurzelt stehen. Mehrere Augenblicke vergehen, in denen außer unseren Atemzügen nichts zu hören ist.

»Ich denke …« Hailee schluckt, knetet ihre Finger, lässt sie ertappt los, als sie bemerkt, was sie da tut, und sucht meinen Blick. »Ich denke, es wäre das Beste, wenn ich mit meinen Eltern zurück nach Hause fahre.«

Ich halte inne. Der ganze Tumult in meinem Inneren kommt urplötzlich zum Stillstand.

»Zurück … nach Minnesota?«, hake ich zögernd nach.

Zurück an den Ort, vor dem sie Anfang des Sommers geflohen ist. Zurück an den Ort, der über eintausend Meilen von hier entfernt ist. Scheiße, wenn ich mich nicht komplett irre, liegt Minnesota sogar in einer anderen Zeitzone.

Hailee lässt mich nicht aus den Augen. »Ja.«

»Bist du sicher, dass es das ist, was du willst?«

Diesmal zögert sie einen Moment, bevor sie antwortet. »Ich weiß es nicht«, gibt sie leise zu. »Ich weiß nicht, was ich will oder wie mein Leben aussehen soll. Es hatte ein festes Ende, Chase. Ich habe alles getan, was ich tun wollte, alles erlebt, was ich unbedingt erleben wollte – und noch so viel mehr. Und dann sollte es vorbei sein! Es sollte einfach … es sollte einfach vorbei sein.«

Ich beiße die Zähne zusammen, auch wenn sich ihre Worte wie ein Schlag in die Magengrube anfühlen. »Glaubst du, das wäre das, was Katie gewollt hätte? Oder Jesper?« Ausgerechnet Jesper, der nie wissen konnte, wann sein Ende bevorstand, aber immer damit rechnen musste, dass es früher kommen würde als bei allen anderen.

Hailee starrt mich entsetzt an. »Das ist nicht fair …«, flüstert sie.

Nein, das ist es nicht. Und vielleicht macht es mich zu einem Arschloch, ihr das so ins Gesicht zu sagen, aber ich glaube, dass sie es hören muss. Dass sie es wirklich *begreifen* muss. Selbst wenn das bedeutet, dass ausgerechnet ich derjenige bin, der es ausspricht und ihr damit wehtut.

»Ich … ich habe keine Ahnung, wie ich weitermachen soll.« Sie geht zum Bett hinüber, sinkt auf die Bettkante und vergräbt das Gesicht in den Händen.

»Hey …« Mit zwei Schritten bin ich bei ihr, nehme ihre kalten Finger in meine und sinke vor ihr auf die Knie. »Es ist okay. Niemand erwartet von dir, dass du alle Antworten hast oder einfach so weitermachst, als wäre nichts gewesen.« Sie schüttelt den Kopf, aber ich rede weiter, versuche ihr und auch mir die Bedenken zu nehmen. Selbst wenn ich es hasse, die nächsten Worte aussprechen zu müssen: »Wenn es wirklich das ist, was du willst, dann fahr mit deinen Eltern nach Hause. Okay? Ich kann dich in den Semesterferien in Rondale besuchen, und wir können …«

»Nein.« Ihre Stimme ist nicht so kalt, nicht so abweisend wie letztes Mal, dafür aber kraftlos. Sie ist so verdammt kraftlos, als hätte Hailee den Kampf längst aufgegeben. »Du kannst mich nicht besuchen kommen.«

Ich erstarre. Weil es so ein verdammtes Déjà-vu ist. Weil ich nicht wahrhaben will, dass das allen Ernstes wieder passiert. Dass Hailee mich wieder wegstößt.

»Warum nicht?«, bohre ich nach.

Zum ersten Mal an diesem Abend erwidert Hailee meinen Blick, ohne das Geringste zu verbergen. Ohne ihre Gefühle – oder den Schmerz – in ihren Augen zu verbergen. »Weil ich alles, was in diesem Abschiedsbrief steht, ernst gemeint habe.« Ihre Stimme ist nur noch ein ersticktes Flüstern. »Du hast ein unglaubliches Leben verdient, Chase. Eine großartige Zukunft. Aber ich … ich kann kein Teil davon sein. Ich weiß nicht, wie. Und ich will nicht, dass du dich meinetwegen einschränken oder zurücknehmen musst.«

Ich erstarre. »Das stimmt doch gar nicht.«

»Doch. Und du tust es bereits.« Hailee steht auf. Und obwohl sie so verflucht zerbrechlich wirkt, hält sie an ihrem Standpunkt fest. »Du steckst zurück. Für mich. Für deine Familie. Deinen Bruder. Du hast … Seit Freitagmorgen haben wir kein einziges Mal darüber gesprochen, was passiert ist. Nicht richtig. Was ich fast getan hätte. Und was es für uns bedeutet.«

»Was willst du denn von mir hören?«, presse ich hervor und richte mich langsam auf. »Willst du, dass ich wütend auf dich bin? Enttäuscht? Soll ich dich anschreien? Dir irgendwelche Anschuldigungen an den Kopf werfen, weil du mir die ganze Zeit über etwas vorgemacht hast? Weil du nicht ehrlich warst? Soll ich dich wirklich dafür verurteilen, dass es dir so schlecht ging und du keinen anderen Ausweg gesehen hast? Sorry, aber das kannst du vergessen. Das kriegst du nicht. Nicht von mir.« Ich fahre mir mit den Händen über das Gesicht. Zwinge mich dazu, tief durchzuatmen und ruhig zu bleiben, obwohl ich am liebsten auf etwas einschlagen würde. Obwohl ich am liebsten davonrennen, mich in meinen Dodge setzen und einfach drauflosfahren würde. Weg von hier. Weg von dieser beschissenen Situation. Und weg von diesem Gespräch und allem, was es mit mir anstellt.

Obwohl ich Hailees Abschiedsbrief nur ein einziges Mal

gelesen habe, hat sich jedes einzelne Wort in mein Gedächtnis eingebrannt. Ich weiß noch genau, was sie in mir ausgelöst haben. Die Angst und die blanke Panik sind noch immer ein Teil von mir – daran haben auch der Boxkampf oder die beiden Tage, die ich mit Hailee verbracht habe, nichts geändert. Die Panik wird Stück für Stück weniger, je öfter ich Hailee sehen, mit ihr reden und sie in den Armen halten kann, aber ich glaube nicht, dass dieses Gefühl je ganz verschwinden wird. Nicht nach allem, was passiert ist.

Womöglich war es eine Lüge oder bloßes Wunschdenken, zu hoffen, dass zwischen uns alles so bleiben wird, wie es vorher war. Aber Hailee ist mir so verdammt wichtig. Nichts und niemand kann daran etwas ändern.

Dass ich jetzt weiß, wie sehr und warum sie leidet, und alles daransetzen will, um ihr zu helfen, kann doch nicht falsch sein. Wie zum Teufel kann sie ausgerechnet das gegen mich verwenden?

»Ich will mich nicht mit dir streiten.« Hailee hat die Hände an ihren Seiten zu Fäusten geballt und zittert. Obwohl es warm in ihrem Zimmer ist, zittert sie am ganzen Körper, und ich muss gegen den Drang ankämpfen, sie wieder in die Arme zu ziehen.

»Und ich will nicht, dass wir so auseinandergehen«, erwidere ich genauso leise wie sie. »Ich will nicht, dass es endet. Nicht so. Nicht … überhaupt nicht.«

Hailee schließt die Augen, und einen Moment lang befürchte ich, dass ihr wieder die Tränen kommen werden. Und dass ich dann vollkommen machtlos sein werde, weil ich ihr nichts abschlagen kann. Nicht einmal das hier, selbst wenn es mich umbringt, auch nur daran zu denken.

Doch Hailee weint nicht. Sie sieht mich wieder mit diesem Ausdruck in den Augen an, bei dem ich sie einfach nur in die

Arme ziehen und nie mehr loslassen will. Aber genau das lässt sie nicht zu.

»Sobald ich meinen Eltern Bescheid sage, werden sie mit mir zurück nach Hause fahren«, erklärt sie leise. »Du hast schon mal eine Fernbeziehung geführt und bist daran gescheitert. Und ich … ich kann nicht … *Wir* können nicht …«

Zusammen sein. Sie spricht es nicht aus, aber ich kann ihr ansehen, dass es genau das ist, was sie sagen will. Und sie hat recht. Wie sollte das überhaupt funktionieren? Schon bald werden über eintausend Meilen zwischen uns liegen, ganz egal, ob ich hier in Fairwood oder wieder am Campus in Boston bin. Ich werde sie nicht jedes Wochenende besuchen können, nicht mal jedes zweite, weil der Weg so verflucht lang ist und Hailee im Moment ganz andere Probleme hat. Sie muss sich um sich selbst kümmern, und ich bin der Letzte, der ihr dabei im Weg stehen oder sie ablenken will. Aber … verdammt. So leicht gebe ich nicht auf. So leicht *kann* ich gar nicht aufgeben, selbst wenn es scheiße wehtut.

Ich mache einen Schritt auf sie zu. »Nur weil es einmal schiefgegangen ist, heißt das nicht, dass es immer so sein wird. Ich habe dir schon mal gesagt, dass ich mehr will. Mehr als diesen Sommer. Und das, was in deinem Brief steht … Was du gesagt hast …«

Sie wendet sich ab und schlingt die Arme um sich. Diesmal ist ihr Schluchzen deutlich zu hören. »Ich kann das nicht, Chase. Ich will dich nicht verlieren. Nicht so. Und ich weiß, dass es passieren wird. Du wirst zurück ans College gehen und dein Leben leben. Und ich … ich werde daheim in meinem Zimmer herumhocken und von einer Therapiestunde zur nächsten existieren. Das kannst du nicht wollen. Nicht mal ich will das. Schon gar nicht für dich. Nicht für das, was wir in den letzten Wochen hatten.«

»Also gibst du lieber von vornherein auf, statt es überhaupt zu versuchen?«

Als sie sich wieder zu mir umdreht, kann ich die Verzweiflung in ihrem Gesicht lesen. Die Sehnsucht. Und die Entschlossenheit. »Ich weiß nicht, was ich sonst tun soll.«

Bis eben war ich der festen Überzeugung, ich hätte Hailee am Freitagmorgen beinahe verloren. Aber mir ist nie der Gedanke gekommen, dass ich sie wieder verlieren könnte. Nur diesmal auf eine völlig andere Art und Weise.

»Fuck.«

Ich kann das nicht. Nein, falsch. Ich *will* das nicht. Ich will es nicht hören, nicht wahrhaben und mich erst recht nicht damit auseinandersetzen. Ich merke nicht mal, wie ich mich bewege, bis Hailee meinen Namen ruft und ich an der Tür stehen bleibe, die Finger bereits am Knauf.

Ich lasse die Hand sinken und balle sie zur Faust. »Ich will dich nicht verlieren …«

»Das will ich auch nicht …«

Ihre Stimme ist ganz nahe. Sie steht dicht hinter mir. Ich kann ihre Atemzüge hören, die genauso gepresst sind wie meine eigenen. Und ich kann ihre Wärme spüren, obwohl sie mich nicht mal berührt. Dabei müsste sie nur die Hand ausstrecken, mir nur entgegenkommen, um die letzten Minuten ungeschehen zu machen.

Aber sie tut es nicht.

Ich bin derjenige, der sich zu ihr umdreht. Und ich hatte recht, denn sie steht gerade mal einen halben Schritt von mir entfernt. Ich denke nicht nach. Genau genommen ist Denken so ziemlich das Letzte, was ich in diesem Moment tun will. Stattdessen überbrücke ich die Distanz zwischen uns, lege die Hand an Hailees Wange und presse meinen Mund für einen verzweifelten Kuss auf ihren.

Hailee reagiert sofort. Sie legt die Finger um mein Handgelenk, doch anstatt mich wegzudrücken, hält sie sich an mir fest. Hält uns beide fest. Und sie erwidert den Kuss mit der gleichen Intensität, mit der gleichen Sehnsucht, die auch in mir tobt. Weil ich sie nicht verlieren will. Weil ich das zwischen uns nicht verlieren will, auch wenn alles dagegenspricht.

Hitze schießt durch meinen Körper, während meine Lippen unablässig über ihre streichen, bis uns beiden ein leises Stöhnen entkommt. Alles in mir drängt darauf, Hailee näher zu ziehen, mehr Körperkontakt herzustellen, mehr von ihr zu spüren und zu schmecken – aber ich tue es nicht. Vielleicht, weil ich weiß, dass ich letzten Endes damit nur uns beiden wehtun würde.

Also zwinge ich mich dazu, das hier zu stoppen, bevor es überhaupt richtig angefangen hat.

»Tut mir leid, dass ich dir nie diesen Kuss im Regen geben konnte«, raune ich schwer atmend an ihren Lippen und lehne die Stirn gegen ihre.

Ein ersticktes Lachen entkommt ihr. Gleichzeitig rollt aber auch eine einzelne Träne über ihre Wange. »Du hast mir in diesem Sommer so viel mehr gegeben. Ganz ehrlich? Ich wüsste nicht, was ich ohne dich getan hätte.«

Diese Worte bringen mich zum Lächeln, auch wenn alles in mir schmerzt und ich noch immer den Drang unterdrücken muss, Hailee überall zu berühren. Denn die Wahrheit ist, dass ich sie nicht gehen lassen will. Nicht so. Aber ich kann sie auch nicht zwingen, in Fairwood zu bleiben. Genauso wenig, wie ich sie dazu zwingen kann, mit mir zusammen zu sein. Nicht, wenn es ihr ohnehin schon so schlecht geht. Ich bin der Letzte, der es noch schwerer für sie machen möchte. Eine Fernbeziehung ist auch so schon schwierig genug – und damit genau das, was Hailee gerade nicht brauchen kann.

Shit. Fuck. Alles in mir sträubt sich dagegen, aber bevor ich sie unglücklich mache oder ganz verliere, muss ich mich mit dem zufriedengeben, was sie mir anbietet. Es ist der einzige Weg, sie noch in meinem Leben zu haben.

»Ich will dich nicht verlieren«, wiederhole ich und halte ihren Blick fest. »Aber … ach, verdammt. Ich verstehe es. Okay? Ich verstehe es.«

Sie packt meine Handgelenke fester, und ich weiß nicht, ob sie mich damit fest oder sich selbst aufrecht zu halten versucht. Was es auch ist, ich werde für sie da sein. Ich werde immer für sie da sein.

»Aber das hier bedeutet nicht, dass wir komplett aus dem Leben des anderen verschwinden müssen. Ich will dich in meinem Leben haben, Hailee. Ich möchte, dass du ein Teil davon bist.«

»Das will ich auch«, wispert sie. »Ich weiß nicht, wie, aber das will ich auch.«

Sie weiß es vielleicht nicht, aber ich schon. Und obwohl ich *alles* mit ihr möchte, ist mir auch klar, dass jetzt nicht der richtige Zeitpunkt dafür ist. Vielleicht gab es den nie für uns. Das Timing war von Anfang an gegen uns, und das scheint es auch jetzt zu sein.

Doch da ich es nicht ertragen würde, sie vollständig zu verlieren, hole ich tief Luft und zwinge mich dazu, die nächsten Worte auszusprechen.

»Freunde, dann?«, schlage ich rau vor. »Wir können immer noch Freunde sein.«

Sie lächelt, auch wenn Tränen in ihren Augen schimmern und es mich jeden Funken Willenskraft kostet, sie jetzt nicht noch mal zu küssen. »Okay. Freunde.«

Diesmal hält mich nichts davon ab, sie an mich zu ziehen und zu umarmen. Hailee schlingt die Arme um mich und hält mich genauso fest wie ich sie. Und während ich die vertraute Wärme und Nähe spüre und ihren Duft einatme, verfluche ich die Zeit, die Umstände und alles, was es uns so verdammt schwer macht, einfach zusammen zu sein.

»Du solltest jetzt besser gehen …«, murmelt sie nach einer Weile, macht aber keine Anstalten, mich wegzuschieben oder sich aus der Umarmung zu lösen.

Ich zögere, halte inne, will mich nicht von ihr losmachen, aber vor allem will ich nicht durch diese Tür gehen und sie allein lassen. Gleichzeitig weiß ich, dass es das einzig Richtige nach diesem Gespräch ist.

Freunde. Ich schnaube innerlich. Als ob irgendetwas von dem, was ich für Hailee empfinde, auch nur ansatzweise rein freundschaftlich wäre.

»Ich weiß.« Ich halte sie noch etwas fester für den Fall, dass ich nie mehr die Möglichkeit dazu bekomme, und bringe meinen Mund ganz nah an ihr Ohr. Denn trotz allem, worüber wir geredet und was wir beschlossen haben, gibt es da noch eine Sache, über die wir nie gesprochen haben. Etwas, das sie unbedingt wissen muss, bevor ich durch diese Tür gehe. »Ich liebe dich auch.«

Sie atmet erstickt ein. Ein Schauer wandert durch ihren Körper. Sie schluchzt, und ihre Finger graben sich stärker in den Stoff meines Shirts.

Ich richte mich etwas auf, halte ihren Blick für einen Moment fest, dann gebe ich ihr einen Kuss auf die Stirn. »Pass auf dich auf, Hailee. Versprich mir, dass du auf dich aufpasst.«

Sie nickt ganz leicht. »Versprochen.«

Ein letztes Mal streiche ich ihr über die Wange, dann zwinge ich mich dazu, sie loszulassen und einen Schritt zurück zu machen. »Fahr nicht, ohne dich vorher zu verabschieden, okay? Ich will dich noch mal sehen.«

Ein Lächeln erhellt ihr Gesicht, auch wenn es zittrig ist und sie Tränen in den Augen hat. Es ist dennoch ein Lächeln, selbst als sie den Kopf dazu schüttelt.

»Das hier ist unser Abschied. Bitte komm morgen nicht, wenn ich den anderen Lebewohl sage«, wispert sie. »Ich … ich weiß nicht, ob ich dann noch gehen könnte.«

Gott, ich will sie wieder in meine Arme ziehen, will sie küssen, *richtig* küssen, sie die ganze Nacht über festhalten und nie mehr loslassen. Doch genau das muss ich jetzt tun. Ich muss Hailee loslassen und durch diese Tür gehen. Denn wenn ich es jetzt nicht tue, werde ich nicht mehr die Kraft dazu aufbringen.

Also nicke ich ihr zu, schenke ihr ein letztes Lächeln, dann drehe ich mich um und verlasse das Zimmer. Aber nicht das Haus und nicht mal den Flur, denn trotz allem will ich nicht, dass Hailee allein ist. Nicht jetzt. Nicht schon wieder. Nicht, wenn sie jemanden braucht, der für sie da ist, ganz egal, ob sie das zugeben möchte oder nicht.

Ich ziehe die Tür hinter mir zu, lehne mich direkt daneben gegen die Wand und hole das Smartphone aus meiner Hosentasche. Ich muss kurz durchatmen, um wieder klar denken zu können, dann sende ich erst Lexi und anschließend Charlotte eine kurze Nachricht und warte, bis sie hier eintreffen. Erst dann gehe ich die Treppe hinunter, durchquere das Diner, steige in meinen Dodge und fahre los.

Kapitel 10

Hailee

Chase ist fort. Er ist gegangen, nachdem ich ihn darum gebeten habe, und ich weiß nicht, ob das genau das Richtige war oder ob ich damit den größten Fehler meines Lebens begangen habe. Ich weiß überhaupt nichts mehr. Absolut nichts.

Ich liebe dich auch.

Seine Worte geistern durch meinen Kopf, hallen in meinen Gedanken nach und treiben mir weitere Tränen in die Augen. Dabei hasse ich es inzwischen so sehr, ständig zu weinen, aber ich kann nicht anders. Es tut so weh. So sehr. Irgendwie schleppe ich mich zum Bett, lasse mich darauffallen, rolle mich auf der Seite zusammen und mache mich ganz klein. Wie kann sich etwas, das die richtige Entscheidung war, so falsch anfühlen? Wie kann es, nachdem ich bereits Jesper und dann auch noch Katie verloren habe, trotzdem so wehtun? Es fühlt sich an, als würde jemand mit Rasierklingen durch mich hindurchschneiden, als wäre da ein riesiges Meer aus Schmerz, das über mir hereinbricht, mich mit sich reißt und in die Tiefe zieht, bis ich keine Luft mehr bekomme.

Ich will schreien und weinen, will aufspringen, Chase nachlaufen und ihn aufhalten, will mit ihm reden und ihn davon überzeugen, dass ich doch hierbleiben will und mich falsch entschieden habe. Aber ich tue nichts davon. Ich bleibe bewegungslos auf dem Bett liegen, gefangen in meinen eigenen Gedanken, gefangen in dem Tumult in meinem Inneren, dem ich einfach nicht entfliehen kann, ganz egal, was ich auch versuche.

Wenn Katie jetzt hier wäre, würde sie mich trösten. Sie würde mich festhalten, mir irgendeine dämliche Geschichte erzählen, um mich abzulenken und zum Lachen zu bringen, und dann würde sie aufstehen, mir die Hand hinhalten und mich hochziehen. Katie wüsste, was jetzt zu tun wäre. Sie wüsste, was das Richtige wäre. Und selbst wenn nicht, würde sie mir dazu raten, mutig zu sein und etwas zu riskieren.

Aber sie ist nicht hier. Katie ist nicht hier, und das macht alles nur noch schlimmer.

Die Tür öffnet sich leise. Ich kneife die Augen zusammen. Vergrabe das Gesicht im Kissen. Ich habe Chase gesagt, dass er gehen soll. Ich will nicht, dass er mich so sieht. Aber vor allem will ich *ihn* nicht sehen, weil ich dann alles zurücknehmen werde. Jedes einzelne Wort.

Aber es ist nicht Chase, der das Zimmer betritt. Ich höre mehrere Schritte, dann senkt sich die Matratze ein wenig, und jemand kuschelt sich hinter mich. Gleichzeitig legt sich jemand vor mich, und es dauert einen Moment, bis ich erkenne, dass es Lexi und Charlotte sind. Chase muss sie gebeten haben, herzukommen, damit ich nicht allein bin. Und aus irgendeinem Grund laufen mir bei dieser Erkenntnis nur noch mehr Tränen über das Gesicht.

Lexi liegt hinter mir und streicht mir das Haar zurück, beinahe so wie Katie früher, wenn es gewittert hat und ich mich im Bett vor lauter Angst ganz klein gemacht habe. Ich schniefe leise und schlinge den Arm um Charlotte vor mir.

»Du bist nicht allein, Hailee«, flüstert Charlotte und drückt meinen Arm. »Du bist niemals allein.«

Lexi schweigt, aber sie streichelt mir über die Schulter, als wollte sie Charlottes Worte damit stumm bestätigen.

Ich hätte es niemals für möglich gehalten, dass ich Menschen finden würde, die mir so wichtig werden, dass der Abschied von ihnen wehtut. Dass es so schmerzen würde, Chase durch diese Tür gehen zu sehen, obwohl er als Freund gegangen ist.

Freunde. Wir sind immer noch Freunde.

Nur warum tut es dann so weh?

Ich weiß nicht, wie lange Lexi und Charlotte mich festhalten. Sie murmeln keine beschwichtigenden Worte, versuchen nicht, mich am Weinen zu hindern, sondern versorgen mich mit Taschentüchern und sind einfach für mich da. Ich stelle keine Fragen, klammere mich nur an die beiden, und sie halten mich fest, während die Welt ein weiteres Mal um mich herum zusammenbricht. Und diesmal ist es meine eigene verdammte Schuld.

Irgendwann muss ich eingeschlafen sein, denn als ich die Augen das nächste Mal aufschlage, ist es nicht mehr dunkel im Zimmer. Die Nachttischlampe brennt noch, doch von draußen dringt Tageslicht herein. Der Himmel ist ganz zart rosa verfärbt, also muss es relativ früh sein. Die Nacht über habe ich mich nicht vom Fleck gerührt und liege auch jetzt noch eingekuschelt zwischen Lexi und Charlotte auf dem Bett. Keine der beiden hat sich bewegt, sie halten mich fest, und das macht es mir leicht, die Augen ein weiteres Mal zu schließen und erneut einzuschlafen.

Leise Stimmen wecken mich. Ich versuche richtig wach zu werden, aber meine Wimpern sind verklebt und meine Lider vom vielen Weinen geschwollen, was es schwierig macht, sie aufzuschlagen. Ich blinzle ein paarmal gegen das hereinscheinende Sonnenlicht, dann setze ich mich langsam auf.

Ich teile mir das Bett nicht länger mit meinen Freundinnen, aber sie sind nicht weit entfernt. Im Gegenteil, sie stehen direkt neben dem Bett vor der Tür und diskutieren leise über irgendetwas. Als sie mich bemerken, halten sie inne.

»Guten Morgen.« Charlotte lächelt mich an. Ihr Pixie-Cut steht in alle Richtungen ab. Dagegen hilft auch die weiße Blume im Haar nichts. Ihre Kleidung ist zerknittert, genau wie Lexis. Und genau wie meine, wenn ich so an mir hinunterschaue. »Lexi will los, weil sie ihren Kaffee braucht.«

»Hey!«, protestiert die entrüstet und fährt sich mit beiden Händen durch die langen Locken. »Damit tue ich euch einen Gefallen. Ohne Kaffee am Morgen bin ich unausstehlich.«

Charlotte verdreht die Augen. »Als ob. Du brauchst nur deinen Koffeinkick, du Suchti.«

Ich muss lächeln, denn ich liebe die beiden dafür, dass sie ganz normal weitermachen. Dass sie nicht komisch sind, nachdem sie mich die ganze Nacht über festhalten und trösten mussten. Stattdessen geben sie mir die Möglichkeit, so zu tun, als wäre es nur ein weiterer Morgen in Fairwood, an dem Lexi ihr Koffein braucht und Charlotte sie deswegen aufzieht.

»Kaffee klingt toll.« Ich räuspere mich, weil sich meine Stimme schrecklich heiser anhört.

»Dann los.« Lexi klatscht in die Hände. »Raus aus den Federn und ab ins Bad! So können wir auch gleich frühstücken gehen.«

Ächzend stehe ich auf. Jeder Muskel in meinem Körper tut weh. Ob vor Erschöpfung, vor Anstrengung oder weil ich die ganze Nacht in ein und derselben Position verharrt habe, kann ich nicht beurteilen. Mein Kopf dröhnt, und das Erste, was ich tue, als ich das Bad betrete, ist den Plastikbecher neben dem Waschbecken mit Wasser zu füllen und in einem Zug auszutrinken. Und dann gleich noch mal. Erst danach bin ich dazu in der Lage, so selbstverständliche Dinge zu tun wie auf die Toilette zu gehen, zu duschen, mir die Zähne zu putzen, das

Gesicht zu waschen und die Haare zu kämmen. Und meinen Eltern eine Nachricht zu schreiben, in der ich ihnen sage, dass ich mit ihnen zurück nach Hause fahre. Heute noch.

In den ersten Minuten bleiben meine Gedanken herrlich still. Doch nach und nach wird auch dieser Teil meines Bewusstseins wach, und sie kehren zurück. Genau wie die Erinnerungen. An den Tag gestern. Die Gespräche mit Mom und Dad. Das Gefühlschaos, was die beiden angeht. Die Hilflosigkeit. Den Termin bei der Therapeutin. Und Chase. Immer wieder Chase.

Ich liebe dich auch.

Seine Worte lösen so unglaublich viele Glücksgefühle in mir aus – dicht gefolgt von brennender Wut und Verzweiflung. Denn vielleicht hatten wir von Anfang an keine Chance. Es gab immer ein Enddatum, nur dass es nicht der sechste September war, wie ich es geplant hatte, sondern ein anderes, nur wenig späteres. Aber dennoch: ein Enddatum.

Einen Moment lang klammere ich mich am Waschbeckenrand fest und starre in den Spiegel. Ich starre in das vertraute Gesicht mit den riesig wirkenden, geröteten Augen und der bleichen Haut. Die Sommersprossen sind kaum noch zu erkennen, dafür sind meine Augen so dunkel wie die von Mom. Wie die von Katie. Ich werde nie wieder in den Spiegel schauen können, ohne an meine Zwillingsschwester zu denken.

Aber ich will an sie denken. Ich will mich an die schönen Momente mit ihr erinnern. An ihre Stimme. Ihr Lachen. Daran, wie sie mich dazu gebracht hat, mutig zu sein und etwas zu wagen. Ich weiß nur nicht, ob ich es ertragen kann – nicht, wenn es jedes Mal so verflucht wehtut.

Es wird nicht so wie vorher sein, wenn du mit uns nach Hause kommst. Wir werden uns um dich kümmern.

Bei der Erinnerung an das Gespräch mit Mom fällt mein

Kopf nach vorne. Sie hat recht. Sie werden sich um mich kümmern. Darauf muss ich vertrauen. Daran muss ich mich festhalten. Sie werden wissen, was zu tun ist. Ich muss nur ein letztes Mal loslassen, ein letztes Mal Lebewohl sagen, dann wird alles gut.

Ich ziehe mir das weiße Kleid mit den weiten Ärmeln an, das eine Schulter freilässt, dazu die Römersandalen, und streife mir die Armbänder über das Handgelenk, dann komme ich aus dem Bad. Mein Haar ist noch feucht, aber das ist okay. Es ist warm genug, um es an der Luft trocknen zu lassen. Und obwohl ich keinen Appetit habe und mich am liebsten wieder unter der Decke verkriechen möchte, will ich noch ein wenig Zeit mit meinen Freundinnen verbringen. Ein letztes Mal.

Einige Minuten später sitzen wir im Diner, und ich bekomme von Beth wortlos meinen heiß geliebten Latte macchiato vorgesetzt. Mom und Dad haben bereits auf meine Nachricht geantwortet. Sie bereiten alles für unsere Abfahrt am frühen Nachmittag vor. Mein Kopf tut noch immer weh, mein Gesicht ist vom vielen Weinen ganz aufgedunsen, und ich fühle mich einfach nur leer.

Ist es nicht seltsam, wie die Welt sich einfach weiterdreht, auch wenn das eigene Leben plötzlich zum Stillstand gekommen ist? Wie alle Menschen einfach weitermachen, als wäre es nur ein weiterer ganz normaler Tag, obwohl für dich nichts mehr ist wie zuvor? Genau so fühle ich mich, während ich aus dem Fenster des Diners schaue. Autos. Passanten. Touristen. Fahrräder. Menschen auf dem Weg zur Arbeit. Und über alledem lässt sich die Sonne immer wieder zwischen den Wolken blicken und schickt ein paar warme Strahlen hinab. Der Alltag hat wieder in Fairwood Einzug gehalten, was diesen Morgen nach der vergangenen Nacht nur noch merkwürdiger macht.

»Also …« Lexi nimmt einen Schluck von ihrem Kaffee und

räuspert sich. »Ich weiß, das geht mich nichts an, aber … Was ist gestern passiert? Du und Chase, habt ihr …?«

»Ich fahre zurück nach Minnesota. Zurück nach Hause. Heute noch.« Seufzend wende ich mich von dem Ausblick ab und sehe zu Lexi. Sie hat sich den Platz gegenüber ausgesucht, während Charlotte neben mir sitzt und mit dem Strohhalm in einem dunkelgrünen Smoothie herumrührt.

»Du fährst zurück? Also … dann habt ihr euch getrennt?«, hakt Charlotte mit überraschter, aber sanfter Stimme nach.

Ich schlucke hart und nicke. »Kann man so sagen.«

Lexi starrt mich von der anderen Seite des Tisches an. »Bist du sicher, dass es das Richtige ist?«

Ich bin kurz davor, laut aufzulachen. Sie fragt das so, als hätte ich eine Ahnung, was ich hier tue. Als wüsste ich noch, was richtig und was falsch ist. Aber das weiß ich nicht. Alles, was richtig sein sollte, fühlt sich falsch an. Und alles was falsch ist … Ich vermisse Katie und Jesper so sehr, dass ein einziger Gedanke an sie, eine einzige Erinnerung genügt, um mir die Tränen in die Augen zu treiben. Ich will sie wiedersehen, will bei ihnen sein. Ich will meine Schwester wiederhaben. Mehr als alles andere. Die Vorstellung, wieder mit Katie reden, lachen, sogar mit ihr streiten zu können, fühlt sich absolut richtig an. Aber die Art, wie ich das erreichen wollte, war falsch. Das weiß ich jetzt. Logisch betrachtet weiß ich das. Aber meine Gefühle sind anderer Meinung.

»Ich will nicht sagen, dass es unter diesen Umständen falsch war, Schluss zu machen, und ich gehe einfach mal davon aus, dass du diejenige warst, die es beendet hat«, beeilt sich Lexi zu sagen und gestikuliert wild mit den Händen herum. »Aber … na ja …« Hilfe suchend sieht sie zu Charlotte hinüber.

»Aber bist du sicher, dass du es aus den richtigen Gründen getan hast?«, springt die sofort ein.

Glücklicherweise kommt in diesem Moment unser Essen, sodass ich nicht sofort darauf reagieren muss. Doch nachdem Beth gegangen ist, bin ich leider um keine Antwort schlauer. Stumm starre ich auf mein Frühstück hinunter. Ich hatte schon vorher kaum Appetit, doch jetzt vergeht er mir ganz, auch wenn die Pancakes und der Bacon lecker aussehen und noch besser riechen. Mechanisch greife ich nach dem Sirup und beträufle damit die Pancakes, dann greife ich nach Messer und Gabel.

»Es gibt nur noch ganz wenige Dinge, die ich sicher weiß«, beginne ich langsam und mustere die beiden nacheinander. »Dass Chase etwas Besseres verdient hat, ist eines davon. Ich meine … Seid doch mal ehrlich. Er hat schon mehr als genug Probleme und Sorgen. Da muss ich wirklich nicht auch noch meinen ganzen Ballast oben draufpacken. Er ist ohne mich besser dran. Ganz bestimmt.«

Ihr kurzer Blickaustausch entgeht mir nicht, genauso wenig wie der zweifelnde Ausdruck auf ihren Gesichtern, aber ich beschließe, beides zu ignorieren. Chase und ich … Wir hatten einen wunderschönen Sommer. Mehr, als ich mir für meine letzten Wochen je wünschen konnte. Aber niemand hat gesagt, dass es für immer so bleiben würde. Nichts hält ewig. Und manchmal verschwinden die wichtigsten Menschen einfach aus deinem Leben, ganz egal, wie verzweifelt du an ihnen und an der gemeinsamen Zeit festhalten möchtest.

»Er liebt dich.« Lexi lässt mich nicht aus den Augen. »Das ist dir hoffentlich klar.«

Ich packe die Gabel so fest, dass meine Finger schmerzen. »Ich weiß.«

Gott, und wie ich das weiß. Sein Gesicht, der Ausdruck in seinen Augen, dieser ganze Abschied gestern Abend hat sich für immer in mein Gedächtnis gebrannt. Aber nur weil wir jetzt Lebewohl sagen, bedeutet das nicht, dass es für immer sein wird. Wir können immer noch telefonieren. Uns schreiben. Und uns vielleicht sogar treffen. Irgendwann, wenn es mir besser geht und er weniger zu tun hat. Das mag noch weit in der Zukunft liegen, aber es ist so viel mehr, als ich vom Ende dieses Sommers erwartet habe. Es muss reichen.

Schweigen breitet sich am Tisch aus, während wir unser Frühstück essen. Es ist nicht so locker und fröhlich, wie ich es mir wünschen würde, denn ich bemerke durchaus die Blicke, die immer wieder in meine Richtung wandern, aber auch nicht so angespannt, wie ich befürchtet habe. Und ein Teil von mir ist einfach nur dankbar, dass wir das machen, dass wir hier zusammensitzen können und sie mich nicht weiter wegen Chase ausfragen.

Ohne Vorwarnung haut Lexi mit der Hand flach auf den Tisch. »Wir sollten etwas Lustiges unternehmen!«

Ich zucke zusammen, und Charlotte verschluckt sich vor Schreck an ihrem Smoothie.

»Sorry.« Lexi zieht eine Grimasse und schiebt ihr ein Glas Wasser hin. »Aber jetzt mal im Ernst. Heute ist dein letzter Tag in Fairwood. Wir müssen etwas gegen diese Grabesstimmung tun.«

»Etwas, das bitte nichts damit zu tun hat, dass du mich zu Tode erschreckst«, röchelt Charlotte, hustet noch ein paarmal und wischt sich über die Augenwinkel. Dann hält sie abrupt inne. »Warte, das habe ich nicht so gemeint. Das war …«

»Himmel noch mal!«, platze ich heraus. »Es ist okay. Ihr könnt Witze reißen. Ihr könnt in meiner Gegenwart Redewendungen benutzen. Fangt nicht plötzlich damit an, euch mir gegenüber komisch zu verhalten. Bitte tut das nicht.«

Wieder wechseln die beiden einen Blick. Schließlich ist es Lexi, die sich ein großes Stück von ihren Pancakes in den

Mund schiebt, kaut, runterschluckt und deutlich hörbar verkündet: »Dieses Frühstück ist zum Sterben gut.«

»Ja«, erwidert Charlotte trocken und stochert in ihrem Obstsalat herum. »Die ganzen Kalorien werden dich umbringen.«

Lexi zuckt mit den Schultern und schüttet noch mehr Sirup auf ihren Teller. »Wenigstens scheide ich satt und glücklich aus dem Leben.«

Meine Mundwinkel wandern wie von selbst nach oben. »Das ist immer noch besser, als vor Langeweile zu sterben«, murmle ich in mein Glas.

Einen Moment lang sehen wir uns an, dann brechen wir gleichzeitig in Gelächter aus. Und es tut so unglaublich gut, einfach nur zu lachen und nicht mehr über alles nachdenken zu müssen. Es tut gut, einfach *da* zu sein. Im Hier und Jetzt. Mit diesen Menschen. Und wenn nicht noch immer dieses schwarze Loch in meiner Brust wäre, diese unendliche Leere in mir, könnte ich beinahe glauben, dass ich froh bin, noch am Leben zu sein.

»Um wieder zum Thema zurückzukommen.« Lexi spült den letzten Bissen mit einem Schluck Kaffee hinunter. »Lasst uns etwas unternehmen! Gerade wenn das dein letzter Tag hier in Fairwood ist, sollte er mit etwas Schönem enden.«

Ich zwinge mich zu einem Lächeln, da ich wirklich nicht an den Abschied denken möchte. Mom und Dad warten nur darauf, dass wir endlich zurückfahren können. Zurück nach Hause. Ich atme tief durch und befehle mir selbst, mich zu entspannen. Wahrscheinlich sollte ich mich irgendwie darauf freuen oder erleichtert sein, heimzufahren, aber das bin ich nicht. Wie könnte ich auch, bei der Aussicht darauf, wieder in das Haus zurückzukehren, in dem ich mit Katie aufgewachsen bin? Das Haus, in dem mir ihre Anwesenheit noch mehr fehlen wird als irgendwo sonst. Gleichzeitig weiß ich, dass ich es tun muss. Es ist das Richtige. Es *muss* das Richtige sein.

»In Ordnung«, erwidere ich verspätet und nicke Lexi zu. »Lasst uns etwas unternehmen.«

Denn in wenigen Stunden werde ich Fairwood und all seine Bewohner endgültig hinter mir lassen.

Kapitel 11

Chase

Hailee fährt gegen zwei Uhr los. Wir wollen sie alle zusammen verabschieden, also beweg deinen Hintern rechtzeitig zum Diner!

Wieder und wieder lese ich Lexis Nachricht, aber ich will es noch immer nicht wahrhaben. Das war es also? Hailee verlässt tatsächlich die Stadt und kehrt nach Minnesota zurück? Fällt es ihr wirklich so verdammt leicht, alles hinter sich zu lassen? Kaum ist der Gedanke in meinem Kopf aufgetaucht – zusammen mit einem bitteren Geschmack in meinem Mund –, schnaube ich bereits. Natürlich kann sie alles hinter sich lassen. Sie wollte es schon einmal tun. Und auch wenn ich unglaublich froh darüber bin, dass sie diesmal einen anderen Weg wählt, bedeutet es in gewisser Weise dennoch dasselbe: Ich werde sie nicht wiedersehen. Und, verdammt, wenn das nicht wehtut.

Gleichzeitig bin ich so verflucht dankbar dafür, dass ihre Eltern hier aufgetaucht sind und sich allem Anschein nach wieder um sie kümmern. Dass sie gemerkt zu haben scheinen, dass sie noch eine Tochter haben, und Hailee endlich all die Zuwendung bekommt, die sie braucht und verdient hat.

Seufzend lasse ich das Handy sinken und reibe mir übers Gesicht. Obwohl ich das Smartphone gerade erst in der Hand hatte, habe ich keine Ahnung, wie spät es ist. Draußen scheint bereits die Sonne. Vögel zwitschern. Ein Auto fährt vorbei, und das Klingeln eines Fahrrads ist zu hören. Wahrscheinlich sollte ich aufstehen. Duschen. Mir frische Sachen anziehen. Und nach unten zu meiner Familie gehen, um weiterhin so zu tun, als wäre alles in Ordnung. Nur um nicht darüber nachzudenken, was Hailees Abreise für mich bedeutet. Heute Nachmittag verabschiedet sie sich von unseren gemeinsamen Freunden – doch wir beide hatten unseren Abschied schon. Und ich habe ihr versprochen, nicht mehr aufzutauchen.

»Guten Mooooorgen!« Phil reißt die Tür auf, rennt durch das Zimmer, setzt zum Sprung an – und landet mit vollem Karacho auf mir.

Ich ächze, weil der Kleine mit jedem Zentimeter, den er wächst, noch schwerer wird, muss aber auch lachen.

»Mom sagt, du sollst aufstehen und runterkommen, sonst gibt es kein Frühstück für dich«, informiert er mich mit todernster Miene. Was irgendwie die Wirkung verfehlt, da er noch immer ein bisschen lispelt.

Trotzdem gebe ich mir alle Mühe, genauso ernsthaft zu bleiben wie er, und nicke. »Das wäre echt schlimm. Aber ich kann nicht aufstehen, wenn du quer auf mir liegst, Kumpel.«

Jetzt grinst Phil breit und entblößt dabei seine Zahnlücke. »Macht nichts. Mehr Frühstück für mich!« Und damit hüpft er vom Bett und flitzt los.

»Wie war das?« Ich werfe die Decke beiseite und sprinte hinter ihm her, aber er ist schnell. Er erreicht die Treppe vor mir und rennt mit einem so ohrenbetäubenden Kreischen hinunter, dass ich das Gesicht verziehe. Das müssen wir ihm eines Tages dringend abgewöhnen. Aber hey, wenigstens bin ich jetzt wach.

»Chase!«, ertönt nun auch Moms Stimme aus der Küche. »Dein Essen wird kalt.«

»Bin gleich da!«, brülle ich zurück und weiß ehrlich nicht, ob ich lachen oder darüber den Kopf schütteln soll. Nach ein, zwei Sekunden entscheide ich mich für die dritte Alternative und trotte ins Bad.

Obwohl ich in den Ferien und, wann immer es an den Wochenenden zeitlich machbar ist, zu Hause bin, ist es noch immer merkwürdig. Vielleicht liegt das daran, dass ich mir in Boston eine Küche mit der gesamten Etage im Wohnheim teile und mir dort niemand Frühstück macht oder darauf achtet, dass ich rechtzeitig aufstehe. Irgendwie bin ich das nicht mehr gewohnt. Und obwohl die Fürsorge daheim durchaus ihre Vorteile hat, kann ein Teil von mir es gar nicht erwarten, wieder auf dem Campus zu wohnen. Nicht, dass ich das College groß vermissen würde. Aber mir fehlt die damit verbundene Freiheit.

Ich springe unter die Dusche und erledige alles Wichtige im Bad innerhalb weniger Minuten, dann schnappe ich mir die erstbesten Klamotten aus dem Schrank und streife sie mir über. In T-Shirt und Jeans, dafür aber noch unrasiert und barfuß, gehe ich die Treppe hinunter und betrete gleich darauf die Küche.

Dad sitzt bereits auf seinem Stammplatz am Küchentisch, eine Lesebrille auf der Nase und die Zeitung in der Hand. Phil hockt auf seinem Platz und schaufelt mit so viel Enthusiasmus Rührei in sich rein, als hätte er seit Wochen nichts mehr gegessen, und Mom gießt eine Tasse Kaffee ein, die sie mir gleich darauf überreicht.

»Guten Morgen.« Sie tätschelt mir die Schulter.

»Danke, Mom«, nuschle ich, lasse mich auf einen Stuhl fallen und nehme einen Schluck von meinem Kaffee. Er ist heiß, schwarz und stark. Genau so, wie Dad ihn schon immer bevorzugt hat und woran wir uns alle gewöhnt haben.

»Hast du gut geschlafen?« Lächelnd gibt sie etwas Rührei auf meinen Teller, holt noch etwas Bacon aus der Pfanne und zwei Toasts aus dem Toaster, die sie mir ebenfalls hinlegt.

Ich brumme irgendetwas Unverständliches, da ich schon den Mund voll habe. Okay, spätestens hier merkt man, dass Phil und ich verwandt sind. Er grinst mich über den Tisch hinweg an und stopft sich weiter mit Essen voll.

Mom scheint meine Antwort als Ja aufzufassen und hakt nicht weiter nach. Zum Glück. Denn die Wahrheit ist, dass ich kaum ein Auge zugetan habe. Ich habe Hailee bei Lexi und Charlotte zurückgelassen, trotzdem konnte ich unser Gespräch einfach nicht aus dem Kopf bekommen. An viel Schlaf war da nicht mehr zu denken. Und Lexi hat sich erst vorhin wieder gemeldet, aber ich weiß nicht, ob mir dieses Update gefällt oder nicht. Nein, das ist gelogen. Es gefällt mir nicht. Wenn es nach mir ginge, würde ich Hailee hierbehalten, statt sie nach Hause fahren zu lassen – aber es geht nicht nach mir. Außerdem wäre es komplett sinnlos, da ich am Sonntag schon wieder zurück nach Boston muss, um mein neues Zimmer im Wohnheim zu beziehen, und am Montag die ersten Vorlesungen und Seminare des kommenden Semesters starten. Selbst wenn Hailee also hier in Fairwood bleiben würde, könnten wir uns kaum sehen. Was einfach nur beschissen ist.

Ich spüre Moms besorgte Blicke auf mir, aber sie fragt nicht nach. Was auch immer Dad ihr wegen des blauen Auges erzählt hat, sie scheint das als Erklärung zu akzeptieren. Einerseits bin ich dankbar dafür, weil ich ihr dann nicht auch noch ins Gesicht lügen muss. Andererseits beschreibt das unser Familienverhältnis so perfekt, dass ich am liebsten ironisch aufgelacht hätte. Mom und Dad akzeptieren jede Erklärung, solange sie in ihre heile Welt und zu ihren Plänen passt. Und was nicht passt, wird passend gemacht.

Die Haustür geht auf. Schritte sind zu hören, dazu das Klimpern von Schlüsseln.

Ich halte im Kauen inne.

Dad sieht zum ersten Mal von seiner Zeitung auf. »Erwarten wir Gäste, Liebling?«

Mom wirkt ebenfalls überrascht, steht aber bereits auf. »Nicht, dass ich wüsste. Vielleicht Jazmine auf dem Weg zur Buchhandlung? Oder … *Josh?*«

Ich drehe mich auf dem Stuhl um – und verschlucke mich fast an meinem Toast. Denn da steht tatsächlich mein großer Bruder.

Josh lehnt im Türrahmen, als wäre es das Selbstverständlichste der Welt, dass er an diesem Dienstagmorgen hier auftaucht. Als hätten wir alle nur auf ihn gewartet. Und in gewisser Weise haben wir das auch.

Als er lächelt, zeigt sich ein Grübchen in seiner rasierten Wange. »Hey zusammen.«

»Oh mein Gott! Josh!« Mom läuft mit ausgestreckten Armen auf ihn zu. Gleich darauf findet er sich in einer festen Umarmung wieder.

Auch Dad ist aufgestanden. Und Phil schlingt bereits von der Seite die kurzen Arme um seinen Helden.

»Wo warst du nur so lange?« Mom löst sich von ihm, und er beugt sich zu ihr hinunter, um ihr einen Kuss auf die Wange zu geben.

»Unterwegs«, antwortet er so nonchalant wie immer. Anschließend umarmt er Dad, lässt sich von ihm auf den Rücken klopfen und wirft sich Phil über die Schulter, bis der ihm lachend mit den Fäusten gegen den Rücken hämmert. »Alle Achtung. Du bist in den letzten Wochen echt groß und stark geworden!«

In den letzten Wochen. Richtig. Denn Josh war den Sommer über kein einziges Mal zu Hause. Schon vor der Entzugsklinik nicht, weil es ihm zu dreckig ging, und wenn er doch mal high genug war, um sich hinters Steuer setzen und nach Hause fahren zu wollen, habe ich ihn davon abgehalten. Zumindest wenn ich zufällig in der Nähe und nicht bei einem Kampf war, um *seine* Schulden abzuarbeiten.

Ich bin zu perplex, um auch nur einen Muskel zu rühren, ganz zu schweigen davon, aufzustehen.

Letztlich ist es Josh, der zu mir herüberschlendert und sich wie früher auf den Stuhl neben mich fallen lässt. »Hey, Mann.«

»Josh.«

Etwas flackert in seinen Augen auf – den gleichen grünbraunen Augen wie bei Mom, Phil und mir. Er zögert einen Herzschlag lang, dann zieht er mich in eine kurze, aber feste Umarmung.

»Danke«, murmelt er nur, bevor er mich wieder loslässt und in die Runde schaut. »Ist noch was vom Frühstück da?«

Mom lacht nur und macht sich sofort daran, frische Eier aufzuschlagen.

Dad bleibt neben Josh stehen und legt ihm eine Hand auf die Schulter, drückt sie fest. »Gut, dass du wieder da bist, mein Junge. In der Firma wartet viel Arbeit auf uns, und wir können deine Unterstützung gut brauchen.«

Ich versuche es zu ignorieren. Versuche den Stich in meiner Brust zu ignorieren, aber – verdammt! – wenn mich das nicht einen Großteil meiner Selbstbeherrschung kostet. Unser Vater tut so, als wäre gerade die Antwort auf all seine Gebete durch diese Tür gekommen. Als würde gleich alles den Bach runtergehen, doch nun, da Josh wieder da ist, kommt alles in Ordnung. Es ist ja nicht so, als hätte er nicht noch einen anderen Sohn, der sich den Sommer über den Arsch für das Familienunternehmen aufgerissen hat.

Wenn Dad meine Schweigsamkeit auffällt, lässt er sich nichts davon anmerken. Aber mit dem Veilchen und dem verpassten Termin bin ich offenbar noch immer in Ungnade gefallen. Und das sollte mich nicht stören. Es sollte mir überhaupt nichts ausmachen, weil ich im Grunde gar nicht in dieser Firma arbeiten will. Trotzdem fühlt es sich beschissen an, ihn enttäuscht zu haben. Wieder mal. Weil ich das ja in der Highschool noch nicht oft genug getan habe.

Und Josh? Der taucht einfach hier auf, ohne vorher Bescheid zu geben. Ohne daran zu denken, mir mitzuteilen, dass er entlassen wurde. Ja, er hat letzte Woche mehrmals versucht, mich anzurufen, und ich habe ihn ignoriert – aber kann man es mir nach der Aktion in der Klinik wirklich vorwerfen? Und wie zum Teufel kann er jetzt schon entlassen sein, wenn er vor etwas mehr als zwei Wochen noch mit Drogen erwischt wurde, die er sich hat in die Klinik schmuggeln lassen? Oder hat er sich selbst aus der Klinik entlassen? Nein, dann hätte mich jemand angerufen und darüber informiert, schließlich bin ich sein einziger Notfallkontakt. Aber selbst wenn er das Programm erfolgreich absolviert hat und wieder clean ist, hätte er mir Bescheid geben können. Ich hätte ihn abgeholt, verdammt noch mal. Wir hätten uns zusammen überlegen können, was wir Mom und Dad erzählen und wie es jetzt weitergeht. Aber Josh ist wieder mal Josh und zieht sein eigenes Ding durch. Und setzt felsenfest darauf, dass ich mitspiele.

»Alles klar?« Josh bedankt sich bei Mom für den Kaffee und das Frühstück, dann wendet er sich wieder mir zu. »Was ist passiert?«, fragt er und deutet mit der Gabel in der Hand auf mein Gesicht.

»Was denkst du denn?«, erwidere ich aggressiver, als ich sollte.

»Oh mein Gott, es ist schon so spät!« Mom unterbricht, was auch immer sich da gerade zwischen Josh und mir zusammenbraut, und hetzt plötzlich durch die Küche. »Phil! Du musst zur Schule.«

»Aber … Mom!«, nuschelt er mit vollem Mund.

»Sofort, junger Mann!« Ihr Tonfall duldet keinen Widerspruch.

Ich verstecke mein Grinsen, indem ich mir noch eine Ladung kaltes Rührei in den Mund schiebe, Josh verbirgt es hinter seiner Kaffeetasse, und Dad räuspert sich hinter seiner Zeitung. Suzanna Whittaker ist der freundlichste, geduldigste und warmherzigste Mensch, den man sich vorstellen kann. Aber wenn sie sich etwas vorgenommen hat, kann nichts und niemand sie davon abbringen, weder Mensch noch höhere Gewalt. Und jetzt will sie Phil zur Schule fahren. Ein kurzer Blick zur Wanduhr über der Spüle bestätigt ihre Aussage. Es ist wirklich schon ziemlich spät. Ein Wunder, dass Dad überhaupt noch hier sitzt, statt in der Firma zu sein.

Phil nörgelt noch etwas, fügt sich dann aber widerwillig. Auch er hat ziemlich schnell gelernt, dass man sich in einer Situation wie dieser besser nicht mit unserer Mutter anlegt. Zumindest nicht, wenn man keinen Hausarrest will. Die beiden verabschieden sich hastig, dann wird es still in der Küche.

Dad faltet raschelnd die Zeitung zusammen, sieht auf seine Armbanduhr und seufzt. »Ich muss ins Büro. Wir haben einen wichtigen Termin um zehn Uhr.« Er wirft mir einen nachdrücklichen Blick zu. »Chase …«

»Papierkram. Ich weiß«, unterbreche ich ihn und nehme einen großen Schluck von meinem Kaffee.

Er scheint noch etwas hinzufügen zu wollen, entscheidet sich aber dagegen und widmet sich stattdessen meinem großen Bruder, der diese Rolle schon lange nicht mehr einnimmt. »Schau später im Büro vorbei, ja? Dann können wir alles Weitere besprechen. Nun, da du deinen Abschluss hast, kannst du in die Firma einsteigen, und wir können über die geplante Expansion sprechen.«

Josh sieht von ihm zu mir und wieder zurück. »Wieso komme ich nicht jetzt gleich mit?«

»Das ist eine hervorragende Idee.« Dad nickt zufrieden. »Chase?«

Habe ich eine Wahl? Ich versuche möglichst unauffällig zur Wanduhr zu schauen. In ein paar Stunden wird Hailee wegfahren. Ich weiß, dass ich nicht daran denken sollte, zumal sie deutlich gemacht hat, dass sie mich nicht dabeihaben will, aber … verdammt. Ich kann nicht aufhören.

Seufzend schiebe ich mir den letzten Bissen Toast in den Mund und stehe auf. »Gib mir eine Minute.«

Wir fahren mit zwei Autos zum Firmengelände. Josh mit unserem Vater voraus, was mir nur recht ist, und ich im Dodge hinterher.

Obwohl die Fahrt nur wenige Minuten dauert und wir den morgendlichen Verkehr umgangen haben, indem wir so spät los sind, kommt es mir wie eine halbe Ewigkeit vor. Vielleicht weil mein Kopf ein einziges Karussell ist. Zum einen sind da die Gedanken an Hailee und die Erinnerung daran, wie wir gestern Abend auseinandergegangen sind. Und … Scheiße, ich will wirklich nicht, dass sie geht. Aber noch weniger will ich es schwerer für sie machen. Ob Charlotte und Lexi noch bei ihr sind? Ob sie den letzten halben Tag in Fairwood mit ihren Freundinnen verbringt? Ob alle anderen da sein werden, um sie zu verabschieden? Alle außer mir.

Doch während mich das viel mehr beschäftigt, als es sollte, kreisen gleichzeitig tausend Fragen durch meinen Kopf, bei denen es um Josh geht. Was hat sein plötzliches Auftauchen zu bedeuten? Geht es ihm wirklich wieder gut?

Vorhin in der Küche war ihm nichts anzumerken. Kein auffälliges Verhalten, kein Zittern, keine Schweißausbrüche, keine geweiteten Pupillen, keine geröteten Augen. Um ehrlich zu sein, sehe ich wahrscheinlich mitgenommener aus als mein großer Bruder, der gerade einen Entzug hinter sich hat. Aber das muss nichts heißen. Bevor ich die Wahrheit kannte, hat Josh mir und aller Welt monatelang etwas vorgemacht, was seine Sucht anging. Und nach allem, was passiert ist, nach allem, was wir zusammen durchgestanden haben, und nach all den Prügeln, die ich seinetwegen eingesteckt habe, bin ich nicht bereit, ihm so einfach wieder zu glauben. Schon gar nicht, wenn er ohne Vorwarnung hier aufkreuzt und so tut, als wäre alles in bester Ordnung.

Unbewusst umklammere ich das Lenkrad fester und verpasse fast die Ausfahrt, weil ich so in Gedanken bin. Verdammt. Gerade rechtzeitig setze ich noch den Blinker und reiße das Lenkrad herum, dann stelle ich den Wagen auf dem firmeneigenen Parkplatz ab und steige aus.

Die Sonne scheint, und es sieht danach aus, als würde dies ein weiterer schöner Spätsommertag werden. Kaum eine Wolke steht am Himmel – offenbar will Fairwood Hailee lieber mit gutem Wetter verabschieden als mit einem Gewitter wie kurz nach ihrer Ankunft.

Dad ist schon mit Josh vorausgegangen. Wahrscheinlich haben sie und Onkel Alexander eine Menge zu besprechen. Es sollte mich nicht stören. Das sollte es wirklich nicht. Immerhin ist Josh jetzt wieder da, und die beiden können sich auf ihn stürzen, was ihre Expansionspläne angeht. Ich werde sowieso noch ein Jahr in der Uni festsitzen, bevor ich überhaupt einen Abschluss in der Tasche habe – und dann auch nur einen Bachelor, keinen Master. Trotzdem kotzt es mich an. Nicht Dads und Onkel Alexanders Verhalten, denn das war abzusehen. Nein, Joshs Auftauchen und seine ganze Art kotzen mich an.

Hat er in der Klinik etwa plötzlich zu sich selbst gefunden und beschlossen, dass er jetzt doch ein Teil des Familienunternehmens werden möchte? Haben ein paar drogenfreie Wochen ausgereicht, um festzustellen, dass er doch lieber in einem stickigen Büro sitzen, Gebäude entwerfen und Baustellen überwachen will, anstatt um die Welt zu reisen, wie er es tatsächlich mal vorhatte? Das wäre mir neu. Denn von uns beiden hat sich Josh – zumindest mir gegenüber – immer am lautesten über unsere fest geplante Zukunft aufgeregt, während ich sie ab einem gewissen Punkt stillschweigend akzeptiert habe. Ich will nicht behaupten, dass ihn nur das in den Teufelskreis aus Drogen, Sucht, Schulden und illegalen Kämpfen getrieben hat, aber ich bin mir sicher, dass es seinen Teil dazu beigetragen hat. Und das alles … spielt auf einmal keine Rolle mehr?

Das kann ich nicht glauben. Nein, ich weigere mich, das zu glauben. Und nach allem, was passiert ist, nach all den Lügen, die ich für Josh erzählt habe, habe ich eine verdammte Erklärung von ihm verdient. Das ist das Mindeste.

»Hallo, Madeleine«, begrüße ich unsere Empfangsdame.

Diesmal schaut sie weder finster noch besorgt drein, sondern lächelt mich an. »Guten Morgen, Chase. Wie ich sehe, ist dein Bruder wieder zurück? Das freut die beiden Mr Whittaker bestimmt.«

»Bestimmt«, bestätige ich mit einem gezwungenen Lächeln und nehme die Post mit nach oben, um sie kurze Zeit später zu dem immer größer werdenden Stapel auf meinem Schreibtisch zu legen.

Dank des Veilchens in meinem Gesicht verschont Dad mich mit weiteren Meetings, da er bei seinen Angestellten, Kollegen und Geschäftspartnern keinen schlechten Eindruck erwecken will. Denn so ziemlich jeder weiß, dass man sich zwar die Hand auf einer Baustelle quetschen kann, ein blaues Auge aber nur eines bedeutet: Ärger. Also hält Dad mich von Terminen jeglicher Art fern, was mir nur recht ist. Die ganzen Akten, Dokumente und Papiere auf dem Tisch begeistern mich dagegen weniger.

Seufzend lasse ich mich in den Stuhl fallen und reibe mir übers Gesicht. Dabei spüre ich das Kratzen der Bartstoppeln nur zu deutlich unter meinen Fingern und fluche innerlich. In all der Aufregung um Joshs wundersame Rückkehr und der Eile, mit der wir von zu Hause aufgebrochen sind, habe ich auch noch vergessen, mich zu rasieren, was meinen Frisch-aus-einer-Kneipenschlägerei-Look nicht gerade aufwertet. Egal.

Wieder wandert mein Blick zur nächsten Uhr, diesmal an der Wand neben dem Fenster. Ich kann dabei zusehen, wie die Sekunden vorbeiticken.

Hailee hat mich darum gebeten, nicht zu kommen, wenn sie die anderen verabschiedet, und ich habe ihr zuliebe zugestimmt. Aber ... kann ich das wirklich? Kann ich sie wirklich einfach ziehen lassen, ohne sie noch mal gesehen, noch mal gesprochen und berührt zu haben?

Fuck. Ich weiß es nicht.

In den nächsten Stunden muss ich mich davon abhalten, ständig auf die Uhr zu sehen, und lenke mich stattdessen damit ab, Akten zu sortieren, mit Assistenten zu sprechen, herumzutelefonieren, um fehlende Unterlagen zu besorgen, und mich mit der ganzen verdammten Bürokratie herumzuschlagen. Man könnte meinen, Dad hat mir diese Aufgabe übertragen, um mich zu bestrafen, so wie er uns früher immer dazu verdonnert hat, seiner Sekretärin nach der Schule dabei zu helfen, Dokumente zu sortieren, wenn wir Mist gebaut hatten.

Als die Mittagszeit näher rückt, wandert mein Blick immer häufiger zu meinem Smartphone. Bis auf eine einzige weitere Nachricht von Lexi, in der sie von einer guten Idee erzählt hat, die sie heute Morgen hatte und unbedingt umsetzen will, habe ich nichts mehr von ihr gehört. Genauso wenig von Hailee, was mir die Entscheidung nicht gerade leichter macht. Wobei es gar keine Entscheidung geben sollte, die ich fällen muss. Soll ich zu ihr fahren, obwohl sie mich gebeten hat, nicht zu kommen? Kann ich wegbleiben, wenn das die vielleicht letzte Chance ist, sie noch mal zu sehen?

Verdammt.

Ich sortiere die letzten Dokumente vom Bauprojekt in Raleigh und lege sie auf den Stapel für die Architekten in der dritten Etage, dann werfe ich einen Blick auf mein Handy. Wenn ich es noch rechtzeitig schaffen will, muss ich mich jetzt entscheiden. Hierbleiben oder hinfahren? Ein paar Sekunden lang ringe ich noch mit mir, dann fluche ich leise, schiebe alle Bedenken beiseite und fahre den Computer herunter. Als ich mir die Autoschlüssel schnappen und aufstehen will, klopft es an der Tür. Gleich darauf steckt Josh den Kopf herein.

»Hey …«

»Hey.« Ich erstarre und sinke zurück auf den Stuhl. »Was gibt's?«

Denn es ist ja nicht so, als würde ich jetzt auf der Stelle losmüssen – wie mir ein weiterer Blick aufs Handy unmissverständlich deutlich macht. Wenn ich in den nächsten fünf Minuten nicht hier raus bin, kann ich den Abschied von Hailee vergessen.

Doch Josh ahnt nichts davon. Er drückt die Tür hinter sich zu, lehnt sich dagegen und lässt zum ersten Mal die Maske des Vorzeigesohns fallen, die er seit seiner Rückkehr aufgesetzt hat. »Ich muss gleich zurück ins Meeting – aber können wir kurz reden?«

Kapitel 12

Hailee

Ich hasse Abschiede. Ich hasse es, Menschen Lebewohl sagen zu müssen, die ich liebe. Aber noch schlimmer ist es, gar nicht erst die Möglichkeit dazu zu haben. Ich konnte weder Jesper noch Katie Lebewohl sagen, also tue ich jetzt alles dafür, mich richtig von meinen Freunden in Fairwood zu verabschieden. Selbst wenn das mehr wehtut, als ich je für möglich gehalten habe.

Wir stehen vor dem Diner, Beth in ihrer Schürze und mit einem Küchentuch über der Schulter, mit dem sie gerade noch Gläser abgetrocknet hat. Daneben Charlotte in einem weißen Sommerkleid, Lexi in ihrem Arbeitsoverall und mit fast schon grimmiger Miene, Clayton in seiner Bikerjacke und Eric wie immer ganz lässig in T-Shirt und Jeans mit einem aufmunternden Lächeln im Gesicht. Shaine ist schon seit einer Weile nicht mehr in der Stadt, aber er und ich waren auch nicht gerade das, was man beste Freunde nennen würde. Trotzdem würde ich jetzt sogar ihn gerne umarmen.

Von Chase ist weit und breit nichts zu sehen, und obwohl ich ihm nicht gesagt habe, wann ich fahre, sondern ihn sogar darum gebeten habe fernzubleiben, erwische ich mich dabei, wie ich nach ihm Ausschau halte. Wie ich bei jedem vorbeifahrenden Wagen aufblicke und nach dem vertrauten silbergrauen Dodge suche. Aber er ist nicht da. Und wahrscheinlich ist das besser so. Ich habe mich schon zweimal von ihm verabschiedet. Ich weiß nicht, ob ich es ein drittes Mal ertrage. Oder ob ich dann überhaupt noch gehen könnte.

»Hier.« Beth drückt mir eine Tupperdose in die Hand. »Nimm das für die Fahrt mit. Da sind dein Lieblingsbagel und ein paar Pancakes drin, damit du mir nicht verhungerst.«

»Beth …«

Sie schnieft und sieht kurz zur Seite, gleich darauf ist der finstere Ausdruck, der mir in den letzten Wochen nur zu vertraut geworden ist, in ihr Gesicht zurückgekehrt. »Du bist ein gutes Mädchen und passt auf dich auf, ja?«

Ich nicke. »Versprochen.«

Und zum ersten Mal meine ich es auch so. Ich will, dass es mir besser geht. Und das hier ist der beste, nein, der einzige Weg, den ich kenne. Mom und Dad werden auf mich aufpassen.

Gleich darauf finde ich mich in einer festen Umarmung wieder. Ich habe gerade mal genug Zeit, die Arme um Beth' fülligen Körper zu legen, dann macht sie sich los und trottet zurück in das Diner.

»Wow.« Clayton stößt einen leisen Pfiff aus. »Ich habe Beth noch nie so emotional erlebt. Nicht mal, als sie mich mit einem Nudelholz aus dem Diner gejagt hat, weil ich von ihrem Kuchenteig genascht habe. Und da war ich acht. Aber, meine Güte, kann die Frau schnell rennen.«

Seine Geschichte sorgt für ein paar Lacher, und sogar meine Eltern, die ein Stück entfernt an unserem Auto stehen, müssen darüber lächeln. Ich bin ihm dankbar dafür, dass er die Stimmung auflockert, bevor es für uns alle unerträglich wird.

Charlotte tritt als Nächstes auf mich zu. »Bist du dir sicher, dass es das ist, was du willst?«, fragt sie mich so leise, dass keiner außer mir die Worte hören kann. Durch die Brillengläser wirken ihre blauen Augen riesig. Und besorgt.

Ich nicke und ziehe sie in eine Umarmung. »Ich will nach Hause.«

Sie holt Luft, scheint etwas sagen zu wollen, schüttelt dann aber nur den Kopf und drückt mich fester. »Danke für alles, was du getan hast.«

»Was *ich* getan habe?« Ich starre sie ungläubig an. »Ihr seid es, die mir geholfen habt. So sehr. Ihr wart für mich da, als … als …«

Sie lächelt warm. »Wir haben uns gegenseitig geholfen. Und … und ich bin wirklich froh, dass Jesper am Ende eine Freundin wie dich an seiner Seite hatte.«

Tränen füllen meine Augen schneller, als ich sie wegblinzeln kann. Mit dem Handrücken wische ich mir über die Wangen. »Was das angeht … Oben im Zimmer liegt etwas, von dem ich glaube, dass es für dich bestimmt war. Bitte nimm es mit. Und wenn du es fertiggelesen hast, gib es seinen Eltern, okay?«

Sie blinzelt überrascht, und ich glaube, dass sie auch eine Spur blasser wird, aber sie nickt nach einem Moment. »Ja … Ja, natürlich. Danke.«

Ich schüttle nur den Kopf, denn ich bin nicht diejenige, der sie danken muss, sondern Jesper. Er konnte manchmal ein Idiot sein, aber er hatte das Herz am rechten Fleck. Und Charlotte hat ihm trotz ihrer komplizierten Geschichte wirklich viel bedeutet, da bin ich mir sicher.

Charlotte macht einen Schritt zurück und damit Raum für Clayton, der jetzt mit ausgestreckten Armen auf mich zukommt.

»Nein, nein, hier wird nicht geheult.« Er drückt mich so fest an sich, dass ich lachen muss, obwohl mir die Tränen kommen. Auch wenn wir nicht so viel miteinander zu tun hatten, wie ich es mir wünschen würde, ist auch er zu einem Freund geworden. Und ich werde nie meine allererste Fahrt auf einem Motorrad mit ihm vergessen. Nach ein paar Sekunden macht er sich von mir los und fährt sich mit den Fingern durch das zurückgegelte blonde Haar. »Es war schön, dich hier zu haben. Fairwood wird nicht dasselbe ohne dich sein. Komm zurück, wann immer du willst.«

Ich gebe ihm einen Klaps gegen den Arm. »Wie soll ich bitte nicht heulen, wenn du so etwas sagst?«

Warnend deutet er mit dem Finger auf mich. »Hör sofort auf damit, sonst fange ich an zu singen. Und wir wissen alle, dass ich die Stimme eines Engels habe.«

Lexi schnaubt. »Die eines Racheengels meinst du wohl.«

Das Gelächter tut gut, aber es ist lange nicht so befreiend wie an jenem Abend in der Bar, als ich Clayton das erste Mal getroffen habe. Ist das wirklich erst ein paar Wochen her? Meine Zeit in Fairwood war so kurz, dennoch kommt sie mir so lang, so bedeutsam vor. Vielleicht hat Mom recht, und das hier ist kein Zuhause für mich, aber diese Stadt und diese Menschen werden für immer einen ganz besonderen Platz in meinem Herzen haben. Wie lange dieses *für immer* auch sein mag.

Lexi schiebt sich an Clayton vorbei und umarmt mich fest. Sie riecht nach Seife, einem dezenten Parfüm – und Motoröl. Natürlich.

»Ich habe Chase getextet«, wispert sie und schiebt mich auf Armlänge weg. »Er sollte längst hier sein. Keine Ahnung, was ihn aufgehalten hat, aber er ist auf dem Weg. Das weiß ich. Er wird kommen, Hailee.«

Noch während sie das sagt, beiße ich mir auf die Unterlippe, denn ich will nicht, dass Chase auftaucht. Ich denke nicht, dass ich das aushalten könnte. Wir haben einen unglaublichen Sommer miteinander erlebt. Wir hatten unseren Abschied. Mehr brauche ich nicht. Und wenn ich das oft genug wiederhole, glaube ich es vielleicht auch irgendwann selbst.

Aber statt all das Lexi mitzuteilen, schüttle ich nur den Kopf. Er wird nicht kommen, schließlich habe ich ihn darum gebeten, es nicht zu tun.

Doch dann habe ich eine Idee. »Hast du etwas zu schreiben?«

»Was?« Sie blinzelt verwirrt.

»Etwas zu … oh.« Ein Block und ein Kugelschreiber tauchen vor meinem Gesicht auf. »Danke«, sage ich zu Charlotte, die beides aus ihrer Handtasche hervorgekramt hat.

In aller Hast schreibe ich auf, was ich zu sagen habe, reiße den Zettel ab, falte ihn zusammen und halte ihn Lexi hin. »Wärst du so lieb, ihm das zu geben?«

Stirnrunzelnd sieht sie von mir zu dem Papier in meiner Hand und wieder zurück. »Sorry, aber ich glaube nicht, dass Chase noch einen Abschiedsbrief erträgt.«

»Das ist kein …« Mir ist nach Lachen und Weinen zugleich zumute, aber ich tue nichts davon, sondern nehme Lexis Hand und lege die Nachricht hinein. »Bitte«, sage ich nur.

Sie seufzt, dann verdreht sie die Augen. »Na gut. Weil du es bist. Aber wenn du ihm wieder das Herz brichst und er mich nervt, werde ich dich mit lauter Nachrichten vollspammen.«

Diesmal siegt das Lachen. Es kommt mir fast zu leicht über die Lippen, auch wenn meine Augen schon wieder brennen. »Das ist okay. Das ist sogar mehr als okay.«

Denn auch wenn ich zurück nach Hause fahre, auch wenn ich gedacht hatte, es sei das Beste, diese Stadt und alle Erinnerungen, die ich hier gemacht habe, hinter mir zu lassen, wird mir in diesem Moment schmerzlich bewusst, dass ich dieses Kapitel nicht beenden möchte. Ich will Fairwood und seinen Bewohnern nicht für immer Lebewohl sagen. Ich will weiterhin von Lexi hören, was sie so in der Werkstatt treibt, wie es ihren Neffen geht und wie sie sich mal wieder über Shaine aufregt. Ich möchte mit Charlotte über Bücher reden, mit Clay über Gott und die Welt philosophieren und mit Eric übers Reisen sprechen. Zum Teufel, ich würde mich sogar liebend gern auch in Zukunft von ihm mit lauter Fragen löchern lassen, wenn das bedeutet, ein Stück von diesem Sommer mit nach Hause nehmen zu können. Und noch eine Sache ist mir klar geworden: Auch wenn ich das Gefühl habe, dass diese Menschen in den vergangenen Wochen zu echten Freunden geworden sind, gibt es noch so vieles, was ich nicht über sie weiß. Vielleicht auch nicht wissen wollte, solange ich noch dachte, dass unsere Freundschaft ein festes Enddatum hatte. Aber je mehr ich über unseren Abschied nachdenke, desto deutlicher wird mir bewusst, dass ich all das noch erfahren will.

Und ich will mit Chase reden. Seine Stimme hören. Mit ihm schreiben. Ihn wiedersehen – auch wenn das vermutlich keine gute Idee ist. Drei Monate lang war mein Leben vollkommen unkompliziert. Ich bin einfach drauflosgefahren, habe angehalten, wo ich wollte, bin aufgestanden, wenn ich gerade wach wurde, und habe zur Not immer in meinem Wagen schlafen können. Oder in dem Zimmer über dem Diner. Drei Monate lang hatte nichts von dem, was ich gesagt, getan oder gefühlt habe, irgendwelche Konsequenzen. Aber jetzt sind sie da, genau wie Mom gesagt hat. Sie springen mich geradezu an, und ich kann sie nicht länger ignorieren. Aber ich weiß auch nicht, wie ich sonst mit ihnen umgehen soll.

Ich sehe zu Mom und Dad zurück, die mit etwas Abstand hinter mir am Wagen stehen. Dad mit meiner Tasche in der Hand, Mom mit einem warmen Lächeln auf dem Gesicht. Sie warten auf mich, und sie werden sich um mich kümmern. Wir werden das irgendwie durchstehen. Zusammen. Daran glaube ich ganz fest. Und das muss ich auch, weil ich nicht weiß, woran ich sonst noch glauben kann.

Seufzend drehe ich mich wieder zu meinen Freunden um, ziehe den Autoschlüssel aus der Tasche und überreiche ihn Lexi. Meine Hand zittert, und es fällt mir so verflucht schwer, das hier zu tun, aber ich weiß, dass ich keine andere Wahl habe. Und es ist wesentlich besser, als den Wagen einfach zu verkaufen – oder schlimmer noch: verschrotten zu lassen –, wie Mom und Dad vorgeschlagen haben.

»Pass gut auf ihn auf, ja?«

»Mach dir keine Sorgen.« Lexi nimmt mir den Schlüssel ab und verstaut ihn sicher in ihrem Overall. »Dein Honda ist in guten Händen.«

Das weiß ich. Ohne Lexis Einsatz hätte ich dem Wagen schon viel früher Lebewohl sagen müssen. Es jetzt zu tun und damit auch all die Erinnerungen an Katie zurückzulassen, macht es jedoch nicht einfacher.

»Hier.« Eric tritt als Letzter vor und hält mir eine unscheinbare dunkle Holzkiste von der Größe eines Schuhkartons hin, die er bis eben unter den Arm geklemmt hatte. Jetzt erkenne ich die handgeschnitzten Verzierungen darauf, die wie Blumen und ineinander verwobene Muster aussehen. »Das ist von uns allen.«

Ich zögere. »Was ist das?«

Ein Abschiedsgeschenk? Bitte nicht. Das hier ist schon schwer genug.

Aber Eric lächelt nur.

»Das hier«, Clayton macht einen Schritt nach vorn und legt Eric einen Arm um die Schulter, »ist eine Erinnerungsbox. Von uns für dich. Jeder hat etwas beigesteuert.«

»Aber wie … wie konntet ihr wissen …?«

Alle Blicke wandern zu Lexi, die jetzt mit den Schultern zuckt, als hätte sie absolut nichts mit der Sache zu tun. »Denkst du wirklich, ich lasse dich einfach so losziehen, ohne dir etwas mitzugeben, das dich an uns alle erinnert? Und da du nicht gerade ein großer Fan von Fotos bist, muss eben das herhalten.« Sie macht eine wegwerfende Handbewegung, als wäre diese Kiste, als wäre diese *Erinnerungsbox* nicht der Rede wert, dabei ist sie *alles* für mich. Diese Menschen sind alles für mich.

Als ich nach Fairwood gekommen bin, wollte ich nur meinem besten Freund Lebewohl sagen und versuchen, das Versprechen einzulösen, das ich ihm gegeben hatte, als er noch gelebt hat. Niemals hätte ich damit gerechnet, dass diese wenigen Wochen in der Stadt so viel für mich verändern würden. Dass ich solche Freunde finden würde.

Eric drückt meine Schulter, als wollte er mir stumm Mut zusprechen.

»Mach's gut, Hailee.«

»Pass auf dich auf.«

»Und lass von dir hören, ja?«

Ich nicke, weil ich kein einziges Wort hervorbringe, und umklammere die Holzkiste in meinen Händen.

Ein letztes Mal sehe ich mich nach dem silbergrauen Dodge um, halte nach Chase' braunem Haar, den breiten Schultern und dem unvergesslichen Lächeln Ausschau – aber er ist nicht da. Er ist nicht gekommen.

Und vielleicht ist es besser so. Ganz bestimmt ist es das.

Ich zwinge mich zu einem Lächeln, auch wenn mir nach Weinen zumute ist – und wende mich ab.

In wenigen Schritten bin ich bei meinen Eltern. Gleich darauf sitze ich auf der Rückbank, und Dad startet den Motor. Der rote Honda steht hinter dem Diner, seit Eric und Clayton ihn vom Plateau abgeholt und hergefahren haben. Und dort bleibt er auch, als das Diner und die Menschen, die davor stehen, immer kleiner werden, bis sie nicht mehr zu sehen sind und wir Fairwood endgültig hinter uns lassen.

Chase

Der Motor jault protestierend auf, als ich aufs Gas steige, aber ich ignoriere es. Wahrscheinlich breche ich gerade mehrere Verkehrsregeln, während ich durch Fairwood rase und in viel zu hohem Tempo auf die Main Street abbiege, doch das ist mir egal. Innerlich bete ich, dass ich es noch rechtzeitig schaffe, dass mich dieses kurze Gespräch mit Josh nicht davon abgehalten hat, mich doch noch von Hailee zu verabschieden. Sie ein letztes Mal zu sehen. Aber tief in mir kenne ich die Wahrheit bereits.

Ich komme mit quietschenden Reifen vor dem Diner zum Stehen. Von Hailee keine Spur. Auch Charlotte ist nirgends zu sehen. Nur Lexi steht noch mit Eric und Clay vor dem Eingang und sieht auf, als ich aussteige.

Ich bin zu spät. Ich weiß es, bevor Lexi die nächsten Worte ausspricht.

»Sie ist weg.«

Fuck. *Fuck!* Mein erster Impuls ist es, ihr nachzurennen, in der bescheuerten Hoffnung, sie aufhalten und dazu bringen zu können hierzubleiben. Auch wenn mir vollkommen klar ist, wie dumm das wäre. Also bleibe ich einfach nur stehen, fahre mir mit den Fingern durchs Haar und versuche, das Chaos und die Verzweiflung in mir irgendwie im Zaum zu halten.

Lexi packt mich am Arm und führt mich ein paar Meter weiter, weg von der Tür zum Diner, weg von Eric und Clayton, die mich fragend, aber auch ein wenig mitleidig mustern.

»Was ist passiert?«, will sie wissen. Ihre Stimme ist nicht viel mehr als ein aufgebrachtes Zischen. »Warum kommst du erst –«

»Josh ist zurück.«

Ihre Augen werden riesig. »Was?«

Ich schnaube. Ja, so ähnlich habe ich auch reagiert.

»Aus der Klinik?« Lexi senkt die Stimme zu einem Flüstern. »Wurde er entlassen?«

»Ihm zufolge schon. Gestern Nachmittag. Er ist heute Morgen einfach beim Frühstück aufgetaucht.«

Und hat so getan, als wäre nie etwas gewesen. Ja, das nehme ich ihm immer noch übel. Vor allem, nachdem er mir nun auch noch das Versprechen abgenommen hat, weiterhin mitzuspielen. Und ich bin ein Idiot, dass ich dem überhaupt zugestimmt habe. Allerdings muss ich zu meiner Verteidigung sagen, dass meine Gedanken zu diesem Zeitpunkt mehr bei Hailee und dem bevorstehenden Abschied waren, als bei Josh und seinem Versuch, mich von diesem dämlichen Plan zu überzeugen. Also habe ich ihm versprochen, bei dieser ganzen lächerlichen Scharade mitzumachen, nur um ihn abzuwürgen und endlich losfahren zu können. Und kam trotzdem zu spät.

»Was hat er gesagt? Bist du deshalb zu spät? Geht es ihm gut?« Lexi haut eine Frage nach der anderen raus, und ich weiß gar nicht, welche davon ich zuerst beantworten soll.

»Er sagt, dass er mit dem Programm fertig ist und es keine weiteren Zwischenfälle gab, also wurde er entlassen. Auf eigene Verantwortung. Er behauptet, dass er clean ist.«

»Glaubst du ihm?«

»Ganz ehrlich?« Ich seufze tief und vergrabe die Hände in den Hosentaschen. »Keine Ahnung. Er sieht besser aus. Gesund. Glaub mir, wenn du ihn kurz vor der Klinik gesehen hättest, dann hättest du ihn kaum wiedererkannt. Ich habe keine Ahnung, ob er die Wahrheit sagt, aber er scheint wieder okay zu sein.«

Oder ein verdammt guter Schauspieler. Aber Josh ist erwachsen. Ich kann nicht für den Rest seines Lebens auf ihn aufpassen und seine Schulden abarbeiten, indem ich bei Fight Clubs für ihn in den Ring springe. Auch wenn ich das wahrscheinlich immer wieder tun würde – schließlich ist er mein Bruder. Was auch der Grund dafür ist, dass ich ihm weiterhin den Rücken frei halten werde. Weil er das lange Zeit auch für mich gemacht hat.

»Wir sind mit Dad in die Firma gefahren, und er hat Josh gleich eine Einführung in seine zukünftigen Tätigkeiten gegeben«, erzähle ich weiter.

Lexi verdreht die Augen. »Ich kapier es einfach nicht.«

»Was?«

Ihr Blick wird anklagend. »Josh. Dich. Unsere Väter. Warum sie einfach nicht erkennen wollen, dass das ihr Traum ist und nicht eurer.«

Vielleicht, weil wir es ihnen nie gesagt haben. Oder zumindest nicht deutlich genug. Doch das ist eine andere Geschichte. Eine, die ich jetzt nicht mit Lexi ausdiskutieren werde. Dabei stößt sie bei mir genauso auf Granit wie ich bei ihr, wenn es darum geht, Fairwood zu verlassen. Aus irgendeinem Grund scheint Lexi zu glauben, nur hier glücklich sein zu können. Bei ihrer Familie. Ihrem Job. Und auch wenn sich keiner der beiden je dazu geäußert hat, bin ich mir ziemlich sicher, dass das einer der Streitpunkte zwischen meiner Cousine und Shaine ist. Damals genauso wie heute. Lexi will die Stadt nicht mal für ein Wochenende verlassen, und Shaine hat bis auf seine Großmutter, die er hin und wieder besucht, keinen Grund, hierher zurückzukehren.

Entschieden schiebe ich diese Überlegungen beiseite. »Was ist mit Hailee?«

»Es geht ihr gut«, sagt Lexi sofort, nur um gleich darauf das Gesicht zu verziehen. »Also, so gut es ihr gehen kann nach allem«, fügt sie hinzu und zieht ein zusammengefaltetes Blatt aus der Tasche ihres Overalls. »Sie wollte, dass ich dir das hier gebe.«

Sekundenlang starre ich auf das Papier, dann wende ich mich kopfschüttelnd ab. Ein weiterer Abschiedsbrief? Das kann Hailee unmöglich ernst meinen. Nein. Egal, was da drinnen steht, ich weigere mich, das zu lesen. Ich will nicht mit noch einem verdammten Brief abgespeist werden.

»Sie meinte, es wäre kein Abschiedsbrief«, bemerkt Lexi, als hätte sie meine Gedanken gelesen.

Ich werfe ihr einen zweifelnden Blick zu.

»Nimm es einfach.« Ehe ich darauf reagieren kann, drückt sie mir den Zettel gegen die Brust und lässt los, sodass mir gar nichts anderes übrig bleibt, als ihn aufzufangen, bevor er zu Boden fällt.

»Ich bin in der Werkstatt, falls du reden willst. Obwohl, vielleicht fahre ich auch erst noch kurz ins Büro, um Josh in den Boden zu stampfen«, fügt sie hinzu, so beiläufig, als würde sie nur laut darüber nachdenken, sich einen Kaffee zu holen.

Sobald sie weg ist, fällt mein Blick unweigerlich auf den zusammengefalteten Zettel in meiner Hand.

Kapitel 13

Hailee

Die Landschaft rast an mir vorbei. Ich nehme nichts davon wirklich wahr, schon gar keine Details, aber irgendwo in meinem Bewusstsein registriere ich das Flimmern vor meinen Augen. Doch ganz gleich, wie angestrengt ich aus dem Fenster starre, die Welt da draußen ist nicht das, was ich sehe. In meinem Kopf spielt sich eine ganz andere Art von Film ab.

Seltsamerweise fühlt sich das hier, dieser Abschied von Fairwood mit all seinen Bewohnern, endgültiger an als an jenem Freitagmorgen, als ich die Stadt und dieses Leben für immer verlassen wollte. Wie kann das sein? Wieso muss ich ausgerechnet jetzt an all das denken, was ich dort erlebt habe? Können ein paar Wochen und eine Handvoll Menschen wirklich das ganze Leben verändern?

Ich weiß noch, wie ich angekommen bin, frisch aus Washington, und das Straßenschild gesehen habe, das mir angezeigt hat, wie viele Meilen es noch bis nach Fairwood sind. Ich erinnere mich noch genau daran, wie ich an Jesper denken musste und die spontane Entscheidung getroffen habe, hinzufahren. Genau genommen war es gar keine Frage. Ich bin einfach bei der nächsten Möglichkeit abgebogen und ins Shenandoah-Tal gefahren. Wenn ich die Augen schließe, kann ich die Sonnenstrahlen auf meinem Rücken fühlen, während mein Schatten auf seinen Grabstein fällt. Ich kann die Musik und die Stimmen aus *Barney's Bar* hören, als wäre ich dort. Und ich kann Chase' Blick auf mir spüren und sein Lächeln vor mir sehen.

Den ganzen Sommer über bin ich herumgereist, habe die unterschiedlichsten Menschen getroffen und dabei gute wie schlechte Erfahrungen gemacht, doch nichts hat sich so sehr in mein Gedächtnis eingebrannt wie die wenigen Wochen in Fairwood. Ich kann selbst jetzt noch exakt nachempfinden, wie viel Überwindung es mich gekostet hat, zum ersten Mal *Lizzy's Cakes* zu betreten und mich allein an einen Tisch zu setzen. Und wie viel mehr Überwindung, Chase anzusprechen, auch wenn ich dabei nur vor mich hin gestottert habe. Ganz egal, welche Erinnerung ich ausgrabe – die Ausflüge an den See, die Stunden im Café, die Arbeit im Diner, die Lavendelfarm, der Karaoke-Abend, das Musikfestival –, jede einzelne ist in irgendeiner Form mit Chase verbunden. Durch ihn habe ich Lexi, Charlotte, Clayton und die anderen kennengelernt. Er war derjenige, der mir das Gefühl gegeben hat, am Leben zu sein. Zu atmen, zu lachen, zu *fühlen* – in einer Zeit, in der ich überhaupt nichts fühlen wollte, weil es zu sehr wehgetan hat.

Aber in dieser Stadt habe ich mich nicht bloß verliebt und Freunde gefunden. Ich konnte das Versprechen, das ich Jesper vor so vielen Monaten gegeben habe, endlich erfüllen. Ich habe sein Manuskript gefunden und es gelesen, genau wie seine letzten Worte an mich. Und ich habe meine eigene Geschichte zu Ende geschrieben.

Wie kann ein Ort, den ich bis dahin nur vom Hörensagen kannte, innerhalb so kurzer Zeit zu … so viel mehr geworden sein? Und wie kann ich diesen Ort schon jetzt so schrecklich vermissen, obwohl ich gerade auf dem Weg in meine Heimat bin?

»Alles in Ordnung, Liebling?« Mom wirft mir einen Blick

durch den Rückspiegel zu. Ich habe keine Ahnung, seit wie vielen Stunden wir mittlerweile unterwegs sind, aber ich weiß genau, dass sie mich das bereits zum fünften Mal fragt. Und nach allem, was passiert ist, nach dem, was ich beinahe getan hätte, kann ich es ihr nicht mal verübeln.

»Ja, Mom«, antworte ich mit so viel Enthusiasmus, wie ich aufbringen kann. Was so gut wie gar keiner ist.

Mom und Dad wechseln einen besorgten Blick. Sie denken, ich merke es nicht. Sie glauben, mir würde nicht auffallen, wie sie mich ansehen und wie vorsichtig sie neuerdings mit mir umgehen. Wenn man genau darüber nachdenkt, ist es die reinste Ironie. Es war nicht so, als hätte ich mich je ungeliebt oder unbeachtet gefühlt, aber Katie war immer der Star im Hause DeLuca. Im Gegensatz zu mir stand sie gerne im Mittelpunkt. Und als sie plötzlich weg war, schien es, als hätte sie alles Licht mitgenommen. Mir blieb nur noch der Schatten. Mom und Dad hatten ihre eigenen Probleme und ihre ständigen Diskussionen. Ich war einfach … ich war einfach nur da. Bis ich es nicht mehr war. Und selbst dann hat es sie kaum interessiert, dass ich nicht mehr zu Hause war. Ein Teil von mir ist sich sogar ziemlich sicher, dass sie erleichtert waren, als ich diese Reise begonnen habe, denn so mussten sie sich in ihrer eigenen Trauer nicht auch noch um mich kümmern. Ich weiß, dass das unfair und wahrscheinlich auch nicht die ganze Wahrheit ist, aber so habe ich es damals wahrgenommen. Und jetzt … jetzt liegt plötzlich so viel von ihrer Aufmerksamkeit auf mir, dass ich mich geradezu davon erdrückt fühle, und gleichzeitig behandeln sie mich, als wäre ich aus Glas. Als könnte ich aufgrund eines einzigen Kratzers, eines einzigen falschen Wortes zerspringen.

»Es ist schon spät. Wir halten gleich an, um etwas zu essen und irgendwo zu übernachten«, informiert mich Mom.

Ich nicke und starre wieder aus dem Fenster. Es hat angefangen zu dämmern, und was ich von dort draußen noch erkennen kann, macht mir schmerzlich bewusst, dass die Landschaft nicht mehr dieselbe ist wie im Shenandoah-Tal – und so langsam glaube ich, dass Jesper recht hatte. Es ist wirklich der schönste Ort der Welt. Und ich entferne mich immer weiter davon.

Wir buchen zwei Zimmer in einem kleinen Hotel irgendwo in Indiana. Meine Mutter teilt sich das Zweibettzimmer mit mir, aber sie ist genauso erschöpft wie ich und schläft schnell ein. Am nächsten Tag geht es nach dem Frühstück sofort weiter. Mom und Dad wechseln sich ab, lassen mich aber nicht fahren, obwohl ich es ihnen mehrmals anbiete. Schon jetzt kriege ich das Gefühl, als würden sie mich in Watte packen wollen – und für den Moment lasse ich es zu. Mehr noch. Ich begebe mich ganz in ihre Obhut. Sie sind schließlich meine Eltern. Mein Leben lang wussten sie, was gut für mich ist, also werden sie das auch jetzt wissen. Sie *müssen* es wissen, denn ich habe noch immer nicht die geringste Ahnung, was ich tun soll. Denn ganz egal, was ich tue, ganz egal, was ich denke oder empfinde, alles scheint irgendwie falsch zu sein.

Wie macht man weiter, wenn man die letzten drei Monate so gelebt hat, als gäbe es kein Morgen? Wie macht man weiter, wenn man den wichtigsten Menschen in seinem Leben verloren hat?

»Hailee?«

Eine sanfte Berührung an meiner Schulter.

Ich reiße die Augen auf und blinzle mehrmals, um mich zu orientieren. Wir waren so lange unterwegs, dass es nicht mehr hell, sondern schon wieder dunkel geworden ist.

Mom lächelt. »Wir sind zu Hause, Liebling.«

Zu Hause.

Für einen kurzen Moment zieht sich alles in mir zusammen, während die Erinnerungen auf mich einprasseln. Wie Katie und ich als Kinder Fangen gespielt und kreischend die Treppe hinunter und durch die Küche in den Garten gerannt sind. Wie wir uns heimlich nachts im Bett unterhalten und gekichert haben, als das Licht schon aus war und wir eigentlich längst hätten schlafen sollen. Wie wir uns für unsere allererste Party gemeinsam vor dem Spiegel zurechtgemacht haben. Wie seltsam es war, sich auf einmal kein Zimmer mehr zu teilen, weil jede von uns ein eigenes bekommen hatte. Und wie wir trotzdem ständig zur anderen hinübergeschlichen sind. Wie Katie und ich unsere Sachen in den roten Honda gestopft haben, als es an der Zeit war, ans College zu fahren. Wie ich zum ersten Mal ohne Katie nach Hause gekommen bin, in dem Wissen, dass es von nun an für immer so sein würde – weil meine Schwester nie mehr durch diese Tür gehen würde. Die Beerdigung. Die ganzen Leute danach bei uns daheim. Die ständigen Streitereien von Mom und Dad. Die Gespräche mit den Anwälten. Die gedämpften Stimmen. Die Abendessen, die sich so anfühlten, als hätte man nicht nur über Katie, sondern auch über uns ein Totentuch ausgebreitet.

Ich kneife die Augen zusammen und atme tief durch. Versuche mich auf etwas Positives zu konzentrieren. Etwas, das mir Kraft gibt. In meinen Gedanken höre ich Katies sorgloses Lachen, doch diesmal gibt mir das keine neue Energie, sondern treibt mir die Tränen in die Augen. Ich schlucke hart und zwinge mich dazu, Mom zuzunicken, damit sie sich keine Sorgen macht. Oder zumindest nicht mehr als ohnehin schon. Sie zögert kurz, macht mir dann jedoch Platz, damit ich aussteigen kann.

Meine Finger umklammern die Holzkiste, die ich die ganze Fahrt über im Schoß gehalten habe. Die Erinnerungsbox von Eric, Clayton, Lexi und Charlotte. Die Oberfläche mit ihren Verzierungen fühlt sich bereits ganz vertraut unter meinen Fingern an. Und auch wenn ich mir ziemlich sicher bin, dass sie mir dieses Geschenk nicht speziell für diesen Moment gemacht haben, gibt es mir jetzt die nötige Kraft, um den Sicherheitsgurt zu lösen, aus dem Wagen zu steigen und mich dem zu stellen, was mich erwartet.

Dad hebt das Gepäck und meine Tasche aus dem Kofferraum. »Dein Zimmer ist unverändert.«

Genau das habe ich befürchtet.

»Du wirst sehen.« Liebevoll legt mir Mom den Arm um die Schulter und führt mich die Auffahrt hinauf bis ins Haus. »Alles wird wieder gut.«

Nein. Ein Kloß formt sich in meinem Hals, und ich habe das Gefühl, nicht mehr richtig atmen zu können, weil da auf einmal etwas Schweres auf meiner Brust liegt und mich davon abhält, ihr klarzumachen, dass nichts je wieder gut sein wird. Das kann es gar nicht, denn Katie ist nicht mehr da. Nichts wird je wieder so sein wie früher. Und ich begreife einfach nicht, wie Menschen tatsächlich an diesen dämlichen Spruch glauben können. Selbst wenn ich eines Tages wieder lachen und glücklich sein kann – ein Teil von mir wird immer fehlen. Mein Herz wird immer angeknackst sein. Und daran kann nichts und niemand auf der Welt etwas ändern. Aber ich bringe es nicht über mich, habe nicht die Kraft, diese Gedanken laut auszusprechen, also lasse ich mich schweigend von Mom hineinführen.

Alles sieht aus wie früher. Es riecht sogar normal. Genau so, wie ich es in Erinnerung habe. Eine Mischung aus Moms Duftkerzen, dem Speck, den Dad morgens immer brät, den bunten Wildblumen und dem Wald hinter dem Haus. Wir wohnen nicht direkt in Rondale, sondern etwas außerhalb davon in einem hübschen einstöckigen Haus auf einem riesigen Grundstück, das uns als Kinder immer wie eine ganz eigene Welt vorkam. Unser Königreich. Mal waren wir die Prinzessinnen in einem prächtigen Schloss, mal die tapferen Kriegerinnen, mal die heimtückischen Feen. Die Wiese grenzt an den Wald, in dem Katie und ich früher immer gespielt haben. Und in dem tief darin versteckten See waren wir in den Sommermonaten immer baden. Dort hat Dad uns das Schwimmen beigebracht, noch bevor wir richtig laufen konnten.

Dieser ganze Ort, dieses *Zuhause* ist so voller Erinnerungen, dass sie mich schon jetzt zu ersticken drohen.

An der Wand neben der Treppe hängen gerahmte Fotos. Nicht so viele wie bei den Harringtons, aber genug, um eine Chronologie unseres Lebens aufzuzeigen. Die Kerbe am Treppengeländer stammt von jenem Nachmittag kurz nach unserem zehnten Geburtstag, als Katie nur in Socken auf der drittletzten Stufe ausgerutscht ist und sich den Kopf angeschlagen hat. Ich habe nie zuvor so viel Blut gesehen, aber zum Glück war es nur eine Platzwunde, die mit einigen wenigen Stichen genäht werden musste. Später war sie unheimlich stolz auf diese Narbe.

Genau hier auf dem Fußboden, mitten im Eingangsbereich, haben wir früher immer mit unseren Puppen und Plüschtieren gespielt. Es war der beste Ort, weil wir von hier aus in jeden Raum gehen konnten und es sich so angefühlt hat, als würde uns die ganze Welt offenstehen. Und ganz egal, wie oft Mom und Dad uns zurück in unser Zimmer geschickt haben, früher oder später sind wir doch wieder genau hier gelandet.

Mein Blick wandert ins Wohnzimmer. Zu den Sofas, dem Couchtisch, dem Fernseher, der Vitrine an der Wand mit dem Porzellangeschirr von Moms Urgroßmutter. Sofort schiebt sich ein anderes Bild davor. Unzählige Abende, an denen Katie und ich uns auf dem Teppich ausgebreitet und Hausaufgaben gemacht haben oder mit Mom und Dad hier saßen und Spiele gespielt haben. Katie hat sich immer mit Mom verbündet, ich mit Dad. Und wir konnten unendlich lange wegen eines einzigen Punktes herumdiskutieren.

»Komm.« Meine Mutter schiebt mich weiter und hilft mir die Treppe hinauf. »Du musst völlig erledigt sein. Du willst sicher duschen. Oder möchtest du direkt ins Bett?«

Schlafen. Ich atme auf. Schlafen klingt traumhaft. Die Augen schließen und für eine Weile einfach alles vergessen – auch wenn es nicht für immer ist.

»Ins Bett.« Meine Stimme klingt heiser, weil ich sie schon seit Stunden nicht mehr benutzt habe. Mein Magen grummelt, da ich genauso lange nichts mehr zu mir genommen habe. Und so einfach, so plötzlich vermisse ich Beth' Bagels. Anfangs war ich kein besonders großer Fan davon, doch als ich den letzten während der Fahrt gegessen habe, ist mir klar geworden, wie sehr sie mir fehlen werden – und wie sehr mir Beth' grimmig-freundliche Art in den letzten Wochen ans Herz gewachsen ist. Die ganze Zeit über hat sie mir geholfen – und das anfangs, ohne mich überhaupt zu kennen. Sie hat keine Fragen gestellt, nicht mal nachdem Mom und Dad im Diner aufgetaucht sind, sondern hat mich immer unterstützt, einfach weil sie gesehen hat, dass ich Hilfe brauchte. Hilfe, die sie mir geben konnte.

»Da wären wir.« Oben angekommen hält Mom vor meinem Zimmer an, aber ich bleibe nicht stehen. Wie in Trance gehe ich daran vorbei und den Flur hinunter. »Hailee …?«

Nur ein paar Schritte trennen mich von einer anderen Tür. Sie ist nur angelehnt. Mein Herz hämmert wie verrückt, als ich die Hand ausstrecke und sie ganz langsam aufschiebe. Alles in diesem Haus sieht aus wie früher. Genau so, wie ich es mein

Leben lang gewöhnt war. Nur dieser Raum nicht – denn als ich das Licht einschalte, ist Katies Zimmer leer.

Als ich das letzte Mal hier drin war, war alles noch beim Alten. Ich weiß es genau, da ich mich am Abend vor meiner Abreise in Katies Bett gekuschelt und ihren Plüschhund mit den Schlappohren – das einzige Kuscheltier, das die Pubertät überlebt hat – an mich gedrückt habe. Doch jetzt ist sogar der verschwunden.

Das Bett ist weg, genau wie der Schrank mit den vielen Aufklebern, die Regale und der Schreibtisch. Eine feine Staubschicht bedeckt den Holzfußboden, und an den Wänden sind noch schwach Abdrücke der Möbel und die Umrisse der ganzen Poster und Urkunden zu erkennen, die Katie hier hängen hatte. Die weiße Tapete mit den winzig kleinen Blumenranken ist im Laufe der Jahre ausgebleicht und hat Risse bekommen. Tagsüber strömt Sonnenlicht durch das große Fenster auf der gegenüberliegenden Seite herein und malt bizarre Muster auf die dunklen Dielen, doch draußen ist es mittlerweile stockfinster. Trotzdem erkenne ich die Stellen, die früher nicht von einem Teppich bedeckt waren, auch im Licht der nackten Glühbirne, die von der Decke hängt, noch genau. Ebenso wie die zahlreichen Kratzer, die den Boden zieren. Mit vierzehn haben wir ständig die Möbel verrückt, um uns neu einzurichten. Katies Fußboden hat genauso sehr darunter gelitten wie der in meinem Zimmer.

»Was ist hier passiert?«

»Oh, Liebes …« Mom tritt hinter mich. Ich spüre, dass sie mich berühren, mich beruhigen will, aber sie tut es nicht. Stattdessen seufzt sie leise. »Es war nicht leicht für uns, aber wir mussten es tun. Den größten Teil haben wir gespendet, aber ein paar Dinge, von denen wir uns nicht trennen konnten, sind auf dem Dachboden.«

Sie haben Katies Sachen weggegeben. Sie standen in diesem Raum, haben aussortiert und entschieden, was sie von ihrer erstgeborenen Tochter behalten wollen und was nicht. Ohne mich. *Ohne. Mich.* Sie haben mir nicht mal eine Nachricht geschrieben oder mich wenigstens angerufen, um mir zu sagen, was sie vorhaben. Oder um mich zu fragen, ob ich irgendetwas von Katies Sachen behalten möchte. Sie haben es einfach getan. Sie haben meine Schwester aus diesem Haus und ihrem Leben entfernt, als wäre sie nie da gewesen. Und alles, was von ihr übrig geblieben ist, liegt jetzt in einer verstaubten Kiste auf dem Dachboden? Einfach so?

Ich wirble herum. »Warum habt ihr mir nichts gesagt?«

»Hailee …«

»Wie konntet ihr das tun, ohne mit mir darüber zu reden? Ohne mich zu fragen? Oder wenigstens vorzuwarnen!«

Ihre Augen weiten sich. Sie haben die gleiche Farbe wie meine. Wie die meiner Schwester. Es tut weh, sie anzuschauen. Nicht so sehr, wie mein eigenes Spiegelbild zu sehen, aber dennoch. Die Ähnlichkeit ist da, und sie ist so stark, dass ich den Blick abwenden muss.

»Du warst unterwegs«, erinnert mich Mom bemüht ruhig. »Zu dem Zeitpunkt wussten wir nicht mal genau, wo du eigentlich bist.«

Ja, weil ihr nicht gefragt habt. Weil es euch nicht interessiert hat. Weil ihr mich einfach habt wegfahren lassen, statt mich aufzuhalten, statt mit mir zu reden und herauszufinden, wie ich mich fühle. Was in mir vorgeht. Ihr habt schon eine Tochter verloren, warum die andere also nicht auch einfach gehen lassen?

Die Worte liegen mir auf der Zunge, schnüren mir die Kehle zu, aber ich bringe kein einziges davon hervor. Bis zu diesem Moment wusste ich nicht mal, dass ich sie in mir trage oder wie wütend ich auf Mom und Dad bin. Wie enttäuscht.

Sie haben mich im Stich gelassen. Ich hätte sie mehr als alles andere gebraucht, aber sie waren nicht da. Sie waren in ihrer eigenen Trauer gefangen und mit ihrem Rachefeldzug gegen das College beschäftigt, obwohl nichts und niemand etwas für Katies Tod konnte. Es war ein Unfall. Am Morgen nach dieser Verbindungsparty ist sie am Pool ausgerutscht, hat sich den Kopf am Beckenrand aufgeschlagen und ist ertrunken. Niemand war da, um sie zu retten, weil alle noch ihren Rausch ausgeschlafen haben. Die Freundin, mit der sie telefoniert hat, hat zwar den Notarzt gerufen, aber selbst der kam zu spät. Und ich … ich war am weitesten entfernt von allen. Ich saß in unserem Zimmer im Wohnheim und habe für die Sommerferien zu Hause gepackt. Habe auf Katies Rückkehr gewartet, damit wir endlich heimfahren können. Aber sie ist nie zurückgekommen. Stattdessen war da plötzlich dieser Schmerz in meinem Brustkorb, diese unendliche Leere. Ich hatte keine Ahnung, was los war, aber tief in meinem Inneren wusste ich, dass etwas Schreckliches passiert sein musste. Etwas, das alles für immer verändern würde.

Mom atmet tief durch, dann streicht sie mir das Haar hinters Ohr. »Ruh dich erst mal aus, Schatz. Wenn du aufwachst, sieht die Welt ganz anders aus und dann können wir über alles reden.«

Ich weiß nicht, ob ich erleichtert sein oder mich davor fürchten soll. Ich will nicht reden. Nicht mehr. Reden ändert nichts, und ich habe ihnen in meinem Brief schon alles gesagt, was ich je sagen wollte. Zumindest dachte ich das, doch mein Fast-Ausbruch gerade eben beweist wohl etwas anderes.

Ein letztes Mal lasse ich den Blick durch den schmerzlich vertrauten und doch so fremden Raum wandern, dann verlasse ich ihn widerwillig. Mein eigenes Zimmer sieht noch genauso aus wie an dem Tag, als ich es verlassen habe. Ein seltsames

Gefühl breitet sich in mir aus, als ich es betrete, die Holzkiste auf dem Nachttisch abstelle und mich auf die Bettkante setze, um mir die Sandalen auszuziehen. Als ich losgefahren bin, war ich mir absolut sicher, nie wieder hierher zurückzukehren. Nicht in dieses Haus und nicht in dieses Zimmer. Und das war okay. Ich hatte meinen Frieden damit gemacht. Jetzt doch wieder hier zu sein, ist, als würde ich eine unbekannte Welt betreten. Eine Welt, in der ich genau weiß, wo alles steht, die aber nicht mehr zu mir passt, weil sie nicht länger meine Welt ist. Als hätte ich wie die Kids aus *Stranger Things* die andere Seite betreten – nur dass hier alles exakt gleich aussieht.

»Brauchst du noch irgendetwas?« Mom betrachtet mich von der Tür aus mit sorgenvollem Blick. Man sieht ihr die lange Reise deutlich an. Einige mit Grau durchsetzte dunkelbraune Strähnen haben sich aus ihrer Frisur gelöst. Ihr Make-up ist praktisch nicht mehr existent. Die Ringe unter ihren Augen und der blasse Teint sind mir schmerzlich vertraut von der Zeit vor meinem Roadtrip. »Handtücher liegen im Bad. Ich bringe deine Sachen gleich rauf.«

»Danke«, flüstere ich heiser, da meine Kehle noch immer trocken ist.

Sie lächelt, doch es wirkt so traurig, dass sich mein Bauch verkrampft. »Es wird alles wieder gut. Ruh dich aus, Hailee.«

Damit lässt sie mich allein und schließt die Tür bis auf einen kleinen Spalt, wie sie es früher immer getan hat, als Katie und ich noch Kinder waren und uns ein Zimmer und ein Nachtlicht geteilt haben.

Mit einem Mal überrollt mich die Erschöpfung, und ich kann mich kaum noch aufrecht halten. Jede Bewegung tut weh. Sogar das Atmen ist anstrengend. Trotzdem schaffe ich es irgendwie, mich aus meinem Kleid zu schälen. Ich lasse es auf dem Boden liegen, kuschle mich nur in Unterwäsche unter die Decke, rolle mich auf der Seite zusammen und schließe die Augen. Die vertrauten Geräusche des Hauses sind das Einzige, was ich noch wahrnehme, bevor ich einschlafe.

Kapitel 14

Hailee

Es ist hell, als ich die Augen das nächste Mal aufschlage. Ich brauche einen Moment oder vielleicht auch zwei, um mich zu orientieren und zu begreifen, warum mir alles so fremd und bekannt zugleich vorkommt. Dann fällt es mir wieder ein. Nach und nach prasseln die Erinnerungen auf mich ein, bis ich wieder weiß, was geschehen ist und warum ich hier bin. Zu Hause. In meinem alten Kinderzimmer, das praktisch noch genauso aussieht wie an jenem Tag, als ich mit Katie zum College aufgebrochen bin.

Katie …

Ich beiße mir fest auf die Unterlippe und warte, bis der Schmerz vorübergezogen ist. Doch etwas davon bleibt zurück. Wird immer da sein, ganz egal, was ich tue.

Mein Blick fällt auf die Tasche neben der Tür. Als ich vor drei Monaten aufgebrochen bin, war sie noch relativ neu. Jetzt hat sie einen kleinen Riss an der Seite, an der unteren linken Ecke ist ein Loch, und der vordere Reißverschluss klemmt. Sie war ein genauso treuer Begleiter wie mein alter Honda, der noch immer in Fairwood steht. Vielleicht nicht mehr hinter dem Diner, sondern bei Lexi oder in der Werkstatt. Früher oder später muss ich mich entscheiden, was damit passieren soll. Den Wagen verschrotten lassen kommt nicht infrage, dafür ist mir dieses Auto zu wichtig, und ich habe zu hart dafür gearbeitet, die Reparatur bezahlen zu können. Aber ihn auf Dauer dort zurücklassen? Oder ihn einfach verkaufen?

Das laute Klappern von Geschirr reißt mich aus meinen Grübeleien. Klingt ganz danach, als wäre Dad in der Küche zugange. So versiert er in der Kanzlei und vor Gericht ist, so tollpatschig ist er zu Hause. Er konnte schon immer gut Nägel in die Wände schlagen und Sachen reparieren, aber wehe, man gibt ihm einen Teller oder das gute Porzellan in die Hand. Vor ein paar Jahren hat er eine Tasse aus dem Set von Moms Urgroßmutter kaputt gemacht, seither darf er nicht mal mehr in die Nähe der Vitrine. Ich weiß gar nicht, wie oft Mom und Dad schon das normale Geschirr ersetzen mussten, sodass wir inzwischen eine bunte Mischung aus Tassen und Tellern in allen Größen, Formen und Farben haben. Bei dem Gedanken muss ich unweigerlich lächeln.

Wie spät ist es überhaupt? Und welchen Wochentag haben wir? Müssten Mom und Dad nicht bei der Arbeit sein?

Ich setze mich auf und fahre mir mit den Händen über das Gesicht und durchs Haar. Obwohl ich die gedämpften Geräusche aus dem Erdgeschoss wahrnehme, kommt es mir schrecklich ruhig vor. Da sind weder der Lärm vom Diner unter mir oder die gut besuchte Main Street vor meinem Fenster noch Katies Stimme oder ihre Musik am Ende des Flurs. Nur Stille. Alles erdrückende Stille.

Bevor sich meine Gedanken zu weit in diese Richtung bewegen können, strample ich die Bettdecke weg und hieve mich hoch. Meine Muskeln protestieren, mein Nacken knackt, und mein Magen grummelt. Ich schlurfe ins Bad, das ich mir mit Katie geteilt habe, und drehe das Wasser auf, dann stelle ich mich unter die Dusche. Sekundenlang. Minutenlang. Vielleicht sind es auch Stunden, denn ich komme erst wieder raus, als das Wasser von warm auf kalt wechselt und mir nichts anderes mehr übrig bleibt. Wenigstens bin ich jetzt einigermaßen wach. Und das sogar ohne Kaffee.

Meine Gedanken wollen zurückwandern, zurück zu meinem letzten Morgen in Fairwood, als Lexi sich so sehr nach Kaffee gesehnt hat, dass sie sich heimlich rausschleichen und welchen holen wollte, aber ich schiebe die Erinnerung daran beiseite. Stattdessen versuche ich mich auf das Hier und Jetzt zu konzentrieren. Haare trocknen und bürsten. Zähne putzen. Gesicht eincremen. Mein alter Rasierer ist noch da, aber die Klingen fehlen. Sie sind weder am Rasierer selbst noch in der Schublade, die ich jetzt mit der Zahnbürste im Mund öffne. Hier habe ich von allem, was man so braucht, einen kleinen Vorrat: Cremes, Tampons, Duschgel und so weiter. Aber keine Rasierklingen mehr. Und auch mein Nagelset ist unauffindbar.

Ernsthaft? Das *Nagelset?* Schnaubend schiebe ich die Schublade wieder zu. Was um alles in der Welt glauben sie denn, dass ich damit anfangen könnte? Mir die Pinzette in den Bauch jagen? Mit der Nagelschere, die nicht mal richtig scharf ist, an meine Pulsadern gehen? Denken sie das wirklich? Wenigstens haben sie mir den Epilierer und das Kaltwachs gelassen, dennoch zittern meine Hände vor Wut, als ich mir den Mund ausspüle und die Zahnbürste zurück in den Plastikbecher werfe. Gleichzeitig sage ich mir immer wieder, dass ich ihnen das nicht übel nehmen darf. Sie machen sich nur Sorgen. Sie versuchen mich nur zu beschützen. In meinem Zimmer in Fairwood hat Lexi auch alle Rasierklingen entsorgt. Allein bei der Erinnerung daran dreht sich mir der Magen um.

Denk nicht daran. Denk einfach nicht daran.

Doch ganz egal, wie oft ich mir die Worte sage, die Übelkeit bleibt. Ich weiß nicht, was schlimmer ist: die Enttäuschung in den Augen meiner Eltern und der Schmerz, den ich ihnen zugefügt habe – oder die Tatsache, dass ich anscheinend das Vertrauen von jedem Menschen verloren habe, der mir wichtig ist.

Nicht von allen. Nicht von … Nein. Stopp. Ich werde nicht an ihn denken. Wenn ich damit anfange, kann ich nicht mehr aufhören. Aber als ich zurück in mein Zimmer komme und zum ersten Mal seit meiner Rückkehr nach dem Handy greife, es an den Strom anschließe und wieder einschalte, ist es ausgerechnet sein Name, den ich sehe. Chase hat mir geschrieben. Und plötzlich verschwindet jede andere Empfindung, abgesehen von dem schnellen Pochen in meiner Brust.

Ich zögere einen Moment lang und wappne mich innerlich, dann öffne ich die Nachricht.

Hey.

Das ist alles. Nicht mehr. Nicht weniger. Gesendet am Dienstagnachmittag, kurz nachdem ich in den Wagen gestiegen bin und Fairwood verlassen habe. Und heute ist schon Donnerstag.

Hey. Reicht ein einziges Wort, um festzustellen, wie wütend jemand ist? Denn ich bin mir ziemlich sicher, dass Chase sauer ist. Wir konnten uns nicht noch mal voneinander verabschieden, und obwohl ein Teil von mir darüber enttäuscht war, war der andere auch unheimlich erleichtert. Dass er mir jetzt schreibt – und dann nur ein einziges Wort –, kann nur bedeuten, dass er das Ganze anders sieht als ich.

Da ich nicht weiß, wie ich darauf reagieren soll, antworte ich:

Hey …

Und dann warte ich. Obwohl mein Magen knurrt und mein Kopf wehtut, weil ich schon seit einer Ewigkeit nichts mehr getrunken habe, ertappe ich mich dabei, wie ich mich noch im Handtuch aufs Bett setze und das Handy fest umklammere. Was völlig dämlich ist. Wahrscheinlich ist Chase gerade auf einer Baustelle oder im Familienunternehmen oder verbringt Zeit mit seinem kleinen Bruder Phil oder …

Eine Nachricht ploppt auf, ich halte unbewusst die Luft an.

Bist du gut angekommen?

Diesmal gibt es kein Zögern, kein Nachdenken. Meine Finger fliegen über das Display.

Ja. Ich bin wieder in meinem alten Zimmer.

Kurz lasse ich den Blick durch den Raum wandern und schnaube leise. Das ist nicht mehr mein Zimmer. Dieser Ort war der Zufluchtsort der alten Hailee. Des Mädchens, das keine Ahnung hatte, was es bedeutet, die wichtigsten Menschen in seinen Leben ohne eine Chance auf Abschied zu verlieren. Das sich niemals dazu hätte überreden lassen, allein einen Roadtrip durch die Staaten zu unternehmen.

Geht es dir gut?

Das Handy vibriert mit Chase' nächster Nachricht. Als ich nicht gleich darauf reagiere, folgt eine weitere:

Hailee …?

Ich atme erstickt aus und tippe die nächsten Worte, ohne darüber nachzudenken. Vielleicht ist das falsch, aber es ist ehrlich. Es ist so ehrlich, dass es wehtut.

Nein. Mir geht es nicht gut.

Soll ich zu dir kommen? Die Uni beginnt erst nächste Woche. Ein Wort von dir, und ich mache mich auf den Weg.

Ich stoße ein ungläubiges Lachen aus. Das kann er unmöglich ernst meinen. Oder …?

Das sind über zwanzig Stunden Fahrt. Ich hab das gerade hinter mir. Glaub mir, das willst du nicht.

Über zwanzig Stunden Fahrt machen mir nichts aus. Außerdem gibt es auch Flüge.

Ich schüttle nur den Kopf.

Das kannst du nicht ernst meinen.

Diesmal antwortet Chase nicht sofort. Ich nage an meiner Unterlippe, während ich auf das Display starre und es stumm anflehe, endlich seine Antwort zu zeigen. Inzwischen ist es schon nach zehn Uhr. Allzu lange werden Mom und Dad mich wahrscheinlich nicht mehr allein lassen. Sie haben die Dusche bestimmt gehört. Es ist nur noch eine Frage der Zeit, bis einer der beiden nach mir sehen wird.

Oh doch. Wir sind schließlich immer noch Freunde. Nichts von dem, was passiert ist, ändert etwas daran.

Ich schließe die Augen. Obwohl es nur geschriebene Worte sind, kann ich ganz deutlich seine Stimme hören. Den ruhigen Tonfall. Die Entschlossenheit darin. Mein Brustkorb zieht sich zusammen und macht das Atmen schwer. Gott, ich vermisse diesen Kerl … Ich will … Ich … Ich habe keine Ahnung, was ich will. Ich weiß nur, dass ich weiter mit ihm reden möchte. Dass dieses Gespräch noch nicht zu Ende sein soll, selbst wenn ich mit feuchten Haaren und nur im Handtuch hier sitze, statt mich anzuziehen und zum Frühstück nach unten zu gehen, bevor meine Eltern anfangen, sich Sorgen zu machen.

Hailee? Redest du jetzt nicht mehr mit mir?

Doch. Es ist nur … Hat Lexi dir die Nachricht gegeben?

Ja.

Hast du sie gelesen?

Nein.

Ich atme erstickt aus, denn irgendwie bin ich nicht überrascht. Aber Chase war nicht da, als ich losgefahren bin. Er hat auf mich gehört, als ich ihn darum gebeten habe fernzubleiben. Was hätte ich also sonst tun sollen, außer ihm eine Nachricht zu hinterlassen? Eine *Nachricht*. Keinen Abschiedsbrief.

Tu es. Bitte.

Warum?

Ich bin kurz davor, zu lachen. Oder das Telefon ins Kissen zu werfen, obwohl ich gerade viel lieber Chase ein Kissen an den Kopf werfen würde. Bevor ich auf seine Frage antworten kann, kommt eine neue Meldung.

Ich will lieber persönlich hören, was du mir zu sagen hast, statt es in einem Brief zu lesen. Also tu es jetzt. Schreib mir hier, was auch immer du mir mitteilen willst.

Dieser Kerl … Ich schüttle den Kopf und beginne zu tippen, auch wenn mein Herz plötzlich so viel schneller schlägt.

49 South Belmont Ave., Rondale, MN 55303

Schweigen. Sekunden ticken vorbei. Minuten vergehen. Ich beiße mir fest auf die Unterlippe. Warte ab. Und dann …

Was ist das?

Meine Adresse in Minnesota. Du hast … Als wir uns das letzte Mal gesehen haben, hast du gesagt, du möchtest mich besuchen kommen. Also vielleicht. Irgendwann.

Ich halte den Atem an. Gott, mein Herz hämmert wie verrückt. Ich sollte wirklich aufstehen und mir etwas anziehen, aber ich kann mich nicht rühren. Ich umklammere das Handy so fest, dass meine Knöchel weiß werden, und starre auf das Display.

Plötzlich klopft es an der Tür. »Hailee?«

Ich reiße den Kopf hoch und kann gar nicht so schnell reagieren und das Handy wegpacken, auch wenn der Impuls da ist.

Mom öffnet die Tür, lässt den Blick kurz durch den Raum wandern und landet dann wieder bei mir. Sie lächelt, aber die Sorge ist ihr deutlich anzusehen. »Guten Morgen, Schatz. Möchtest du nicht runterkommen und mit uns frühstücken?«

»Ich … ähm, ja, sofort. Ich muss nur …« Ich sehe kurz an mir hinab.

Sie nickt lächelnd, dann bemerkt sie das Handy in meiner Hand und runzelt die Stirn. »Was machst du da?«

Ich kann ihr nicht sagen, dass ich mit Chase rede, oder? Nicht, solange sie Fairwood und auch Chase gegenüber eine seltsam negative Meinung hat. Dabei haben sie ihn nur ein einziges Mal getroffen – und leider keinen besonders guten Eindruck von ihm bekommen. Oh, das haben sie zwar nicht laut ausgesprochen, aber ich kenne meine Eltern. Ich kenne den Typ Mann, den sie sich für Katie und mich gewünscht hätten: ambitioniert, seriös, eine gesicherte Zukunft in Aussicht. Und ich weiß ganz genau, dass sie sich nach dieser ersten Begegnung nicht vorstellen können, dass Chase in diese Kategorie fällt.

»Hailee?« Mom mustert mich geduldig.

»Oh, nichts weiter.« Ich zwinge mich dazu, das Smartphone wegzulegen. »Ich habe nur geschaut, wie spät und welcher Tag es überhaupt ist.«

Himmel, ich bin die schlechteste Lügnerin aller Zeiten. Ja, ich kann Dinge ganz gut verschweigen, aber jemanden geradeheraus anlügen? Die Tatsachen so verdrehen, dass sie wie die Wahrheit anmuten? Darin war ich schon immer miserabel. Außerdem fühlt es sich furchtbar an. Wenn Katie und ich als Kinder etwas angestellt haben, sind wir meistens deshalb aufgeflogen, weil ich einfach nicht lügen konnte. Mom und Dad haben mich sofort durchschaut, und ein Blick von einem der beiden genügte in der Regel, dass ich mit der Wahrheit herausplatzte.

Doch jetzt nickt Mom nur. »Brauchst du Hilfe mit deinen Haaren?«, fragt sie – und ich weiß nicht, wer überraschter ist: sie oder ich. Das letzte Mal, dass sie mir das Haar gebürstet und geföhnt hat, dürfte um die zehn Jahre her sein.

Ich schüttle den Kopf und bringe so etwas wie ein Lächeln zustande. »Danke, Mom.«

»Na gut.« Wieder ein Zögern, dann seufzt sie leise. »Dein Vater und ich warten unten auf dich.«

Ich nicke und sehe ihr nach, bis sie die Tür hinter sich zuzieht, aber wieder nur anlehnt, und frage mich unwillkürlich, ob ich ihr Vertrauen jemals zurückgewinnen werde. Oder wird es für immer so bleiben wie jetzt? Bei der Vorstellung wandert ein kalter Schauer mein Rückgrat hinab.

Sobald ich ihre Schritte auf der Treppe höre und sicher sein kann, dass sie weg ist, schnappe ich mir wieder das Handy.

Du willst, dass ich dich besuchen komme?

Ich lache leise auf, obwohl mir gleichzeitig auch nach Weinen zumute ist und ich nicht weiß, wohin mit all den unterschiedlichen Gefühlen in meinem Inneren. Aber statt ihm all das mitzuteilen, entscheide ich mich für eine andere Antwort, die ebenso wahr ist.

Nicht jetzt sofort. Aber vielleicht ja … irgendwann.

Und das stand in dem Zettel, den du Lexi für mich gegeben hast? Deine Adresse?

Genau.

Diesmal muss ich grinsen, auch wenn er es nicht sehen kann, weil er über eintausend Meilen entfernt ist.

Shit.

Ich blinzle verdutzt. Okay … Das war nicht die Reaktion, die ich mir erhofft habe. Hat er es sich anders überlegt? Oder es gar nicht so gemeint, dass er wirklich herkommen möchte? Womöglich wollte er nur nett sein oder hat sich dazu verpflichtet gefühlt, mir zu sagen, dass er mich gerne besuchen würde, oder ... Die nächste Textnachricht trifft ein und bringt das Gedankenkarussell zu einem abrupten Halt.

Ich bin so ein Idiot ... Sorry, Hailee. Ich hätte einfach deine Nachricht lesen sollen, statt so einen Aufstand zu machen.

Schon gut.

Nein, ist es nicht. Ich will dich wiedersehen. Unbedingt. Danke für deine Adresse.

Und da ist es wieder, das schnelle Hämmern in meiner Brust. Vielleicht ist es dumm, sich an so etwas zu klammern, vielleicht wäre es besser, das Kapitel Fairwood für immer hinter mir zu lassen und nach vorne zu blicken – aber ich kann nicht. Denn trotz allem, was dazu geführt hat, dass ich in dieser Stadt gelandet bin, waren die letzten Wochen dort die besten dieses Sommers. Vielleicht sogar die besten Wochen meines ganzen Lebens. Aber noch während ich das denke, setzen die Schuldgefühle ein. Gott, ich bin eine furchtbare Schwester. Wie kann die Zeit in Fairwood mit Chase, Lexi und den anderen so schön für mich gewesen sein, wenn Katie und Jesper nicht dabei waren?

Ich will gerade eine Antwort tippen, irgendetwas, auch wenn ich nicht genau weiß, was, als Moms Stimme von unten zu hören ist. Sie ruft meinen Namen, und ich bin mir ziemlich sicher, dass sie jeden Moment wieder hochkommen wird, wenn ich nicht gleich unten in der Küche erscheine. Seufzend stehe ich auf.

Ich muss los. Frühstück mit den Eltern.

Sekundenlang verharrt mein Finger über dem Display, weil ich mehr schreiben, ihm noch so viel mehr sagen will, aber ich weiß nicht, wie. Und vor allem weiß ich nicht, wie ich das ohne die erdrückende Schuld tun soll, die sich wie eine zentnerschwere Decke auf meine Schultern gelegt hat. Also lasse ich es und schicke nur das ab. Nur diese sieben Wörter. Und dann zwinge ich mich dazu, das Handy wegzulegen, den Schrank zu öffnen und mich anzuziehen.

Alle Sachen aus diesem Sommer sind noch in meiner Reisetasche und müssen gewaschen werden. In meinem Schrank habe ich nur noch Klamotten der alten Hailee. Sachen, die ich nie wieder anfassen, geschweige denn anziehen wollte. Jetzt schlucke ich den Widerwillen hinunter und schlüpfe in eine Leggings und ein weites T-Shirt, das ich schon seit Jahren habe und das entsprechend verwaschen ist. Ich meide den Blick in den Spiegel, fahre mir mit den Fingern durch das feuchte Haar und mache mich auf den Weg nach unten. Die neue Hailee im Outfit der alten. Aber vielleicht bin ich ja keine von beiden. Vielleicht gibt es weder eine alte noch eine neue Hailee, und ich … ich bin einfach nur verloren.

Kapitel 15

Chase

Am Sonntagvormittag findet der letzte Familienbrunch statt, bevor es zurück ans College geht. Diesmal sitzen wir im Wintergarten, denn obwohl wir Mitte September haben, ist es heute zu kühl, um den halben Vormittag draußen zu verbringen, zumal die Wolken schwer über der Stadt hängen und ein kräftiger Wind weht. Es ist nur noch eine Frage der Zeit, bis es gewittert, aber Phil und seinen fast gleichaltrigen Cousins und Cousinen ist das egal. Sie spielen trotzdem im Garten.

Heute hat sich die ganze Familie versammelt. Es ist der erste Brunch seit Joshs Rückkehr, und vier Generationen Whittakers haben sich um den Tisch versammelt. Geredet wird über die immer gleichen Themen – über die neuesten Aufträge der Firma, über Politik, nachbarschaftlichen Klatsch und Tratsch und die Kinder.

Vereinzelte Sonnenstrahlen fallen durch die Fenster des Wintergartens. Von draußen hört man Kinderlachen und das Gebrüll des jüngsten Familienmitglieds Shura Whittaker, der von seiner Mutter Mary Ann auf der Veranda herumgetragen wird, damit er aufhört, zu schreien.

Ich schiebe mein Essen auf dem Teller hin und her und versuche den Gedanken daran zu verdrängen, dass ich in wenigen Stunden schon wieder in Boston sein und noch einige Texte für die erste Semesterwoche lesen muss. Genauso wie ich mich bemühe, den Blick auf die Uhr zu vermeiden, weil Josh sich trotz seiner gefeierten Rückkehr bisher noch nicht hat blicken lassen. Dabei ging der Brunch schon vor einer halben Stunde los.

Als ich Lexis Blick auffange, die mir gegenübersitzt, schneidet sie eine Grimasse. Sie wäre jetzt mit Sicherheit auch lieber woanders, vornehmlich in der Werkstatt, und würde an einem ihrer heiß geliebten Autos oder ihrem Spaßprojekt, dem Motorrad, herumschrauben, statt hier herumzuhocken und sich dieselbe Leier wie eh und je anzuhören. Gespickt mit halb spielerisch, halb ernst gemeinten Fragen, wann Lexi sich dem Familienunternehmen anschließen wird oder welche Kurse ich im neuen Semester belegt habe. Die Antwort darauf kann ich im Schlaf geben, weil Dad die Kurse so oft mit mir durchgegangen ist und praktisch eigenhändig meinen Stundenplan zusammengestellt hat. Die Architektur des 21. Jahrhunderts ist zwar nicht mein Lieblingsthema, aber Dad war so begeistert davon, dass ich den Aufbaukurs gewählt habe, selbst wenn das mein Arbeitspensum in diesem Semester nur noch erhöht. Angeblich soll mir das für meine Bachelorarbeit weiterhelfen. Genau wie Bautechnik, Denkmalpflege, Gestaltungs- und Tragwerkslehre und der ganze andere Mist, mit dem ich mich keine Sekunde früher auseinandersetzen will als unbedingt nötig.

Das Gespräch am Tisch wandert auf der einen Seite wieder Richtung Politik, auf der anderen diskutieren Mom und Tante Jazmine über das florierende Sommergeschäft und überlegen sich gemeinsame Aktionen für die kommenden Herbst- und Wintermonate, also kann ich mich ruhig ausklinken.

Körperlich bin ich hier, zu Hause in Fairwood. Bei meiner Familie. Bei meiner Cousine, die jetzt stirnrunzelnd auf ihr Handy starrt. Aber in Gedanken bin ich bei den letzten Wochen. Und ein Teil von mir ist permanent im hohen Norden, in Minnesota bei einem Mädchen, das ich einfach nicht vergessen kann.

Hailee und ich sind Freunde. Und das ist besser, als gar keinen Kontakt mehr zu ihr zu haben. Besser, als sie ganz zu verlieren. Ich werde sie nicht drängen, auch wenn ich mehr will als das. Mehr, als nur ein guter Freund für sie zu sein. Aber ich weiß auch, dass Hailee genau das gerade von mir braucht, und ich hoffe, dass es ihr mit der Zeit besser gehen wird.

Damit sollte das Thema eigentlich für mich erledigt sein, trotzdem kann ich nicht aufhören, an sie zu denken. Wir schreiben uns fast jeden Tag, auch wenn die Nachrichten oft nur kurz sind. Ich habe keine Ahnung, was das für sie bedeutet, ich weiß nur, dass ich die Verbindung zu ihr nicht abbrechen lassen will. Selbst wenn wir kein Paar mehr sind, vielleicht nie eines waren, weil wir nie eine wirkliche Chance dazu hatten, werde ich sie nicht aufgeben. Hailee ist es wert, um sie zu kämpfen. Und das werde ich. Und wenn es nur um ihre Freundschaft ist.

Etwas Hartes trifft mein Schienbein, und ich zucke zusammen. Schmerz explodiert an der Stelle, und als ich den Kopf hebe, sehe ich geradewegs in Lexis selbstzufriedene Miene. Hat sie mich gerade allen Ernstes unterm Tisch getreten? Sekundenlang schwanke ich bei der Entscheidung, ob ich ihr die Meinung sage, meine Toastscheibe nach ihr werfe oder sie einfach zurücktrete. Fest.

Allerdings schaltet sich meine Mutter in diesem Moment ein und eilt somit unwissend zu Lexis Rettung herbei. »Chase?«

Die Blicke aller ruhen auf mir, und mir wird klar, dass sie mich schon mal angesprochen haben müssen, ich es aber nicht bemerkt habe, weil ich so in Gedanken versunken war. *Shit*. Ich wäre meiner Cousine für die stumme Warnung ja dankbar, wenn sie nicht so unverschämt grinsen würde.

Ich räuspere mich. »Ja?«

»Dein Vater wollte wissen, ob …«

»Seht mal, wen ich gefunden habe!« Mary Ann betritt den Wintergarten mit Shura im Arm. Hinter ihr taucht eine weitere Person auf. Eine mit breiten Schultern, dunkelblondem, fast braunem Haar, Dreitagebart und Augenringen. Eine Person, die Dad und mir verdammt ähnlich sieht.

Onkel Alexander prostet Josh mit seiner Kaffeetasse zu. »Na endlich … Der verlorene Sohn ist zurückgekehrt.«

Unser Cousin Xander grinst und nimmt seiner Frau das mittlerweile ruhige Baby ab. »Hört, hört.«

Nacheinander stehen alle auf, um Josh zu begrüßen, ihn zu umarmen, ihm auf die Schulter zu klopfen und ein paar Worte mit ihm zu wechseln, schließlich haben sie ihn schon seit einer Ewigkeit nicht mehr gesehen. Einzig Grandma Alexandra bleibt am Tischende sitzen, bis Josh hinübergeht, sich zu ihr hinunterbeugt und ihr einen Kuss auf die Wange gibt. Sie tätschelt ihm den Arm und sagt etwas zu ihm, das ich nicht mitbekomme. Wahrscheinlich, weil ich kaum noch etwas wahrnehme.

Ich starre meinen großen Bruder an, als würde ich ihn zum ersten Mal sehen. Seit er am Dienstag plötzlich hier aufgekreuzt ist, war er immer mal wieder zu Hause, aber meistens unterwegs. Keine Ahnung, ob er überhaupt geschlafen hat, denn die Ringe unter seinen Augen deuten auf etwas anderes hin. Trotzdem lächelt er jetzt und wirkt beinahe so, als wäre das ein ganz gewöhnlicher Besuch am Wochenende. Als würde er nur etwas zu spät zum Brunch kommen. Als wäre nicht das Geringste vorgefallen. Und ich Idiot habe ihm auch noch versprochen, dabei mitzuspielen.

Am liebsten würde ich ihm für diese Scharade eine reinhauen, aber als ich schließlich aufstehe und ihn begrüße, lege ich einfach nur den Arm um ihn. Denn das Einzige, was zählt, ist die Tatsache, dass es ihm besser geht. Dass er nach Hause zurückgekehrt ist. Ich unterdrücke die aufkeimende Wut und mache stattdessen der Erleichterung Platz, denn davon trage ich ebenfalls eine Menge in mir. Nach der absolut beschissenen Aktion in der Klinik hatte Josh keinen Kontakt mehr zur Außenwelt, um zu verhindern, dass er wieder an neuen Stoff kommt. Ich hatte keine Ahnung, wie es ihm ging oder was er durchmachen musste, und danach war ich zu angepisst, um seine Anrufe entgegenzunehmen. Aber ihn heute hier stehen zu sehen, umringt von der ganzen Familie, nimmt ein tonnenschweres Gewicht von meinen Schultern.

Ich klopfe ihm auf den Rücken. »Gut, dich zu sehen, Mann.«

»Gleichfalls, kleiner Bruder.« Er lächelt das typische Josh-Lächeln, breit und sorglos und gut gelaunt, doch da ist etwas in seinen Augen. Etwas, das mir deutlich macht, dass nicht alles eitel Sonnenschein ist. Dass er nicht mehr derselbe Mensch ist wie zuvor, auch wenn er alles dafür tut, diese Illusion aufrechtzuerhalten.

»Josh.« Lexi steht als Letzte auf und fällt ihm um den Hals. Ich stehe nahe genug neben den beiden, um ihre leise gemurmelten Worte mitanzuhören. »Ich bin froh, dass du zurück bist. Aber ich werde dir trotzdem den Arsch dafür aufreißen, dass du mir nichts gesagt hast.«

Josh lacht leise und umarmt sie eine Spur fester, dann macht er sich von ihr los und nimmt seinen üblichen Platz am Tisch neben Dad und Onkel Alexander ein. Obwohl die beiden hauptsächlich im Büro arbeiten, sind sie dennoch den Sommer über oft genug auf Baustellen gewesen, sodass ihre Haut gebräunt ist, während Josh in seinem weißen T-Shirt erschreckend blass aussieht.

»Und, Josh?«, kommt es von Lexis Bruder Xander, der den

endlich schlafenden Shura im Arm hält. »Erzähl doch mal. Wo bist du gewesen? Was hast du getrieben?«

Ich verkrampfe mich unwillkürlich und wechsle einen besorgten Blick mit Lexi, aber Josh lächelt nur, lehnt sich entspannt in seinem Stuhl zurück und faltet die Hände hinterm Kopf.

»Ach, mal hier, mal da. Ich war ein paar Tage in Texas, dann bin ich runter nach Mexiko gefahren. Das Bier dort war aber lange nicht so gut wie hier.«

Dad lacht, und auch Onkel Alexander grinst breit. Die beiden sind nicht nur bekennende Fans der Brauereien im Tal, sondern haben eine davon entworfen und bei einer zweiten die komplette Renovierung samt Umbau übernommen. Dass sie bei diesen Aufträgen nicht nur mit Geld, sondern auch mit Bierkästen bezahlt wurden, hat die beiden sehr gefreut. Mom und Tante Jazmine weniger.

»Hm«, macht Xander und streichelt seinem Sohn leicht über den Rücken. »War das Wetter so mies?« Er deutet auf Josh. »Du bist so bleich wie die Wand, Kumpel. Ich dachte, in Mexiko kriegt man mehr Sonne ab.«

Josh zögert. Es ist nur eine Sekunde, aber ich kenne meinen Bruder. Doch dann breitet sich wieder dieses nonchalante Lächeln auf seinem Gesicht aus. »Ich bin nicht wegen des Wetters nach Mexiko gefahren. Und ich möchte jetzt nicht zu sehr ins Detail gehen, aber eventuell habe ich ziemlich viel Zeit in einem Schlafzimmer verbracht«, fügt er augenzwinkernd hinzu.

Xander grinst nur und schüttelt den Kopf, entlässt Josh damit aber aus der Fragerunde.

Ich weiß nicht, ob ich aufatmen, meinen Bruder für dieses Lügenmärchen bewundern oder ihm den Hals umdrehen soll. Er hatte mich bei unserem Gespräch im Büro grob über die

Alibi-Geschichte informiert, die er sich ausgedacht hat, damit ich seine Story belegen kann. Aber einige Details hatte er dabei wohl vergessen zu erwähnen … oder er improvisiert gerade einfach.

»Du warst in Mexiko?«, greift Mom den Faden wieder auf, nachdem sie kurz in der Küche verschwunden ist und jetzt mit einem Teller voller frischer Waffeln zurückkommt. Während sie Josh eine davon gibt, wandert ihr Blick von ihm zu mir. »Chase, davon hast du ja gar nichts erzählt.«

Wie auch? Diese Info habe ich schließlich selbst erst vor fünf Tagen bekommen.

Ich beiße die Zähne zusammen, zwinge mich aber zu einem unbekümmerten Schulterzucken. »Josh war ständig beschäftigt, da habe ich mir nicht gemerkt, wo er sich gerade herumtreibt.«

Noch eine Lüge, und sie geht mir so verdammt leicht über die Lippen, dass sich mir der Magen umdreht. Ich lege die Gabel ab, obwohl mein Teller noch halb voll ist, aber an Essen ist jetzt nicht mehr zu denken. Nicht, wenn Josh meine Worte nun als Vorlage benutzt, um irgendeine Geschichte darüber zum Besten zu geben, wie er in dieser einen besonders coolen Bar in Texas war, oder um von der Frau zu erzählen, die ihm in Mexiko den Kopf verdreht und dafür gesorgt hat, dass er kaum etwas von Land und Leuten gesehen hat. Seine Erzählung ist so detailliert, so ausgeschmückt, dass sogar ich sie ihm abkaufen würde, wüsste ich nicht, was wirklich passiert ist. Joshua Whittaker ist ein noch besserer Lügner als ich.

Unter dem Tisch balle ich die Hände zu Fäusten. Auf einmal ist alles wieder da. Die ganze Wut. Das Entsetzen. Das Unverständnis. Josh ist seit fünf Tagen zurück und tut so, als wäre alles beim Alten. Als wäre er noch derselbe Mensch wie vor der Klinik. Als wäre er nie in die Sucht abgerutscht, hätte nie in irgendwelchen dubiosen Kellern gekämpft und hätte mich nie seine Schulden auf dieselbe Weise abbezahlen lassen. Nein, stattdessen verkauft er allen irgendeine billige Story über seine wahnsinnig tollen Sommermonate – als hätte er die Zeit seines Lebens gehabt, obwohl wir beide wissen, dass das nicht weiter entfernt von der Wahrheit sein könnte.

Am liebsten würde ich ihm eine reinschlagen und ihn fragen, was zum Teufel er sich eigentlich dabei denkt. Abgesehen von Lexi, der ich alles gestanden habe, bin ich der Einzige, der weiß, wo Josh die letzten sechzig Tage verbracht hat. Wie beschissen es ihm ging. Und er hat es nicht mal für nötig gehalten, wenigstens mit mir darüber zu reden, was genau in der Klinik bei seiner Entlassung besprochen wurde? Oder ob er Mom und Dad endlich die Wahrheit sagen will? Stattdessen bittet er mich nur, bei seiner neuen Lügengeschichte mitzuspielen. Was zur Hölle soll das?

»Nun«, sagt unsere Mutter lächelnd, »wenn du deine Freundin das nächste Mal siehst, richte ihr doch bitte eine herzliche Einladung aus. Sie ist hier jederzeit willkommen.«

Josh versteift sich kurz, dann grinst er breit. »Danke, Mom. Das weiß ich zu schätzen.«

Lexi starrt erst ihn an, dann mich, aber ich kann nur ungläubig den Kopf schütteln. Ist das sein verfickter Ernst?

Und Mom? Ich kann nicht fassen, dass sie diese Einladung gerade ausgesprochen hat, obwohl sie Joshs ominöse Freundin nie kennengelernt und bis eben auch nie von ihr gehört hat. Ganz im Gegensatz zu Hailee, von der ich in den letzten Wochen definitiv mehr als einmal erzählt habe, und die sie selbst schon getroffen hat. Aber hey, wieso sollten meine Eltern auch meine Freundin einladen, wenn sie stattdessen Joshs Sommerflirt – der nicht mal existiert! – einladen können?

Ich schiebe den Stuhl zurück und stehe auf, auch wenn ich

damit viel zu viel Aufmerksamkeit auf mich ziehe. »Josh? Hast du einen Moment?«

»Klar.« Er folgt mir durch das Wohnzimmer und den Flur bis in die Küche, wo wir hoffentlich außer Hörweite sind.

Mit mehr Kraft als nötig drücke ich die Tür hinter ihm zu und funkle ihn an. »Du verarschst mich doch!«

Fragend runzelt er die Stirn. »Was meinst du?«

»Das!« Ich deute Richtung Wintergarten. »Diese Show, die du gerade abziehst.«

Wenigstens hat er so viel Anstand, beschämt auszusehen. Kurz zwar nur, aber immerhin.

»Ich musste mir etwas ausdenken, was ich ihnen erzählen kann«, erklärt er leise und schiebt die Hände in die Taschen seiner Jeans. »Das habe ich dir doch schon im Büro gesagt. Außerdem ist es ja nicht so, als hätten wir uns zusammen etwas überlegen können, schließlich hast du meine Anrufe in der Woche vor meiner Entlassung komplett ignoriert.«

»Ja, weil du Idiot jemanden dafür bezahlt hast, dir Drogen in eine Entzugsklinik zu schmuggeln!«

Er erstarrt. »Wärst du bitte so freundlich, etwas leiser zu sprechen? Unsere Familie muss das nicht mitbekommen, genauso wenig wie die ganze Nachbarschaft.«

»Fick dich.«

Das war's. Ich hab genug. Doch als ich aus der Küche stürmen will, packt Josh mich am Arm und hält mich auf.

»Es tut mir leid, okay?«, sagt er. »Wie oft soll ich mich noch entschuldigen?«

»Vielleicht bis ich dir glaube?«, schieße ich zurück. »Oder wie wäre es zur Abwechslung mal mit der Wahrheit?«

»Die Wahrheit?«, wiederholt er ungläubig und lacht kurz auf. »Du willst also, dass ich unseren Eltern erzähle, dass ihr ältester Sohn ein Ex-Junkie ist, der nicht mit seinem Leben und den ganzen Erwartungen, die an ihn gestellt werden, klargekommen ist und deshalb zu Koks gegriffen hat? Dass er sich selbst in eine Klinik einweisen lassen musste, weil er irgendwann mit einer Heroinspritze in der Hand in einer Ecke saß und fast draufgegangen wäre? Dass er ein Versager ist, der nichts auf die Reihe kriegt und Schulden im fünfstelligen Bereich hat? Ja, klar.« Er schnaubt verächtlich und lässt mich los. »Ich bin sicher, Mom und Dad werden begeistert sein.«

»Sie werden es verstehen«, kontere ich.

Aber Josh schüttelt nur den Kopf. Er läuft neben der Kochinsel auf und ab und fährt sich mit der Hand durchs Haar. »Ich kann ihnen nicht die Wahrheit sagen. Sie werden mich für einen Loser halten. Und das bin ich auch – aber das muss nicht unsere ganze Familie mitkriegen.«

Ich balle die Hände zu Fäusten, zwinge mich aber dazu, die Ruhe zu bewahren. Einer von uns muss bei klarem Verstand bleiben. »Was dann? Willst du ihnen lieber für den Rest deines Lebens Lügengeschichten über irgendwelche Reisen und Freundinnen erzählen? Glaubst du echt, du kommst damit durch? Denkst du wirklich, du kannst einfach so weitermachen wie zuvor? Sie haben dich aus der Klinik entlassen. Du hast es geschafft. Glückwunsch! Aber du kannst doch nicht einfach so tun, als wäre nichts gewesen. Als hätte dich nicht genau dieses Leben, in das du dich jetzt wieder reinstürzt, in die Sucht getrieben.«

»Jetzt klingst du genau wie mein Suchtberater.«

Ich rolle mit den Augen. »Das ist mein verdammter Ernst, Josh! Selbst wenn du jetzt wieder clean bist, hat sich hier nichts geändert. Die Erwartungen sind immer noch da – und sie werden nur größer. Du hast Dad und Onkel Alexander doch gehört, du warst dabei, als sie von ihren Expansionsplänen und deiner Rolle darin gesprochen haben. Und du willst da einfach mitmachen und so tun, als wäre das schon immer dein Traum gewesen?«

»Warte mal …« Josh stützt sich mit beiden Händen auf die Kochinsel und fixiert mich mit einem harten Blick. »Hier geht es gar nicht um mich, nicht wahr? Oder zumindest nicht nur um mich. Du steckst genauso in dieser Sache drin wie ich. Hast *du* ihnen etwa gebeichtet, dass du keinen Bock auf dein Studium und den Job hast, der dir schon sicher war, als du noch in die Windeln gemacht hast?«

Ich beiße die Zähne zusammen. Scheiße. Das ist nicht die Richtung, die ich mir für dieses Gespräch vorgestellt habe. Definitiv nicht. Abgesehen davon tut das überhaupt nichts zur Sache, und Josh ist gerade der letzte Mensch geworden, mit dem ich noch über meine Zukunft sprechen will.

»Halt mich da raus«, presse ich hervor. »Was ich tue oder nicht tue, hat nichts mit deinen beschissenen Entscheidungen zu tun.«

Josh lacht auf. »Ach nein? Deshalb regst du dich doch so auf. Nicht meinetwegen. Ich bin dir doch scheißegal, das haben wir vorletzte Woche beide gelernt, sonst hättest du wenigstens einen einzigen verfickten Anruf erwidert. Aber nein, hier geht es ganz allein um dich, kleiner Bruder. Um Chase Whittaker und seine große Zukunft. Lass mich raten: Wenn ich Mom und Dad keinen reinen Wein einschenke, kannst du es auch nicht? Du hast nicht den Mumm dazu, ihnen die Wahrheit zu sagen, wenn ich es nicht vorher tue und schon mal die ganze Wut und Enttäuschung abkriege. Ist es nicht so?«

Wäre nicht die Kochinsel mit all den Pfannen, Töpfen und Gewürzen zwischen uns, könnte ich jetzt für nichts mehr garantieren. Meine Hände sind zu Fäusten geballt, und ich kann mich nur mit Mühe davon abhalten, um die Kochinsel herumzugehen und jedes bisschen Zurückhaltung zu vergessen. Aber ich tue es nicht. Denn vielleicht … unter Umständen … hat er recht. Nicht mit allem, aber ein kleiner Teil von dem, was er mir gerade an den Kopf geworfen hat, ist die Wahrheit. Denn ich stehe hier und unterstelle Josh, er würde sich nicht trauen, unserer Familie zu beichten, dass er kein Architekt bei *Whittakers* sein will und sich sein Leben ganz anders vorgestellt hat, aber in Wahrheit mache ich genau dasselbe wie er. Ich halte den Mund. Lüge alle um mich herum an. Nicht nur für Josh, sondern auch für mich selbst. Und das macht mich zu einem gottverdammten Heuchler.

»Was denn?«, setzt Josh nach. »Hat es dir die Sprache verschlagen? Oder ziehst du jetzt los und stürzt dich in die nächste Schlägerei, wie du es früher immer getan hast? Wobei du das ja anscheinend schon hinter dir hast«, fügt er hinzu und deutet mit einem Nicken auf mich. Auf mein Gesicht. Auf das verblasste Veilchen. Auf die fast verheilten Schrammen an meinen Fingerknöcheln.

»Das hat nichts mit dir oder dieser Sache zu tun«, bringe ich zwischen zusammengebissenen Zähnen hervor.

»Ach nein?«, bohrt er nach. Gott, er war schon immer so verdammt nervtötend? »Womit hat es dann zu tun?«

Das geht ihn einen Scheißdreck an. Ich schüttle den Kopf und mache einen Schritt zurück. Es reicht. Ich habe genug andere Sorgen, da muss ich mir nicht auch noch das hier von meinem Bruder geben. Er will alle um sich herum anlügen und heile Welt spielen? Bitte. Nur zu. Aber er soll gefälligst nicht länger von mir erwarten, dass ich dabei mitmache.

Ich steuere die Tür an, um hier rauszukommen, raus aus der Küche und aus diesem Haus, weil ich verdammt noch mal kaum noch Luft bekomme, aber Joshs Stimme hält mich auf.

»Echt jetzt?«, ruft er mir nach. Nicht mehr in der gedämpften Tonlage, sondern laut genug, dass uns alle hören können.

»Ist das dein verfickter Ernst? *Du* willst *mich* über das Leben und die Zukunft belehren – aber wenn es auch nur eine Sekunde lang um dich geht, haust du ab? Wow. Und ich dachte echt, du hättest etwas aus der Sache mit Jesper gelernt.«

Das war's. Etwas in meinem Kopf setzt aus. Ich wirble herum und stürze mich auf Josh.

Doch bevor meine Faust auf sein Gesicht treffen kann, werde ich von hinten gepackt und festgehalten. Ich wehre mich gegen den Griff, aber er ist unerbittlich. Jemand anderes tritt in mein Blickfeld, versperrt mir die Sicht auf Josh und packt mich an den Schultern. Es ist Lexi.

»Hast du sie noch alle?«, zischt sie und starrt mich aus vor Schreck geweiteten Augen an.

Nach und nach nehme ich mehr von meiner Umgebung wahr. Josh und ich sind nicht länger allein in der Küche. Dad und Onkel Alexander sind da, und wenn mich nicht alles täuscht, ist es Xander, der mich von hinten gepackt hat. Als ich aufhöre, mich zu wehren, lockert er seinen Griff, lässt mich jedoch nicht los.

»Was zum Teufel ist hier los?«, donnert Dad so laut, dass ich nicht der Einzige bin, der zusammenzuckt.

»Quentin …« Moms Stimme ist leise und warnend. Sie steht in der Tür und sieht immer wieder über ihre Schulter, als würde sie jeden Moment damit rechnen, dass Phil und die anderen Kids hier auftauchen und alles mitansehen könnten. Als ihr Blick auf mich fällt und ich die Verwirrung, aber vor allem die Enttäuschung in ihrem Gesicht erkenne, wird mir ganz anders zumute. Ich lasse die Arme sinken. Jedes bisschen Wut, das ich eben noch empfunden habe, verschwindet auf der Stelle und wird von Scham ersetzt.

Scheiße. Wollte ich mich gerade wirklich auf meinen Bruder stürzen? Josh kann überheblich sein, aber er war immer auf meiner Seite. Immer. Diese ganze Diskussion, dieser ganze verdammte Familienbrunch ist völlig verrückt.

»Joshua und Christopher Whittaker! Zwingt mich nicht dazu, euch Hausarrest zu geben.« Dads Blick wandert zwischen uns hin und her.

Joshs Mundwinkel zucken, aber er macht nicht den Fehler, jetzt zu lächeln. Genauso wenig wie ich, denn diese Situation ist verflucht ernst. Wie viel von dem, was hier gesagt wurde, haben sie mit angehört? Welche Schlüsse haben sie daraus gezogen? Soll ausgerechnet das zum Moment der Wahrheit werden? Der Moment, den ich schon seit einer Ewigkeit vor mir herschiebe, weil ich es nicht über mich bringe, das Thema erneut anzuschneiden? Und Josh will es überhaupt nicht auf den Tisch bringen, wenn ich das richtig verstanden habe, sondern lieber weiter eine Lüge leben.

Aber nicht mit mir. Ich kann das nicht. Und ich hasse es, meine Familie schon wieder zu enttäuschen. Ich war mir sicher, diese Phase endgültig hinter mir gelassen zu haben, doch die Art, wie Mom und Dad mich gerade ansehen, erinnert mich viel zu sehr an früher. Als wäre ich wieder in der Highschool und hätte Mist gebaut. Gewaltigen Mist.

Ich schüttle den Kopf. »Sorry«, murmle ich, mache mich von Xander los, der gar nicht erst versucht mich aufzuhalten, und marschiere zur Hintertür, die durch den Waschraum in den Garten hinausführt.

»Chase!« Moms Stimme lässt mich einen Herzschlag lang innehalten, dann gehe ich weiter.

Ich kann bei diesen Familientreffen nicht klar denken, erst recht nicht, wenn Josh mir ein paar Wahrheiten um die Ohren haut, die ich nicht hören will. Also verschwinde ich, stapfe durch den Garten, in dem Phil und die anderen Kinder noch immer spielen, und lasse mich eine Minute später auf den Fahrersitz meines Dodge' fallen. Vielleicht hat Josh recht. Vielleicht haue ich ab, wenn es schwierig wird, aber … verdammt! Statt meinem Bruder eine runterzuhauen, schlage ich gegen das Lenkrad. Wann ist alles so kompliziert geworden? Wann hat mein Leben begonnen, mehr aus Lügen als aus Wahrheiten zu bestehen?

Ich weiß es nicht. Ich habe nicht die geringste Ahnung. Und das kotzt mich mehr an als alles andere. Mehr als Joshs Worte. Mehr als seine dämlichen Märchengeschichten. Mehr als die ach so perfekte Zukunft, die vor mir liegt, ob ich will oder nicht.

Einen Moment lang sehe ich zum Haus zurück, aber bevor jemand noch auf die Idee kommt, mir nachzulaufen und mich zum Reden zu zwingen, starte ich den Motor und fahre los. Immer drauflos. Einfach nur weg von hier.

Kapitel 16

Hailee

Vier Wochen später

»Hailee …?«

Ich starre aus dem Fenster. Draußen scheint die Sonne. Kaum eine Wolke am Himmel. Ein Lkw fährt vorbei, dicht gefolgt von einem roten Auto. Dann ein schwarzes. Und ich frage mich unwillkürlich, wo sie wohl hinfahren. Ob die Menschen darin sich bereits auf Halloween in zweieinhalb Wochen vorbereiten oder einfach ihrem Alltag nachgehen. Aufstehen. Existieren. Dinge tun. Arbeiten. Essen. Schlafen. Und dann geht das Ganze wieder von vorne los. Tag für Tag. Woche für Woche. Jahr für Jahr.

»Hailee.«

Ich zucke zusammen und blicke in drei erwartungsvolle Gesichter. Mir ist nicht mal aufgefallen, dass ich mich gedanklich völlig ausgeklinkt habe. Das passiert in letzter Zeit immer öfter.

Die Therapeutin, deren Namen ich mir auch nach der achten Sitzung einfach nicht merken kann, lächelt mir aufmunternd zu. Sie hat ein sanftes Lächeln und eine mütterliche Art. Streng, aber verständnisvoll. Zumindest habe ich Mom mal so etwas über sie sagen hören. Vor einer Woche. Vielleicht auch vor zwei. Ich weiß es nicht mehr, weil in letzter Zeit alles irgendwie miteinander verschwimmt.

»Wir haben gerade darüber gesprochen, wie es für Sie ist, ohne Katie wieder zu Hause bei Ihren Eltern zu wohnen.« Ein auffordernder Unterton schwingt in diesen Worten mit. Sie möchte, dass ich mich dazu äußere. Dass ich mich ihnen *mitteile*, damit wir an unseren Beziehungen arbeiten können. Dafür ist die Familientherapie schließlich da.

Aber ganz ehrlich? Ich habe keine Ahnung, was ich dazu sagen soll. Allein bei dem kleinen Zusatz »ohne Katie« zieht sich alles in mir zusammen. Sie wollen, dass ich Katies Tod verarbeite, dass ich lerne, damit umzugehen, aber wie soll ich das tun, wenn nichts mehr von ihren Sachen in diesem Haus ist? Da ist nichts mehr von ihr, außer Erinnerungen, die mich von Tag zu Tag mehr erdrücken. Ich hatte keine Gelegenheit, mich von meiner Schwester zu verabschieden – und meine Eltern haben mir jetzt zum zweiten Mal jede Chance dazu genommen. Vielleicht hätte ich etwas von ihren Sachen behalten wollen … Ich weiß genau, dass es Dinge gibt, von denen Katie gewollt hätte, dass ich sie habe – ihre Lieblingshandyhülle, die mit dem pinken Glitzer, ihr Lieblingssommerkleid und ihren Plüschhund mit den Schlappohren, das einzige Kuscheltier, das sie noch besessen hat. Aber all das war schon weg, bevor ich überhaupt zurück nach Hause gekommen bin.

Ich beiße die Zähne zusammen und lenke den Blick wieder nach draußen. Wenn ich jetzt etwas dazu sage, explodiere ich. Dann sprudelt alles aus mir heraus, jede Emotion und jeder noch so hässliche Gedanke. Und das … das kann ich gerade einfach nicht. Dafür fehlt mir die Kraft.

Wie so oft springt Mom ein und erzählt etwas davon, wie schön sie es findet, mich wieder daheim zu haben und dass es nun nicht mehr so leer und still ist. Bei Letzterem muss ich mich zusammenreißen, um nicht loszuprusten. Unser Haus ist stiller als ein Friedhof. Meine Anwesenheit ändert daran gar nichts, weil ich keine Musik einschalte, kein Fernsehen schaue und höchstens mal lustlos eine Serie auf Netflix laufen lasse. Und das meist nur, um meine Eltern zu beruhigen und auch bloß so lange, bis mir die Augen zufallen – und ich nach wenigen Stunden unruhigen Schlafs wieder aufwache. Manchmal mit Kopfschmerzen, manchmal mit Übelkeit. Nicht einmal das Klappern meiner Tastatur ist zu hören, da ich nicht weiß, was ich schreiben soll. Emikos Geschichte ist erzählt, und wenn ich in seltenen Momenten genügend Motivation aufbringen kann, überlege ich hin und her, was ich der Agentur auf ihre E-Mail antworten soll, auch wenn die bereits einen Monat alt ist. Dann frage ich mich, ob das Ganze überhaupt noch aktuell ist, oder ob ich mich nicht total blamiere, wenn ich ihnen nach all der Zeit noch antworte, und tue … nichts. Also liegt die Mail noch immer in meinem Postfach und wartet darauf, beantwortet oder gelöscht zu werden.

Auch wenn die Therapeutin mir bei einer unserer Einzelsitzungen empfohlen hat, wieder mit dem Schreiben anzufangen, weil mir das angeblich helfen könnte, passiert einfach nichts, wenn ich die Hände auf die Tastatur lege. Mein Kopf ist völlig leer. Genauso wie das Dokument jedes Mal, wenn ich den Laptop wieder zuklappe.

»Möchten Sie vielleicht etwas hinzufügen, Hailee?« Wieder spricht mich die nette Therapeutin an, und mir tut es irgendwie leid, dass ich mir ihren Namen nicht merken kann. Aber momentan vergesse ich sogar, was ich gerade tun wollte oder warum ich von einem Raum in den nächsten gehe – meist, weil mir dann zu schwindlig ist, um überhaupt noch an etwas zu denken. Am liebsten würde ich mich unter der Bettdecke verkriechen, schlafen und nie mehr aufstehen müssen, doch auch dort finde ich einfach keine Ruhe.

Wahrscheinlich dauert es zu lange, bis ich mit einem Kopfschütteln auf ihre Frage reagiere, denn sie notiert sich etwas auf dem Klemmbrett, das sie auf den übereinandergeschlagenen Beinen balanciert. Ich wende den Blick ab.

Das Zimmer, in dem wir sitzen, ist hübscher als die Aussicht nach draußen. Schlicht, aber hübsch. Vier große Fenster auf der linken Seite ermöglichen einen Ausblick auf die Stadt. Wir sitzen nicht vor dem Schreibtisch, sondern auf der Couchgarnitur am anderen Ende des Raumes. Drei Regale säumen die Wände, vollgestopft mit Fachliteratur. Auf der Tapete sind zweihunderteinundneunzig Blumen abgebildet. Auf dem Glastisch prangen drei Kratzer an der unteren rechten Ecke. An der Wand hinter mir hängen siebenunddreißig Bilderrahmen voll mit Auszeichnungen, Urkunden und teilweise auch Familienfotos. Ich bin noch nicht dazu gekommen, sie einzeln zu zählen und zu differenzieren, weil ich meist mit dem Rücken dazu sitze, aber wahrscheinlich ist es nur noch eine Frage der Zeit.

Es ist meine Beschäftigung geworden, wann immer ich hier bin und mir wünsche, woanders zu sein. Vielleicht kapsele ich mich deshalb so oft in Gedanken ab. Vielleicht liegt es aber auch an den Medikamenten, die ich seit ein paar Wochen einnehme. Als Dr. Sanchez bei meiner ersten Therapiestunde in Fairwood mit diesem Thema angefangen hat, habe ich sofort dicht gemacht und Nein gesagt. Damals ist es mir schon schwer genug gefallen, mir überhaupt einzugestehen, dass ich professionelle Hilfe brauche. Und jetzt? Jetzt nehme ich sie nach einem langen Aufklärungsgespräch mit der Therapeutin und weil es meine Eltern zu beruhigen scheint. Auch wenn es mir in den ersten Wochen beschissen damit ging. Ich war nervös, teilweise sogar aufgedreht, und mir war ständig übel, bis ich zusätzlich ein Magenmittel verschrieben bekommen habe. Mittlerweile ist es etwas besser, aber die Appetitlosigkeit ist geblieben, genauso wie dieser verdammte Nebel in meinem Kopf.

Das restliche Gespräch blende ich aus. Wieso auch nicht? Sie machen ohne mich weiter, ganz egal, ob ich nicke, den Kopf schüttle oder gar nicht erst reagiere. Auch wenn mir ihre besorgten Blicke nicht entgehen. Als die Zeit rum ist und alle aufstehen, tue ich das ebenfalls.

Die Therapeutin gibt mir die Hand und schenkt mir ein warmes Lächeln. »Bis zum nächsten Mal, Hailee.«

Sie lässt es so klingen, als würden wir uns eines fernen Tages wiedersehen, dabei haben Mom und Dad die Termine sowohl für meine Einzelgespräche als auch für die Familientherapie schon vor Wochen fest eingeplant. Und der nächste ist in drei Tagen.

»Bis dann«, erwidere ich kurz angebunden und steuere die Tür an, merke aber, dass sich meine Eltern nicht von der Stelle gerührt haben.

»Geh schon mal vor, Schatz.« Mom ringt sich ein aufmunterndes Lächeln ab. »Wir kommen gleich nach.«

Was der Code dafür ist, dass sie noch unter vier – oder eher sechs – Augen mit der Therapeutin reden wollen. Einspruch ist zwecklos. Und was sollte ich auch sagen? *Tut mir leid, aber ich wäre gerne dabei, wenn ihr über mich sprecht?* Sicher nicht. Also nicke ich nur und verlasse den Raum, ziehe die Tür aber nicht ganz hinter mir zu, sondern lehne sie an. Warum ich anschließend direkt daneben stehen bleibe, weiß ich nicht. Vielleicht, weil ich so gut wie gar nichts von dieser Therapiestunde mitbekommen habe. Vielleicht auch, weil ich die Dinge hören will, die sie mir anscheinend nicht ins Gesicht sagen können.

Ich sollte wirklich nicht lauschen, aber da ich nichts Besseres zu tun habe, lehne ich mich mit dem Rücken gegen die Wand und konzentriere mich zum ersten Mal an diesem Tag wirklich auf ein Gespräch.

»Es geht ihr nicht besser.« Mom klingt enttäuscht. Fast

schon hoffnungslos. »Sie ist seit einem Monat wieder zu Hause. Wir kommen seit vier Wochen regelmäßig in Ihre Praxis. Wieso geht es ihr nicht besser, Dr. Piatkowski?«

Piatkowski. Richtig. Das ist der Name der Therapeutin.

»Ihre Tochter trauert, genau wie Sie, Mrs DeLuca«, erwidert Dr. Piatkowski in diesem besänftigenden Tonfall, der mir mittlerweile schon vertraut geworden ist. »Lassen Sie ihr Zeit. Es kann mehrere Wochen dauern, bis sich die gewünschte Wirkung der Medikamente einstellt und Hailee bereit ist, sich richtig auf die Therapie einzulassen. Jeder Mensch trauert auf andere Weise. Manchmal ist es für Angehörige nur schwer nachzuvollziehen, was in einem anderen Familienmitglied vor sich geht. Sie beide haben Ihr Kind verloren, Hailee ihre Zwillingsschwester. Ihre Tochter geht anders mit diesem Verlust um, als Sie beide es tun.«

»Das ist mir klar«, erwidert Mom und klingt dabei so besorgt, so frustriert und verzweifelt, dass ich unbewusst die Arme um mich schlinge. »Aber Hailee trauert nicht. Glauben Sie mir, ich weiß, wie meine Tochter aussieht, wenn sie trauert. Anfang des Jahres ist ein enger Freund von ihr unerwartet gestorben.«

Alles in mir erstarrt. Wird eiskalt.

Jesper? Redet sie etwa von … Jesper? Mir war nicht klar, dass sie das überhaupt mitgekriegt hat. Zu der Zeit war ich am College, genau wie Katie. Und Katie war auch die Einzige, die davon wusste und mich im Arm gehalten hat, als ich nicht aufhören konnte zu weinen. Tagelang hat sie mich in unseren Seminaren entschuldigt oder meine Unterschrift gefälscht, wenn die Anwesenheit Pflicht war, nur damit ich mich nicht dorthin zwingen muss. Hat sie Mom und Dad etwa davon erzählt? Ich versuche mich an diese Zeit zurückzuerinnern, aber das ist alles so verschwommen. Haben unsere Eltern uns davor oder danach für dieses eine Wochenende in San Diego besucht, bei dem wir lauter Ausflüge gemacht haben und Dad uns so viel Eis und Süßkram gekauft hat, bis Katie und mir fast schlecht war? Ich weiß es nicht mehr.

»Sie schottet sich ab«, fährt Mom fort. »Ich kann es spüren. Sie ist kaum noch sie selbst.«

»Aber Hailee war früher schon ein stilles Mädchen«, wirft Dad nachdenklich ein.

»Nicht so«, widerspricht Mom. »Katie war immer die Laute und Hailee die Ruhige von den beiden – das stimmt. Aber jetzt ist es so, als … als wäre sie kaum noch da.«

»Ein solcher Rückzug ist ein völlig normaler Bestandteil der Trauerverarbeitung«, erinnert Dr. Piatkowski sie sanft.

»Aber … aber … Was können wir denn noch tun?« Mom weint. Ich kann es ihrer Stimme anhören.

Ich bohre die Fingernägel fester in meine Handflächen. Gott, ich will nicht hier sein. Aber vor allem will ich Mom nicht so erleben müssen. Sie hat schon genug gelitten. Muss sie da meinetwegen wirklich noch mehr durchmachen? Wenn ich es könnte, wenn ich das alles abstellen könnte, würde ich es sofort tun. Aber ich weiß einfach nicht, wie. Die Panik und Verzweiflung, die mich an jenem Morgen in Fairwood nach unserem Telefonat dazu getrieben haben, meine Sachen zu packen, den Abschiedsbrief an meine Eltern einzuwerfen und mit einer Packung Schlaftabletten, einer Dose Schmerzmittel und einer Flasche Wasser zur Aussichtsplattform zu fahren, ist noch da, aber ich spüre sie kaum. Genau genommen empfinde ich kaum noch etwas, fast so, als hätte mich jemand in Watte gepackt und meine Gedanken und Emotionen darunter erstickt. Ich weiß, dass es nicht so sein sollte, dass ich mich früher nie so gefühlt habe, aber im Moment … im Moment bin ich einfach nur so verdammt müde.

»Lassen Sie Ihrer Tochter Zeit …«, kommt es aus dem Zimmer neben mir. »Wie Sie wissen, sind Nebenwirkungen bei der Medikation möglich, und es kann eine Weile dauern, bis wir die richtige für Hailee gefunden haben. Außerdem ist es nicht unüblich, dass Hinterbliebene eine Depression entwickeln. Hailees Symptome sprechen dafür. Seien Sie nachsichtig mit ihr, auch wenn es Ihnen schwerfällt, und drängen Sie sie nicht dazu, mit Ihnen über ihre Gefühle oder über ihre Schwester zu reden.«

Dad seufzt schwer. »Sie läuft wie ein Geist durchs Haus, verkriecht sich in ihrem Zimmer und isst viel zu wenig, aber ich glaube, dass wir hier etwas übersehen. Ich glaube, sie vermisst ihr Zuhause.«

»Ihr Zuhause?«, wiederholt Mom bestürzt. »Aber sie *ist* zu Hause!«

Ich schlucke mehrmals. Mein Herz beginnt zu rasen, und meine Augen brennen. Ich starre an die Decke, versuche nicht zu blinzeln, trotzdem läuft etwas Heißes über meine Wangen, das ich hastig mit dem Ärmel wegwische.

»Ist sie das?«, fragt Dad so leise, dass ich ihn kaum verstehe. »Zwei Jahre lang war das Wohnheim in San Diego ihre Heimat. Das Zimmer, das sie sich mit Katie geteilt hat. Ihr Leben lang war ihre Schwester ihr Zuhause und ihr Zufluchtsort. Aber hast du nicht gemerkt, wie anders sie in Fairwood war? Wie sie mit den Leuten interagiert hat? Dass sie dort noch gelächelt hat? Den ganzen Sommer über war sie nicht länger als ein paar Tage am selben Ort, aber drei Wochen in dieser Stadt. Und vielleicht … vielleicht hat sie dort Freunde gefunden, die wie eine Familie für sie sind, wie eine neue Art Zuhause – ob wir das nun wahrhaben wollen oder nicht.«

Ich kneife die Augen zusammen, trotzdem taucht die Erinnerung in meinem Kopf auf, wie Dad mich am Handy erwischt hat und ich ihn nicht anlügen konnte. Ich habe ihm nicht gesagt, dass ich regelmäßig mit Chase texte, aber habe ihm gestanden, dass ich noch immer mit Lexi und Charlotte in Kontakt stehe. Sogar Clay und Eric schreiben mir hin und wieder, schicken mir lustige Bilder und dazwischen immer wieder Fotos aus Fairwood. Ich habe Dad gesagt, dass ich die Stadt und die Leute dort vermisse, aber nie im Leben hätte ich gedacht, dass er das so auffassen würde. Dass er es sich überhaupt merken würde.

Mom schluchzt auf. »Aber sie … sie wollte … sie wollte sich umbringen, als sie an diesem schrecklichen Ort war! Sie wollte … Unser Baby wollte …«

Ich kann mir das nicht länger anhören. Ich kann einfach nicht.

Ohne auf meine Umgebung zu achten, stürme ich durch die Praxis, nehme die Treppe nach unten und laufe nach draußen. Warme, für Mitte Oktober viel zu stickige Luft empfängt mich und legt sich schwer auf meine Brust. Ich will sie abschütteln, genauso wie ich diese verfluchte Wand aus Watte loswerden will, die mir den Kopf vernebelt und jede meiner Emotionen erstickt. Aber vor allem will ich am liebsten vergessen, was ich gerade mit angehört habe.

Wie soll ich je wiedergutmachen, was ich angerichtet habe? Wie soll ich den Schmerz, den ich Mom und Dad angetan habe, jemals wiedergutmachen? Sie haben schon Katie verloren, aber das war ein schrecklicher Unfall. Dann habe ich es noch schlimmer gemacht, indem ich diesen Brief geschrieben habe und mir das Leben nehmen wollte. Und jetzt müssen sie sich immer noch Sorgen um mich machen. Wie sollen sie mir je wieder ins Gesicht sehen können, ohne an all das erinnert zu werden?

Ich möchte fluchen und weinen, ohne jemals wieder damit

aufzuhören. Und ich möchte Katie schütteln und anbrüllen, weil sie einfach gegangen ist. Weil sie uns allein gelassen hat und jetzt nichts mehr von der Familie übrig ist, die wir einmal waren. Im selben Atemzug hasse ich mich dafür, denn wie kann ich wütend darüber sein, dass Katie gestorben ist? Was für ein Mensch denkt so etwas? Und gleichzeitig vermisse ich sie so sehr. Katie – aber auch noch so viel mehr. Dad hatte recht. Ich vermisse Fairwood und meine Zeit dort und würde alles dafür geben, diesen Sommer zurückzuholen.

Ich vermisse meine Freunde und meinen Alltag. Ich vermisse Jesper – und auch wenn ich ihn nie persönlich getroffen habe, wird er für mich immer mit Fairwood verbunden sein.

Und ich vermisse Chase. Wir schreiben uns alle paar Tage, aber das ist nicht dasselbe. Er fehlt mir. Seine Stimme, sein Lächeln, seine Nähe und das sichere Wissen, dass er immer für mich da ist. Er fehlt mir so sehr, dass mir alles wehtut und ich mich geradezu an die Mauer aus Watte klammere, nur um nichts mehr spüren zu müssen. Aber das wäre falsch. Das weiß ich jetzt. Nichts zu fühlen ist tausendmal schlimmer, als alles zu fühlen. Selbst wenn es wehtut. Selbst wenn es mich innerlich zerreißt und ich nicht weiß, wohin mit allem, was in mir tobt.

Ich lehne an der von der Sonne gewärmten Wand, weil mich meine Beine kaum noch tragen können und mir wieder schwindlig ist. Meine Gedanken rasen, sind ein einziges Chaos, und ich kann keinen davon richtig greifen. Und mir ist übel. Mein Magen rumort. Ich schließe die Augen und versuche mich an die Distanzierungsübungen zu erinnern, die Dr. Piatkowski mir in unserer ersten Einzelsitzung zusammen mit ein paar Atemtechniken beigebracht hat. Ich zwinge mich dazu, ruhig und durch die Nase einzuatmen und die Luft durch den Mund wieder auszustoßen, dann lenke ich meine Aufmerksamkeit auf meine Umgebung. Ich sehe eine Hausmauer direkt gegenüber. Ich rieche die Abgase der Autos von der größeren Straße nicht weit von hier. Ich spüre die warmen Sonnenstrahlen auf meiner Haut. Ich höre den Verkehr, aber auch Stimmen und von irgendwoher sogar Vogelzwitschern.

Mich auf all diese Sinneseindrücke zu konzentrieren, hilft ein bisschen. Das Chaos in mir verschwindet dadurch zwar nicht, aber es wird etwas ruhiger. Ruhig genug, damit ich die Augen öffnen und feststellen kann, dass ich noch immer neben der Tür zur Praxis an der Wand lehne. Es ist eine ruhige Straße, fernab vom Stadtzentrum, daher sind hier nur wenige Leute unterwegs. Vereinzelte Autos fahren vorbei. Niemand nimmt von mir Notiz. Wahrscheinlich sind Mom und Dad noch immer in ihr Gespräch mit der Therapeutin vertieft und suchen verzweifelt nach einem Grund, warum es mir nicht besser geht.

Ich beiße mir auf die Unterlippe, fest genug, dass der Schmerz meine Gedanken klärt. Zumindest ein bisschen. Und bevor ich weiß, was ich tue, halte ich das Smartphone in der Hand und rufe den letzten Chatverlauf auf. Ich habe Chase gestern Abend geschrieben, und er hat mir süße Träume gewünscht, allerdings war ich so erschöpft, dass ich die Nachricht erst heute Morgen entdeckt habe. Und ich schulde ihm noch immer eine Antwort. Allerdings will ich ihm nicht einfach nur texten – ich weiß ja nicht mal, was ich schreiben sollte. Ich will seine Stimme hören, will ihn in meiner Nähe wissen und mich wieder daran erinnern, wie es ist, wenn er mich festhält.

Aber er ist nicht da, und ich habe keine Zeit, mit ihm zu telefonieren, weil meine Eltern bestimmt gleich auftauchen. Und da bisher jeder zaghafte Versuch, über Fairwood zu sprechen, nur damit geendet hat, dass Mom sich aufgeregt hat, käme ich in Erklärungsnot, wenn sie mich jetzt erwischen würden. Moms Ausbruch da drinnen bestätigt mir das ungute Gefühl nur noch. Wahrscheinlich geben sie Fairwood und den Leuten dort die Schuld daran, dass ich mich umbringen wollte. Ein Lachen entschlüpft mir, aber es klingt bitter und fühlt sich genau so an. Meine Zeit in dieser Stadt und die Menschen dort waren nicht das, was mich fast in den Tod getrieben hätte. Sie waren das, was mich am Ende davon abgehalten hat.

Und deshalb fange ich jetzt doch an zu tippen. Ich schreibe Chase und erzähle ihm von diesem Tag, von der Sitzung und …

»Hailee! Schatz, ist alles in Ordnung?«

Ich reiße den Kopf hoch und starre in Moms Gesicht.

»Wir dachten …« Dad fährt sich durch das Haar. Seine Hand zittert. »Du kannst nicht einfach so weggehen, ohne Bescheid zu geben, Hailee. Bitte tu das nicht.«

Ich öffne den Mund und will alles, was in mir vorgeht, rauslassen, will es aussprechen und loswerden und in die Welt hinausschreien – aber mir kommt kein Wort über die Lippen. Also klappe ich den Mund wieder zu, senke den Blick und nicke leicht. Das Handy stecke ich wieder ein, ohne die Nachricht zu Ende geschrieben zu haben. Ohne sie abzuschicken. Und vielleicht ist es besser so. Vielleicht muss es so sein.

»Komm.« Mom legt mir den Arm um die Schultern und dirigiert mich Richtung Parkplatz. »Wir fahren heim.«

Ich nicke, lasse mich wegführen und fahre mit meinen Eltern zurück nach Hause. Selbst wenn sich dieser Ort schon lange nicht mehr danach anfühlt.

Kapitel 17

Hailee

Katie ist nicht da. Ich renne Treppen hinunter, reiße Türen auf, sehe in allen Räumen und im Garten nach, aber ich kann sie nicht finden. Es gibt keine Spuren von ihr. Nirgendwo liegen ihre T-Shirts und Socken herum, nirgendwo sind ihre Bücher, deren Ecken sie ständig als Lesezeichen umknickt – was mich wahnsinnig macht! –, nirgendwo sind ihr Handy oder eine ihrer zigtausend bunten Hüllen dafür. Da ist nichts. Als ob meine Schwester von der Erdoberfläche gelöscht wäre. Und es fühlt sich so an, als ob damit auch *ich* gelöscht worden wäre.

Ich erwache mit einem Keuchen. Sekundenlang starre ich in die Dunkelheit, dann setze ich mich ruckartig auf und drücke mir die Hand gegen die schmerzende Brust. Mein Puls rast, und ich bin nass geschwitzt. Mein Top klebt kalt und feucht an meiner Haut.

Es dauert einen Moment, bis mir klar wird, dass ich nur geträumt habe. Dieser schrecklich leere Ort, diese Welt ohne Katie war nur ein Albtraum. Nichts weiter. Aber ich kann nicht aufatmen. Die Erleichterung will sich einfach nicht einstellen. Stattdessen ist da dieser Druck auf meiner Brust, der von Sekunde zu Sekunde heftiger wird und mir die Tränen in die Augen treibt, auch wenn ich nicht begreife, warum. Ich begreife gar nichts mehr.

Ohne nachzudenken, schiebe ich die Decke weg, stehe auf

und tappe barfuß zur angelehnten Tür. Sie quietscht, wenn man sie zu weit öffnet, also schiebe ich sie nur ein kleines Stück weiter auf, quetsche mich hindurch und laufe den Flur hinunter zu Katies Zimmer. Ich will nicht über diesen Albtraum reden, will nicht mal darüber nachdenken, wie eine Welt ohne sie wäre, sondern mir versichern, dass es nicht wahr ist. Katie ist noch da und wird mich dafür auslachen, dass ich mitten in der Nacht in ihr Zimmer schleiche – doch das ist mir egal. Im Moment ist mir sogar ihr Spott lieber als diese grauenhafte Leere, die dieser Traum in mir hinterlassen hat.

Aber als ich die Zimmertür öffne, ist Katie nicht da. Ihr Bett ist fort, genau wie ihr Kleiderschrank, ihr Laptop, ihre Bücher, das Handy und alles andere. Katie ist weg. Und diesmal ist es kein Albtraum. Es ist die Realität.

Meine Zwillingsschwester ist tot. Sie wird nie mehr zurückkehren. Nicht in ihr altes Zimmer, nicht ins Wohnheim am College und nicht zu mir. Ich werde nie wieder ihr Lachen hören oder ihre mürrische Stimme am Morgen, werde sie nie wieder über den Campus zerren, damit sie nicht zu spät zu ihrem ersten Kurs kommt, nie mehr mit ihr Eis essen oder über unsere Lieblingsserien reden können. Sie ist für immer fort. Und ich werde sie nie wiedersehen.

Ein Schluchzen durchbricht die Stille. Ich presse mir die Hand auf den Mund, kann das nächste Schluchzen aber nicht aufhalten. Genauso wenig wie die Tränen, die mir über die Wangen laufen. Diese ganze Situation, der Albtraum, dieses Zimmer – es fühlt sich so an, als würde ich Katie von Neuem verlieren. Als würde sich alles wiederholen.

Ich mache auf dem Absatz kehrt und renne in mein Zimmer zurück. Diesmal lehne ich die Tür nicht an, sondern drücke sie leise zu. Ich brauche ein Taschentuch, ein frisches Shirt und mein Handy.

Als die ersten beiden Punkte erledigt sind, greife ich automatisch nach dem Handy auf dem Nachttisch – doch da ist nichts. Hektisch schiebe ich die Zeitschriften beiseite, die Dad mir mitgebracht hat, ich jedoch nie gelesen habe, und werfe fast das Buch zu Boden, bei dem ich momentan kaum weiterkomme, weil es mir so schwerfällt, mich zu konzentrieren. Auch hinter dem Plastikbecher und der Wasserflasche ist nichts. Kein Smartphone. Als Nächstes schaue ich bei der Steckdose nach; dort hängt nur das Ladekabel, aber kein Handy. Ich wühle durch die Schubladen des Nachttisches, schiebe alte Zettel, Taschentücher, ein uraltes Tagebuch und meinen Lippenpflegestift beiseite, den ich vor Kurzem noch gesucht habe.

Mit zitternden Händen drücke ich die Schubladen zu. Dann fällt mein Blick aufs Bett. Genauer gesagt auf das schwarze Etwas, das halb unter dem Kissen hervorlugt. Oh mein Gott. Ich hatte es mit ins Bett genommen, um Chase zu schreiben.

Chase. Mein Herz setzt einen Schlag lang aus, dann pocht es nur noch heftiger, nur noch schmerzhafter in meiner Brust. Ich nehme das Smartphone an mich, ziehe mich schnell um und setze mich damit auf die gepolsterte Fensterbank. Früher habe ich hier immer gelesen oder es mir mit einer Tasse Tee gemütlich gemacht, aus dem Fenster geschaut und vor mich hin geträumt. Ab und zu war Katie bei mir und wir saßen beide hier und haben über alles Mögliche gequatscht – Schule, Noten, Hobbys, Jungs, Klamotten, Serien.

Ich atme erstickt aus. In diesem Haus gibt es keinen einzigen Raum, in dem Katie nicht war. Kein einziges Fleckchen, das ich nicht mit Erinnerungen an sie verbinde. Und obwohl ihr Zimmer leer geräumt ist, hängen noch immer überall Fotos von ihr, aber niemand wagt es, über sie zu sprechen, Musik aufzudrehen oder die Stimme auch nur lauter als unbedingt nötig zu erheben. Es ist wie ein Mausoleum. Dieser Ort, der mein

Zuhause sein sollte, ist zu einem verdammten Mausoleum geworden, und ich ertrage es nicht länger. Wenn ich nicht irgendetwas tue oder mit jemandem rede, drehe ich durch.

Meine Hände zittern noch immer, als ich das Display einschalte, und die Tränen trüben meine Sicht so sehr, dass ich kaum etwas erkennen kann. Egal. Völlig egal. Es gibt nur eine Person, mit der ich jetzt sprechen möchte. Nur eine Person, deren Stimme ich jetzt hören will. Und während ich mir das Handy ans Ohr halte und dem Klingeln lausche, bete ich innerlich, dass es ihm genauso geht.

Chase

Seit vier Wochen bin ich wieder auf dem Campus. Nach den drei Jahren, die ich bereits hier studiere, kenne ich fast alle Dozenten und Professoren, Seminarräume, Hörsäle und Werkräume, und die Überraschungen halten sich in Grenzen. Anfangs waren wir deutlich mehr Studenten, doch mit jedem Semester sind ein paar Kommilitonen abgesprungen, bis nur noch eine ziemlich übersichtliche Gruppe übrig geblieben ist. Eine Gruppe, in der ich alle mit Namen kenne. Und trotzdem komme ich mir jeden Morgen, jeden Tag und jede Nacht so vor, als wäre ich ein Fremder hier, ein Besucher – und langsam akzeptiere ich das. Ich muss nur noch ein paar Monate durchhalten, die nächsten Prüfungen überstehen, meine Arbeiten pünktlich einreichen, mein Portfolio füllen und den Abschluss machen, dann habe ich es geschafft. Dann ist dieser Abschnitt meines Lebens vorbei. Und der nächste wartet nur darauf, zu beginnen.

Seufzend setze ich mich auf und fahre mir durch das Haar, das in alle Richtungen absteht. Es ist dunkel im Zimmer, aber ich kann einfach nicht schlafen. Tausend Gedanken kreisen durch meinen Kopf, setzen sich fest und werden immer lauter, bis ich kein verdammtes Auge zutun kann. Und das, obwohl meine beiden Mitbewohner ausnahmsweise leise sind. Vielleicht sind sie aber auch gar nicht da. Wir studieren alle Architektur und haben uns schon im ersten Semester kennengelernt, aber eine richtige Freundschaft ist nicht entstanden, obwohl wir ein paarmal zusammen auf Partys waren. Und auch mit den anderen Studierenden hat sich nichts ergeben, was einer echten Freundschaft nahekommt. Wie auch? Jeder von uns hat tonnenweise zu tun und manche arbeiten neben dem Studium oder sogar nachts, um alles finanzieren zu können. Mehr als einmal habe ich miterlebt, wie meine Kommilitonen Aufputschmittel benutzen, um wach zu bleiben, beim Lernen durchpowern zu können und die Examen zu schaffen. Und manche sind noch weiter gegangen, sind von Energydrinks auf Tabletten umgestiegen und dann auf härteres Zeug. Mein Bruder Josh ist kein Einzelfall, auch wenn er derjenige ist, bei dem ich es am deutlichsten mitgekriegt habe. Bei dem es mich am schlimmsten getroffen hat. Und jetzt reden wir kaum noch miteinander.

Nach unserem Streit vor vier Wochen sind wir uns aus dem Weg gegangen – was nicht sonderlich schwierig war, schließlich bin ich wieder am College, und er arbeitet brav im Büro zu Hause in Fairwood. Seither war ich nur an einem Wochenende wieder daheim, und die Stimmung war angespannt. Außerdem fehlte immer etwas.

Wie kann es so seltsam sein, dass Hailee nicht in Fairwood ist, obwohl sie doch nur so kurze Zeit da war? Wie kann sie so schnell ein fester Bestandteil meines Lebens geworden sein, obwohl von Anfang an klar war, dass diese Sache zwischen uns nur einen Sommer lang gehen würde?

Shit, ich habe keine Ahnung.

Ich reibe mir über das Gesicht, schalte die Nachttischlampe ein und stehe auf. Es hat keinen Sinn, liegen zu bleiben und mich mit Fragen zu quälen, wenn ich sowieso nicht schlafen kann. Also kann ich auch etwas Sinnvolles tun. Ich könnte mir etwas überziehen und zurück in die Werkstatt fahren, um an meinem Modell zu arbeiten. Ich wäre sicher nicht der Einzige – in der Regel ist rund um die Uhr jemand dort.

Mein Blick fällt auf den Schreibtisch, und ich nehme den Flyer in die Hand, den ich Anfang des Semesters eingesteckt und dann nie wieder angesehen habe. Jetzt glätte ich das Papier und starre auf das Erste-Hilfe-Training, das ich wirklich gerne absolviert hätte, für das dann aber doch keine Zeit war zwischen all meinen anderen Kursen und den Arbeiten dafür. Und wozu auch? Es ist ja nicht so, als könnte ich neben dem Architekturstudium eine zweite Ausbildung einschieben – nur um dann doch bei *Whittakers* hinter einem Schreibtisch zu sitzen und mit Kunden zu telefonieren.

Frustriert zerknülle ich den Flyer und werfe ihn weg – diesmal direkt in den Papierkorb. Dann lasse ich mich auf den Drehstuhl fallen und klappe den Laptop auf. Ich könnte mich an die Arbeit für Architektursoziologie setzen, die ich am Donnerstag abgeben muss. Mit Professor Stevens ist nicht zu spaßen. Wenn ich das Ding nicht pünktlich abliefere, wird das Konsequenzen haben. Außerdem ist da noch die Prüfung in Bautechnik, durch die ich letztes Semester geflogen bin und die ich jetzt nachholen muss. Man kann schließlich nie früh genug mit Lernen anfangen, richtig?

Aber ich schlage nicht meine Bücher auf und ziehe mir auch nichts über, um noch mal loszufahren. Stattdessen ertappe ich mich dabei, wie ich das Smartphone zur Hand nehme und darauf starre. In den letzten Wochen haben Hailee und ich uns immer wieder geschrieben, aber ihre Antworten sind kurz und lassen viel zu oft auf sich warten. Wenn ich es nicht besser wüsste, würde ich befürchten, dass sie sich von mir distanziert, doch das will ich nicht glauben. Irgendetwas stimmt nicht mit ihr. Es geht ihr nicht gut, das weiß ich. Und ich habe mich nie zuvor so machtlos gefühlt wie jetzt, denn es gibt nichts, was ich für sie tun kann. Nichts, was ihr irgendwie helfen würde. Selbst in Boston bin ich über eintausendfünfhundert Meilen von ihr entfernt. Ich weiß es, weil ich mir die Strecke online angeschaut habe. Mehrmals. Hailee hat mir zwar gleich am Anfang ihre Adresse geschickt, aber wir haben seitdem nie wieder darüber geredet, ob und wann ich sie besuchen kann. Ob ihre Eltern das überhaupt erlauben würden, so wie sie gerade auf Hailee aufpassen und jeden ihrer Schritte überwachen. Oder ob ich überhaupt vom College wegkomme, ohne dass mir gleich wütende Dozenten oder – schlimmer noch – Dad und Onkel Alexander im Nacken sitzen.

Gerade als ich das Handy weglegen will, vibriert es plötzlich. Mein Puls beginnt zu rasen. *Hailee.* Es ist das erste Mal, dass sie mich anruft. Keine Textnachricht, sondern ein Anruf. Ich reiße mich aus meiner Starre, drücke auf *Annehmen* und halte mir das Telefon ans Ohr. »Hailee?«

»Hey …« Ihre Stimme bricht schon bei diesem einen Wort – und mir wird eiskalt.

Irgendetwas muss passiert sein. Ich weiß es einfach.

»Was ist los?«, frage ich so ruhig wie möglich, um sie nicht noch mehr aufzuregen.

Sie antwortet nicht sofort, aber ich höre sie schniefen. Höre das unterdrückte Schluchzen. Sie weint. Scheiße, sie weint, und ich bin zu weit entfernt, um sie in den Arm zu nehmen und festzuhalten. So lange, wie sie es braucht. So lange, bis es ihr besser geht.

Erst als ich das Brennen in meinem Brustkorb spüre, wird mir klar, dass ich unbewusst die Luft angehalten habe, und ich zwinge mich dazu weiterzuatmen. Keine Ahnung wie spät es ist, aber trotz anderer Zeitzone dürfte es auch bei Hailee schon dunkel sein. Ist sie allein? Geht es ihr gut? Oder geht es ihr so schlecht, dass sie sich etwas antun will? Im selben Moment, in dem dieser Gedanke in meinem Kopf auftaucht, hasse ich mich dafür. Nur weil Hailee weint, bedeutet das nicht automatisch, dass sie sich umbringen will. Gott, zumindest hoffe ich, dass es das nicht bedeutet. Aber seit dem Moment auf dem Plateau bekomme ich diese Erinnerung nicht mehr aus dem Kopf. Ihr Wagen, der verlassen dasteht – und Hailee schluchzend am Rande der Klippe. Auch wenn sie die Tabletten damals weggeschüttet hat. Das ist eine Sache, die ich mir seitdem immer wieder ins Gedächtnis rufe: Sie hat sie nicht genommen, sondern weggeschüttet. Das muss etwas bedeuten, oder?

»Es ist …«, beginnt sie und seufzt zittrig. »Es ist nichts.«

»Wenn es nichts ist, hättest du nicht angerufen«, sage ich behutsam. »Rede mit mir, Hailee.«

»I-ich habe … schlecht geträumt. Und als … als ich aufgewacht bin, da dachte ich …« Sie lacht, aber es klingt nicht fröhlich, sondern todtraurig. »Es ist so dumm.«

»Das ist nicht *nichts*«, erwidere ich leise. »Und ganz bestimmt auch nicht dumm.«

»Ich habe geträumt, Katie wäre verschwunden.« Ihre Stimme ist so leise, dass ich sie kaum verstehe. »Als ich aufgewacht bin, da bin ich in ihr Zimmer gerannt, und … und … sie war wirklich weg. Sie ist fort, Chase. Sie ist einfach fort. Und ganz egal, was ich tue, sie wird nie mehr zurückkommen.«

»Ich weiß.«

Und es gibt nichts, das ich oder sonst irgendjemand dagegen tun kann. Katie ist nicht mehr da, genauso wie Jesper. Diejenigen, die sie zurückgelassen haben, können nur irgendwie versuchen, damit umzugehen. Irgendwie weiterzumachen, auch wenn es noch so schwerfällt. Auch wenn die Welt nie wieder so sein wird wie zuvor, weil etwas so Wichtiges fehlt.

»Den ganzen Sommer über habe ich ihr getextet und ihr Sprachnachrichten geschickt, um sie an meinem Leben teilhaben zu lassen. Um wenigstens so zu tun, als wäre sie noch da ... Ich habe so große Angst davor, zu vergessen, wie sie aussieht«, flüstert Hailee erstickt. »Wenn ich die Augen schließe, kann ich sie vor mir sehen, aber das Bild wird immer verschwommener. Ich will nicht irgendwann vergessen haben, wie ihre Stimme klingt und wie sich ihr Lachen anhört ...«

Ich schließe die Augen und reibe mir über die Stirn. Obwohl ich zugeben muss, mir darüber bisher keine Gedanken gemacht zu haben, weiß ich genau, was sie meint.

»Als ich das letzte Mal mit Jesper geredet habe, haben wir uns gestritten«, erzähle ich leise und gehe zum Fenster hinüber, um nach draußen zu schauen. Es ist mitten in der Nacht, trotzdem ist der Campus beleuchtet, und die Lichter Bostons flackern in der Dunkelheit. »Er hat mich angebrüllt und rausgeworfen. Damals war ich so wütend auf ihn, dass ich ihn selbst Wochen später noch ignoriert habe. Als er angerufen hat, bin ich nicht rangegangen.« Ich schlucke mehrmals, aber der bittere Geschmack in meinem Mund bleibt hartnäckig. »Heute würde ich alles dafür geben, Jespers Stimme noch mal hören zu können, selbst wenn er mich bloß anbrüllt.«

Hailee gibt einen erstickten Laut von sich. »Ich auch.« Ihre Stimme klingt auf einmal näher, beinahe so, als würde sie sich das Handy ebenso fest ans Ohr pressen wie ich. »Manchmal, wenn ich es nicht ausgehalten habe, da habe ich mir ihre alten Sprachnachrichten angehört. Einfach nur, um ihre Stimmen zu hören und mich daran zu erinnern, wie sie klingen.«

Obwohl es wahrscheinlich völlig deplatziert ist, muss ich bei diesem Geständnis ein kleines bisschen lächeln. Weil es so typisch Hailee ist. Weil sie wieder genauso klingt wie die Frau, die ich diesen Sommer kennengelernt habe. Selbst wenn der Sommer inzwischen längst vergangen ist. Und mit ihm unsere gemeinsame Zeit. Vielleicht klammern wir uns beide an etwas, das längst sein Verfallsdatum überschritten hat, aber ich weigere mich noch immer, Hailee und das, was wir hatten, einfach aufzugeben. Und schon gar nicht, wenn sie sich zum ersten Mal von sich aus mit einem Anruf bei mir meldet.

»Denkst du, Katie hätte es gefallen, was du diesen Sommer über alles getan hast?«

Zum ersten Mal lacht Hailee auf – und es klingt ehrlich. Es klingt so sehr wie früher, dass sich alles in mir verkrampft.

»Oh, sie würde es lieben. Vor allem den Moment, in dem ich diesem Kerl das Wasser ins Gesicht geschüttet habe.«

Ich grinse bei der Erinnerung an diesen Abend. »Das war episch. Und was ist mit jetzt?«, frage ich nach einem kurzen Moment der Stille. »Warst du in letzter Zeit mal wieder mutig? Wenn ich mich nicht irre, wolltest du auch noch einem armen Kerl kochend heißen Kaffee in den Schritt kippen. Jemandem, der *nicht* ich ist.«

Wieder dringt ihr Lachen an mein Ohr. »Oh Gott, das hatte ich total vergessen. Aber … nein. Das ist nicht passiert. Ich habe übrigens auch niemanden im Regen geküsst. Ich glaube, in den letzten Wochen war ich nicht besonders mutig.«

Ich halte inne. Sie hat niemanden im Regen geküsst. Aus irgendeinem dämlichen Grund muss ich deswegen lächeln. Vielleicht, weil das immer »unser Ding« war, selbst wenn wir es nicht mehr geschafft haben, es in die Tat umzusetzen.

Und jetzt denke ich daran, wie es wäre, Hailee im Regen zu küssen. Verdammt.

Ich räuspere mich. »Aber willst du es denn? Wieder mutig sein?«

Sie antwortet nicht sofort, und als sie es tut, höre ich sie seufzen. »Ich weiß es nicht. Ich habe das für Katie getan, damit sie stolz auf mich ist. Und Jesper zu Ehren habe ich endlich Emikos Geschichte fertiggeschrieben. Aber jetzt … ich weiß nicht, was ich jetzt tun soll.«

»Vielleicht tust du etwas für dich«, schlage ich leise vor. »Nicht für Katie. Nicht für Jesper. Nicht für deine Eltern und auch nicht für mich, sondern einzig und allein für dich. Für Hailee.«

»Das klingt schön …« Ihr Tonfall ist leiser geworden, aber ich glaube, das Lächeln darin hören zu können.

Schweigen breitet sich zwischen uns aus, aber es ist nicht unangenehm, nicht so angespannt wie das Schweigen zu Hause beim Familienbrunch oder wann immer Josh und ich in den letzten Wochen im selben Zimmer waren. Mit Hailee zu schweigen und ihren gleichmäßigen Atemzügen zu lauschen, hat etwas ausgesprochen Friedliches.

Wolken verdunkeln den Himmel, und Regentropfen beginnen gegen die Scheibe zu prasseln. Erst sanft, dann immer stärker, bis das Geräusch auch am anderen Ende der Leitung zu hören sein muss.

Unweigerlich frage ich mich, ob Hailee auch am Fenster sitzt und in die Nacht hinausschaut. Ich wünschte, ich könnte behaupten, dass wir bis eben dieselben Sterne gesehen haben, aber das wäre eine glatte Lüge. Boston ist selbst bei Nacht noch so hell erleuchtet, dass praktisch keine Sterne zu erkennen sind. Man kann von Glück reden, wenn man überhaupt den Mond bemerkt. Und der ist jetzt sowieso hinter den Wolken verschwunden.

»Regnet es bei dir?«, dringt Hailees Stimme aus dem Hörer.

»Ja. Aber keine Angst, es ist kein Gewitter. Nur ein kleiner Herbstschauer.«

Sekunden vergehen, in denen sie nichts weiter sagt, ganz so, als würde sie dem gleichmäßigen Prasseln lauschen.

»Ich mag es«, gesteht sie leise. »Es ist beruhigend … genau wie mit dir zu reden.«

Ich kann nicht anders, als zu lächeln. »Dann lass uns weiterreden. Ich habe die ganze Nacht Zeit.«

»Musst du morgen nicht früh raus?«

Nachdenklich wiege ich den Kopf hin und her. Morgen ist Montag, und mein Stundenplan ist wie immer vollgestopft. Aber hält mich das davon ab, jetzt mit Hailee zu telefonieren? Scheiße, nein.

»Erst gegen sechs.«

»*Erst* gegen sechs?«, wiederholt sie ungläubig. »Chase, das ist in … in fünf Stunden! Du solltest schlafen gehen.«

Ich schüttle den Kopf, auch wenn Hailee das nicht sehen kann. »Ich konnte sowieso nicht einschlafen. Außerdem habe ich nachmittags eine Freistunde, da kann ich mich kurz hinlegen, wenn ich will. Jetzt möchte ich viel lieber weiter mit dir telefonieren.«

Schweigen.

Dann ein zögerndes: »Du meinst das ernst, oder?«

»Absolut.« Ich muss nicht mal darüber nachdenken. Mit Hailee zu sprechen und ihre Stimme zu hören ist mir so viel wichtiger, als genug Schlaf zu kriegen.

Sie seufzt. »Na gut. Aber beschwer dich morgen nicht bei mir, wenn du total übermüdet bist.«

»Keine Sorge, ich beschränke mich auf leidende und weinende Emojis, die ich dir in regelmäßigen Abständen schicken werde.«

Sie lacht laut auf, dann bricht es abrupt ab, als hätte sie sich die Hand vor den Mund gepresst. »Hör auf, solche Sachen zu sagen und mich zum Lachen zu bringen – meine Eltern schlafen eine Etage tiefer.«

»Sorry«, erwidere ich, auch wenn es mir kein bisschen leidtut. Ich würde alles dafür tun, Hailee noch mal so zum Lachen zu bringen.

Aber sie bleibt still, genau wie ich, und eine Weile lauschen wir nur dem Regen.

»Wie geht es dir?«, frage ich schließlich leise. »Nicht jetzt gerade und auch nicht heute Nacht, sondern … generell? So insgesamt?«

»Ehrliche Antwort?«

»Immer.«

Sie atmet hörbar aus. »Ich weiß es nicht. Nicht gut, so viel ist klar. Aber auch nicht so schlimm, dass ich es nicht aushalte. Eigentlich habe ich die meiste Zeit über viel zu wenig gefühlt. Die Medikamente … Ich will daran glauben, dass sie mir helfen, aber ich hasse die Nebenwirkungen. Ich komme nicht zur Ruhe, obwohl ich so müde bin. Mir ist schwindlig, und mein Kopf ist so vernebelt, dass ich manchmal den Eindruck habe, gar nichts mehr zu fühlen. Um ehrlich zu sein macht mir das Angst.«

Scheiße.

»Ich will nicht gleichgültig sein«, fährt Hailee fort. »Das ist schlimmer als der Schmerz, schlimmer als die Trauer. Wenn ich nichts mehr fühle, woher soll ich dann wissen, ob ich überhaupt noch am Leben bin? Ob es überhaupt noch eine Rolle spielt, dass ich am Leben bin?«

Ich umklammere das Smartphone fester. »Was ist mit jetzt? Fühlst du in diesem Moment etwas?«

»Ja …«, antwortet sie nach ein paar Sekunden. »Ich glaube, ich fühle wieder etwas, auch wenn es immer noch … gedämpft ist. Weißt du, was ich meine? Als hätte mich jemand in Watte gepackt, um mich vor allen Empfindungen zu schützen. Meine Therapeutin sagt, dass es ein paar Wochen dauern kann, bis sich die gewünschte Wirkung einstellt. Aber ich hasse es.«

»Hast du mit deinen Eltern darüber gesprochen?«

Sie schnaubt. »Nein. Sie sind schon am Durchdrehen, weil es mir nicht besser geht, ganz egal zu wie vielen Therapiesitzungen sie mich schleifen. Und ich kann es ihnen nicht verübeln. Aber ich mache das nicht mit Absicht.«

»Das weiß ich doch – und deine Eltern bestimmt auch. Sie können unmöglich verlangen, dass es dir jetzt schon besser geht. Du brauchst so viel Zeit, wie du eben brauchst.«

Sie schnaubt, aber irgendwie klingt es erstickt. »Ich will mich nicht so fühlen, Chase. Ich will nicht … nur funktionieren. Aber ich weiß auch nicht, was ich dagegen tun soll. Ich weiß es einfach nicht.«

Die Verzweiflung ist deutlich aus ihren Worten herauszuhören und ich schließe die Augen. Wieder mal verfluche ich die Tatsache, dass sie so weit weg ist und es keinen Weg gibt, jetzt bei ihr zu sein. Sie zu umarmen und zu trösten, bis sie nicht mehr das Gefühl hat, einfach nur zu funktionieren. Bis sie ihre Begeisterung wiederentdeckt, jeden Latte macchiato genießt und frische Pancakes ihr ein Lächeln aufs Gesicht zaubern. Bis sie vor Freude über ein Konzert ihrer Lieblingsband auf und ab hüpft und lächelnd mit mir und den anderen am Lagerfeuer sitzt. Bis sie nicht mehr denkt, ihren Eltern, Katie oder Jesper etwas beweisen zu müssen, sondern nur sich selbst. Bis sie das Gefühl hat, wieder am Leben zu sein. Bis sie am Leben sein *will*.

»Ich wäre jetzt so verdammt gern bei dir«, gestehe ich leise.

Hailee seufzt tief. »Das wäre schön.«

In diesem Moment wird mir eine Sache klar: Diese Freundschaftssache funktioniert nicht. Zumindest nicht auf Dauer. Sich nur immer mal wieder zu texten und einmal im Monat zu telefonieren reicht mir nicht. Ich muss einen Weg finden, sie wiederzusehen. So kann es nicht weitergehen, nicht für sie, aber auch nicht für mich. Es muss einfach eine Möglichkeit geben, Hailee nicht nur übers Handy zu hören oder zu lesen, sondern sie zu treffen, zu berühren, und ihr Lachen nicht nur über unendlich viele Meilen hinweg zu hören, sondern es mit eigenen Augen zu sehen.

»Chase?«, fragt sie nach einer Weile schläfrig.

»Ja?«

»Danke.«

Ich runzle die Stirn. »Wofür?«

»Dafür, dass du rangegangen bist, als ich angerufen habe. Fürs Zuhören. Einfach alles.«

»Ich werde immer rangehen und dir zuhören, okay?«

»Okay.« Sie hält kurz inne. Ein Rascheln ist zu hören und das Knarren einer Holzdiele, dann spricht Hailee weiter. »Als ich aufgewacht bin und festgestellt habe, dass … Ich war kurz vorm Durchdrehen. Aber mit dir zu reden hat geholfen. Ich glaube, ich kann jetzt wieder einschlafen.«

»Stets zu Diensten. Auch wenn ich nicht ganz sicher bin, ob es ein Kompliment ist, dass meine Stimme dich zum Einschlafen bringt …«

Diesmal ist ihr Lächeln deutlich zu hören. »Bleibst du trotzdem dran, bis ich eingeschlafen bin?«

Ich wäre viel lieber bei ihr und würde sie im Arm halten, aber für heute muss das reichen.

»Na klar.«

Eine Weile schweigen wir, und ich kriege mit, wie sie sich im Bett umdreht und das Telefon dabei mitnimmt. Mein Blick fällt auf mein eigenes Bett, und ich schlucke hart, weil ich jetzt deutlicher als je zuvor merke, wie sehr Hailee mir fehlt. Zögernd setze ich mich in Bewegung und lege mich ebenfalls wieder hin. Mit dem Handy am Ohr. Es dauert nur ein paar Minuten, bis Hailees Atem gleichmäßiger wird und sie einschläft.

Ich lächle ganz leicht. »Süße Träume, Hailee.«

Kapitel 18

Chase

In den letzten Nächten konnte ich kaum schlafen. Meine Gedanken sind einfach immer wieder um dieselben Dinge gekreist: um das, was Hailee mir Sonntagnacht erzählt hat. Und darum, wie sehr sie mir fehlt. Wie gerne ich jetzt bei ihr sein würde, statt eintausendfünfhundert Meilen entfernt. Zwischen uns mag zwar kein ganzer Kontinent oder ein Ozean liegen, dafür ziemlich viele ziemlich große Seen, die den Weg nur noch länger machen. Ich kann gar nicht mehr zählen, wie oft ich es in Gedanken durchgespielt habe.

Allein die Hinfahrt würde mit dem Auto vierundzwanzig Stunden dauern – und das auch nur, wenn ich keine Pausen einlege. Die Rückfahrt ebenso lange. Selbst wenn ich mir ein Wochenende freinehmen könnte, würde ich fast die ganze Zeit im Wagen verbringen. Fliegen käme noch infrage, da wäre ich mit allen Fahrten um die sechs bis sieben Stunden unterwegs, aber die Flüge von Boston zum einzigen Flughafen, der halbwegs in der Nähe von Hailees Heimatstadt ist, sind scheiße teuer. Mal ganz davon abgesehen, dass ich nicht damit rechnen kann, von Hailees Eltern in ihrem Heim willkommen geheißen zu werden. Und Hailee selbst hat das Thema auch nicht mehr angeschnitten, aber … *Shit*. Ich will bei ihr und für sie da sein, vor allem nach diesem Albtraum, der überhaupt erst dazu geführt hat, dass wir Sonntagnacht miteinander telefoniert haben. Ich will sie wiedersehen. Irgendwie muss das doch möglich sein.

Allerdings bin ich keinen Schritt weitergekommen, weil sich meine Gedanken immer wieder im Kreis drehen. Genau wie bei der Hausarbeit, die morgen fällig ist. Und an die beschissene Nachholprüfung in Bautechnik will ich gar nicht erst denken. Ich hätte schon längst mit Lernen anfangen sollen, kann mich aber auf keine einzige meiner Mitschriften konzentrieren. Und wenn ich ganz ehrlich sein soll, ergeben die nicht mal wirklich Sinn. Kein Wunder, dass ich bei der ersten Klausur durchgefallen bin. Da hilft mir auch Claytons Angebot nicht, dass er sich doch einfach in die Uni-Datenbank hacken und meine Punktzahl entsprechend anpassen könnte. Dabei habe ich ihn gestern sicher nicht deshalb angerufen, sondern weil ich mit irgendjemandem reden wollte, der Hailee ebenfalls kennt. Jemandem, der mir vielleicht irgendwie weiterhelfen kann. Allerdings konnte das diesmal nicht mal Clay.

»Yo, Chase!«, ruft eine bekannte Stimme.

Ich bleibe stehen und drehe mich um. Zwischen dem Institut für Bauingenieurwesen und der Mensa kommt Aaron Henderson auf mich zu, einen Zeichenköcher über die Schulter geschlungen. Vor drei Jahren haben wir beide hier angefangen, uns gemeinsam durch Kurse und Examen gequält und waren hin und wieder zusammen im Fitnesscenter auf dem Campus. Aber was uns wohl am meisten verbindet, ist die Tatsache, dass wir beide durch die Bautechnikprüfung letztes Semester geflogen sind und sie wiederholen müssen. Ach ja, und dass keiner von uns wirklich hier sein will. Ganz ähnlich wie ich studiert Aaron nur seiner Familie zuliebe, allerdings vorrangig, um seiner Mom, die als Reinigungskraft arbeitet, und seiner kleinen Schwester, die Hockeystar werden will, eines Tages ein besseres Leben ermöglichen zu können.

»Was geht?« Aaron hält mir die Faust hin, und ich drücke meine für einen Moment dagegen.

»Nicht viel. Ich hab gerade Freistunde und wollte kurz ins Wohnheim.«

Aaron nickt und rückt sein Baseball-Cap mit einer Hand zurecht. »Hast du schon angefangen für Bautechnik zu lernen?«

Ich schnaube nur.

Er grinst wissend. »Jepp. Ich auch. Wir packen das, Bro. Aber vorher muss ich das dämliche Entwurfsmodell für Prof Stevens fertigkriegen. Sehen wir uns nachher im Atelier?«

»Mal sehen. Spätestens am Wochenende in der Bibliothek.«

Er verdreht die Augen. »Da sagst du was. Ich muss weiter. Bis dann!«, ruft er rückwärtsgehend, dreht dann um und joggt in die entgegengesetzte Richtung davon.

Die meisten Leute hier investieren ihre ganze Zeit und Energie ins Studium. Aaron bildet da keine Ausnahme. Und obwohl es nicht gerade seine größte Leidenschaft zu sein scheint, ist er verdammt gut in dem, was er tut. Dad und Onkel Alexander könnten sich glücklich schätzen, ihn für die Firma zu gewinnen. Ich dagegen habe seit Beginn des Semesters nur das Allernötigste getan und war mit den Gedanken ständig woanders.

Und daran scheint sich nichts zu ändern, als ich auf dem Weg zum Wohnheim an dem großen Parkplatz vorbeikomme, auf dem hauptsächlich die Autos von Studenten und auch von ein paar Dozenten stehen. Mein Dodge ist ebenfalls hier. Allerdings ist da plötzlich auch ein alter Honda, der mir verdammt bekannt vorkommt. Ich werde langsamer und bleibe schließlich ganz stehen. Derselbe rote Lack. Dasselbe Nummernschild. Und am Heck lehnt eine Person, von der ich nie gedacht hätte, sie jemals hier zu treffen: Shaine Fairfield.

Ich starre ihn einen Moment lang nur an, um sicherzugehen, dass er es wirklich ist und ich nicht plötzlich unter Halluzinationen leide. Aber doch … er ist es. Die Größe passt. Dazu das kupferrote, leicht gewellte Haar. Die hellen Augen. Die Lederjacke und die abgewetzte Jeans, die nicht nur so aussieht, weil es gerade in Mode ist, sondern weil sie tatsächlich alt ist.

»Fairfield?«, begrüße ich ihn skeptisch, als ich vor ihm stehenbleibe. »Was um alles in der Welt machst du hier?«

»Whittaker.« Er nickt mir zu und deutet dann mit dem Daumen hinter sich. »Sagen wir, ein Vögelchen hat mir gezwitschert, dass du gerne nach Minnesota fahren würdest.«

»Also dachtest du dir, du schnappst dir Hailees Wagen und fährst damit die acht Stunden rauf bis nach Boston?« Ich runzle die Stirn. »Hast du nichts Besseres zu tun?«

Oder anders gefragt: Was will er damit bezwecken? Shaine und ich sind nicht gerade die besten Freunde, und als ich das letzte Mal nachgeschaut habe, gehörte er auch nicht zu Hailees engstem Freundeskreis. Was soll das Ganze also? Und wie ist er überhaupt an den Wagen und die Schlüssel gekommen? Doch noch während diese Frage in meinem Kopf auftaucht, folgt auch schon die Antwort. »Lexi.«

»Und Clay«, fügt Shaine hinzu. »Oder eher Charlotte, die durch Clay von deinem kleinen Problem gehört und es mir gegenüber zufällig erwähnt hat.«

»Zufällig, ja?«

»Sie ist immer noch meine Cousine zweiten Grades und eines der wenigen Familienmitglieder, die ich tatsächlich gerne besuche.« Er breitet die Arme aus. »Spielt das echt eine Rolle? Jetzt hast du wenigstens einen guten Grund, Hailee zu besuchen.«

»Indem ich ihr den Wagen vorbeibringe? Nette Idee, aber wie soll ich wieder zurückkommen? Mich teleportieren?«

Oder doch einen der teuren Flüge nehmen? Öffentliche Verkehrsmittel? Wobei ich online keine finden konnte, die tatsächlich bis in diese Kleinstadt fahren, in der Hailee mit ihren Eltern lebt. Aber vielleicht ist Clay ja mittlerweile fündig geworden. Das wäre wenigstens mal eine gute Nachricht.

»Nein.« Shaine verzieht das Gesicht, als hätte er etwas Schlechtes gegessen. »Aber vielleicht kann ich dir dabei helfen.«

»*Du*«, ich deute erst auf ihn, dann auf mich selbst, »willst *mir* helfen?«

Ich kann nicht anders, ich muss laut lachen, weil das so verdammt absurd ist. Und weil ich mir ziemlich sicher bin, mir nicht nur eingebildet zu haben, ihm bei unserer letzten Begegnung eine runtergehauen zu haben. Wenn ich so darüber nachdenke, tut meine Hand von dem Kontakt mit seinem Dickschädel immer noch etwas weh, auch wenn keine Spuren mehr davon zu sehen sind. Genauso wenig wie in Shaines Gesicht. Schade eigentlich.

»Ich bin hier, oder?«, knurrt er. »Ich habe dir Hailees Wagen vorbeigebracht und die nächsten Tage frei. An deiner Stelle würde ich diese Chance nutzen. Es ist ja nicht so, als hättest du so viele andere Möglichkeiten. Außerdem ist das nicht so selbstlos, wie es aussieht.«

»Irgendwie war mir das klar. Also, was willst du?«

Einen Moment lang lässt er seinen Blick wandern, als würde die Antwort darauf irgendwo hier sein, aber wir sind allein auf dem Parkplatz. Zu dieser Zeit sitzen die meisten Leute schon im Hörsaal oder an der Werkbank oder nutzen ihre wenige Freizeit für sinnvollere Dinge, als auf einem menschenleeren Campus-Parkplatz herumzustehen.

»Ich hab Mist gebaut«, gesteht Shaine seufzend und sieht dabei so geknickt aus, dass ich es ihm beinahe abkaufe. »Das mit Lexi …« Wieder ein Seufzen, diesmal noch frustrierter. Fast schon verzweifelt. »Ich will das mit ihr klären. Ein für alle Mal. Aber so, wie wir das letzte Mal auseinandergegangen sind, wird sie kein Wort mehr mit mir reden. Ganz zu schweigen davon, sich mit mir zu treffen. Den Schlüssel für den Honda habe ich Charlotte zu verdanken, weil deine starrköpfige Cousine mittlerweile jeden meiner Anrufe ignoriert, und Textnachrichten sowieso.«

Wahrscheinlich sollte ich nicht nachhaken, weil das ihr Problem ist und nicht meins, aber Lexi ist so etwas wie eine Schwester für mich, also muss ich den Mund aufmachen. »Und was war das letzte Mal, als ihr euch getroffen habt?«

Shaine scharrt mit den Füßen und starrt auf seine zertretenen Sneakers hinunter. »Sagen wir einfach, wir sind beide ziemlich laut und energisch geworden. Und damit meine ich nicht im Bett.«

Ich ziehe eine Grimasse. »Das war mehr, als ich wissen wollte.«

»Hey, du hast gefragt.«

»Und jetzt willst du … was? Mit mir nach Minnesota fahren und mich anschließend wieder hier absetzen, damit ich das mit Lexi und dir wieder in Ordnung bringe? Damit ich ein gutes Wort für dich bei ihr einlege?«

Doch Shaine schüttelt bereits den Kopf. »Ich will sie nur sehen. An einem neutralen Ort, an dem keiner von uns einfach mitten in der Diskussion abhauen kann.«

»Neutral im Sinne von *ein Tisch bei Lizzy's?* Oder neutral im Sinne von *einer einsamen Stelle im Wald, an der niemand nach deiner Leiche suchen würde?*«

Shaine wirft mir einen harten Blick zu, lässt das aber unkommentiert. Alles klar. Die Stelle im Wald also.

»Und ich soll das für dich arrangieren?«, hake ich nach, nur um sicherzugehen, dass ich ihn richtig verstehe. »Wir reden hier aber schon von derselben Lexi, oder?«

Denn meine Cousine dazu zu bringen, etwas zu tun, was sie nicht will, hat ungefähr genauso große Erfolgsaussichten wie der Versuch, den Mount Everest aus dem Himalaya nach Nordamerika zu versetzen. Unmöglich. Wie zum Teufel stellt Shaine sich das vor? Wenn Lexi nicht mit ihm reden will, dann will sie nicht mit ihm reden. Ende der Geschichte.

Doch Shaine zuckt nur mit den Schultern. »Eine Hand wäscht die andere, oder? Ich hab dir Hailees Wagen hergebracht. Scheiße, ich bin sogar bereit, ihn auch bis nach Minnesota zu fahren, während du mit deinem eigenen Wagen hinterherkommst. Aber nur, wenn du mir auch hilfst. Also … Haben wir einen Deal oder nicht?«

Ich bin mir ziemlich sicher, dass ich das bereuen werde. Mal ganz abgesehen von der Hausarbeit und der Nachholprüfung und dass ich bei meinem Dozenten unten durch sein werde, wird Lexi mich eigenhändig umbringen und begraben, sobald sie davon erfährt. Aber in einem Punkt hat Shaine recht: Ich habe nicht wirklich viele andere Optionen. Gar keine, um genau zu sein – zumindest nicht in naher Zukunft. Und die Vorstellung, Hailee so bald schon wiederzusehen, lässt mich alles andere vergessen. Also nicke ich nach einem Moment und schlage in seine ausgestreckte Hand ein. »Wir haben einen Deal.«

Kapitel 19

Hailee

Ich starre mein Spiegelbild an und ziehe die Nase kraus. Die Sommerbräune ist schon fast ganz verschwunden – kein Wunder, da ich die letzten Wochen fast nur im Haus verbracht habe. Aber das ist es nicht, was mich das Gesicht verziehen lässt. Ich zupfe an dem weiten dunkelblauen Shirt, das wie ein Sack an mir herabhängt. Es fiel schon früher ziemlich locker, aber nun, da ich unfreiwillig ein paar Kilos abgenommen habe, könnte ich mir genauso gut einen Kartoffelsack überziehen. Oder eine Papiertüte. Die wäre wenigstens so etwas wie ein Statement – aber dieses eintönige Shirt? Durch nichts mehr zu retten. Die schwarze Jeans dazu ist zwar einigermaßen bequem, aber auch nicht gerade das Wahre.

Seufzend wende ich mich ab. Nicht zum ersten Mal vermisse ich die bunten Kleider und Tops, die ich den ganzen Sommer getragen habe, selbst wenn es inzwischen zu kalt dafür ist. Und trotzdem fehlen sie mir. Die Sachen, die ich jetzt anhabe, gehören der alten Hailee. Dem Mädchen, das still ihr Leben vor sich hin gelebt und sich vor allen Herausforderungen versteckt hat. Das nicht mal wusste, was das Wort Schmerz eigentlich bedeutet. Und auch nicht, wie sich überschäumende Freude anfühlt. Ich bin nicht mehr diese Person – und ich will es auch gar nicht sein. Aber ich bin auch nicht mehr die Hailee, die ich den Sommer über war … und trotzdem grabe ich jetzt in meinem Kleiderschrank, um ihre Klamotten zu finden.

»Mom?«, rufe ich aus Gewohnheit, obwohl ich weiß, dass sie mich wahrscheinlich nicht hören kann. Nachdem ich auch die Schubladen durchwühlt habe, drücke ich sie wieder zu und mache mich auf den Weg nach unten. »Mom?«

»Ja, Schatz?« Ihre Stimme kommt aus dem Wohnzimmer. Sie sitzt mit Dad auf dem Sofa, und sie schauen sich irgendeinen Film an, der gerade im Fernsehen läuft. Ja, im Fernsehen. Meine Eltern haben nie verstanden, was Katie und ich so toll an Netflix fanden. Einmal haben wir versucht, es ihnen zu zeigen, aber sie waren völlig überfordert von der Auswahl und verlassen sich lieber auf ihr übliches Abendprogramm.

Ich bleibe im Türrahmen stehen. »Hast du meine Klamotten gesehen? Die, die ich mir im Sommer neu gekauft habe, mit den Blumen und den bunten Mustern drauf? Sind sie in der Wäsche?«

Sie überlegt einen Moment lang und wirkt dann ehrlich verblüfft. »Ich habe deine Tasche nach deiner Ankunft ausgeleert und die Sachen in die Waschküche gelegt. Aber du hast nie danach gefragt, und diese Klamotten sind so gar nicht du, also habe ich sie vor zwei Wochen mit ein paar von meinen alten Kleidern und Schuhen gespendet. Jemand anders wird sich jetzt darüber freuen können.«

Ich starre sie an. Das ist nicht ihr Ernst, oder? Das kann sie unmöglich so meinen.

»Du … hast meine Sachen weggegeben?«, wiederhole ich.

Vor *zwei Wochen*? Wie kann mir das nicht aufgefallen sein? Und wieso hat sie mir nichts gesagt?

»Ich kann nicht fassen, dass du das getan hast«, stoße ich hervor und klinge dabei so gar nicht wie die alte Hailee. Die brave, fügsame Hailee, die nie widersprochen oder einen Streit angefangen hat. »Warum, Mom? Und warum hast du mich nicht wenigstens vorher gefragt?«

»Aber, Hailee …« Sie klingt so, als wäre ich diejenige, die sich völlig unmöglich benimmt, nicht sie. Als wäre es das Selbstverständlichste der Welt, meine Kleidung für mich auszusortieren und zu entscheiden, was ich behalten darf und was nicht. Als hätte ich nicht den geringsten Grund, mich darüber aufzuregen. Oder verletzt zu sein. Und wütend. Genauso haben sie es auch mit Katies Sachen gemacht. »Diese Klamotten hast du getragen, als du …« Sie bringt die Worte nicht über die Lippen. Nicht einmal jetzt, fünf Wochen später.

»Das gibt dir nicht das Recht, sie einfach hinter meinem Rücken wegzugeben!«

»Spatz …« Dad steht vom Sofa auf. »Jetzt beruhige dich doch. Deine Mutter hat es nur gut gemeint.«

Mom wischt sich über die Augenwinkel. »Diese Kleider sind mit so schrecklichen Erinnerungen an diesen Ort und all das verbunden, da wollte ich nur … Es tut mir leid.«

Atme, Hailee. Atme.

Ein Zittern wandert durch meinen Körper, trotzdem schaffe ich es irgendwie, weiterzuatmen. Vielleicht ist es lächerlich, sich so aufzuregen, schließlich waren es nur Klamotten. Aber es waren *meine* Klamotten. Dinge, die ich mir vom ersten Tag meines Roadtrips an selbst ausgesucht und zusammengestellt habe. Dinge, die zu dieser neuen, mutigen Seite von mir gepasst haben und mit denen ich drei besondere Monate meines Lebens verbinde.

Meine Fingernägel bohren sich in meine Handflächen, während ich in Mom und Dads geschockte Gesichter starre. Ich wünschte, ich könnte ihnen irgendwie deutlich machen, wie wichtig mir diese Kleidungsstücke waren, selbst wenn ich in den letzten Wochen innerlich zu taub war, um mich darum zu scheren. Ich wünschte, ich könnte wüten und toben, damit sie begreifen, was sie da getan haben. Aber ich kann nicht. Nicht, wenn Mom sich entschuldigt und mich so zerknirscht und gleichzeitig so besorgt ansieht, als würde sie damit rechnen, dass ich mir erneut etwas antun will.

Ich hasse es, nachgeben zu müssen, aber ich will mich auch nicht mit ihnen streiten. Dafür fehlt mir die Kraft. Meine Hände sind noch immer zu Fäusten geballt, aber meine Schultern sinken langsam herab.

»Schon gut«, murmle ich und wende mich ab.

»Möchtest du dich nicht zu uns setzen?«, ruft Dad mir nach. »Der Film ist gut.«

Ich schüttle den Kopf. Versuche, mich zu einem Lächeln zu zwingen, und scheitere. »Ich werde noch etwas lesen und dann ins Bett gehen. Gute Nacht.«

»Schlaf gut, Spatz.«

Die Treppe nach oben nehme ich mit deutlich weniger Energie, als vorhin auf dem Weg nach unten. Im Grunde hat Mom recht. Es gibt keinen Grund, mich aufzuregen. Es sind schließlich nur Klamotten, richtig?

Nein. Es sind Erinnerungen. Es ist das, was ich getragen habe, als ich zum ersten Mal in meinem Leben ganz ich selbst war. Mutig. Ohne an die Konsequenzen zu denken. Während des Roadtrips hatte ich so oft Angst, selbst wenn mir nie akute Gefahr drohte. Aber ich hatte Angst davor, überhaupt loszufahren. Menschen anzusprechen. Mich mit Fremden anzufreunden. Mich allein in ein Café oder ein Diner zu setzen. Nachts allein in meinem Auto zu schlafen. Zum Grab meines besten Freundes zu fahren. All das und noch viel mehr hat mir Angst gemacht, aber ich habe es trotzdem durchgezogen. Ich wollte für Katie mutig sein – aber irgendwann auch für mich selbst. Und jetzt sind all diese Erlebnisse nur noch blasse Erinnerungen. Und die die Kleider, die mich mit ihren bunten Mustern und Farben daran erinnert haben, wie und wer ich war, als ich all diese Dinge getan habe, sind unwiederbringlich fort.

Zurück in meinem Zimmer fällt mein Blick auf mein Handgelenk, und ich schlucke. Nicht alles, was mich an diesen Sommer erinnert, ist verschwunden. Mit den Fingerspitzen fahre ich die kleinen schwarzen Vögel auf meiner Haut nach. Die Tätowierung tut überhaupt nicht mehr weh, obwohl es die Hölle war, sie zu bekommen. Damals war es nur eine weitere Mutprobe, aber jetzt? Jetzt ist es ein Beweis für all das, was diesen Sommer passiert ist. Und ich brauche die Klamotten nicht – auch wenn ich sie gerne hätte, um sie auch im nächsten Jahr tragen zu können. Denn ich habe das Tattoo. Und ich habe meine Erinnerungen.

Ich setze mich aufs Bett, aber statt nach dem Buch auf dem Nachttisch zu greifen, schnappe ich mir mein Handy und lese die letzte Nachricht.

Ich komme dich besuchen.

Vier Wörter. Vier kleine Wörter, die mein Herz seit gestern Nachmittag höherschlagen lassen und mich zum Lächeln bringen, wann immer ich daran denke. Ich kann immer noch nicht fassen, dass er wirklich herkommen will. Mom und Dad habe ich nichts davon erzählt, und wenn mir dieses Gespräch eben eines gezeigt hat, dann, dass sie noch immer keine besonders gute Meinung von Fairwood oder seinen Bewohnern haben. Wie würden sie erst reagieren, wenn Chase plötzlich vor der Haustür steht?

Oh nein. Das wird nicht passieren. Ich habe ihm gesagt, dass er Bescheid geben soll, sobald er in der Nähe ist und dann … dann finden wir einen Weg.

Aber Chase hat sich schon seit Stunden nicht mehr gemeldet, und ich habe keine Ahnung, wo er gerade steckt. Es ist kurz vor zehn. Allzu lange werden Mom und Dad nicht mehr wach bleiben. Sie gehen immer spätestens um elf ins Bett. Obwohl beide berufstätig sind – Dad in der Kanzlei und Mom in ihrer Kosmetikfirma –, war in den letzten Wochen immer mindestens einer von ihnen mit mir zu Hause und hat von hier aus gearbeitet.

Sie behaupten, sie wollen Zeit mit mir verbringen, aber ich werde das Gefühl nicht los, dass sie mich einfach nicht aus den Augen lassen wollen. Dass sie mir noch immer nicht vertrauen. Es vielleicht nie wieder tun werden.

Sekunden-, vielleicht auch minutenlang starre ich auf das Smartphone, aber es kommt keine neue Nachricht, bis ich es schließlich seufzend zur Seite lege. Ich schlüpfe aus der Jeans, ignoriere die Tabletten auf dem Nachttisch – ich werde sie nachher nehmen, sobald ich mir ein Glas Wasser geholt habe – und greife nach meinem aktuellen Buch. An manchen Tagen fällt es mir leicht, in anderen Welten zu versinken und den Alltag auszublenden, an anderen, so wie heute, muss ich mich fast dazu zwingen, weil meine Gedanken ganz woanders sind und ich eine Seite lese, ohne zu wissen, was ich da eigentlich gelesen habe. Also fange ich von vorne an. Wieder und wieder, bis mir die Augen vor Müdigkeit zufallen.

Ein Vibrieren weckt mich. Ich zucke zusammen und sitze gleich darauf senkrecht im Bett. Die Nachttischlampe brennt noch, aber es ist ruhig im Haus und draußen vollkommen dunkel. Meine Hand zittert, als ich nach dem Handy greife und die neue Nachricht öffne.

Bin da.

Mein Herz beginnt zu rasen, springt geradezu von null auf hundertachtzig. Ich werfe die Decke beiseite und stehe auf. Von meinem Fenster aus kann ich nichts erkennen, dafür ist es zu finster. Aber Chase ist da. Er hat mir geschrieben, dass er da ist.

Jetzt wünsche ich mir umso mehr, die Kleider dieses Sommers in meinem Schrank zu haben, aber fürs Erste muss ich mich mit langweiligen Shirts, öden Pullis und ein paar weiten T-Shirts und Hoodies zufriedengeben. Frustriert drücke ich die Schranktüren wieder zu – so leise wie möglich, damit Mom und Dad mich nicht hören. Dann fällt mir ein, dass ich vielleicht mal nach der Uhrzeit schauen sollte – und Chase noch immer nicht geantwortet habe.

Oh Gott. Mein Kopf ist ein totales Chaos und in meinem Bauch kribbelt es vor Vorfreude und leichter Panik. Vor dem Spiegel fahre ich mir mit den Fingern durchs Haar und atme tief durch.

»Sei mutig«, sage ich mir selbst. Dann nicke ich mir zu, ziehe mir die schwarze Jeans wieder an, schlüpfe in meine flachen kniehohen Stiefel, schnappe mir eine leichte Jacke und schleiche aus meinem Zimmer.

Mein Herz hämmert wie verrückt, weil ich so etwas zum ersten Mal mache. Sozusagen. Zwei- oder dreimal habe ich Katie dabei geholfen, sich abends rauszuschleichen, wenn sie einen Jungen treffen wollte. Wir sind nie aufgeflogen, aber das ist ewig her, und ich kann nur hoffen und beten, auch diesmal nicht erwischt zu werden. Aber um Chase wiederzusehen, mit ihm zu sprechen und einfach bei ihm zu sein, nehme ich dieses Risiko gerne in Kauf.

Im Haus ist es völlig dunkel, also sind Mom und Dad schon ins Bett gegangen. Nur das schwere Ticken der Uhr unten im Flur ist zu hören. Na ja, und meine Schritte, genauso wie meine unterdrückten Atemzüge. Himmel, ich bin echt mies in so etwas.

Beim Runtergehen meide ich die beiden Stufen, die ganz furchtbar knarren, und schleiche so leise wie möglich durch den Eingangsbereich. Der Hausschlüssel steckt aus Gewohnheit in meiner Jackentasche, also muss ich mir darüber keine Gedanken machen. Kurz überlege ich, meinen Eltern eine Nachricht zu hinterlassen. Aber was sollte ich schon schreiben?

Ich bin für ein paar Stunden mit dem Kerl unterwegs, den ihr in Fairwood getroffen habt. Ihr wisst schon, der mit dem blauen Auge. Aber macht euch keine Sorgen!

Äh, ja, lieber nicht. Irgendwie bezweifle ich, dass sie das beruhigen würde, zumal ich wieder zurück sein werde, lange bevor sie aufwachen. Es gibt also keinen Grund, sie unnötig in Panik zu versetzen.

Lautlos drehe ich den Knauf und öffne die Haustür. Kühle Herbstluft schlägt mir entgegen und hüllt mich eine Sekunde später ein, als ich die Tür mit einem leisen Klicken hinter mir zuziehe. Dann drehe ich mich um.

Und da steht er. Chase lehnt an seinem Wagen, dem silbergrauen Dodge, der mir nur allzu vertraut ist, und sieht mir entgegen. Mittlerweile haben sich meine Augen an die Dunkelheit gewöhnt, außerdem scheint der Mond über uns, und die Beleuchtung im Inneren des Wagens ist eingeschaltet. Bei meinem Anblick wirkt Chase zunächst überrascht, was ich ihm nicht verübeln kann. Nach außen hin habe ich nicht mehr viel mit der Hailee vom Sommer gemeinsam, aber ein Teil von mir ist noch immer sie. Zumindest hoffe ich das.

Sein Blick gleitet kurz an mir hoch und runter, dann breitet sich ein Lächeln auf seinem Gesicht aus. Und zwar genau die Art von Lächeln, die mich vom ersten Moment an für sich eingenommen hat. Die Art, die ihn viel zu attraktiv macht und die zusammen mit dem Grübchen in seiner Wange eine unglaublich unfaire Kombination ist.

»Du bist hier …«, flüstere ich, noch immer zu erstarrt, um mich zu bewegen. Er macht einen Schritt auf mich zu, und das reißt mich aus meiner Starre. Bevor ich überhaupt begreife, was hier passiert, stürme ich auf ihn zu und falle ihm um den Hals. »Du bist wirklich hier.«

Er schlingt die Arme um mich und hält mich so fest, als würde er mich nie wieder loslassen wollen. Und genau das will ich. Ich will, dass er mich nie mehr loslässt, auch wenn wir beide wissen, dass er das früher oder später tun muss. Doch jetzt genieße ich die Wärme, die mich sofort umhüllt, ebenso wie seinen Duft, diese Mischung aus einem sportlich-frischen Duschgel und etwas Würzig-Warmem, das ich bei jedem Einatmen inhaliere. Und für einen winzigen Moment spielen Zeit und Raum keine Rolle mehr, und wir sind wieder zurück in diesem Sommer. Zurück in Fairwood. Vor dem Diner. Am See. Auf dem Musikfestival. In meinem Zimmer. Und es fühlt sich so schmerzlich vertraut an, dass mir die Luft wegbleibt.

Ich habe keine Ahnung, wie lange wir so stehen, bis Chase sich etwas zurücklehnt, mein Gesicht in seine Hände nimmt und mich aus diesen warmen grünbraunen Augen ansieht. »Wie geht's dir?«, fragt er leise, fast ein wenig heiser.

»Jetzt besser.« Vielleicht ist es kitschig, aber es ist die Wahrheit, und ich spreche sie aus, ohne auch nur eine Sekunde darüber nachdenken zu müssen.

Seine Mundwinkel wandern in die Höhe, und für einen Augenblick glaube, nein, hoffe ich, dass er mich küssen wird. Doch dann erinnere ich mich an das, worüber wir vor meiner Abfahrt in meinem Zimmer gesprochen haben, und diese kurze Hoffnung schwindet wieder. Doch das heftige Pochen in meiner Brust bleibt. Selbst dann noch, als Chase mich loslässt und ich einen halben Schritt zurücktrete.

»Leider konnte ich nicht die ganze Truppe mitbringen, also wirst du mit mir vorliebnehmen müssen.« Er zwinkert mir zu. »Aber Lexi und Charlotte lassen dir liebe Grüße ausrichten, genau wie Eric. Und Clay wollte wissen, wann du wieder eine Spritztour auf seinem Bike mit ihm unternimmst. Er meinte, es gäbe da noch einige tolle Orte, die er dir gerne zeigen würde. Aber du sollst ihn nicht zu lange warten lassen.«

Ich kann nicht anders, als zu lächeln, auch wenn es sich bittersüß anfühlt. »Dann machen wir das wohl besser bald«, behaupte ich, auch wenn ich nicht die geringste Ahnung habe, ob es ein Versprechen oder nur Wunschdenken ist. »Danke.«

Er schüttelt den Kopf. »Dafür nicht. Komm mit.«

»Wohin?«

Chase führt mich zur Beifahrerseite, und ich steige ein. Auch hier drinnen fühlt sich alles so unglaublich vertraut an. Der Sicherheitsgurt in meinen Händen. Die Aussicht aus den Fenstern. Sogar der Geruch und mein eigener Anblick im Seitenspiegel.

»Ich habe da noch eine kleine Überraschung für dich«, sagt Chase und startet den Motor.

Ich verziehe das Gesicht. »Du weißt, dass ich …«

»Dass du keine Überraschungen magst, ja.« Er nimmt meine Hand und drückt sie beruhigend, dann biegt er von unserer Einfahrt auf die Straße ab. »Diese wirst du mögen. Vertrau mir.«

Und das tue ich. Ich würde mich nicht mitten in der Nacht aus meinem Elternhaus schleichen und bei Chase mitfahren, wenn ich ihm nicht vertrauen würde.

»Sorry, dass es so spät geworden ist.« Er wirft mir einen kurzen Seitenblick zu. »Die Fahrt hierher war ziemlich lang.«

Ich kann nur den Kopf schütteln. »Du bist verrückt«, murmle ich, da ich ganz genau weiß, wie lange er unterwegs war, nur um jetzt bei mir sein zu können. Ich habe es mir unzählige Male online angeschaut, sobald er verkündet hat, dass er herkommt.

»Stimmt«, gibt er mit einem leisen Lachen zu. »Aber das ist es mir wert.«

Wärme breitet sich in mir aus und steigt von meinem Brustkorb bis in meine Wangen, die mit Sicherheit wieder knallrot anlaufen. Wenigstens ist es hier drinnen dunkel genug, dass er das nicht mitkriegt.

Vielleicht sollte es sich seltsam anfühlen, ihn nach all dieser Zeit wiederzusehen, aber das tut es nicht. Nicht wirklich. Hier zu sein, bei Chase, in seinem Auto, ist, als würden wir den Sommer zurückholen, selbst wenn es draußen kalt und finster ist.

Wir fahren nur ein paar Minuten, dann biegt er auf einen Parkplatz außerhalb von Rondale ein, der zu einer Tankstelle, einem Diner und einem Motel gehört. Bevor ich nachfragen kann, was wir hier machen, steigt er aus, geht um den Wagen herum und öffnet mir die Tür. Er hält mir sogar mit einem Grinsen die Hand zum Aussteigen hin.

Ich blinzle überrascht. Was wird das hier? Zögernd löse ich den Sicherheitsgurt, lege meine Hand in die von Chase und steige aus.

»Ich habe dir doch eine Überraschung versprochen. Und da wären wir.« Mit dem Daumen deutet er hinter sich auf die parkenden Autos und Laster. Nein, das stimmt so nicht ganz. Er deutet auf einen ganz bestimmten Wagen, der nur wenige Meter von uns entfernt steht. Einen alten, etwas rostigen roten Honda. *Meinen* roten Honda. Aber wie …?

»Hey, Hailee.« Shaine Fairfield lehnt mit verschränkten Armen am Heck meines Autos und wirft mir ein etwas zurückhaltendes Lächeln zu.

Ich starre von ihm zum Honda zu Chase und wieder zurück. Nach und nach fügt sich das Bild in meinem Kopf zusammen, auch wenn ich nicht glauben kann, was hier passiert. Was diese beiden Männer für mich getan haben. Chase – ja, in Ordnung. Aber Shaine? Wir hatten kaum miteinander zu tun. Ich weiß so gut wie nichts über ihn und er noch weniger über mich. Trotzdem hat er diese ewig lange Fahrt unternommen und Chase dabei geholfen, mir mein Auto zurückzubringen.

Ich muss nicht darüber nachdenken, was ich als Nächstes tue. Ich lasse Chase' Hand los, gehe auf Shaine zu und umarme ihn. Keine Ahnung, wer von uns überraschter ist – er oder ich. Doch das ist mir egal. Shaine kann manchmal ein Arsch sein, aber er hat mir meinen Wagen zurückgebracht, obwohl er wahrscheinlich nicht mal ansatzweise nachvollziehen kann, wie viel mir das bedeutet.

»Danke«, wispere ich.

»Schon gut.« Etwas ungelenk tätschelt er mir die Schulter, dann erlöse ich ihn von der Umarmung. Sein Blick gleitet über den roten Honda und kehrt gut gelaunt zu mir zurück. »So einen schönen Wagen kann man unmöglich einfach herumstehen lassen. Außerdem brauchst du ihn für deinen nächsten Roadtrip – und wenn du zurück nach Fairwood kommst.«

Ich bin so gerührt, dass ich ihn noch mal umarmen will, aber Shaine ist schneller. Er weicht zur Seite aus und schiebt die Hände in seine Hosentaschen.

»Macht euch eine schöne Zeit.« Er sieht erst mich an, dann nickt er Chase zu. »Ich hau mich für ein paar Stunden aufs Ohr.« Und damit verschwindet er auch schon Richtung Motel.

Einen Moment lang starre ich ihm nach, dann mache ich den letzten Schritt auf mein Auto zu und lege die Arme darum.

Gott, wie habe ich die alte Kiste vermisst! Sie hat mich den ganzen Sommer über begleitet, und auch wenn ich sie dafür hätte treten können, dass sie ausgerechnet in Jespers Heimatstadt den Geist aufgegeben hat, bin ich heute unendlich dankbar dafür. Hätte es keinen Motorschaden gegeben, wäre ich nie in Fairwood geblieben, sondern sofort wieder geflüchtet. Ich hätte Chase nie besser kennengelernt, nie so viel Zeit mit ihm verbracht und mich nicht in ihn verliebt. Ich hätte auch Charlotte, Beth, Lexi, Clayton, Eric und sogar Shaine nie kennengelernt, sondern wäre einfach davongefahren, ohne auch nur zu ahnen, welche Freundschaften und Erlebnisse mir entgehen. Und vielleicht hätte ich meinen Plan am sechsten September tatsächlich durchgezogen, wenn ich diese Menschen nicht getroffen und all das nie erlebt hätte. Wenn sie mir nicht alle auf ihre Weise einen Grund gegeben hätten, am Leben sein zu *wollen*.

Chase tritt neben mich und mustert mich mit einem amüsierten Ausdruck im Gesicht. »Freust du dich?«

»Und wie.« Ich richte mich wieder auf. »Das ist … Ich weiß nicht, was ich sagen soll. Danke, Chase.«

»Gern geschehen.« Er legt den Arm um meine Schultern und zieht mich an sich.

Total freundschaftlich. Das sage ich mir immer wieder, auch wenn mein Herz schneller schlägt und irgendetwas tief in mir vor Freude und Dankbarkeit kurz vorm Platzen steht. Ich kann mich nicht daran erinnern, wann ich mich zuletzt so gefühlt habe. Doch noch während der Gedanke in meinem Kopf auftaucht, weiß ich, dass das nicht stimmt. Denn ich kann mich sehr wohl daran erinnern. Und ich kann es fühlen. Ich kann es endlich wieder fühlen, und selbst wenn dadurch auch der Schmerz und der Verlust zurückkehren werden, bin ich so unheimlich erleichtert, endlich wieder etwas empfinden zu können.

»Ich habe eine Idee«, sage ich plötzlich und sehe zu Chase hoch.

»Ach ja? Und die wäre?«

Diesmal bin ich diejenige, die grinst. »Es ist eine Überraschung. Komm mit.« Ich ziehe ihn zu seinem Dodge zurück und steige ein. Meinen Wagen können wir später abholen. Nach dieser Nacht. Denn die nächsten Stunden gehören ganz allein Chase und mir.

Kapitel 20

Chase

»Da ist es.« Zehn Minuten später deutet Hailee auf ein beleuchtetes Eckhaus.

Wir sind wieder in Rondale, der Stadt, von der ich zum ersten Mal gehört habe, als Hailee mir im Tattoostudio davon erzählt hat. Und deren Namen ich danach eher zufällig auf dem Brief an ihre Eltern gesehen habe. Jetzt bin ich hier und muss sagen, dass sie nicht gerade schön aussieht. Viele graue Bauten, viel Industrie, aber zumindest scheint es einen kleinen Stadtkern zu geben. Und obwohl die Straßen hier ruhig sind und alle Läden bis auf einen Supermarkt und ein einsames 24-Stunden-Diner schon längst geschlossen haben, hat dieser eine noch geöffnet.

»Ice Palace«, lese ich auf dem beleuchteten Schild und werfe Hailee einen amüsierten Seitenblick zu. »Dir ist aber schon klar, dass wir Mitte Oktober haben?«

»Na und? Eis kann man immer essen. Zu jeder Jahreszeit. Es ist praktisch ein Grundnahrungsmittel.«

Grinsend parke ich den Wagen und schalte den Motor aus. »Ist das so?«

Hailee nickt entschlossen. »Oh ja.«

Wir gehen Seite an Seite den Gehweg entlang, und ich lasse ihr den Vortritt in den *Ice Palace*. Die ganze Zeit über muss ich gegen den Impuls ankämpfen, nach ihrer Hand zu greifen.

Um ehrlich zu sein, habe ich keine Ahnung, was das zwischen uns gerade ist, aber ich will die wenige Zeit, die wir haben, nicht ruinieren oder es auch nur für eine Sekunde seltsam werden lassen, weil ich etwas tue, das nicht ganz in das Spektrum *Freundschaft* passt. Zumal ich überhaupt nicht weiß, wie Hailee dazu steht und ob sie schon wieder für ein Mehr bereit ist. Also lasse ich es sein und folge ihr stumm zur Eistheke.

Der Innenraum ist kleiner, als es von außen den Anschein erweckt. Fünf Tische mit Stühlen sind entlang der Fenster aufgestellt, und nur einer davon ist in dieser Donnerstagnacht besetzt. Kein Wunder. Die meisten Leute müssen morgen zur Schule, Arbeit oder in den Hörsaal. Genau wie ich, aber das ignoriere ich ebenso wie das Wissen darum, wie viel Ärger ich mir mit dieser Spontanaktion einhandeln werde. Ärger von meinen Profs und, wenn ich Pech habe, auch von Dad und Onkel Alexander, die bis heute mit einigen meiner Dozenten befreundet sind. Shit, ein paar der Älteren haben die beiden selbst sogar schon unterrichtet, genau wie Josh, meinen Cousin Xander und weitere Familienmitglieder der Whittakers, die an diesem College Architektur studiert haben.

Ich schiebe diesen Gedanken mit einem Kopfschütteln beiseite und konzentriere mich stattdessen auf Hailee. Auf ihre Begeisterung. Auf das Leuchten in ihren Augen, während sie sich ihr Eis aussucht. Gleich darauf hält sie einen Becher mit drei Kugeln Vanille, bunten Streuseln, Schokosoße und Schlagsahne in der Hand und wirkt beinahe so glücklich wie auf dem Musikfestival. Aber nur beinahe. Diesmal entgeht mir die Traurigkeit in ihrem Blick nicht. Die Wehmut darin. Genauso wenig wie die gelegentlichen stillen Momente, in denen Hailee ganz in Gedanken versunken scheint.

Sie wartet auf mich, bis auch ich mein Eis bekomme – eine Mischung aus Schokolade und Erdbeere, natürlich ebenfalls mit Sahne und Streuseln – und für uns beide bezahle. Dann verlassen wir den *Ice Palace* wieder. Ohne uns absprechen zu müssen, setzen wir uns in meinen Wagen, und ich fahre los. Ohne konkretes Ziel. Einfach drauflos. Erst mal raus aus der Stadt und an einen ruhigen Ort, irgendwo, wo wir ganz für uns sein, Eis essen, reden und einfach die Nähe des anderen genießen können. Und genau das will ich. Wir müssen uns ohnehin schon wieder viel zu schnell voneinander verabschieden, da will ich jede Sekunde mit ihr auskosten.

Kurz hinter Rondale führt ein unscheinbarer Weg von der Straße ab. Ich folge dem unbefestigten Pfad eine Weile und parke den Wagen dann am Straßenrand. Rechts von uns erstreckt sich ein Maisfeld, links beginnt ein Wald. Wahrscheinlich wird diese Strecke nur hin und wieder von Traktoren oder anderen landwirtschaftlichen Fahrzeugen genutzt. In den nächsten Stunden kommt hier sicher keiner vorbei.

Sobald der Motor aus ist, senkt sich Stille über uns. Feierlich überreicht mir Hailee mein Eis, das schon etwas angeschmolzen ist, dann tunkt sie den roten Plastiklöffel in ihren eigenen Becher.

»Gott, ist das gut!« Sie seufzt genießerisch und schiebt sich einen weiteren Löffel in den Mund.

Ich werfe ihr einen belustigten Blick zu. »Schade, dass ich beide Hände voll habe, sonst würde ich jetzt ein Foto von dir machen.«

Hailee lächelt, aber es verblasst langsam. »Du hast mich mal gefragt, ob ich die Aussicht fotografieren will.«

Ich brauche einen Moment, um mich daran zu erinnern. Das war ganz am Anfang auf dem Plateau, von dem man das ganze Shenandoah-Tal überblicken kann. Der Ort, den Jesper so geliebt und den Hailee zum Sterben ausgewählt hatte.

Sie stochert in ihrem Becher herum und vermischt Streusel

mit Sahne und Eis. »Es hat einen Grund, warum ich auf diesem Roadtrip kein einziges Foto geschossen habe.«

»Du wolltest keine Erinnerungen schaffen«, antworte ich leise, auch wenn ihre Worte keine Frage waren. Aber plötzlich ergibt auch dieses Detail einen ganz neuen Sinn. Früher dachte ich immer, Hailee wolle einfach nur den Moment genießen und im Hier und Jetzt leben, doch das stimmt nur zum Teil. Sie hatte von Anfang an den Plan, sich umzubringen, also gab es keinen Grund, Erinnerungen an diesen Sommer zu sammeln. Weder als Fotos noch als Reisetagebuch, in Form von Postkarten oder anderen Souvenirs.

Sie nickt leicht und zögert. Als sie sich etwas näher zu mir lehnt, halte ich unbewusst den Atem an. Was hat sie vor?

»Ich glaube …«, beginnt sie nachdenklich und befeuchtet sich die Lippen, was meinen Blick unweigerlich auf ihren Mund lenkt. Verdammt. »Ich glaube, diesmal hätte ich gerne ein Foto. Eine Erinnerung an uns beide und diese verrückte Aktion.«

Sie will ein Foto schießen? Ich weiß nicht, ob ich lachen, erleichtert oder irgendwie enttäuscht sein soll, dass es nur das ist, was sie von mir will. Gleichzeitig kann ich gar nicht anders, als das verflucht niedlich zu finden.

»Na, dann los.« Mit dem Kinn deute ich auf sie und schalte die Innenbeleuchtung an.

Wir blinzeln beide gegen die plötzliche Helligkeit, dann zückt Hailee ihr Handy. Ich beuge mich etwas zu ihr, sie lehnt den Kopf an meine Schulter und macht ein Selfie von uns. Und gleich darauf noch eins, bei dem wir beide eine Grimasse schneiden. Danach ziehe ich mein eigenes Handy aus der Hosentasche, tunke meinen Finger in das Eis und schmiere es einer verdutzten Hailee auf die Nase, bevor ich ein weiteres Bild für meine eigene Sammlung schieße. Daran könnte ich mich gewöhnen. Genauso wie an ihr Lachen, als sie sich das Eis aus dem Gesicht wischt.

»Du Arsch!«

Ich grinse nur. »Wie schon erwähnt: Du kannst dich jederzeit an mir rächen und mit deinem Eis über mich herfallen.«

Statt genau das zu tun, kneift sie die Augen zusammen und schiebt sich eine extragroße Portion in den Mund. Nur um gleich darauf gequält aufzukeuchen. »Hirnfrost«, nuschelt sie.

»Awww …« Mitfühlend verziehe ich das Gesicht und tätschle ihr den Kopf. »Gleich ist es vorbei.«

»Weißt du das aus eigener Erfahrung, von deiner tollen Paramedic-Ausbildung, oder behauptest du das gerade nur?«

Ich kann nicht anders, als aufzulachen. »Eigene Erfahrung. Viel zu viel davon, wenn du mich fragst.«

Ein letztes Mal streiche ich über ihr weiches Haar, dann öffnet Hailee die Augen wieder und atmet erleichtert auf. Der Schmerz scheint abgeebbt zu sein, was das Zeichen für mich ist, meine Hand wieder zurückzuziehen, aber ich … kann nicht. Stattdessen spielen meine Finger mit ihren Strähnen, als hätten sie sich selbstständig gemacht. Und genauso wenig wie ich meine Hand zurückziehen kann, kann ich den Blick von Hailee abwenden. Von ihren großen braunen Augen, den verblassten Sommersprossen auf ihrer Nase, und am allerwenigsten von ihren vollen Lippen. Ich müsste mich nur ein kleines bisschen vorbeugen, um sie zu berühren … zu küssen … zu schmecken. Mit dem Daumen fahre ich ihre Unterlippe nach, ganz langsam nur, ganz sachte.

»Chase …« Hailee atmet zittrig aus. Sie lehnt sich nicht zurück, bringt keinen Abstand zwischen uns, aber sie kommt mir auch nicht entgegen. Und das ist es schließlich, was mich daran erinnert, was sie in Fairwood zu mir gesagt hat.

Ich kann das nicht, Chase. Nicht so.

Und was ich gesagt, was ich vorgeschlagen habe, damit sie trotz allem ein Teil meines Lebens bleibt. Damit ich sie trotz allem nicht endgültig verliere.

Freunde, dann? Wir können immer noch Freunde sein.

Das waren meine verdammten Worte. Mein Vorschlag. Und sie vertraut darauf, dass ich mich daran halte.

Ich bin nicht hier, um sie zu küssen – und womöglich mit ihr zu schlafen –, nur um dann auf Nimmerwiedersehen zu verschwinden. Das wäre eine Arschlochaktion. Und obwohl ich schon so einiges getan habe, auf das ich nicht besonders stolz bin – wie vor Kurzem der Streit mit Josh –, würde ich das Hailee niemals antun.

»Sorry.« Mit einem Räuspern lasse ich die Hand sinken und widme mich wieder meinem Eis, das in dem Becher fast nur noch eine lauwarme Suppe ist.

Hailee antwortet nicht darauf, aber ich kann sie tief durchatmen hören.

Bevor sich eine seltsame oder gar unangenehme Stille zwischen uns ausbreiten kann, deute ich mit dem Löffel durch die Windschutzscheibe nach draußen. »Hier sind fast so viele Sterne zu sehen wie in Fairwood. In Boston sieht man kaum welche.«

»In San Diego auch nicht«, erwidert sie und überrascht mich, indem sie zuerst das Radio aufdreht und dann die Tür öffnet.

»Was hast du vor?«

Sie lächelt nur. »Was wohl?«

Mit hochgezogenen Brauen beobachte ich sie dabei, wie sie aussteigt und sich, den Eisbecher in der Hand balancierend, auf die Motorhaube setzt. Um sich die Sterne anzusehen. Mitten im Oktober. Ich weiß nicht, ob ich fasziniert sein oder einfach nur den Kopf schütteln soll. Letzten Endes entscheide ich mich für Option Nummer drei, taste nach dem Türgriff und steige ebenfalls aus. Aber bevor ich mich zu Hailee setze, gehe ich zum Kofferraum. Darin sind noch immer all die Sachen, die ich den Sommer über regelmäßig gebraucht habe, wenn ich auf Phil aufgepasst habe. Neben einem Werkzeug- und einem Erste-Hilfe-Kasten, einem Ball und einem Abschleppseil, liegt darin auch noch eine Decke. Dieselbe Decke, die ich auch schon bei unserem Date am See dabeihatte. Nur breite ich sie diesmal nicht im Gras aus, sondern lege sie Hailee behutsam um die Schultern.

Sie sieht überrascht auf, dann wandern ihre Mundwinkel nach oben. »Danke.«

Ich nicke nur und setze mich neben sie. Es ist etwas frisch, aber nicht richtig kalt. Mit der Decke sollte Hailee keine Probleme haben.

Wir löffeln unser Eis, beobachten die Sterne und lauschen der Musik, die gedämpft aus dem Autoradio schallt.

»Das ist schön.« Hailee stellt ihren leeren Becher beiseite, leckt sich die Finger ab und lehnt sich mitsamt Decke zurück. »Meinst du, wir haben Glück und sehen noch eine Sternschnuppe?«

»Vielleicht.« Ich stelle Becher und Löffel hinter mich aufs Autodach, dann lege ich mich neben Hailee und winkle die Beine an. »Was würdest du dir wünschen, wenn du eine siehst?«

»So viel …«, flüstert sie, und diese beiden Silben tragen so viel Schmerz und Wehmut in sich, dass mir der Atem stockt. »Ich wünschte, Katie wäre noch hier, genau wie Jesper. Aber …« Sie schluckt, und als ich den Kopf drehe, um sie anzusehen, erkenne ich, dass sie sich auf die Lippen beißt. »Aber dann wäre ich Anfang des Sommers nie in mein Auto gestiegen und einfach losgefahren. Dann wäre ich nie in Fairwood gelandet, und wir würden heute nicht hier sitzen. Und das … das wäre irgendwie auch traurig.« Auf einmal betrachtet sie mich statt des funkelnden Nachthimmels zwischen den Baumkronen. »Aber wie kann ich mir denn *nicht* wünschen, dass meine Schwester noch am Leben wäre?«

Diesmal hält mich nichts davon ab, nach Hailees Hand zu greifen. Ich verschränke unsere Finger miteinander und führe sie an meine Lippen, um einen Kuss auf ihre Knöchel zu setzen. »Du kannst dir alles wünschen, was du möchtest. Das ist das Schöne an Wünschen. Und an Sternschnuppen.«

Sie lächelt, aber ich meine dennoch, Tränen in ihren Augen zu sehen, bevor sie wieder nach oben schaut. So genau ist das hier draußen nicht zu erkennen, obwohl die Innenbeleuchtung des Wagens an ist und der Mond immer wieder zwischen den Wolken auftaucht und alles in ein silberweißes Licht taucht. Ich drücke ihre Hand, sage aber kein Wort. Stattdessen blicken wir zusammen zum sternenübersäten Himmel hoch.

»Chase?« Hailee setzt sich abrupt auf. »Weißt du, was ich noch unbedingt tun wollte?«

Ich schließe die Augen und schnaube leise. »Gott sei Dank hast du keinen Kaffee dabei …«

»Nicht das!« Sie verpasst mir einen kleinen Schubs und rutscht von der Motorhaube. »Ich rede vom Tanzen. Wir haben nie richtig miteinander getanzt, und ich liebe dieses Lied.« Mit ausgestreckter Hand deutet sie auf das Auto. Ohne dass es mir aufgefallen ist, hat ein schnelleres, fröhlicheres Lied begonnen und hallt jetzt aus den Boxen.

»Lass mich raten«, necke ich sie und stehe ebenfalls auf. »Das ist ein neues Lied von Waiting for Juliet?«

»Gott, das wäre *so toll*! Das Konzert war unglaublich!« Hailees Augen funkeln bei der Erinnerung fröhlich. »Aber nein. Das ist *Stay In The Dark* von The Band Perry, und ich habe diesen Song schon ewig nicht mehr gehört.« Sie hält mir die Hände hin. »Tanz mit mir?«

Wie könnte ich da Nein sagen? Wie könnte ich jemals Nein zu ihr sagen, wenn ich diese Begeisterung in ihrem Gesicht sehen und die Freude in ihrer Stimme hören kann? Wenn sie vor Aufregung beinahe vor mir auf und ab hüpft und damit trotz der Blässe und dem ungewohnten Kleidungsstil wieder so sehr wie die Hailee wirkt, die ich in Fairwood kennengelernt habe?

»Mylady.« Ich deute eine Verbeugung an, was sie zum Lachen bringt, dann nehme ich ihre rechte Hand in meine und führe sie als Allererstes in eine Drehung. Dieses Lied ist nicht für langsames Tanzen gemacht, und unsere Bewegungen sind dementsprechend unkoordiniert. Aber das ist völlig in Ordnung. Hailees Freude und ihr strahlendes Lächeln sind mehr als genug.

Wir bewegen uns zur Musik, hüpfen herum, und ich drehe sie noch ein paarmal, ehe sie wieder sicher in meinen Armen landet. Und für diese wenigen Minuten scheint es beinahe so, als wären die letzten Wochen nie passiert. Als wären wir noch immer irgendwo in Fairwood und würden den Sommer unseres Lebens genießen. Dank des ganzen Herumspringens ist keinem von uns kalt, und als ich Hailee an mich ziehe, glüht sie regelrecht. Das Lied endet, und ein neues beginnt, diesmal ruhiger, und es passt deutlich besser zu einem langsamen Tanz am Rande einer unbefestigten Straße. Für eine winzige Sekunde zögern wir beide, aber ich halte sie fest, ziehe die Mundwinkel hoch und nach einem Moment beginnen wir uns zum neuen Lied zu bewegen.

Hätte mir vorher jemand gesagt, dass dieser Tag mit einem Tanz am Rande eines Waldes irgendwo in Minnesota enden würde, hätte ich ihn oder sie wahrscheinlich ausgelacht. Doch jetzt kann ich mir nichts Besseres vorstellen. Wie auch, wenn ich Hailee berühren darf und ihren weichen Körper wieder an meinem spüren kann?

Sie schlingt die Arme um mich und lehnt den Kopf an meine Brust. Wahrscheinlich kann sie meinen schnellen Herzschlag ebenso spüren wie ich ihren, wenn sie mir so nahe ist wie jetzt. Ich habe keine Ahnung, ob wir überhaupt noch richtig tanzen, oder uns einfach nur ein bisschen hin und her wiegen und so tun, als ob. Weil keiner von uns aufhören will.

Seufzend ziehe ich sie noch etwas näher und streiche über ihren Rücken. Sie ist dünner geworden, das ist mir schon bei unserer ersten Umarmung aufgefallen. Und sie sieht anders aus als früher. Ernster irgendwie und ohne die fröhlichen Klamotten, durch die sie mir überhaupt erst in der Bar aufgefallen ist. Aber sie ist immer noch Hailee. Sie ist immer noch die Frau, in die ich mich Hals über Kopf verliebt habe und die ich einfach nicht vergessen kann, ganz egal, wie viele Meilen uns trennen.

»Am liebsten würde ich dich mit nach Boston nehmen«, gebe ich leise zu.

»Ans College?« Das Lächeln ist deutlich aus ihrer Stimme herauszuhören. »Und was soll ich da tun?«

Genau das ist das Problem. Es scheint keinen Ort mehr zu geben, an dem wir beide sein können. Zumindest nicht auf Dauer. Hailee hat keinen Grund, nach Boston zu kommen – eine Stadt, die nicht gerade für ihre günstigen Mieten bekannt ist. Geschweige denn nach Fairwood, wo ich auch nur ab und zu an den Wochenenden und in den Semesterferien bin. Und Rondale in Minnesota ist so verflucht weit entfernt, auch wenn ich es kein bisschen bereue, den ganzen Weg auf mich genommen zu haben. Die Fahrt hierher war brutal. Selbst mit nur wenigen kurzen Pausen und einem Zwischenstopp, um ein paar Stunden zu schlafen, haben Shaine und ich über dreißig Stunden gebraucht. Es grenzt an ein Wunder und ist jeder Menge

Kaffee und Energydrinks zu verdanken, dass ich nicht todmüde bin. Oder vielleicht liegt es einfach daran, dass ich keine Sekunde mit Hailee verschwenden will. Nicht einmal mit Schlaf.

»Habt ihr eigentlich … Pläne geschmiedet? Du und deine Eltern?«, frage ich vorsichtig, da ich nicht sicher bin, ob ich die Antwort darauf wirklich wissen will. Denn es könnte sein, dass sie mir nicht gefällt – dass Hailee zurück nach San Diego geht, um ihr Studium fortzuführen, dass sie noch eine ganze Weile zu Hause bleibt oder ihre Familie sie wegschicken will. Irgendwohin, wo man ihr besser helfen kann und wo ich sie nicht einfach so mitten in der Nacht besuchen kann.

»Nein«, gesteht sie nach einer Weile leise. »Es ist … Ich versuche gerade, einen Tag nach dem anderen zu bewältigen. An die Zukunft kann ich noch nicht denken. Bis vor Kurzem war ich mir ja noch sicher, überhaupt keine zu haben.«

Ich hatte recht. Ihre Antwort gefällt mir nicht. Sie ist wie ein Schlag in die Magengrube, und doch kann ich nicht böse oder enttäuscht darüber sein. Das Wichtigste ist, dass es Hailee Stück für Stück besser geht, dass sie ihren Lebenswillen wiederfindet und irgendwie lernt, mit dem, was geschehen ist, zurechtzukommen. Alles andere steht an zweiter Stelle. Selbst wenn das bedeutet, dass sie und ich keine Zukunft haben. Noch nicht. Aber vielleicht irgendwann. Irgendwie. Irgendwo.

Und genau mit diesen Gedanken im Hinterkopf verbringe ich die restliche Zeit mit ihr. Wir tanzen. Wir reden. Wir lachen. Alles ganz unschuldig und freundschaftlich, obwohl mein Blick viel zu lange an ihr hängen bleibt und auch zufällige Berührungen viel zu lange andauern, um wirklich noch als freundschaftlich durchzugehen. Mittlerweile habe ich jedes Zeitgefühl verloren und nicht die geringste Ahnung, wie spät es ist, aber irgendwann beginnen die ersten Vögel zu zwitschern, also kann der Sonnenaufgang nicht mehr allzu fern sein. Was bedeutet, dass ich Hailee zurück nach Hause bringen muss. Dass wir uns voneinander verabschieden müssen. Wieder mal.

Ich lehne an der Motorhaube, mit Hailee in meinen Armen. Ihre Atmung ist ruhig, beinahe so, als wäre sie eingeschlafen, aber wenn ich ihr so wie jetzt über den Rücken streichle, erschauert sie leicht. Sie ist genauso wach wie ich.

»Es wird bald hell«, sage ich leise, auch wenn ich diese Tatsache am liebsten nicht laut aussprechen würde. Als könnten wir das Ende der Nacht hinauszögern, indem wir den nahenden Tag einfach ignorieren.

Hailee gibt einen undefinierbaren Laut von sich, der mir nur zu vertraut ist, und gräbt die Finger in mein Shirt, um mich festzuhalten. Die Geste entlockt mir ein Lächeln, da sie mich allem Anschein nach genauso wenig loslassen möchte wie ich sie.

»Ich will nicht zurück …«, wispere ich an ihrem Ohr und bin ihr dabei so nahe, dass ich ihren warmen Atem an meinem Hals spüren kann.

Ganz langsam lehnt sie sich zurück und sucht meinen Blick. Der Mond ist weitergewandert, und es ist schwer, etwas Genaues zu erkennen, aber so dicht, wie sie vor mir steht, kann ich jede Nuance ihres Gesichts deutlich sehen. Und mir wird schlagartig bewusst, wie nahe wir uns auf einmal sind.

»Dann geh nicht«, haucht sie.

Kapitel 21

Hailee

»Geh nicht«, wiederhole ich mit klopfendem Herzen.

Bleib noch etwas länger hier. Ein paar Sekunden. Minuten. Stunden. Ich nehme alles, was er mir geben kann. Alles an Zeit, was wir stehlen können, indem wir beide aus diesem neuen Alltag ausbrechen, in den wir früher oder später zurückkehren müssen.

Seit Chase hier ist, fühle ich mich, als könnte ich wieder freier atmen. Er lenkt mich ab, bringt mich aber auch dazu, mich an die positiven Dinge zu erinnern. An die schönen Momente mit Katie. Mit Jesper. Und mit ihm. Vor allem mit ihm. Dass er jetzt bei mir ist, ist etwas, womit ich nicht gerechnet habe. Nicht so. Schon gar nicht so bald. Und nun, da Chase hier ist, will ich ihn nicht wieder gehen lassen. Es ist mir egal, wie spät oder früh am Morgen es schon ist. Mom und Dad stehen nicht vor sechs Uhr dreißig auf. Uns bleibt noch Zeit. Nur noch ein kleines bisschen Zeit, um sie miteinander zu verbringen.

Wir müssen nicht mal reden. Ich bin vollauf damit zufrieden, mich einfach nur an ihn zu schmiegen und seinem Herzschlag ebenso zu lauschen wie der Musik aus dem Radio. Oder so von ihm angesehen zu werden wie in diesem Moment. Wie unzählige Male zuvor und dennoch nicht oft genug legt Chase eine Hand an meine Wange und hebt mein Kinn ganz leicht an. Und plötzlich pocht mein Herz nicht mehr nur, sondern hämmert wie verrückt.

»Bleib.« Obwohl meine Stimme nur ein Flüstern ist, weiß ich, dass er mich hört.

Seine Augen weiten sich vor Überraschung. Er erinnert sich. Er erinnert sich genau wie ich an jene Nacht, als dieses eine Wort alles zwischen uns verändert hat. So wie es auch jetzt alles verändern könnte. Mir ist egal, dass wir beschlossen haben, Freunde zu bleiben, oder dass ich darauf bestanden habe, weil ich davon überzeugt war, dass es uns beiden die Trennung leichter machen würde. Ich will nicht *leicht*. Ich will diesen Mann mit allen Konsequenzen, die es nach sich zieht. Selbst wenn es wehtun wird – und das wird es, wenn wir ein weiteres Mal Lebewohl sagen müssen. Aber das ist das Letzte, woran ich jetzt denken will.

Also stelle ich mich ein kleines bisschen auf die Zehenspitzen und komme ihm entgegen. Ohne meinen Blick loszulassen, lehnt sich Chase etwas zu mir hinunter, bis uns nur noch wenige Millimeter voneinander trennen. Bis ich seinen Atem auf meinen Lippen spüren kann und sein Duft mich genauso einhüllt wie die Wärme, die von ihm ausgeht. Bis ich mich völlig in ihm und in diesem Moment verliere.

Vielleicht sind wir Freunde. Vielleicht sind wir mehr. Hier und jetzt spielt nichts davon noch eine Rolle. Nichts von dem, was passiert ist, und nichts von dem, was noch geschehen wird. Und mit diesen Gedanken, mit diesem Wissen nehme ich ein weiteres Mal all meinen Mut zusammen, schließe die Augen und küsse ihn.

Es beginnt als zartes Streichen von Lippen auf Lippen, als zögerliches Ertasten, wird jedoch schnell zu mehr. Chase schiebt die Finger in mein Haar, hält meinen Kopf fest und beginnt den Kuss zu erwidern. Hitzeschauer schießen durch mich hindurch, und ich grabe die Finger fester in den Stoff seines T-Shirts, weil ich das Gefühl habe, dass meine Knie gleich nachgeben werden. Chase zu küssen ist gleichermaßen vertraut wie neu. Ich weiß, wie sich sein Mund auf meinem anfühlt, genauso wie seine Haut unter meinen Fingerspitzen. Aber nichts davon, nicht dieses Wissen, nicht die letzten Wochen, nicht die ganzen Nachrichten, die wir ausgetauscht haben, hat mich auf diese Sehnsucht vorbereitet. Darauf, dass ein einzelner Kuss nicht ausreichen wird. Nicht jetzt. Womöglich niemals.

Ohne Vorwarnung unterbricht Chase den Kuss und hebt den Kopf. Sein Atem geht schneller, genau wie meiner. Seine Augen sind dunkel, überrascht – und voller Verlangen.

Diesmal gibt es kein Zögern, kein Herantasten. Als er seinen Mund auf meinen presst, öffne ich die Lippen unter seinen und stöhne auf, sobald sich unsere Zungen zum ersten Mal nach so langer Zeit wieder berühren. Jetzt bin ich ganz sicher, dass meine Knie jede Sekunde einknicken werden, und froh darum, dass Chase mich an sich drückt und aufrecht hält.

Ein kühler Wind kommt auf, streift uns, streicht über mein erhitztes Gesicht, aber ich nehme ihn nur am Rande wahr. Ich bin zu sehr gefangen in diesem Kuss, in diesen Berührungen und in dem Gefühl seines harten Körpers an meinem. Ganz langsam streicht Chase mit beiden Händen unter meiner Jacke, aber noch über dem Shirt an meinen Seiten hinauf, hält knapp unterhalb meiner Brüste inne und wandert auf meinen Rücken, nur um dort genauso quälend langsam wieder hinunterzufahren. Mir stockt der Atem, und ich erschauere in seinen Armen.

Als Chase sich das nächste Mal von mir löst, bleibt mir gerade genug Zeit, um nach Luft zu schnappen, ehe er die Lippen auf meinen Hals presst. Seine Bartstoppeln kratzen etwas über meine Haut, und er findet die Stellen, an denen ich besonders empfindlich reagiere, so schnell, als hätte er sie keine Sekunde lang vergessen. Ich keuche auf. Gott, mir war gar nicht klar, wie sehr ich das hier, wie sehr ich *ihn* und diese Nähe zu ihm vermisst habe. Und obwohl mir all das, obwohl mir jeder Kuss und jede Berührung so vertraut ist, kommt es mir nicht wie ein Schritt zurück, nicht wie eine bloße Erinnerung an diesen Sommer oder wie eine Wiederholung dessen vor. Nein, das hier fühlt sich neu und einzigartig an. In Gedanken bin ich nicht in Fairwood, nicht in meiner Heimat und auch nicht in San Diego, Boston oder in irgendeiner anderen Stadt, sondern genau hier. Am Rande dieses Weges mitten im Nirgendwo. Zusammen mit Chase. Und es gibt keinen Ort, an dem ich jetzt lieber wäre.

Ich streiche über seine Schultern und seinen Rücken, spüre das Muskelspiel unter meinen Fingern und stelle mich noch weiter auf die Zehenspitzen, um Chase entgegenzukommen. Mir war gar nicht klar, was ich vorhabe, bis ich sein T-Shirt mit einer Hand ein Stück hochschiebe und nackte Haut ertaste.

»Hailee …« Seine Stimme klingt rau. Fast schon gequält. Und warnend. Er hebt den Kopf und sucht meinen Blick.

Keiner von uns weicht auch nur einen Zentimeter zurück. Wir sind einander noch immer so nahe, dass sich unsere schnellen Atemzüge vermischen und ich das gleichmäßige Pochen unter meinen Fingern spüren kann. Sein Herz hämmert genauso schnell wie mein eigenes.

Ich könnte es nicht ertragen, wenn er uns jetzt stoppt. Wenn er in sein Auto steigt, mich zu Hause absetzt und zurück nach Boston fährt. Aber noch weniger könnte ich es ertragen, wenn er geht, ohne ihn noch ein weiteres Mal berührt, ohne ihn noch ein weiteres Mal geküsst und alles von ihm gespürt zu haben.

Doch Chase stoppt mich nicht.

»Bist du sicher, dass es das ist, was du willst?«, raunt er. Seine

Finger streicheln meine Taille, allerdings noch immer oberhalb des Stoffes. Er lässt mich keine Sekunde lang aus den Augen, und ich kann deutlich an meinem Bauch spüren, dass ihn das hier, dass ihn diese Situation alles andere als kaltlässt. Aber er zögert dennoch.

Mein Hals ist so trocken, dass ich schlucken muss. Auf keinen Fall bringe ich jetzt auch nur ein einziges Wort heraus, also nicke ich nur. Mein Puls rast schon jetzt, obwohl kaum etwas zwischen uns passiert ist. Nur ein Kuss. Oder auch zwei. Nichts, das wir nicht als Ausrutscher abtun könnten, um genauso weiterzumachen wie zuvor. Als Freunde. Aber das will, nein, das *kann* ich nicht mehr. Selbst wenn diese Nacht alles zwischen uns nur noch komplizierter macht. Selbst wenn die Sehnsucht und das Vermissen unerträglich werden. In diesem Moment ist mir alles egal.

Chase sieht mir noch ein, zwei Sekunden lang prüfend ins Gesicht und dreht uns anschließend langsam herum. Seine Hände packen meine Taille fester, dann hebt er mich hoch und setzt mich auf die Motorhaube.

Ein heißes Kribbeln breitet sich in meinem Bauch aus, und die Gedanken in meinem Kopf beginnen Achterbahn zu fahren. Ich habe es noch nie in oder auf einem Auto getan ... Und ist es nicht zu kalt für Sex im Freien? Auch wenn ich die kühle Nachtluft kaum noch wahrnehme ... Doch dann drückt Chase seinen Mund wieder auf meinen und bringt jeden einzelnen Gedanken zum Verstummen.

Wie selbstverständlich schlinge ich die Beine um seine Hüften und schiebe die Hände nun ganz bewusst unter sein Shirt. Er keucht an meinen Lippen, unterbricht den Kuss jedoch nicht. Unter meinen Fingern breitet sich eine Gänsehaut aus. Ich weiß nicht, was es in mir auslöst, diese Wirkung auf ihn zu haben. Ich weiß nur, dass ich mehr davon will. Und dass ich ihn mehr vermisst habe, als mir überhaupt klar war. Mehr, als ich jemals zugeben würde.

Seine Hände wandern über meinen Körper, erkunden jede Stelle, streicheln mich über und unter dem Oberteil, und als er die Finger in die hinteren Taschen meiner Jeans schiebt und mich noch etwas näher an sich zieht, stöhne ich unvermittelt auf. Es ist nicht genug. Das hier, so gut es sich auch anfühlen mag und so süchtig es mich macht, ist nicht genug. Das kann es gar nicht sein. Nicht mit ihm. Nicht mit Chase.

Er küsst sich an meinem Hals hinauf. Sein warmer Atem kitzelt mich ebenso wie seine Bartstoppeln, und ich muss mir fest auf die Unterlippe beißen, um nicht noch mal aufzustöhnen.

»Du zitterst«, raunt Chase in mein Ohr, nur um gleich darauf einen Kuss darunterzusetzen.

Ein heißer Schauer wandert durch meinen Körper, und ich schnappe nach Luft.

»Nicht, weil mir kalt ist«, gebe ich heiser zurück.

Chase lächelt nur und drückt seine Lippen ein weiteres Mal auf die sensible Stelle unter meinem Ohr. »Schade«, murmelt er. »Sonst hätte ich jetzt irgendeinen Spruch darüber bringen können, dich aufzuwärmen.«

Wahrscheinlich ist es der unpassendste Moment aller Zeiten, aber ich lache auf. Chase hebt den Kopf und betrachtet mich amüsiert. Und es tut so verdammt gut. Hier mit ihm zu sein. Ihn zu küssen. Zu berühren. Zusammen mit ihm zu lachen. All das sind Dinge, von denen ich mir sicher war, sie nie wieder zu erleben. Nicht vor diesem verhängnisvollen Freitagmorgen, aber auch nicht danach. Was sie jetzt umso kostbarer für mich macht. Ganz egal, wie es mit uns weitergeht. Ganz egal, was als Nächstes kommt. Diese Nacht, diese Stunden mit Chase, werde ich niemals vergessen.

»Du kannst mich trotzdem aufwärmen«, wispere ich, obwohl ich schon jetzt merke, wie ich bei diesen Worten knallrot anlaufe. Schön zu wissen, dass sich manches wohl nie ändert.

Chase grinst. Zuerst glaube ich, dass er mich wieder küssen wird, doch dann presst er seinen Mund auf meinen Hals und Hitze breitet sich in mir aus. Ich kann nichts tun, kann mich nur an ihm festhalten, während er sich an meinem Hals, entlangküsst, nur um sich dann ein kleines Stück aufzurichten und nach dem Saum meines Shirts zu greifen. Aber Chase zieht es mir nicht einfach aus, sondern schiebt mich etwas zurück, bis ich mich auf die Ellbogen zurücklehne, dann setzt er einen Kuss auf meinen Bauch. Ich erschauere. Weitere Küssen folgen. Immer mehr, je höher er mein Oberteil schiebt. Als er zwischen meinen Brüsten angelangt ist, ist es definitiv nicht die kühle Nachtluft, die mich von Kopf bis Fuß erzittern lässt.

Mit einem Funkeln in den Augen tritt Chase einen halben Schritt zurück und greift nach meiner Hand. Er hilft mir von der Motorhaube und führt mich um den Wagen herum. Mir ist etwas schwindelig, und aus irgendeinem Grund muss ich schon wieder lachen. Wir schaffen es gerade mal bis zur Tür, ehe ich die Finger in seinem Shirt vergrabe, die andere Hand in seinen Nacken lege und ihn erneut küsse.

Irgendwie ertastet Chase den Türgriff hinter mir, und als wir uns diesmal schwer atmend voneinander lösen, öffnet er die Tür und wirft die Decke hinein, die ich schon völlig vergessen hatte. Kurz taucht der Gedanke in meinem Kopf auf, wie verrückt das hier eigentlich ist. Wir befinden uns nicht allzu weit von einer richtigen Straße entfernt, und selbst auf diesem Feldweg könnte irgendjemand vorbeikommen. Aber es ist kurz vor Morgengrauen. Wir sind allein. Und ich will das hier. Außerdem ist es ja nicht so, als hätten wir allzu viele Optionen.

Mein Zimmer daheim, während meine Eltern schlafen? Ich schnaube innerlich. Sicher nicht. Mom und Dad würden ausrasten. Außerdem könnte ich mich nicht entspannen, in dem Wissen, dass meine Eltern ein Stockwerk unter uns sind. *Brr.* Nein. Auf keinen Fall. Und das Motel, in dem Shaine übernachtet? Viel zu weit weg. Ich bezweifle, dass sich auch nur einer von uns lange genug gedulden könnte, bis wir zurückgefahren sind. Und wenn sie dann noch nicht mal ein freies Zimmer hätten …

Chase streichelt über meine Wange und lenkt meine abschweifenden Gedanken zurück in die Gegenwart. Wir stehen noch immer neben dem Wagen, und er beobachtet mich aufmerksam. Abwartend. Hätte ich noch irgendwelche Zweifel an dem, was hier passiert, hätten sich diese spätestens jetzt aufgelöst. Chase drängt mich nicht. Das hat er noch nie getan. Und das Wissen, dass die Entscheidung darüber, wie diese Nacht weitergeht, ganz allein bei mir liegt, bewirkt etwas tief in mir. Ändert etwas. Ich kann es nicht benennen, kann es nicht mal richtig erfassen, aber es ist wichtig. Kostbar. Genau wie dieser Moment zwischen uns.

Ich halte seinen Blick fest, als ich ins Auto steige, und rutsche auf der Rückbank durch, um ihm Platz zu machen. Sekunden später ist Chase bei mir und zieht die Tür leise hinter sich zu. Und plötzlich ist das hier so viel intimer geworden als eben noch auf der Motorhaube.

Ohne darüber nachdenken zu müssen, fasse ich an mein Shirt und ziehe es mir über den Kopf. Das Oberteil landet irgendwo auf den vorderen Sitzen. Darunter trage ich nur einen schlichten weißen BH. Und obwohl mir nicht kalt ist, zittere ich wieder.

Chase betrachtet mich einen Moment lang, dann deutet er mir an, zu ihm zu kommen. In Filmen sieht das wesentlich eleganter aus, aber irgendwie kriege ich es hin, auf seinen Schoß zu klettern, ohne mir irgendwo den Kopf, Ellbogen oder das Knie anzustoßen. Eine Meisterleistung. Als ich es endlich geschafft habe, grinst Chase. Ich lege die Arme um seinen Hals und presse mein Becken provozierend gegen seines – und schon verschwindet das freche Grinsen. Dafür schnappt er nach Luft und flucht unterdrückt.

Und ich? Ich lächle breit, weil ich diese Wirkung auf ihn habe. Weil ich sie *noch immer* habe, obwohl wir uns wochenlang nicht gesehen haben. Bevor er etwas dazu sagen oder auch nur darauf reagieren kann, fahre ich mit den Händen an seinen Seiten hinab, bekomme den Saum seines Shirts zu fassen und schiebe es hoch. Stück für Stück, bis Chase gar keine andere Wahl bleibt, als es sich auszuziehen und von sich zu werfen. Es trifft das Fenster, dann fällt es in den Fußraum zwischen Vorder- und Rücksitz hinter mir. Eine Sekunde später zieht Chase mich wieder an sich – und ich kann nicht mehr denken, kann keinen einzigen klaren Gedanken mehr fassen – aber das ist in Ordnung. Ich will gar nicht mehr denken, sondern nur noch fühlen. Will mich in diesen verrückten Wirbel aus Empfindungen stürzen, den er mit jeder Berührung, jedem Kuss und jedem Atemzug in mir auslöst.

Einen Moment lang halte ich seinen Blick fest, versinke in diesem vertrauten Grünbraun, dann richte ich mich etwas auf. Chase scheint protestieren zu wollen, aber ich lege ihm den Zeigefinger auf die Lippen und bringe ihn so zum Schweigen. Etwas verändert sich in seinem Blick, wird dunkler und verlangender, obwohl das überhaupt nicht möglich sein sollte. Im nächsten Moment umfängt Hitze meine Fingerspitze, und als ich plötzlich nicht nur Chase' Lippen, sondern auch seine Zunge an meinem Zeigefinger spüre, könnte ich schwören, dass ein Stromschlag durch meinen Körper jagt.

Überrascht schnappe ich nach Luft und vergesse kurzzeitig sogar, was ich gerade tun wollte – nämlich mir den BH ausziehen. Aber Chase ist so verflucht ablenkend. Seine Hände packen meinen Hintern und pressen mich an sich. Gleich darauf liegt sein Mund wieder auf meinem, und ich kann gar nicht anders, als aufzustöhnen. Aber hier drinnen geht das in Ordnung. Niemand kann mich hören. Und Chase macht es mir leicht, mich voll und ganz fallen zu lassen, denn ich weiß, dass er mich auffangen wird. Ganz egal, was passiert. Ganz egal, wie tief ich am Boden bin. Seit wir uns kennen, war Chase immer für mich da. Und er ist es auch jetzt, als ich die Initiative ergreife und seine Finger zum Verschluss meines BHs führe.

Ich meine, ihn an meinen Lippen lächeln zu fühlen. Gleich darauf hakt er den Verschluss auf. Er sieht mir in die Augen, während er erst den einen, dann den anderen dünnen Träger über meine Schulter schiebt. Den letzten Schritt überlässt er mir. Und obwohl mein Herzschlag sich gerade verdoppelt, ziehe ich den BH ohne das geringste Zögern aus und lasse ihn hinter mich fallen.

Erst jetzt löst Chase diesen brennenden Blick von meinem Gesicht und betrachtet mich. Und es ist, als würde er mich zum allerersten Mal sehen.

»Gott, Hailee …«, keucht er und umfasst meine Hüften eine Spur fester. »Du … das ist …«

Lächelnd beuge ich mich vor und hauche ihm einen Kuss auf den Mund. Nur ganz kurz. Nur, um uns beide noch ein bisschen mehr in den Wahnsinn zu treiben. Vielleicht ist es seltsam, aber die Tatsache, dass ihn das alles ebenso mitnimmt und er kaum einen klaren Satz hervorbringt, hilft mir dabei, auch das letzte bisschen Unsicherheit hinter mir zu lassen. Jetzt gibt es nur noch ihn und mich und all die Gefühle, die wir ineinander auslösen können. Nichts anderes zählt mehr.

Schwer atmend unterbreche ich den Kuss, rutsche von seinem Schoß und lehne mich auf der Rückbank zurück. Chase versteht sofort. Und obwohl seine Hände zittern, lässt er sich Zeit damit, mir erst den einen, dann den anderen Stiefel auszuziehen. Diese Geste erinnert mich so sehr an unsere erste gemeinsame Nacht, dass ich unwillkürlich die Luft anhalte. Denn damals waren wir andere Menschen, und ich hätte nie gedacht, etwas wie jene Nacht noch mal zu erleben. *Mit ihm* zu erleben. Völlig egal, wie es am Morgen mit uns weitergeht, diese Nacht, diese Momente mit Chase bedeuten mir alles.

Als Nächstes folgt meine Jeans. Das Surren des Reißverschlusses ist erstaunlich laut hier drinnen, und vermischt sich lediglich mit unseren unregelmäßigen Atemzügen. Genau wie das Rascheln von Stoff, als Chase mir die Jeans zusammen mit den Socken abstreift. Und dann ist mein Slip an der Reihe. Chase hält meinen Blick fest, als er die Finger unter das Bündchen schiebt und den Stoff langsam an meinen Beinen hinabgleiten lässt. Mein Herz hämmert wie verrückt, als auch er sich auszieht und ich mich wieder auf seinen Schoß setze.

»Ich schwöre, ich hab das hier nicht geplant«, murmelt er und fummelt ein einzelnes Kondom aus seinem Geldbeutel. Dann sieht er mich wieder direkt an. Fragend. Zögernd. »Ich bin nicht bloß deshalb hergekommen. Das weißt du, oder?«

»Ich weiß. Und ich will das«, hauche ich dicht vor seinen Lippen und nehme ihm das Plastikpäckchen ab, um es zu öffnen. »Ich will dich.«

Wie um diese Aussage zu bestätigen, richte ich mich auf den Knien auf. Chase streift sich das Kondom über und hilft etwas nach, dann lasse ich mich ganz langsam auf ihn sinken. Keiner von uns sagt ein Wort, aber Chase hält meinen Blick die ganze Zeit über fest und atmet erst dann erstickt aus, als ich ganz still auf ihm verharre und mich wieder an das Gefühl gewöhne, mich daran erinnere, wie es ist, ihn in mir zu spüren.

Seine Hand liegt an meiner Wange, sein Daumen fährt meine Unterlippe nach, ganz sanft nur, obwohl es ihn alles an Selbstbeherrschung kosten muss, sich nicht zu bewegen. Schnell beuge ich mich vor und drücke meine Lippen auf seine. Und mit diesem Kuss beginne ich mich auf ihm zu bewegen. Langsam zunächst, austestend, auskostend, während seine Hände über meine Seiten und meinen Rücken wandern, meine Brüste umschließen und mich gleich darauf an der Taille festhalten.

Unmittelbar danach presst Chase seinen Mund auf meinen Hals, findet jede empfindsame Stelle und lässt mich nicht nur seine Zunge, sondern auch seine Zähne spüren. Heiße Schauer wandern durch meinen Körper, während Chase meinen Bewegungen entgegenkommt und diese eine ganz bestimmte Stelle an meinem Hals verwöhnt. Ich schließe die Augen und vergesse alles um mich herum, weil nur noch das hier wichtig ist. Nur noch diese Nähe, die Hitze, die Reibung zwischen unseren Körpern.

Viel zu schnell nähere ich mich dem Höhepunkt, den ich so sehr herbeisehne, gleichzeitig aber auch hinauszögern möchte, damit es nicht zu Ende ist. Nicht jetzt. Nicht so schnell.

»Chase …«, keuche ich, unfähig, in Worte zu fassen, was gerade in mir vorgeht.

Aber er scheint es auch so zu begreifen oder zumindest zu erahnen, denn er schlingt einen Arm fest um mich und bringt mich auf diese Weise dazu innezuhalten. Mein Puls rast. Alles in mir zieht sich erwartungsvoll zusammen. Aber nichts passiert. Er hält mich einfach nur fest und zögert das Ende hinaus. Vielleicht, weil er genauso wenig will, dass es vorbei ist, wie ich.

Er schiebt die Finger in mein Haar und zieht mich näher,

bis sich unsere Lippen ein weiteres Mal berühren. Dieser Kuss ist zärtlich, auch wenn er nicht über das aufgestaute Verlangen hinwegtäuschen kann. Und als Chase an meiner Unterlippe knabbert, stöhne ich unvermittelt auf und bohre die Fingernägel in seinen Bizeps.

Ich löse mich nur so weit von ihm, um ihm in die Augen sehen zu können. Schweißtropfen glitzern auf seiner Stirn. Sein Atem ist mindestens so keuchend wie meiner. Er hält mich noch immer fest und beginnt sich langsam unter mir zu bewegen, allerdings sind seine Stöße nicht schnell, sondern haben einen langsamen, fast schon quälenden Rhythmus.

Ich stütze mich auf seinen Schultern auf und komme seinen Bewegungen entgegen, weil es sich von Sekunde zu Sekunde besser anfühlt, was wir hier tun. Chase' Hände wandern von meinem Rücken zu meinen Hüften, zu meinen Brüsten, und dann schiebt er seine Finger zwischen uns, genau dorthin, wo ich ihn gerade am allermeisten spüren muss. Meine Muskeln spannen sich an, mein Herzschlag beschleunigt sich und …

»Oh Gott …« Ich keuche, stöhne, winde mich in Chase' Armen und presse mich gleichzeitig an ihn, als ich nicht nur zum Höhepunkt komme, sondern geradezu davon mitgerissen werde.

Nur am Rande registriere ich, wie wir die Position ändern. Gleich darauf sitze ich nicht mehr auf Chase' Schoß, sondern liege auf der Rückbank, während sich Chase über mir aufrichtet. Er bewegt sich noch zwei-, dreimal in mir, schneller, härter als zuvor, dann kommt auch er mit einem tiefen Stöhnen.

Hitze. Mein ganzer Körper glüht geradezu, meine Haut prickelt, und tief in mir hat sich ein Kribbeln ausgebreitet, das einfach nicht aufhören will. Aber das ist es nicht, was mich zum Lächeln bringt, sondern Chase. Ihn so zu sehen. Ihn so nahe bei mir zu spüren, auch wenn er sich kurz von mir löst. Ich bleibe mit geschlossenen Augen liegen und kuschle mich an ihn. Ich merke noch, wie er die Decke über uns ausbreitet, dann schlafe ich in seinen Armen ein.

Kapitel 22

Hailee

Jemand hupt. Ich zucke vor Schreck zusammen und setze mich so abrupt auf, dass ich mit dem Kopf gegen das Autodach knalle. *Aua.*

»Shit.« Chase bewegt sich neben mir. Und während ich gar nicht weiß, was hier los ist, streift er sich bereits sein Shirt über den Kopf. Falsch herum, aber das scheint ihn nicht weiter zu stören.

Erst jetzt wird mir bewusst, wie hell es ist. Die Sonne scheint, und der Himmel ist nur noch in der Ferne ein klein wenig goldrot verfärbt. Es ist Morgen geworden. Und das Hupen muss von dem Traktor stammen, der soeben auf dem Feldweg an uns vorbeigetuckert ist.

Oh. Mein. Gott.

Reflexartig ziehe ich die Decke höher, obwohl der Fremde im Traktor unmöglich etwas gesehen haben kann. Außerdem biegt er bereits nach links ab und verschwindet hinter den Bäumen. Chase und ich sind wieder allein. Am frühen Morgen. Am *hellen* frühen Morgen. Und plötzlich wird mir eiskalt. Verdammt, was haben wir getan? Wie spät ist es? Wie lange haben wir geschlafen? Sind Mom und Dad schon wach?

Hektisch suche ich nach meinen Klamotten und versuche sie anzuziehen, was in der Enge des Wagens gar nicht so einfach ist. Irgendwie war das Ausziehen leichter …

»Hailee.«

Shit, shit, shit. Ich verheddere mich in meinem Oberteil und fluche nicht mehr bloß innerlich. Aber auf einmal sind da zwei warme Hände, die den Stoff etwas drehen, damit er richtig sitzt, und mir dabei helfen, das richtige Ende für meinen Kopf zu finden.

»Hey …« Chase streicht mir kurz über die Wange. Jetzt bei Tageslicht bemerke ich die Schatten unter seinen Augen nur zu deutlich. »Tut mir leid. Ich hätte nicht einschlafen dürfen.«

Er entschuldigt sich? Noch während er die Worte sagt, schüttle ich den Kopf.

»Nicht deine Schuld«, bringe ich hervor. »Aber ich muss jetzt wirklich nach Hause.« Ich versuche nicht allzu panisch zu klingen, aber das scheint mir nicht besonders gut zu gelingen.

Chase nickt knapp und öffnet die Tür. Ich steige nach ihm aus, und es ist, als würde ich plötzlich einen Kühlraum betreten. Obwohl die Sonne scheint, ist es verflucht kalt. Außerdem liegt Nebel über den Feldern, also muss es noch ziemlich früh sein. Oder nicht? Vielleicht schaffe ich es doch noch rechtzeitig nach Hause, bevor meine Eltern wach werden und mein Fehlen bemerken.

Die Fahrt hierher war von Gesprächen und Gelächter begleitet, und von dem Eis, das wir uns kurz davor gekauft hatten. Jetzt herrscht angespanntes Schweigen, und vom Eis sind nur noch zwei leere Plastikbecher samt Löffeln übrig geblieben. Ich versuche mein Handy einzuschalten, aber es reagiert nicht. Wahrscheinlich ist der Akku leer. Kein Wunder, denn normalerweise lade ich es nachts auf, statt mich aus dem Haus zu schleichen und auf einsamen Feldwegen Sex im Auto zu haben.

Gott, ist das wirklich passiert? Bei der Erinnerung daran wird mir ganz warm, und Hitze schießt in meine Wangen.

Wahrscheinlich werde ich gerade knallrot. Verdammt. Vorsichtig schiele ich zu Chase hinüber, der sich jedoch ganz auf die Straße und darauf konzentriert, uns so schnell wie möglich zurückzubringen. Er wirkt müde. Wahrscheinlich sehe ich nicht viel besser aus. Mit zittrigen Fingern fahre ich mir durch das Haar und versuche, es unauffällig in Ordnung zu bringen.

Ich habe keine Ahnung, was diese Nacht für uns bedeutet. Nein, das stimmt so nicht ganz. Es ist ziemlich offensichtlich, dass da weit mehr als Freundschaft zwischen uns ist. Aber wie es jetzt weitergeht? Ob wir darüber reden oder es totschweigen? Ich weiß es nicht. Ich weiß ja nicht mal, ob ich es rechtzeitig zurück nach Hause schaffe.

Mein Blick fällt auf das Armaturenbrett, und ich atme zischend ein. *Shit.* Es ist sieben Uhr vierundvierzig. Sieben. Uhr. Vier. Und. Vierzig. Was bedeutet, dass Mom und Dad schon längst aufgestanden sind. Wahrscheinlich frühstücken sie bereits, und ich … ich liege nicht in meinem Bett und schlafe, wie eine brave Tochter es tun sollte, sondern fahre durch die Gegend. Oh Gott, sie werden ausflippen. Sie werden …

Chase wirft mir einen besorgten Blick zu. »Atme, Hailee. Wir sind gleich da.«

Auf dem Weg nach Hause liegt der Parkplatz, wo mein Honda noch immer auf mich wartet. Und vielleicht ist es dumm, und höchstwahrscheinlich spiele ich gerade mit meinem Leben – oder mit lebenslangem Hausarrest –, aber ich kann und will den Wagen nicht zurücklassen. Nicht noch einmal. Ich will ihn mitnehmen. Jetzt. Irgendeine Erklärung muss ich mir sowieso für Mom und Dad ausdenken, wenn der Honda plötzlich wieder in der Einfahrt steht, ganz egal, ob ich ihn jetzt selbst heimfahre oder Chase und Shaine ihn später vorbeibringen, nachdem Chase mich vor meinem Elternhaus abgesetzt hat.

»Fahr zum Parkplatz«, bitte ich ihn.

Er wirkt überrascht, nickt dann jedoch und richtet seine Aufmerksamkeit wieder auf die Straße. »Klar.«

Eine Minute später biegt er auf den Parkplatz zwischen Motel, Diner und Tankstelle ab. Als ich zwischen all den geparkten Autos und Lastern meinen roten Honda entdecke, weiß ich, dass es die richtige Entscheidung war hierherzukommen. In diesem Wagen stecken nicht nur all die Erinnerungen, die ich mit Katie gemacht habe, sondern auch die an Fairwood. Ohne die störrische Kiste wäre ich nie in dieser Kleinstadt gestrandet, hätte nie Chase, Lexi und alle anderen kennengelernt, und nie den schönsten Sommer verbracht. Er hat mich bis zum Schluss begleitet. Und jetzt, da ich ihn wiederhabe, begreife ich nicht, wie ich ihn überhaupt in Fairwood zurücklassen konnte.

Zu meiner Überraschung wartet Shaine bereits auf uns. Er lehnt am Honda, einen Pappbecher in der Hand – und fängt an zu lachen, als wir aussteigen.

»Guuuten Morgen«, begrüßt er uns viel zu gut gelaunt, sieht kurz auf seinen Kaffee und hält ihn dann Chase hin. »Hier – du siehst so aus, als könntest du den dringender brauchen als ich.«

»Shaine …«, knurrt Chase warnend, nimmt den Becher aber entgegen und trinkt einen Schluck. Im selben Moment verzieht er das Gesicht. »Shit, der ist ja fast kalt!«

Shaine grinst. »Sorry, Kumpel. Ich konnte ja nicht wissen, dass ihr erst so spät hier aufkreuzt. Wobei mich das eigentlich nicht wundert.«

Oh Gott. Mein Gesicht wird ganz heiß. Sieht man uns wirklich an, wie wir die letzte Nacht verbracht haben? Oder ist Shaine einfach nur ein Arsch und stellt seine ganz eigenen Vermutungen an?

Ich deute auf meinen Wagen. »Ich muss zurück. Meine Eltern sind schon wach.«

Chase nickt. »Wir begleiten dich.«

»Du musst mich nicht nach Hause bringen«, beharre ich. »Ich kann selber fahren.«

Aber er schüttelt bereits den Kopf. »Ich weiß. Du fährst den Honda, Shaine und ich nehmen meinen Wagen. Nur bis zu eurer Straße, danach fahren wir direkt weiter.« Er legt die Hände an mein Gesicht, und für einen Moment hört mein Herz auf zu schlagen – und ich auf zu atmen. »Lass mich das für dich tun, okay?«

Etwas Warmes breitet sich in mir aus, doch am stärksten ist es in meiner Brust. Genau dort, wo mein Herz seine Funktion wieder aufnimmt und viel zu schnell pocht.

Einen Moment lang sehe ich Chase nur an. Er muss todmüde sein.

Obwohl wir in seinem Wagen eingenickt sind, haben wir nicht wirklich viel geschlafen. Ich spüre die Müdigkeit in jedem Knochen, und auch Chase sieht aus, als bräuchte er dringend noch ein paar Stunden Schlaf. Der einzige Grund, weshalb ich jetzt nachgebe, ist, dass Shaine bei ihm ist. Shaine, der deutlich erholter aussieht als wir beide zusammen und inzwischen an der Fahrertür von Chase' Dodge wartet. Außerdem drängt die Zeit.

Ich stoße die angehaltene Luft aus. »Na gut.«

Ein Lächeln umspielt seine Mundwinkel – und da ist es wieder, dieses Grübchen, das ich selbst unter seinen Bartstoppeln deutlich ausmachen kann.

Ich seufze, so verflucht machtlos gegen die Wirkung, die dieser Mann auf mich hat, und lege die Arme um ihn. Eine letzte Umarmung. Ein letzter Moment, bevor uns wieder unzählige Meilen trennen. Ich hasse es, mich von ihm verabschieden zu müssen, ihm schon wieder Lebewohl sagen zu müssen. Vor allem in solcher Eile. Gleichzeitig könnte ich nicht glücklicher darüber sein, dass er diesen langen Weg auf sich genommen hat, nur um mich zu sehen. Wir hatten ein paar Stunden. Eine einzige Nacht. Definitiv nicht genug. Aber vielleicht wird es das niemals sein.

Obwohl es mir unendlich schwerfällt, löse ich mich jetzt hastig von ihm und lächle, auch wenn mir überhaupt nicht danach zumute ist. »Mach's gut.«

Er hält meine Hand noch einen Moment fest, genau wie meinen Blick. »Bis zum nächsten Mal.«

Und so einfach, mit vier kleinen Worten, schenkt er mir Hoffnung. Auf ein Wiedersehen. Auf … irgendetwas zwischen uns. Ich nicke nur, denn jetzt ist wirklich nicht die Zeit, um darüber zu reden oder auch nur darüber nachzudenken. Die Uhr tickt. Und mit jeder Minute steigt die Gefahr, dass meine Eltern herausfinden, dass ich letzte Nacht nicht zu Hause war. Im besten Fall kann ich mich an ihnen vorbei in mein Zimmer schleichen. Sie sind es gewohnt, dass ich keine Frühaufsteherin bin, also könnte es funktionieren. Vielleicht. Unter Umständen. Mit jeder Menge Glück.

Dennoch klammere ich mich an diese Hoffnung, genauso wie an die Vorstellung, Chase tatsächlich bald wiederzusehen, und steige in meinen Honda – zum ersten Mal seit jenem Morgen, an dem ich zur Aussichtsplattform über dem Shenandoah-Tal gefahren bin. Meine Finger zittern. Leichte Panik beginnt sich in mir auszubreiten. Ich atme tief durch, inhaliere den vertrauten Geruch im Wagen – von Leder, etwas Blumigem und sogar jetzt noch von Chips, obwohl keine offenen Packungen mehr herumliegen –, dann stecke ich den Schlüssel ins Zündloch und starte den Motor.

Geschafft. Wenig später drücke ich die Haustür ganz leise hinter mir zu und bleibe einen Moment stehen, um zu lauschen. Alles ist still. Keine Stimmen aus der Küche, keine Schritte, kein Geschirrgeklapper, kein Summen der Kaffeemaschine. Es riecht noch nicht mal nach Kaffee. Schlafen Mom und Dad an diesem Freitagmorgen ausnahmsweise länger? Kann ich wirklich so viel Glück haben?

Als sich noch immer nichts rührt, schleiche ich die Treppe hinauf und meide auch diesmal die beiden knarzenden Stufen. Ich halte sogar die Luft an, bis ich oben bin, nur um dann erleichtert auszuatmen. Gott, ich hätte nie gedacht, dass es funktioniert. Dass ich es wirklich ungesehen zurück ins Haus schaffe. Andererseits hat Katie das früher auch hingekriegt, fällt mir ein, während ich ganz leise den Flur hinunter zu meinem Zimmer gehe. Allerdings ist sie nie so spät zurückgekommen, sondern immer mitten in der Nacht. Mom und Dad haben nie etwas gemerkt. Sie wissen bis heute nicht, wie oft Katie sich heimlich rausgeschlichen hat. Und sie werden auch nie erfahren, dass ich es getan habe.

Vorsichtig drücke ich die Tür zu meinem Zimmer auf, nur so weit, um hineinschlüpfen zu können, bevor sie quietscht.

»Wo warst du?«

Ich erstarre. Haben meine Wangen bis eben noch gebrannt und mein Magen vor Erleichterung geflattert, wird mir jetzt schlagartig eiskalt. Mein Herz beginnt zu trommeln, aber nicht auf die gute Weise wie letzte Nacht, sondern in einem schnellen, beängstigenden Rhythmus.

Ganz langsam drehe ich mich um – und finde mich Mom und Dad gegenüber. Sie stehen in meinem Zimmer, beide in Schlafsachen, unfrisiert und mit weit aufgerissenen Augen. Mom hat vom Weinen ganz rote Augen. In der Hand hält sie unser Festnetztelefon – als wäre sie gerade dabei, jemanden anzurufen. Shit. Warum musste mein Handyakku letzte Nacht auch unbedingt den Geist aufgeben?

Dad hat die Arme tröstend um sie gelegt, lässt sie nun aber los und richtet sich zu seiner vollen Größe auf. »*Wo warst du, Hailee?*«

Mein Puls rast. Meine Hände sind feucht, und mein Kopf ist leer. Ich habe keine Ahnung, was ich sagen soll. Die Wahrheit? Dass ich die Nacht mit Chase in seinem Wagen verbracht habe? Wohl kaum. Aber ich kann sie auch nicht anlügen. Nicht nach allem, was passiert ist. Nicht nach allem, was ich ihnen angetan habe. Und jetzt allem Anschein nach wieder antue.

Sie sehen beide völlig fertig aus. Als wären sie heute Morgen direkt in mein Zimmer gekommen, hätten mein Fehlen entdeckt und sich die schlimmsten Horrorszenarien ausgemalt.

»Rede mit uns, Hailee!« Moms Stimme überschlägt sich, klingt fast schon schrill. Sie umklammert das Telefon so fest, als würde ihr Leben davon abhängen. Oder ihre ganze Selbstbeherrschung. »Wir waren kurz davor, die Polizei zu rufen! Wo bist du gewesen? Dein Zimmer ist leer, all deine Sachen liegen hier, aber du bist nirgendwo zu finden und reagierst auf keinen unserer Anrufe. Wir … wir dachten …« Sie presst sich die Hand auf den Mund und dreht sich schluchzend zu meinem Vater, der sie erneut fest in die Arme schließt.

»Es geht mir gut, Mom. Es ist nichts passiert.« Die Worte sprudeln aus mir hervor, weil ich das Gefühl habe, sie sagen zu müssen. Weil ich meine Eltern besänftigen muss. Weil ich den Schmerz und die Enttäuschung in ihren Gesichtern nicht ertragen kann. Nicht noch mal.

Beruhigend reibt Dad ihr über den Rücken, aber sein Blick liegt weiterhin auf mir. Er sagt kein Wort, aber das muss er auch nicht.

»Ich … ich war nur …« Gott, ich kann es ihnen nicht sagen.

Oder …? Würde es diese ganze Situation besser oder nur noch schlimmer machen?

»Die Wahrheit, Hailee!«

Ich bohre die Fingernägel in meine Handflächen. Sekundenlang starre ich auf meine Stiefel hinab, zwinge mich dann jedoch dazu, den Kopf zu heben und meinen Eltern ins Gesicht zu sehen.

»Ich hatte Besuch von … von Freunden aus Fairwood. Sie haben mir den Honda zurückgebracht.«

»Um diese Uhrzeit?«

Ich zucke zusammen. »N-nein. Schon früher. Wir … wir sind bloß … ein bisschen … rumgefahren.«

»Schon früher? Also mitten in der Nacht?«

Ich beiße mir auf die Unterlippe und verfluche mich für meine eigene Unfähigkeit, Lügen zu erzählen. Kein Wunder, dass ich das früher immer Katie überlassen habe. Auch jetzt genügt ein einziger Blick von Mom und Dad, um mich einknicken zu lassen. »Ja …?«

»Und du dachtest, es wäre das Beste, einfach in ein fremdes Auto zu steigen und mit diesen Leuten wegzufahren? Ohne uns Bescheid zu geben? Oder uns wenigstens eine Nachricht zu hinterlassen?«

»Es sind meine Freunde, keine Fremden.« Ich senke den Blick wieder zu Boden. »Außerdem wollte ich noch vor dem Morgengrauen zurück sein«, füge ich hinzu, doch das scheint genau das Falsche zu sein.

»Also wolltest du dich nicht bloß nachts heimlich rausschleichen, sondern uns auch noch belügen?«, schlussfolgert Dad scharf.

Ich hasse es, dass ich zusammenzucke, aber ich tue es. Noch mehr hasse ich den Tonfall, den er anschlägt. Normalerweise ist der nur für seine Verhöre vor Gericht reserviert, nicht für mich. Nicht für seine inzwischen einzige Tochter. Katie hat er hin und wieder in genau diesem Tonfall ausgeschimpft, wenn sie Mist gebaut hat, aber nicht mich. Niemals mich.

Mom atmet tief durch und legt das Telefon auf meinen Schreibtisch, direkt neben den Laptop, den ich schon seit Tagen nicht mehr aufgeklappt habe. »Wie konntest du nur denken, dass wir uns keine Sorgen machen würden? Nach allem, was ... was ...?«

Weil ihr es niemals hättet erfahren sollen, darum. Und weil ihr euch den ganzen Sommer über auch keine Sorgen um mich gemacht habt.

Die Antwort ist glasklar in meinem Kopf, doch diesmal halte ich den Mund. Allerdings scheint auch das nicht die gewünschte Reaktion zu sein.

Mom breitet die Arme aus. »Was ist nur los mit dir? Du schleichst dich mitten in der Nacht raus? Triffst dich mit irgendwelchen Leuten? Mit einem Mann? Und wag nicht eine Sekunde lang, es zu leugnen. Ich bin nicht blind, Hailee. Ich sehe, was du da am Hals hast.«

Oh verdammt.

Eben war mir noch eiskalt, jetzt schießt Hitze in meine Wangen. In letzter Sekunde unterdrücke ich den Impuls, mir an die Stelle am Hals zu fassen, an der Chase offenbar einen Knutschfleck hinterlassen hat. *Großartig. Einfach toll.*

»Und als wäre das nicht schon schlimm genug«, fährt Mom fort und hält plötzlich einen Tablettenbehälter in der Hand. Einen Behälter, der mir ziemlich bekannt vorvorkommt und den ich zuletzt auf meinem Nachttisch gesehen habe, als ich meine Medikamente nehmen sollte – und es vergessen habe, weil ich so aufgeregt war wegen Chase' Besuch. »Was ist das hier, junge Dame? Denkst du etwa, wir merken es nicht, wenn du aufhörst, deine Medikamente zu schlucken?«

Ich weiß nicht, was ich darauf antworten soll. Ich bin vollkommen erstarrt. Zum ersten Mal begreife ich, wie sich ein Reh im Scheinwerferlicht fühlen muss. Oder ein Kaninchen vor einer Schlange. Denn genauso fühle ich mich jetzt. Völlig unfähig dazu, irgendetwas zu sagen oder zu tun. Ich blinzle nicht. Ich glaube, ich atme nicht mal mehr.

Doch meine Mutter ist noch nicht fertig. Oh nein. Sie hat gerade erst angefangen. »Denkst du etwa, diese Medikamente und deine Therapie wären nur ein Spiel? Etwas, das man halbherzig nebenher macht? Hast du eine Ahnung, wie gefährlich und verantwortungslos es ist, die Tabletten einfach so abzusetzen? Wir machen uns Sorgen um dich und tun alles, um dir zu helfen, damit es dir besser geht, und du ... du hintergehst uns, gefährdest deine eigene Gesundheit und schleichst dich nachts aus dem Haus, um dich mit diesem ... diesem Chase aus Fairwood zu treffen. Was fällt dir ...?« Sie wendet sich ab. Holt mehrmals tief Luft. Und obwohl sie eine kurze Pause einlegt, komme ich nicht mal dazu, ihr zu erklären, dass ich einfach nur *vergessen* habe, sie zu nehmen. Als Mom mich wieder ansieht, scheint sie sich besser unter Kontrolle zu haben. Doch die nächsten Worte sind nicht weniger schmerzhaft. »Ich erkenne dich gar nicht wieder. Das ... das ist nicht mehr unsere Tochter. Wir haben dich besser erzogen. Das bist doch nicht du, Hailee!«

Ich bin kurz davor, einfach zu lachen, weil diese ganze Diskussion so absurd ist. Ich hintergehe sie? Das bin nicht ich? Ist das ihr verdammter Ernst?

»Ach nein?«, feuere ich zurück. Ich kann mich noch immer nicht von der Stelle rühren, aber wenigstens funktioniert mein Mundwerk wieder einwandfrei. »Und wer bin ich deiner Meinung nach, hm? Das Mädchen, das sich irgendwo verkriecht, weil es nicht genug Mut aufbringt, um sein Leben so zu leben, wie es könnte? Das schön brav in seinem Zimmer bleibt und bloß niemanden beunruhigen will, um keinen Streit zu provozieren? Das in diesen langweiligen, farblosen Sachen herumläuft, um auch ja nicht unangenehm aufzufallen?« Ich zupfe an dem schlichten dunkelblauen Langarmshirt, das ich schon in dem Moment nicht mehr sehen konnte, in dem ich es angezogen habe. Genau wie all die anderen Sachen in meinem Kleiderschrank. Die Sachen, die der *alten Hailee* gehört haben. »Oder ist euch der von Medikamenten betäubte Zombie lieber, der in den letzten Wochen durch das Haus geschlichen ist und zu allem Ja und Amen gesagt hat, weil ihm einfach alles *egal* war? Weil ich innerlich total taub war? Welche Hailee ist euch denn lieber?«

»Das reicht!« Dads Stimme peitscht durch mein Zimmer, und ich könnte schwören, dass sogar die Bücher im Regal wackeln.

Diesmal zucke ich nicht zusammen. Oh nein. Denn in diesem Moment wird mir klar, dass ich nichts zu verlieren habe. Meine Schwester und mein bester Freund sind tot. Der Mann, der mir mehr als alles andere bedeutet und mit dem ich die Nacht verbracht habe, ist vor wenigen Minuten weggefahren, und ich habe keine Ahnung, wie es mit uns weitergeht oder wann wir uns wiedersehen werden. Ich habe keine abgeschlossene College-Ausbildung, kein Geld, keine Zukunft. Und meine eigenen Eltern behandeln mich wie eine Kriminelle. Oder wie ein Kleinkind. Sie sind wie Fremde für mich. Nein, ich habe absolut nichts mehr zu verlieren.

»Es ist dieser Junge …« Meine Mutter schüttelt den Kopf. »Bevor du an diesem furchtbaren Ort gelandet bist und diesen Chase getroffen hast, hast du dich nie so verhalten wie jetzt. Früher hättest du dich nie einfach so rausgeschlichen und wärst mit irgendeinem Kerl weggefahren.«

»Das ist nicht dein Ernst …«, stoße ich hervor und bin für den Moment tatsächlich völlig sprachlos.

»Und wie das mein Ernst ist! Du warst immer so ein ruhiges, nettes Mädchen. Erst seit … seit du diesen Roadtrip gemacht und in diesem … diesem Fairwood gelandet bist, ausgerechnet in der Stadt deines toten Freundes, und dich dann auch noch auf diesen Kerl eingelassen hast, hast du dich so verändert. Ich erkenne dich kaum wieder, Hailee.«

»Tu das nicht …«, bitte ich, aber sie hören mich nicht. Vielleicht wollen sie mich auch gar nicht hören.

»Deine Mutter hat recht.« Dad stellt sich neben sie und reibt ihr wieder sanft über den Rücken. »Früher warst du anders. Wir hätten dir nie erlauben dürfen, diese Reise anzutreten.«

»Wie bitte? Es mir *erlauben*?«, wiederhole ich fassungslos. Denn das kann nur ein Witz sein. Sie machen Witze, oder? Ihnen muss doch klar sein, wie lächerlich diese Aussage ist. »Ich bin keine dreizehn mehr, falls ihr das vergessen habt, sondern einundzwanzig Jahre alt. Ihr könnt mir gar nichts erlauben oder verbieten. Nicht diesen Roadtrip und auch nicht, mich mitten in der Nacht mit einem Freund zu treffen, wenn ich das verflucht noch mal möchte!«

»Nicht in diesem Tonfall, Hailee.«

»Warum nicht, Dad? Oder halt, warte. Lass mich raten. Daran sind auch Chase und Fairwood schuld, nicht wahr? Genauso wie daran, dass ich mich umbringen wollte. Das ist es doch, was ihr damit sagen wollt! Ihr sucht nach jemandem, dem ihr die verdammte Schuld zuschieben könnt, weil ihr euch nicht mit den wahren Gründen auseinandersetzen wollt!«

»Hailee …« Von einer Sekunde auf die andere wechselt Moms Tonfall von anklagend und aufgebracht zu sanft und besorgt. Sie kommt mit ausgestreckten Armen auf mich zu. »Beruhige dich, Liebes. Das meinst du doch nicht so.«

»Nein.« Ich weiche vor ihr zurück und umklammere den Autoschlüssel so fest, dass er sich in meine Handfläche bohrt. »Ich will mich nicht beruhigen. Und ich will mich auch nicht wieder von diesen Pillen benebeln lassen, nur weil das einfacher für euch ist.«

Dad wirkt ehrlich betroffen. »Das ist nicht fair …«

Vielleicht nicht. Aber ich kann nicht aufhören. Es ist, als hätte jemand einen Schalter in mir umgelegt oder eine Kiste geöffnet, die viel zu lange fest verschlossen war, und jetzt sprudelt alles aus mir heraus. Jede Emotion. Jeder Gedanke. Ganz egal, wie hässlich sie auch sein mögen.

»Wisst ihr was? Ich sage euch, was nicht fair ist. Es ist nicht fair, dass mein bester Freund an einer schrecklichen Krankheit gestorben ist. Es ist nicht fair, dass ich Katie nie mehr wiedersehen werde und nicht mal die Chance hatte, Jesper je persönlich zu treffen. Und was macht ihr? Ihr habt mich nach Katies Tod einfach allein gelassen. Ihr wart hier, aber ihr hättet genauso gut am anderen Ende der Welt sein können, weil ihr mich nicht mal wahrgenommen habt. Ihr habt das ja vielleicht verdrängt, weil euch das besser in den Kram passt, aber ihr habt kaum reagiert, als ich euch von der geplanten Reise erzählt habe. Es war euch egal. *Ich* war euch egal. Ihr wollt euch einreden, Chase und meine Zeit in Fairwood hätten mich dazu gebracht, mich umbringen zu wollen? Aber wisst ihr, was in Wahrheit dafür gesorgt hat? Was mich an diesem Morgen wirklich dazu getrieben hat? *Ihr* wart das. Und wenn ihr meinen Brief richtig gelesen hättet, dann wüsstet ihr all das! Dann wüsstet ihr, wie weh ihr mir getan und dass ihr mir das Gefühl gegeben habt, dass es für alle besser wäre, wenn ich auch fort wäre. Dass es für alle besser wäre, wenn ich zusammen mit Katie gestorben wäre!«

Schweigen. Geschockte Gesichter. Mom und Dad starren

mich an, als würden sie mich nicht kennen. Als hätte ich ihre Worte mit meinem Ausbruch bloß noch bestätigt. Und vielleicht habe ich das tatsächlich. Denn ich bin nicht mehr die alte Hailee. Ich habe keine Ahnung, wer ich nach den letzten Wochen und Monaten bin, aber definitiv nicht mehr das Mädchen, das sie mal gekannt haben.

Tränen laufen über Moms Gesicht. »Das ist doch nicht wahr, Schatz …« Ihre Stimme ist leise, ratlos.

»Wirklich nicht?« Ich verziehe die Lippen zu einem ironischen Lächeln, obwohl meine Augen brennen und der ganze Schmerz wieder da ist.

»Du bist uns nicht egal, Hailee.« Mom macht einige Schritte auf mich zu. Sie zögert nicht, als sie mir die Hände auf die Schultern legt. »Das warst du nie und wirst du nie sein. Du bist doch unsere Tochter.«

Ach, jetzt auf einmal bin ich wieder eure Tochter?

Ich brauche einen Moment, um zu realisieren, dass nicht bloß ihre Augen in Tränen schwimmen, sondern auch meine. Die nächsten Worte sind nur ein raues Flüstern, aber ich muss sie aussprechen. Wenn ich es jetzt nicht tue, werde ich es nie tun. »Warum habt ihr mich dann alleingelassen? Ich hätte euch so sehr gebraucht, aber ihr habt es nicht gesehen. Ihr habt *mich* einfach nicht mehr gesehen. Es war euch egal, ob ich da bin oder nicht.«

»Oh, Hailee …« Sie versucht mich zu umarmen, aber ich weiche kopfschüttelnd vor ihr zurück, bis ich gegen die Zimmertür stoße.

Dad reibt sich seufzend über die Stirn. »Wir versuchen doch nur zu tun, was am besten für dich ist. Für uns alle.«

Ich schnaube. »Und woher wollt ihr wissen, was das Beste ist? Was gibt euch das Recht, darüber zu entscheiden, was gut für mich ist und was nicht? Wie könnt ihr über meine Reise, meine Zeit in Fairwood und meine Freunde dort urteilen? Ihr kennt sie doch gar nicht – und ihr kennt *mich* nicht mehr. Mom hat es selbst gesagt.«

»Hailee …«

Ich schüttle den Kopf. *Nein.* Ich will nichts mehr hören. Ich kann nicht. Bis eben hat mich Adrenalin aufrecht gehalten, zusammen mit dem Schock, meinen Eltern direkt in die Arme gelaufen zu sein, sowie die Wut und die Enttäuschung über ihre Vorwürfe. Doch jetzt macht sich die ganze Erschöpfung in mir bemerkbar. Ich habe letzte Nacht kaum geschlafen, und dieses Gespräch, dieser Streit macht mich einfach nur fertig.

»Ich will nicht mehr darüber reden«, gebe ich zu. »Ich will … Ich will einfach nur in mein Bett und schlafen. Bitte.«

Ich deute auf die Tür und mache einen Schritt zur Seite. Mom und Dad zögern, scheinen noch etwas sagen zu wollen, doch da kommt nichts mehr. Nacheinander verlassen sie mein Zimmer, und ich drücke die Tür hinter ihnen zu, obwohl ich sie am liebsten zuschlagen würde. Doch selbst dafür fehlt mir die Energie. Genauso wie dafür, ihnen nachzulaufen und mich zu entschuldigen oder alles noch einmal anders, besser erklären zu wollen. Stattdessen lasse ich diesen Konflikt ungelöst zwischen uns, was die alte Hailee nie getan hätte. Aber die alte Hailee hätte sich auch nicht mitten in der Nacht rausgeschlichen und am nächsten Tag so heftig mit ihren Eltern gestritten wie nie zuvor. Vielleicht hat Mom zumindest in einem Punkt recht: Sie kennt mich nicht länger. Ich kenne mich ja selbst nicht mehr. Ich weiß nur, dass ich nicht mehr dieses Mädchen bin, das ich mal war und das meine Eltern noch immer verzweifelt in mir sehen wollen. Und ich bin es leid, ihnen zuliebe ständig so zu tun, als gäbe es sie noch.

Mechanisch ziehe ich die Vorhänge zu, streife mir die Klamotten ab und schlüpfe in ein bequemes T-Shirt, dann lege ich mich ins Bett. Nur um zwei Sekunden später wieder aufzustehen und das Handy an den Strom anzuschließen. Aber noch während ich darauf warte, dass das Display aufleuchtet, fallen mir die Augen zu, und ich schlafe ein.

Kapitel 23

Chase

Mein Handy leuchtet mit einer neuen Nachricht auf. Nein, keiner Nachricht, sondern einem etwas verwackelten und daher leicht unscharfen Foto von Hailee und mir mit Eisbechern in meinem Wagen. Und obwohl mein bisheriger Tag beschissen war, bringt mich dieses Bild jetzt zum Lächeln.

Ich denke nicht darüber nach, sondern tippe auf Hailees Nummer und halte mir das Handy ans Ohr. Genau hier, mitten auf dem Weg zurück zum Wohnheim, wo ich vor nicht mal einer Woche Shaine getroffen habe. Gott, ist es echt erst zwei Tage her, seit ich Hailee gesehen, gespürt, mit ihr gesprochen und sie geküsst habe? Es kommt mir so verflucht viel länger vor, obwohl es gerade mal Montag ist und ich gar nicht so lange wieder zurück auf dem Campus bin.

Es klingelt nur zweimal, dann ertönt ein Klicken in der Leitung, gefolgt von Hailees Stimme.

»Hey …«

»Hey.« Meine Mundwinkel wandern ganz automatisch nach oben. »Danke für das Foto. Das hab ich heute gebraucht.«

»Mieser Tag?«

Hailee klingt erschöpft, aber lange nicht so fertig wie in jener Nacht, als sie mich das erste Mal angerufen hat. Also wage ich es, ihr etwas von dem Zeug zu erzählen, mit dem ich mich gerade herumschlagen muss.

»Kann man so sagen.« Ich atmete tief durch und weiche einem Radfahrer aus, der wenige Meter weiter fast einen Erstsemestler mit Lageplan in den Händen umfährt. Kopfschüttelnd gehe ich weiter. »Ich bin kurz davor, durch Architektursoziologie zu fallen.«

Weil ich die fällige Hausarbeit letzten Donnerstag nicht abgegeben habe. Stattdessen bin ich einmal quer durch das ganze Land gefahren, aber das lässt Professor Stevens nicht als Entschuldigung gelten. Bei ihm zählt nur voller Einsatz, sonst ist man direkt unten durch. Und wie es aussieht, bin ich mit dieser Aktion mächtig in Ungnade gefallen.

»Im Grunde muss ich nur noch die Nachholprüfung in Bautechnik am Mittwoch versauen, dann kann ich meine Sachen packen. Und weißt du, was das Beschissenste daran ist?«

»Was?«, hakt Hailee nach.

Ich schnaube. »Ich kann mich nicht mal entscheiden, ob ich angepisst oder erleichtert darüber sein soll.«

Was die vielleicht ehrlichste Aussage seit Langem ist. Wahrscheinlich sollte mir das alles nichts ausmachen, schließlich will ich im Grunde ja nicht mal hier sein, aber es kotzt mich trotzdem an. Ich habe mir nicht drei Jahre lang den Arsch für dieses Studium aufgerissen, nur um dann wegen einer dämlichen Hausarbeit und einer einzigen Prüfung rauszufliegen. Wenn ich schon alles hinschmeiße, dann zu meinen eigenen Bedingungen.

»Shit.« Mit der freien Hand reibe ich mir über den Nacken. »Sorry, ich wollte dich nicht so zutexten.«

Das ist so ziemlich das Letzte, was ich will. Da schickt mir Hailee unser erstes und einziges Selfie, und ich rufe sie an, um mich bei ihr auszukotzen? *Ganz toll gemacht, Chase.*

»Wie geht's dir?«, schiebe ich hinterher und drücke die Tür zum Wohnheim auf. Normalerweise nehme ich die Treppen nach oben, aber jetzt will ich so schnell wie möglich ganz in Ruhe mit Hailee telefonieren und steige in den leeren Fahrstuhl. Zur Mittagszeit sind sowieso alle in der Mensa oder irgendwo außerhalb essen. Ich bin nur auf dem Weg in mein Zimmer, um meine Sportsachen zu holen und eine Boxeinheit vor der nächsten Vorlesung einzulegen.

»Mir geht's … keine Ahnung.« Hailee gibt ein Geräusch von sich, das wie eine Mischung aus Seufzen und Lachen klingt. »Ich weiß gar nichts mehr.«

Ich genauso wenig. Nicht, was mein Studium angeht. Meine Zukunft. Meine Familie. Aber am allerwenigsten, was Hailee und mich angeht. Vielleicht, nein, sogar ziemlich sicher sollten wir über diese Nacht reden, aber keiner von uns scheint die Worte aussprechen zu können.

»Meine Eltern waren schon wach«, sagt sie plötzlich, und ich erstarre. »Wir hatten einen riesigen Streit.«

»Scheiße«, murmle ich und kann gar nicht anders, als mich schuldig zu fühlen. Oder zumindest mitschuldig, schließlich hat Hailee von Anfang an deutlich gemacht, dass sie noch vor dem Morgengrauen zurück sein muss. Aber dann haben wir uns geküsst, eins ist zum anderen gekommen, und … es war unglaublich.

Die Fahrstuhltüren öffnen sich. Ich steige in der richtigen Etage aus und krame meine Schlüsselkarte hervor. »Und jetzt?«, frage ich schließlich. »Habt ihr euch wieder versöhnt?«

Diesmal ist das Schnauben am anderen Ende der Leitung deutlich zu hören. »Im Moment schweigen wir uns an, was die nächste Familientherapie bestimmt … spaßig machen wird.«

Ich ziehe die Karte durch den Schlitz und stoße die Tür zu der WG auf, die ich mir mit meinen beiden Mitbewohnern teile, von denen keiner zu Hause zu sein scheint. »Tut mir leid, das zu hören.«

»Mir auch.« Hailee atmet tief durch – und zögert.

Genau wie ich. Verdammt, es kann doch nicht so schwer sein, über das zu reden, was da zwischen uns passiert ist, oder? Und vielleicht ist es nicht mal der Sex, der das Ganze so schwer macht. Es sind die Konsequenzen daraus, die es so verflucht kompliziert machen. Und die endlos vielen Meilen, die noch immer und auch in Zukunft zwischen uns liegen werden.

»Chase, ich …«, beginnt Hailee, stoppt sich dann aber selbst. »Glaubst du wirklich, dass du wegen einer einzigen Hausarbeit und einer versauten Prüfung durchfällst?«

In meinem Zimmer angekommen, werfe ich den Rucksack aufs Bett, lehne mich mit dem Rücken gegen die Tür und schließe für einen Moment die Augen. »Keine Ahnung. Kann schon sein. Meine Familie wird durchdrehen. Der erste Whittaker, der das Studium nicht geschafft hat.« Ich schnaube verächtlich und reibe mir mit Daumen und Zeigefinger über die Nasenwurzel. »Ich hab keinen Plan, was ich tun soll.«

Sekundenlang erwidert Hailee nichts, und würde ich sie nicht atmen hören, würde ich befürchten, dass die Verbindung getrennt wurde oder sie aufgelegt hat. Doch dann ertönt ihre Stimme wieder, leiser diesmal und eine Spur weicher.

»Jemand hat mir vor einer Weile geraten, zur Abwechslung einfach mal etwas für mich zu tun. Nicht für die Familie und auch nicht für ihn.«

Noch während sie spricht, muss ich lächeln, weil ich mich sehr gut an dieses Gespräch erinnere. Ist es pure Ironie oder Karma, dass Hailee mir denselben Rat nun zurückgeben kann?

»Vielleicht hat dieser Jemand recht«, erwidere ich nach einem Moment und seufze tief, während es in meinem Kopf arbeitet. Ich weiß, was ich tun möchte, was ich schon immer mit meinem Leben anfangen wollte, aber das habe ich längst abgeschrieben. Weil es unmöglich ist. Weil ich meine Eltern, meine ganze Familie nicht so enttäuschen kann. Generationen von Whittakers sind auf dieses College gegangen, haben in diesen Hallen gesessen, nächtelang in den Werkstätten auf dem Campus gearbeitet, ihre Portfolios Tag für Tag erweitert und jede einzelne Prüfung bestanden. Sie sind alle Architekten geworden, und nur deshalb ist das Familienunternehmen heute das, was es ist. Ich kann das nicht einfach hinwerfen …

Und außerdem …

»Was ist mit dir?«, höre ich mich fragen, bevor ich die Worte zurückhalten kann. Es ist nicht das, was ich eigentlich sagen, was ich eigentlich wissen möchte, aber zumindest taste ich mich vor. Ein klein wenig.

Hailee zögert, dann meine ich, einen erstickten Laut zu hören und presse das Telefon fester gegen mein Ohr.

»Ich weiß es nicht«, gesteht sie kaum hörbar. »Ich wünschte … Alles, was ich mir wünsche, ist unerreichbar.«

Und ich weiß genau, wie sich das anfühlt.

Ich will etwas erwidern, sie beruhigen, ihr irgendwie versichern, dass alles gut wird, dabei habe ich selbst genauso wenig Ahnung. Aber noch bevor ich etwas sagen kann, ist ein Rascheln zu hören.

»Ich muss auflegen«, sagt Hailee widerwillig. »Aber es war schön … deine Stimme zu hören. Egal wie kurz.«

Ich schließe die Augen und fluche innerlich.

»Pass auf dich auf«, stoße ich hervor, obwohl es so viele andere Dinge gibt, die ich jetzt zu ihr sagen möchte. Die ich sagen sollte. Aber kein einziges davon kommt mir über die Lippen.

»Du auch, Chase.« Und damit legt sie auf.

Eine Stunde später brennen meine Fäuste. Mein Atem geht keuchend. Schweiß rinnt mir den Rücken hinunter, aber ich höre nicht auf, gönne mir keine Pause, sondern boxe weiter auf den Sandsack im Fitnesscenter ein. Gerade scheint es das Einzige zu sein, was mir dabei hilft, runterzukommen und klar denken zu können. Ich bereue es nicht, Hailee wiedergesehen zu haben. Shit, ich bereue keine einzige Sekunde zwischen uns. Und unser Telefonat gerade war trotz all der ungesagten Dinge ein Lichtblick in meiner bisherigen Woche. Aber jetzt, die Zeit danach? Sie zu vermissen und zu wissen, dass es ihr nicht gut geht, dass sie Ärger mit ihren Eltern hat und ich zu weit weg bin, um ihr helfen zu können? Das ist die Hölle. Es ist die gottverdammte Hölle.

Wieder schlage ich auf den Boxsack ein, der gefährlich zu schwanken beginnt. Ich muss aufpassen, dass mir das Ding nicht entgegenkommt und mich ausknockt, wobei selbst das eine willkommene Ablenkung wäre. Von dem Schmerz und dieser verfluchten Sehnsucht ebenso wie von dem Chaos, zu dem mein Leben geworden ist.

»Yo, Mann.« Von irgendwoher taucht Aaron auf und stellt sich hinter den Sandsack, um ihn für mich festzuhalten, während ich weiter darauf eindresche. »Wer hat dir denn den Tag verdorben?«

Ich spare mir eine Antwort darauf. Einige Male schlage ich noch auf den Boxsack ein, dann lasse ich die Arme sinken und schleppe mich an den Rand des Trainingsraums, wo meine Sachen liegen. Dort trinke ich die halbe Flasche leer und wische mir mit dem Handtuch Gesicht und Arme trocken, bevor ich meinen Blick durch den lang gestreckten Raum wandern lasse. Zu dieser Zeit ist nicht besonders viel los, da die meisten meiner Kommilitonen abends nach den Vorlesungen, frühmorgens oder an den Wochenenden herkommen. An einem Montagnachmittag sind nur vereinzelt Leute an den Geräten. Auch Aaron ist inzwischen weitergewandert und hat sich auf die

Hantelbank gesetzt, in den Händen bereits die Langhantel mit den Gewichten, die er jetzt von sich wegdrückt. Ohne uns vorher absprechen zu müssen, lege ich meine Sachen zurück auf den Boden und trete hinter ihn an die Bank, um ihn genauso beim Training zu unterstützen wie er mich eben beim Boxen.

»Wenn ich Bautechnik vermassle, bin ich raus«, presst er hervor und stemmt die Hantel hoch.

»Ich auch«, gebe ich zu und beobachte seine Bewegungen genau. Im Zweifelsfall muss ich sofort bereit sein, einzugreifen und ihm die Hantel abzunehmen oder ihm dabei zu helfen, sie zurück in den Ständer zu legen.

»Ja, aber dir scheint das nicht viel auszumachen, Whittaker.«

Ich schnaube, denn … doch, das tut es. Alles wäre so viel einfacher, wenn mir dieses Studium egal wäre. Wenn ich es vielleicht sogar darauf anlegen würde, rauszufliegen – dann wäre ich zwar eine riesige Enttäuschung für meine Familie, aber das wäre nun mal so. Nicht zu ändern. Stattdessen sind da diese Überlegungen, die mir einfach nicht mehr aus dem Kopf gehen: Wenn ich weiterhin für diese verdammte Prüfung lerne, mir den Arsch dafür aufreiße und sie bestehe – und Professor Stevens auch noch guten Willen beweist und mich nicht durch Architektursoziologie durchfallen lässt, dann … gibt es keinen Grund für mich, nicht weiterzumachen. Es wäre *dumm*, nach drei Jahren einfach aufzuhören und alles hinzuschmeißen. Oder etwa nicht? Shit, wieso denke ich überhaupt darüber nach?

Jemand hat mir vor einer Weile geraten, zur Abwechslung einfach mal etwas für mich zu tun. Nicht für die Familie und auch nicht für ihn.

Haileés Worte kommen mir in den Sinn, und ich weiß nicht, ob ich darüber lachen oder mich dafür verfluchen sollte. Denn genau dieses Thema habe ich schon unzählige Male durch –

immer mit demselben Ergebnis: Ich mache weiter, weil ich niemanden enttäuschen will. Und vielleicht auch, weil ich mir nicht eingestehen will, die letzten Jahre meines Lebens einfach verschwendet zu haben.

»Wir kriegen das schon hin«, murmle ich, auch wenn ich nicht allzu überzeugend klinge.

Skeptisch zieht Aaron die Brauen hoch. Jepp. Er glaubt mir genauso wenig wie ich mir selbst. Zumindest hält er die Klappe und trainiert schweigend weiter, und sobald er mit der Langhantel fertig ist, kann ich mich wieder dem Boxsack widmen. Meine Hände werden morgen höllisch wehtun, genau wie meine Muskeln, da es viel zu lange her ist, seit ich zuletzt so hart trainiert habe.

Ich bin so darauf fokussiert, den Sandsack zu vermöbeln, dass ich gar nicht merke, wie die Zeit vergeht. Als ich das nächste Mal innehalte, durchatme und meine Flasche austrinke, ist fast eine weitere Stunde vergangen. Im Fitnesscenter ist es nicht voller geworden, also fällt mir ziemlich schnell auf, dass auch Aaron noch hier ist und sich beim Schultertraining austobt. Das passt mir gut, dann können wir uns gleich zusammen wieder an die Bücher setzen und für Bautechnik pauken.

Ich schnappe mir meine Sachen, wische mir mit dem Handtuch den Schweiß aus dem Gesicht und werfe es mir über die Schulter. Ich bin fast bei der Tür zu den Umkleiden, als ich einen Schmerzenslaut höre, dicht gefolgt von einem lauten Fluchen. *Shit, Aaron!* Ich denke nicht nach, sondern handle instinktiv. Mit wenigen Schritten bin ich bei ihm. Er ist von dem Gerät aufgestanden, steht aber gekrümmt da und hält sich den Arm. »Was ist passiert?«

»Keine Ahnung.« Aaron kneift die Augen zusammen. »Ich glaube, ich hab mir irgendwas in der Schulter gezerrt.«

Vorsichtig lege ich ihm die Hand auf den Arm, die andere

auf die Schulter und versuche herauszufinden, wo der Schmerz herkommt. Es könnte tatsächlich nur eine einfache Muskelzerrung sein oder womöglich sogar nur ein Krampf. Schlimmer wäre, wenn er sich die Schulter ausgerenkt oder eine Sehne gerissen hätte.

»Sag Bescheid, wenn es wehtut«, weise ich ihn an und beginne seinen Arm anzuheben und leicht zu drehen.

Aaron schnaubt. »Ja, klar. Fummel nur an mir rum, das wird es sicher bes… *Scheiße, tut das weh!*« Er springt förmlich nach vorne und hält sich den Arm.

Mitfühlend verziehe ich das Gesicht. Das sieht nicht gut für ihn aus. Suchend wandert mein Blick durch den Raum. Irgendwo muss hier doch ein Erste-Hilfe-Kasten sein. Wir befinden uns schließlich in einem Fitnesscenter, verdammt noch mal, hier verletzen sich mit Sicherheit ständig irgendwelche Leute. Dann fällt mein Blick auf den roten Koffer mit dem Kreuz darauf, halb versteckt in der Ecke unter einer Sitzbank. Ich kann nur hoffen, dass sie darin nicht nur Sachen zur Erstversorgung und für lebensrettende Maßnahmen aufbewahren, sondern auch einen Grundstock an dem, was man so bei Sportverletzungen braucht. Kühlpacks und elastische Verbände zum Beispiel.

»Warte hier.«

Ich hole mir aus dem Erste-Hilfe-Koffer, was ich brauche, und passe einen Trainer ab, der mir sofort einen Kühlakku bringt. Damit kehre ich zu Aaron zurück, der sich inzwischen wieder auf das Gerät gesetzt hat, an dem er in nächster Zeit ziemlich sicher nicht mehr trainieren wird.

»Das haben wir gleich«, murmle ich hoffentlich beruhigend, wickle den Kühlakku in ein Tuch und drücke ihn Aaron in die Hand, damit er die schmerzende Stelle selbst kühlen kann. Denn, ganz ehrlich? Hier kann ich nicht viel für ihn tun.

Ich kann ihm nur einen Verband anlegen, der seinen Arm fürs Erste ruhigstellt, und ihn ins nächste Krankenhaus fahren.

»Shit, wo hast du das gelernt?«

»Paramedic-Ausbildung bei der Army«, antworte ich vollautomatisch, während ich mich auf den Verband konzentriere. »Und ein paar freiwillige Stunden bei der Feuerwehr und im Krankenhaus.«

Aaron stößt einen leisen Pfiff aus, hält aber still, bis ich fertig bin. Erst dann betrachtet er seinen Arm in der Schlaufe und zieht eine Grimasse. »Sag es nicht …«

»Das sollte sich besser ein Arzt anschauen«, spreche ich die Worte aus, auch wenn Aaron sie nicht hören will. »Es könnte nur ein Engpass-Syndrom sein, eine Verengung von Nerven oder Gefäßen, aber auch ein Riss in der Schultersehne. Damit ist nicht zu spaßen, Mann. Wirf ein paar Schmerzmittel ein und geh dann zum Arzt. Ich fahre dich hin, wenn du willst.«

Aaron sieht alles andere als glücklich aus – kein Wunder, so eine Sportverletzung ist zum Kotzen –, aber er nickt. Das Training ist für ihn gelaufen, und ziemlich sicher auch für die nächsten Wochen.

Erst als ich kurz darauf in der Umkleide unter der Dusche stehe und das heiße Wasser mir den Schweiß vom Körper spült, fängt es in meinem Kopf wieder an zu arbeiten. Bis eben ist alles so automatisch, so instinktiv geschehen, dass mir erst jetzt richtig bewusst wird, was eigentlich passiert ist. Dabei stehe ich nicht unter Strom … vielmehr fühle ich mich erstaunlich ruhig. Ich habe Aaron geholfen und seine Verletzung so selbstverständlich versorgt, als würde ich das jeden Tag machen. Als wäre dieses Wissen, das ich schon seit Jahren nicht mehr wirklich gebraucht habe, nie wirklich weg gewesen. Als wäre es noch immer irgendwo tief in mir drin.

Wenn ich genau darüber nachdenke, erinnere ich mich daran, wie ich John, den neuen Barkeeper im *Barney's*, erst vor ein paar Wochen versorgt und ins Krankenhaus gefahren habe, weil seine Schnittwunde genäht werden musste. An einem anderen Tag im Sommer habe ich Phils Knie und Ellbogen verbunden, als er beim Basketballspielen ziemlich übel hingefallen ist. Und es hat mir gutgetan, ihnen zu helfen. Ich war verdammt froh und erleichtert, das für sie tun und ihnen den Schmerz und die Angst nehmen zu können.

Und dann ist da noch die Tatsache, dass ich meistens derjenige bin, der betrunkene Kommilitonen nach Hause bringt und sich um sie kümmert. Oder dass ich im Wohnheim für die anderen Studenten oft der erste Ansprechpartner bin, wenn sich irgendjemand mal wieder in den Werkstätten und Ateliers geschnitten oder auf andere Art und Weise verletzt hat. Es ist mir nie groß aufgefallen, aber anscheinend vertrauen mir die Leute in der Hinsicht. Sie verlassen sich auf mich. Und es macht mir nichts aus – ich mache das tatsächlich gerne. Und offenbar, ohne groß darüber nachzudenken.

Shit. Was zum Teufel tue ich hier eigentlich? Und wem mache ich etwas vor? Mein ganzes Leben dreht sich darum, anderen zu helfen. Ob als Kind mit dem Traum, Feuerwehrmann – oder auch Superheld – zu werden und Menschen zu retten, oder später bei meiner Arbeit als Medical Aid im Krankenhaus in Fairwood und während ich bei der dortigen Feuerwehr ausgeholfen habe. Sogar beim Militär habe ich nicht den klassischen Weg eingeschlagen wie all die Männer in meiner Familie vor mir, sondern habe mich zum Paramedic ausbilden lassen.

Ich schüttle den Kopf, versuche das Chaos darin zu ordnen, aber die Gedanken feuern wild durcheinander. Anderen zu helfen ist wie Atmen für mich. Ich denke nicht darüber nach, ich tue es einfach. Nein, das stimmt so nicht ganz. Ich *will* es tun. Ich will helfen. Aber wie helfe ich den Leuten, wenn ich in

Zukunft hinter einem Schreibtisch sitze und mit Kunden telefoniere, für die ich schicke Bürogebäude entwerfen soll?

Ich wollte nie Architekt werden oder ins Familienunternehmen einsteigen. Selbst wenn ich das nicht mal vor mir selbst so offen zugegeben habe, war dieses Wissen immer da, hat irgendwo tief in mir geschlummert. Nur Hailee gegenüber habe ich es mal erwähnt, doch nicht einmal da konnte ich es laut aussprechen. Weil ich ganz genau weiß, wie enttäuscht Mom und Dad sein werden. Weil ich das Gefühl habe, sie im Stich zu lassen, wenn ich mich von etwas abwende, das Generationen von Whittakers vor mir begeistert hat. Aber kann ich es wirklich noch länger leugnen? Wahrscheinlich ist es das Dümmste, was ich tun kann, wenn man bedenkt, dass ich drei Jahre in dieses Studium gesteckt habe. Drei Jahre, die ich nicht zurückbekomme, wenn ich jetzt abbreche. Von dem Geld für das Studium ganz zu schweigen. Es ist Wahnsinn, überhaupt darüber nachzudenken, denn meine Zukunft stand schon immer fest. Aber nur weil sie feststeht, heißt das nicht, dass ich diesem Weg auch folgen muss. Oder?

Du bist so ein Vollidiot. Jespers wutentbrannte Worte schießen mir durch den Kopf. *Wieso studierst du Architektur, hm? Weil es dich so sehr interessiert? Weil du nichts lieber tun würdest, als Gebäude zu entwerfen? Bullshit! Das ist nicht das, was du tun willst, und das weißt du auch! Du bist nur zu stur, es zuzugeben.*

Damals wollte ich das nicht hören, außerdem war ich selbst so verdammt angepisst wegen der Sache mit Charlotte und wie Jesper mit seiner Krankheit umgeht, dass ich mir keine Gedanken darüber machen wollte. Ich habe meine Familie schon so oft enttäuscht, da würde ich sicher nicht noch eins draufsetzen und das Studium sausen lassen, das sie mir bezahlen. Doch jetzt, zehn Monate später, muss ich widerwillig zugeben, dass Jesper vielleicht doch recht hatte.

Unweigerlich bleiben meine Gedanken bei Jesper hängen, wandern zu Hailee und sogar zu ihrer Schwester Katie, obwohl ich die nie kennengelernt habe. Hailee war so fest entschlossen, keine Zukunft haben zu wollen, dass sie einfach drei Monate lang ein vollkommen anderes Leben gelebt hat als zuvor. Jesper wusste bereits, dass er keine wirkliche Zukunft haben würde, und hat sich deshalb vieles von vorneherein versagt. Und Katie hatte mit Sicherheit jede Menge Pläne, Ziele und Wünsche, aber keine Chance mehr, sie zu verwirklichen. Ich hingegen habe diese Chance. Verdammt, ich habe noch alle Zeit der Welt dazu, ganz im Gegensatz zu meinem besten Freund. Und was mache ich? Herumjammern, dass ich nicht alles hinschmeißen kann? Scheiß drauf. Ich kann und will nicht länger so tun, als wären dieses Studium und diese Zukunft, die schon seit meiner Kindheit feststeht, das, was ich will. Selbst wenn das bedeutet, meine Familie ein weiteres Mal zu enttäuschen. Fuck. Bei der Vorstellung dreht sich mir der Magen um. Aber ich sehe keinen anderen Weg mehr. Und ganz ehrlich? Wie beschissen wäre es von mir, diesem vorgefertigten Plan zu folgen, statt das zu tun, was ich wirklich will, wenn mein bester Freund es gerne getan hätte, aber nicht konnte?

Kopfschüttelnd schalte ich die Dusche aus, trockne mich ab, ziehe mich an und fahre dann Aaron ins nächste Krankenhaus, damit sie seine Schulter untersuchen können. Und während ich im Wartezimmer sitze, überlege ich mir, was ich als Nächstes tue.

Kapitel 24

Hailee

Ein Blitz zuckt über den Himmel und taucht den dunklen Raum in gleißend helles Licht. Ich ziehe die Decke höher, über meine Ohren, meinen ganzen Kopf, aber ich höre das darauf folgende Grummeln dort draußen trotzdem. Mein Puls rast. Vor ein paar Stunden habe ich noch mit Charlotte telefoniert und über den Roman geredet, den wir beide gerade lesen. Dann bin ich eingeschlafen. Jetzt bin ich wieder hellwach, und jeder Muskel in meinem Körper ist so angespannt, dass ich zittere. Vielleicht zittere ich aber auch vor Angst. Vor blanker Panik. Ich hasse, hasse, hasse Gewitter!

Das letzte, das ich erlebt – und überlebt – habe, war ganz zu Anfang in Fairwood. Das ist mittlerweile über zwei Monate her, trotzdem fühle ich mich jetzt genauso verloren und alleingelassen wie damals. Schlimmer ist nur noch, dass es mitten in der Nacht ist. Der Wind pfeift ums Haus und rüttelt am Dach, als wollte er es herunterreißen. Regentropfen prasseln gegen die Fensterscheiben, als wollten sie sich mit aller Macht einen Weg in mein Zimmer bahnen. Und die Blitze sind so grell, dass ich sie selbst durch meine Decke hindurch wahrnehme. Aber nichts davon ist so schlimm wie das Donnergrollen. Ganz egal, wie sehr ich mich mental darauf einstelle, es überrascht mich jedes Mal aufs Neue und lässt mich immer wieder zusammenzucken. Vor allem, da es lauter wird. Und näher kommt.

Ich rolle mich auf der Seite in meinem Bett zusammen, drücke mir das Kissen aufs Ohr und kneife die Augen zusammen. Doch nichts, was ich tue, kann mich vor dem Unwetter bewahren. Ich kann ihm einfach nicht entfliehen.

Mein Herz hämmert wie verrückt. Schweiß bricht mir aus, obwohl es mich schüttelt, als hätten wir tiefsten Winter und die Heizung wäre ausgefallen. Ich will weglaufen, will mich irgendwo verstecken, bis es vorbei ist, aber ich kann mich nicht dazu überwinden, das Bett zu verlassen. Und wo sollte ich schon hin? Katie ist nicht mehr da. Sie schleicht sich nicht mehr in mein Zimmer und kuschelt sich zu mir ins Bett, nur um so zu tun, als wäre sie diejenige, die Angst hat, wenn ich es doch bin, die tausend Ängste aussteht. Ich habe mich nie zu Mom und Dad ins Bett geflüchtet, nicht mal als ich noch ganz klein war. Immer nur zu Katie – oder sie kam zu mir.

Aber meine Schwester ist nicht mehr da und ich habe nicht die geringste Ahnung, wie ich das hier ohne sie überstehen soll. Beim letzten Gewitter war ich zu verzweifelt und abgelenkt aufgrund des Motorschadens am Honda und weil ich kurz davor herausgefunden hatte, dass Chase einmal Jespers bester Freund war. Neben alldem ist das Unwetter beinahe verblasst. Wenn ich jetzt doch nur wieder dort wäre. Wenn ich wieder im Diner wäre und mit Beth sprechen könnte. Mit Chase. Mit … Ich halte inne. Beiße mir auf die Unterlippe. Ich könnte Chase anrufen. Er würde sofort rangehen und mit mir reden, bis das Gewitter vorbeigezogen ist. Aber ich weiß auch, dass er morgen diese wichtige Nachholprüfung hat, und es ist mitten in der Nacht. Wenn er nicht mehr über seinen Büchern sitzt und die letzten Stunden bis zur Klausur durchpaukt, wird er schon längst schlafen. Und er braucht diesen Schlaf.

Ich will … ich will nicht die Person sein, die nicht allein klarkommt. Das Mädchen, das ständig seinen Beistand braucht.

Die Last, die er mit sich herumschleppt. Genau deshalb habe ich Fairwood verlassen und bin mit meinen Eltern zurück nach Rondale gefahren.

Nein, ich kann Chase jetzt nicht anrufen. Und das werde ich auch nicht, selbst wenn ich auf meinem Nachttisch nach dem Smartphone taste und es zu mir unter die Bettdecke ziehe. Das Display leuchtet auf. Im selben Moment erhellen weitere Blitze den Himmel. Das Prasseln wird lauter, genau wie die Windböen. Und dann kommt der Donner. Kein Brodeln in der Ferne. Kein lautes Grummeln. Es knallt so laut, als wäre irgendwo etwas explodiert.

Oh Gott.

Ich drücke das Kissen fester auf meinen Kopf, aber es hilft nichts. Ich kann das Gewitter ebenso wenig ausblenden wie die Panik, die meinen Körper lähmt. Objektiv betrachtet, weiß ich, dass ich hier sicher bin. Mir kann absolut nichts passieren. Aber erzähl das mal meinem Körper. Oder dem Chaos in meinem Kopf, der sich ausgerechnet diesen Zeitpunkt aussucht, um mir alle möglichen Horrorszenarien aufzuzeigen. Ist es nicht sogar wahrscheinlicher, von einem Blitz getroffen zu werden, als im Lotto zu gewinnen? Großartig. Ich habe noch nie im Lotto gewonnen. Und da draußen blitzt es immer wieder.

Ich umklammere das Smartphone fester, auch wenn meine Hand mittlerweile total feucht ist. Ich will mit jemandem reden, nein, ich muss mit jemandem reden. Als es erneut so ohrenbetäubend kracht, dass ich zusammenzucke und leise wimmere, gehe ich hastig meine Kontakte durch und drücke dann auf *Anrufen*.

Es klingelt dreimal und bei dem Sturm da draußen kann ich kaum etwas hören. Ich presse mir das Handy fester ans Ohr und bete innerlich, dass endlich jemand abnimmt. Dann ist da plötzlich ein Klicken in der Leitung und eine vertraute Stimme an meinem Ohr.

»Hallo?«

»Charlotte«, presse ich hervor, dicht gefolgt von einem Donnerschlag, der mich erneut zusammenzucken lässt.

»Hailee, was ist los? Geht es dir gut?«

»Nein.« Irgendwie bringe ich die Antwort zwischen klappernden Zähnen hervor. »Es gewittert. Und ich hasse Gewitter. Ich … ich weiß nicht, was ich tun soll. Es will einfach nicht aufhören.« Ich rede weiter, weil es meine Gedanken beschäftigt und meine gedämpfte Stimme wenigstens Wind und Regen übertönt. Ein bisschen zumindest. »Zuerst wollte ich Chase anrufen, aber er hat morgen diese wichtige Prüfung und … und …«

»Ich bin froh, dass du dich gemeldet hast.« Charlottes Stimme ist warm. Müde, aber warm.

Kurz nehme ich das Telefon vom Ohr und schaue nach, wie spät es überhaupt ist. Drei Uhr siebenundzwanzig. Und in Virginia ist es sogar noch eine Stunde später. Oh nein …

»Ich wollte dich nicht wecken«, sage ich hastig. »Tut mir …«

»Nein, schon gut.« Ich kann sie zwar nicht sehen, aber ich glaube, dass sie lächelt. »Lass mich nur meine Brille finden und … ah! Da ist sie.« Es raschelt kurz in der Leitung, als würde Charlotte sich im Bett umdrehen oder wäre aufgestanden, dann ist da Stille. Herrliche Stille, was mir nur zu deutlich macht, dass es in Fairwood gerade nicht gewittert.

Ein Grund mehr, jetzt lieber dort zu sein, statt hier.

»Kannst du wegen des Lärms nicht schlafen?«, fragt Charlotte sanft.

»Das auch«, gebe ich zu und ziehe beim nächsten Donnern instinktiv den Kopf ein. »Aber vor allem habe ich … Angst. Gewitter sind furchtbar. Schlimmer als Höhen. Schlimmer als beim Lesen an der spannendsten Stelle unterbrochen zu werden. Schlimmer als kaputtes Internet mitten in der Lieblingsserie. Sogar schlimmer als Kakerlaken! Und ich verabscheue Kakerlaken!«

»Verstanden.« Charlotte atmet tief durch. »Jesper hat … er hat Gewitter auch nie gemocht. Ich finde dagegen tiefe Gewässer ganz furchtbar. Und Brücken. Ich denke das ist für mich das, was Gewitter für dich sind.«

Vielleicht ist es dämlich, aber irgendwie tut es gut, an Jesper zu denken und zu erfahren, dass auch Charlotte sich vor etwas fürchtet. Etwas, das für andere Menschen völlig normal ist. Denn ich bin mir ziemlich sicher, dass sich die meisten Leute bei einem Unwetter nicht unter der Bettdecke verstecken.

»Mir hat es geholfen, mir klarzumachen, was realistisch betrachtet passieren könnte – und was ich dagegen tun kann«, erzählt sie weiter. »Also: Was ist das Schlimmste, was passieren könnte? Wovor hast du so große Angst?«

Ich nage an meiner Unterlippe. »Keine Ahnung …« Doch dann erhellen weitere Blitze das Zimmer, und der Donner ist diesmal so laut, dass das ganze Haus wackelt. »Okay, das ist gelogen!«, stoße ich hervor, als wieder all diese Horrorszenarien meinen Kopf fluten. »Ein Blitz könnte irgendwo ins Haus einschlagen, und es bricht ein Feuer aus, das alles niederbrennt. Oder der Blitz trifft eine Stromleitung, und plötzlich explodieren mein Laptop oder mein Fernseher oder … oder mein Handy am Ladekabel.« Hastig reiße ich es aus dem Gerät und der Steckdose und werfe das Kabel anschließend auf den Boden. »Vielleicht fliegt auch einfach das Dach davon, und auf einmal ist das Gewitter in meinem Zimmer, und ich werde sofort von einem Blitz getroffen. Oder der Blitz schlägt in den Baum vor meinem Fenster ein, der dann umfällt und mich im Schlaf tötet. Wusstest du, dass Blitze eine Druckwelle auslösen? Und dass die ungefähr dieselbe Sprengwirkung wie dreißig Kilogramm TNT hat? Davon kann man sterben, Charlotte! Und wenn man nicht direkt erwischt wird, können lebenswichtige Organe betroffen sein. In meiner Lunge könnten sich Risse bilden, und dann ersticke oder verblute ich einfach innerlich!«

»Okay, stopp!«, unterbricht mich Charlotte eine Spur lauter. »Erstens war das wohl der falsche Ansatz, und zweitens wollte ich nie so viel über Gewitter wissen. Jetzt habe ich selbst Angst.«

Ich gebe einen erstickten Laut von mir, eine seltsame Mischung aus Lachen, Schniefen und Schnauben. »Gern geschehen.«

Charlotte lacht leise, auch wenn es nicht besonders glücklich klingt. »Sorry«, murmelt sie dann und seufzt tief. »Es ist nur … All das, was du aufgezählt hast, ist wirklich schrecklich, aber es läuft immer auf dasselbe hinaus. Es hat immer dasselbe Ergebnis. Ist dir das eigentlich klar?«

Ich runzle die Stirn und vergesse für einen Moment tatsächlich das Unwetter, das vor meinem Fenster tobt. »Wie meinst du das?«

»Hailee … Wovor hast du wirklich Angst? Vor dem Gewitter? Vor den grellen Blitzen und dem lauten Donner? Oder davor … zu sterben?«

Ich erstarre. Ich hätte nicht gedacht, dass das überhaupt möglich ist, da ich schon wie eine zu Stein erstarrte Statue unter meiner Bettdecke liege. Zugegeben, eine zitternde Statue, aber trotzdem. Doch als ich Charlottes Frage höre, erstarrt alles in mir. Jeder Muskel. Mein Atem. Meine Gedanken. Vielleicht sogar für einen kurzen Moment mein Herz.

Habe ich wirklich vor dem Gewitter Angst? Davor, was alles passieren könnte? Scheiße, ja. Aber Charlotte hat recht.

Wenn ich genau darüber nachdenke, sind es nicht nur all diese grauenvollen Dinge, die passieren könnten, was mich so in Panik versetzt, sondern das Endergebnis davon. Dass es einfach vorbei ist. Wegen eines verdammten Gewitters.

Ich schlucke hart und muss gegen das plötzliche Brennen in meinen Augen ankämpfen. Ich will nicht sterben. Nicht so. Nicht jetzt. Ich dachte immer, ich hätte diesen Sommer alles getan, was ich je tun wollte, aber das ist nicht wahr. Es gibt noch so viel, was ich tun, so viel, was ich fühlen, sehen und erleben will. Chase' Besuch letzte Woche und unsere gemeinsame Nacht haben mir gezeigt, was ich haben könnte, wenn ... wenn die Dinge anders wären.

»Hailee?« Charlotte klingt besorgt. »Bist du noch dran?«

»Ja, ich ...«, beginne ich und drehe mich von meiner Embryo-Stellung auf den Rücken.

Mein Puls rast noch immer, und ich zucke bei jedem Donnerknall zusammen, weil ich mich erschrecke, aber es ist nicht dasselbe wie zuvor. Gut möglich, dass mir Gewitter für immer Angst machen werden, aber Charlottes Worte haben etwas in mir bewirkt.

»Ich will nicht sterben«, flüstere ich, fast zu leise, um es über das Unwetter hinweg wahrzunehmen, darum wiederhole ich es noch mal, diesmal etwas lauter und mit kräftigerer Stimme. »Ich will nicht sterben. Das wollte ich nie. Ich wollte nur ... ich wollte doch nur wieder bei Katie sein.« Heiße Tränen rinnen mir aus den Augenwinkeln und laufen mein Gesicht hinab.

»Ich weiß«, erwidert Charlotte leise. »Ich kann mir nicht mal vorstellen, wie es für dich gewesen sein muss, deine Schwester zu verlieren, aber ich ... ich weiß, wie es sich anfühlt, jemanden zu begraben, den man geliebt hat. Jemanden, von dem man nicht mal richtig Abschied nehmen konnte. Jemanden, der alles Glück der Welt verdient hätte. Ich … Tut mir leid.« Ihre Stimme bricht, und sie schweigt.

Aber es fühlt sich nicht so an, als würde sie sich selbst stoppen oder mir etwas vorenthalten. Dieses Schweigen zwischen uns ist einvernehmlich. Und in dieser Nacht schweigen wir zusammen. Wie weinen zusammen. Und wir reden über Katie und Jesper. Charlotte erzählt mir Dinge aus ihrer Kindheit, Dinge von Jesper, die ich nicht wusste und die mich zwischen all den Tränen auch zum Lachen bringen. Und ich spreche zum allerersten Mal seit diesem Unfall über Katie – freiwillig und nicht nur in einer Therapiestunde. Ich erzähle Charlotte, wie wir als Kinder draußen gespielt haben, wie wir zusammen aufgewachsen, zur Schule und anschließend aufs College gegangen sind und immer diese Verbindung zueinander hatten, durch die wir wussten, wie es der anderen geht. Und ich erzähle ihr, wie diese Verbindung abgebrochen ist. Wie ich es zuerst einfach nicht wahrhaben wollte und mich an alles geklammert habe, was in irgendeiner Form mit Katie zu tun hatte. Wie ich nach der Beerdigung, die ich wie in Trance miterlebt hatte, zurück zu ihrem Grab gegangen bin. Das erste und einzige Mal bisher. Und wie ich vor dem Grabstein zusammengebrochen bin, weil ich nicht einmal dort noch die Verbindung zu meiner Schwester gefühlt habe. Weil sie einfach … fort war.

Aber Katies Worte und ihre Stimme sind bei mir geblieben und haben mich daran erinnert, wie sie immer versucht hat, mich aus meinem Schneckenhaus herauszulocken.

Sei mutig, Hailee.

Ich habe viel zu selten auf sie gehört. Außer in diesem letzten Sommer. In diesen drei Monaten habe ich alles getan, um mutig zu sein, um mich Katie endlich wieder nahe zu fühlen, damit sie stolz auf mich sein kann, wenn wir uns wiedersehen.

Und das würden wir. Daran habe ich bis zum letzten Moment festgehalten.

Allerdings habe ich nie damit gerechnet, dass mich dieser Sommer so verändern würde. Dass mich die Menschen, denen ich begegnet bin und mit denen ich mich angefreundet habe, so verändern könnten. Und dass ich ausgerechnet in diesen Menschen Gleichgesinnte finden würde. Freunde, die für mich da sind und mir zuhören, die gemeinsam mit mir lachen und weinen, selbst wenn ich sie mitten in der Nacht anrufe und aufwecke. Freunde, die an meiner Seite sind, selbst wenn ich völlig am Boden bin.

Kapitel 25

Hailee

Dafür, dass wir fast Ende Oktober haben, ist es ein erstaunlich warmer Tag, als ich den Honda am nächsten Morgen vor dem Friedhof parke und sofort aussteige. Ich darf nicht sitzen bleiben, sonst ziehe ich das hier nicht durch.

Die Sonne scheint von einem beinahe wolkenlosen Himmel und eine leichte Brise trägt den Geruch von Herbst mit sich. Nach der Sache mit Chase – auch wenn das schon fast eine Woche her ist – ist es ein Wunder, dass Mom und Dad mich überhaupt aus den Augen lassen. Davon, mich ganz allein zum Friedhof in Rondale fahren zu lassen, ganz zu schweigen. Doch diese Diskussion, dieser Streit hat irgendetwas bewirkt. Er hat etwas zwischen uns verändert. Und damit meine ich nicht nur die seltsam angespannte Stimmung bei jeder gemeinsamen Mahlzeit.

Es ist beinahe, als hätten sie begriffen, dass sie mich nicht kontrollieren können, da ich noch immer einen eigenen Willen habe. Vielleicht hat auch Dr. Piatkowski dazu beigetragen, bei der ich seither zu einer weiteren Sitzung war. Allein. Wir haben über das Antidepressivum gesprochen und wie sehr ich es hasse, dass es mich so außer Gefecht setzt. Sie hat mir die Wirkweise ein weiteres Mal ganz genau erklärt und auch, dass es seine Zeit braucht, um die richtige Dosis und das richtige Mittel zu finden, ich mich davon jedoch nicht entmutigen lassen darf. Ich habe eingewilligt, das Medikament mit ihrer Hilfe schrittweise abzusetzen, ehe wir es dann mit einem neuen versuchen. Und diesmal habe ich diese Entscheidung nur für mich und nicht meinen Eltern zuliebe getroffen. Außerdem habe ich Dr. Piatkowski versprochen, mich sofort bei ihr zu melden, falls ich wieder diese krasse Erschöpfung oder andere Nebenwirkungen spüre.

Bisher merke ich nur, dass die Müdigkeit und die Kopfschmerzen ein wenig nachgelassen haben, auch wenn mir immer noch schwindlig und hin und wieder übel ist. Das ist wenigstens ein Fortschritt. Vielleicht nur ein kleiner, aber für mich ist er riesig. Überhaupt zuzugeben, dass etwas nicht mit mir in Ordnung ist, einzusehen, dass ich Medikamente brauche und diese dann auch zu nehmen – freiwillig, wohlgemerkt –, fühlt sich immens an. Und wie ein weiterer Moment, in dem ich mutig sein konnte.

Genauso, wie heute hier zu sein.

Ich starre auf das schmiedeeiserne Tor, das nur angelehnt ist, und umklammere die Autoschlüssel fester. So fest, dass sie sich in meine Hand bohren.

Ich will nicht hier sein. Ich will den Grabstein mit Katies Namen darauf nicht sehen. Daran hat sich in den vergangenen Monaten nichts geändert. Doch inzwischen weiß ich, dass ich es tun muss. Nicht für Katie. Nicht für Jesper. Auch nicht für meine Eltern. Sondern ganz allein für mich.

Gut möglich, dass ich über zehn Minuten vor diesem Tor stehe, bevor ich mich dazu überwinden kann, einen Fuß vor den anderen zu setzen. Ich atme tief durch, versuche mich an die Techniken zu erinnern, die Dr. Piatkowski mir beigebracht hat, und gehe weiter. Einen Schritt nach dem anderen, bis ich das Tor erreicht habe und die Hand danach ausstrecke. Mein Herz hämmert schmerzhaft in meiner Brust. Mein Magen zieht sich zusammen. Trotzdem gehe ich hindurch und betrete den Friedhof.

Es ist seltsam still. Keine zwitschernden Vögel, und sogar der Wind scheint sich gelegt zu haben. Und obwohl die Sonne scheint, ist es völlig anders als damals in Fairwood, als ich Jespers Grab besucht habe. Und auch anders als an jenem grauen Tag, als ich zuletzt hier war. Obwohl das nur ein einziges Mal war, erinnere ich mich noch an jedes Detail. Zuerst starre ich nur auf den Weg vor mir, als könnte ich damit alles andere ausblenden, als könnte ich mir damit weismachen, an einem anderen Ort zu sein, doch nach ein, zwei Minuten bleibe ich stehen und zwinge mich dazu, den Kopf zu heben.

Der Herbst hat auch hier Einzug gehalten. Das Gras zwischen den Grabsteinen in allen Größen und Formen ist nicht mehr ganz so grün wie noch im Mai. Die Bäume haben sich verfärbt, und ein paar bunte Blätter liegen auf dem Boden. Katie hat den Sommer geliebt, aber ich … für mich war der Herbst schon immer die schönste Jahreszeit. Und zum ersten Mal macht sich so etwas wie Dankbarkeit in mir breit. Dankbarkeit dafür, den Herbst erleben zu können, selbst wenn es auf diesem Friedhof ist. Oder vielleicht gerade hier.

Ich hole tief Luft und stoße sie langsam wieder aus, dann setze ich mich wieder in Bewegung.

Sei mutig, Hailee. Sei mutig.

Ich gehe weiter, selbst dann noch, als das Grab in der Ferne auftaucht, wegen dem ich heute hier bin. Ich bleibe nicht stehen, zögere nicht, sondern laufe weiter. Immer weiter, bis ich die weiche Erde unter meinen Stiefeln spüre und kurz darauf vor dem Stein stehen bleibe. Er ist nicht besonders groß und meine Sicht verschwimmt, noch während ich langsam davor in die Hocke gehe. Mit dem Handrücken wische ich mir über die Augenwinkel, bis sich mein Blick wieder klärt.

Katherine »Katie« DeLuca
20. 02. 1998–24. 05. 2019
Zu früh von uns gegangen und schmerzlich vermisst

Ein Schluchzen entkommt mir, als ich die Worte lese, und ich lasse mich ungelenk ins Gras fallen, weil mich meine Beine nicht länger tragen wollen.

Das ist er. Der Moment, vor dem ich mich am allermeisten gefürchtet habe. Der Ort, den ich am liebsten auf ewig aus meinem Gedächtnis verbannt hätte und an den ich niemals zurückkehren wollte, weil er alles zu real macht. Trotzdem bin ich nun hier.

»Es tut mir leid, Katie …« Die Worte kommen mir über die Lippen, bevor ich darüber nachdenken kann. Wieder wische ich mir die Tränen von den Wangen und zwinge mich dazu, mehrmals tief durchzuatmen. Ein Zittern wandert durch meinen Körper, aber ich breche nicht zusammen. Ich werde nicht noch einmal hier zusammenbrechen.

Als ich endlich das Gefühl habe, mich etwas besser im Griff zu haben, spreche ich weiter: »Es tut mir so leid. Wo auch immer du gerade bist, ich weiß, dass du megasauer auf mich wärst, nach dem, was ich tun wollte … was ich fast getan habe. Aber ich … ich wollte doch nur … Ich wollte wieder bei dir sein, weil ich mir ein Leben ohne dich einfach nicht vorstellen kann. Du warst immer da. Du warst die Stärkere von uns. Die Mutigere. Die Bessere. Ich habe keine Ahnung, wie ich ohne dich weitermachen soll«, flüstere ich, nur um gleich darauf ein ersticktes Lachen auszustoßen. »Gott, wem erzähle ich das überhaupt? Du kennst mich von allen am besten. Du hast mich schon immer am besten gekannt.«

Eine sanfte Brise kommt auf und kühlt die Tränen auf meinem Gesicht. Ich schließe für einen Moment die Augen und inhaliere die frische Luft. Dann schlage ich die Augen wieder auf und betrachte den Stein vor mir. Er ist nichts Besonderes, nur grau und kalt. Er kann nicht die Lebensfreude meiner Schwester einfangen, genauso wenig wie ihre verrückten Einfälle oder all die wilden, bunten, wundervollen Erinnerungen, die sie geschaffen hat. Er zeigt nicht, wie viele Geheimnisse wir nachts im Schein einer Taschenlampe unter der Bettdecke geteilt haben, wie oft wir zusammen gelacht haben, bis uns die Bäuche wehgetan haben und die Tränen gekommen sind, oder wie oft ich sie in den Arm genommen habe, nachdem sie ihr Herz wieder mal an den falschen Typen verloren hatte. Katie hat aus tiefster Seele gelebt und mit ganzem Herzen geliebt. Sie hat das Leben gefeiert und wollte jeden Moment auskosten, sei es mit Dads Braten am Sonntagabend oder bei der nächsten Party auf dem Campus.

Und während ich vor ihrem Grab im Gras sitze, merke ich, dass ich nicht nur um Katie weine, sondern auch um all das, was sie nie mehr erleben wird. Sie wird nie mehr Dads Braten essen, sich nie mehr für eine Party zurechtmachen, nie meine Mitschriften aus unseren gemeinsamen Kursen abschreiben und mir nie ihre eigenen bringen, wenn ich krank im Bett liege. Sie wird mir nie mehr damit in den Ohren liegen, dass ich nicht bloß vom Schreiben reden, sondern es endlich tun soll. Bei der Erinnerung daran muss ich unweigerlich lächeln. Katie hat Jesper nie kennengelernt, aber ich bin mir absolut sicher, dass sie sich ganz hervorragend verstanden hätten. Sie hatten beide den gleichen Sinn für trockenenen Humor und diese No-Nonsense-Mentalität, mit der sie die Dinge angepackt haben und um die ich sie insgeheim beneidet habe. Katie war für mich da, als Jesper gestorben ist, aber als ich auch sie verloren habe, hatte ich niemanden, der mich aufgefangen und in den Arm genommen hat.

Seufzend starre ich auf meine Hände hinab. Ich werde Katie nie mehr festhalten, sie nie mehr umarmen können. Wir waren uns so sicher, dass wir für immer zusammen sein würden. Bis zum Schluss. Und in gewisser Weise waren wir das auch. Ich war bis zum Ende an Katies Seite. Niemand hat ahnen können, dass sie nicht auch an meiner sein würde.

»Ich wünschte, du wärst jetzt hier«, wispere ich und wage es, den Blick wieder auf das Grab zu richten. »Du glaubst gar nicht, wie sehr ich mir das wünsche. Ich würde *alles* dafür tun. Aber ich kann dich nicht zurückbringen, und ich … ich kann dir nicht folgen. Ich dachte, ich wäre bereit dafür, aber … ich kann nicht. Ich will nicht sterben, Katie.«

Und das ist … okay. Es ist in Ordnung, das nicht zu wollen, genauso wie es in Ordnung war, sterben zu wollen. Die ganze Zeit über habe ich mir Vorwürfe gemacht und mir die Schuld daran gegeben, dass Mom und Dad leiden. Ja, ich habe ihnen wehgetan – aber sie haben mir vor dem Sommer genauso wehgetan. Letzten Endes hat keiner von uns Schuld, weil jeder von uns auf seine eigene Weise versucht hat, mit dieser Situation zurechtzukommen. Auch wenn ich nie stolz darauf sein werde, was ich vor ein paar Wochen fast getan hätte – ich schäme mich nicht länger dafür. Und ich weiß mit absoluter Sicherheit, dass Katie, wenn sie jetzt hier wäre, mich dafür feiern würde, dass ich mich entschieden habe, ohne sie weiterzuleben. Und genau dasselbe sollte ich auch tun.

Ich starre auf den grauen Stein, in der vagen, irrsinnigen Hoffnung auf irgendeine Antwort, irgendeine Reaktion auf meine Erkenntnis, aber da ist nichts. Nur Stille und der Wind, der leise in den Bäumen rauscht und mein Gesicht streift. Katie ist nicht mehr da. Sie ist nicht hier bei mir, nicht in ihrem alten Zimmer und auch nicht auf diesem Friedhof. Aber sie ist immer an meiner Seite, wenn ich an sie denke. Und sie war auch den ganzen Sommer über bei mir. Ohne Katie hätte ich all das nie erlebt, hätte ich mich nie all diesen Herausforderungen gestellt und wäre heute nicht hier. Freiwillig. Weil es an der Zeit ist, Lebewohl zu sagen.

Irgendwie schaffe ich es, aufzustehen, auch wenn es mich unendlich viel Kraft kostet.

»Danke, dass du immer für mich da warst, Katie. Danke, dass du mich immer darin bestärkt hast, mutig zu sein. Und auch wenn du mir nicht mehr in den Hintern treten und mich damit nerven kannst, will ich trotzdem weiter versuchen, mutig zu sein. Für dich – aber vor allem für mich selbst.«

Ein letztes Mal sehe ich auf den Grabstein vor mir. Ein letztes Mal atme ich tief durch. Dann drehe ich mich um und gehe zurück zu meinem Wagen.

Ich habe es geschafft. Ich war da, obwohl ich niemals hierher zurückkommen wollte. Ich bin nicht zusammengebrochen. Aber vor allem habe ich mit Katie gesprochen und mir alles von der Seele geredet. Es ändert nichts an dem, was passiert ist, nichts daran, dass meine Schwester für immer fort ist. Aber es ändert etwas *für mich*. Und nur das ist jetzt wichtig.

Wieder zu Hause und in meinem Zimmer angekommen, setze ich mich aufs Bett. Gott, ich bin so … erledigt. So müde, obwohl ich mehr als genug geschlafen habe, doch der Besuch auf dem Friedhof war so verdammt anstrengend. Gleichzeitig fühlt es sich so an, als wäre ein enormes Gewicht von mir abgefallen. Als hätte ich einen riesigen unsichtbaren Felsbrocken auf meiner Brust und meinen Schultern mit mir herumgetragen, der mir das Atmen und sogar das Denken erschwert hat, und jetzt … jetzt ist er fort. Ich kann freier atmen und sogar lächeln, wenn ich an Katie denke, auch wenn es noch immer so verdammt wehtut. Aber langsam beginne ich zu akzeptieren, dass der Schmerz dazugehört. Dass er nur ein Zeichen dafür ist, wie wichtig mir meine Zwillingsschwester war und wie sehr ich sie geliebt habe.

Ich atme tief durch, lasse meinen Blick durch das Zimmer wandern – und bleibe an der kleinen Holzkiste hängen, die seit meiner Rückkehr unangetastet auf dem Nachttisch steht. Die Erinnerungsbox. Ich habe sie kein einziges Mal angerührt, und wenn ich ganz ehrlich bin, hatte ich zwischendurch sogar vergessen, dass sie überhaupt existiert. Jetzt greife ich nach der Kiste und platziere sie auf meinen Oberschenkeln. Ich brauche einen Moment, bis ich mich genug gesammelt habe, um den Deckel zu öffnen.

Liebe Hailee,
das ist von uns allen. Jeder hat etwas beigetragen.

Ganz oben liegt ein kleiner Traumfänger mit Perlen und bunten Federn, die mich an meine geliebten Ohrringe erinnern, die ich seit meinem Abschied von Fairwood kein einziges Mal mehr getragen habe. Ich nehme den Traumfänger aus der Kiste und halte ihn in die Höhe. Er ist wunderschön. Ein kleiner handgeschriebener Zettel hängt daran, den ich mit zitternden Fingern umdrehe:

Damit du immer gut schlafen kannst. Der Traumfänger wird alle bösen Träume von dir fernhalten.
Eric

Ich schniefe. Ich habe gerade mal das erste Geschenk aus der Box herausgenommen, und mir kommen jetzt schon die Tränen. Und das, obwohl ich mir sicher war, nach dem Besuch auf dem Friedhof keine mehr übrig zu haben. Anscheinend schon.

Doch diese Tränen sind anders. Sie werden von Lachen und Schluchzen und einer riesigen Menge Glücksgefühlen begleitet. Und Wehmut. So verdammt viel Wehmut.

Als Nächstes ziehe ich ein kleines Spielzeugauto hervor, das erstaunlich viel Ähnlichkeit mit meinem roten Honda hat. Ohne nachzusehen, weiß ich schon jetzt, dass das nur von Lexi sein kann. Und ich behalte recht, denn an der Unterseite klebt ein zusammengefalteter Zettel, den ich behutsam abmache. Was gar nicht so leicht ist, da meine Finger zittern und mir immer wieder die Tränen kommen.

Dein Wagen ist hier immer willkommen. Genau wie du. Komm bald zurück, Hailee!
Lexi

Ich wische mir über das Gesicht. Als ich wieder einigermaßen klar sehen kann und nicht mehr ganz so sehr schniefen muss, ziehe ich den nächsten Gegenstand aus der Holzkiste. Es ist ein Umschlag mit einer Karte darin. Auf der Rückseite steht: *Gutschein für unendlich viele Motorradtouren. Gesangseinlage optional.*

Unwillkürlich muss ich lachen, weil das so gut zu Clay passt. Und weil die Sehnsucht tief in mir mit jedem dieser kleinen Geschenke immer heftiger wird. Denn die Wahrheit ist: Ich *will* Lexi wieder meinen Honda anvertrauen und Zeit mit ihr verbringen – wenn es sein muss, sogar während sie in der Werkstatt daran herumschraubt. Ich *will* wieder eine Spritztour mit Clay unternehmen. Und ich *will* wieder bei diesen Menschen in Fairwood sein.

Mein Herz setzt einen Schlag lang aus, nur um gleich danach umso schneller weiterzuhämmern, als die Erkenntnis nach und nach einsickert. *Ich will zurück nach Fairwood. Ich will zurück … nach Hause.* Denn nach allem, was passiert ist, ist ausgerechnet dieser kleine Ort, ausgerechnet Jespers Heimatstadt, zu einem Zuhause für mich geworden. Und das nicht nur wegen Chase, Lexi, Eric, Clay und Charlotte, sondern auch wegen Beth, wegen des mürrischen Mr Kerridge mit seiner Zeitung, wegen Jazmine und Mary Ann Whittaker und ihrer wunderschönen Buchhandlung, wegen all der Leute, die ich im Laufe dieser wenigen Wochen kennengelernt habe, und sei es nur, weil sie regelmäßig ins Diner gekommen sind und mir das Gefühl gegeben haben dazuzugehören. Nämlich genau so, wie ich bin.

Wieder muss ich mir über die Wangen wischen, doch diesmal weiß ich mit absoluter Sicherheit, dass es keine Tränen der Trauer sind. Vor allem nicht, als ich das Buch heraushole, das Charlotte mit eingepackt haben muss. Ich muss unwillkürlich lächeln, als ich über den Titel streiche: *Der Zauberer von Oz.* In ihrer Nachricht steht, dass es ihr Lieblingsbuch ist und sie es von klein auf immer wieder gelesen hat.

Dieses Buch hat mich in schönen Zeiten glücklich gemacht, mir in schwierigen Zeiten weitergeholfen und war immer in meinen Gedanken. Genau wie Emikos Geschichte, die ich bestimmt noch ganz oft lesen werde. Danke, dass du Emiko und das magische Licht mit mir geteilt hast, Hailee. Das werde ich dir nie vergessen. Ich glaube ganz fest an diese Geschichte – und an dich. Du hast es geschafft, einen ganzen Sommer lang allein herumzureisen, und du hast es geschafft, dieses Manuskript fertigzuschreiben. Du kannst alles schaffen. Das weiß ich.
– Charlotte

Gott, ich habe keine Ahnung, womit ich das verdient habe. Womit ich diese Menschen verdient habe, die mich in meiner allerschlimmsten Phase gesehen haben und trotzdem noch an mich denken und mir in aller Eile diese Erinnerungsbox zusammengestellt haben.

Ich drücke das Buch kurz an mich und atme tief den Geruch der frisch bedruckten Seiten ein, dann lege ich es zu den anderen Sachen, die ich auf der Bettdecke um mich herum ausgebreitet habe. Es gibt gar nicht so viele Taschentücher, wie ich weinen möchte, und gleichzeitig kann ich nicht aufhören zu lächeln. Ich hatte gedacht, dass ich nichts mehr zu verlieren hätte. Dass ich völlig allein wäre. Unsichtbar. Und dass es keinen Unterschied machen würde, ob ich da wäre oder nicht. Allein bei der Erinnerung an jenen Freitagmorgen kriege ich eine Gänsehaut, und alles in mir zieht sich zusammen.

Doch jetzt weiß ich es besser. Ich bin nicht allein. Und ich habe verflucht viel zu verlieren.

Ich will die Holzkiste schon beiseitelegen, als ich das Papier auf ihrem Boden bemerke. Es ist ein weiterer Umschlag, und aus irgendeinem Grund fängt mein Herz ausgerechnet bei diesem an, wie wild zu pochen. Vorsichtig nehme ich ihn heraus und drehe ihn zwischen meinen Fingern. Er ist unbeschriftet, trotzdem weiß ich schon jetzt, von wem er ist. Ich weiß es einfach. Und als ich ihn öffne und erkenne, was drinnen ist, bleibt für einen kurzen Moment meine Welt stehen. Ganz langsam ziehe ich die Tickets vom Musikfestival heraus, auf dem ich mit Chase war. An ihnen klebt sogar noch etwas Glitzer, genau wie jetzt auch an meinen Fingern.

Ich kann mich nicht entscheiden, ob ich lachen, weinen oder ihn insgeheim verfluchen soll, denn ich weiß genau, was er mir damit sagen will. Er will mich an den schönsten Tag in diesem Sommer erinnern, an einen Tag, den wir gemeinsam verbracht haben und an dem alles andere, alle Sorgen, Probleme und Gedanken weit, weit weg waren. Zu diesem Festival bin ich nicht für Katie gegangen, nicht, um mutig zu sein oder ein Versprechen an meine Schwester oder an meinen besten Freund einzulösen. Oh nein. Das habe ich ganz allein für mich getan, und Chase hat mir dabei geholfen, diesen Herzenswunsch zu erfüllen, weil er gemerkt hat, wie wichtig es mir war.

Ich atme tief aus und lasse die Tickets sinken. Als ich vor inzwischen vier Monaten in meinen Wagen gestiegen und einfach drauflosgefahren bin, war ich der festen Überzeugung, diesen Sommer Katie zu widmen und alles dafür zu tun, der Mensch zu sein, den sie schon immer in mir gesehen hat, der zu sein ich mich aber nie getraut habe. Doch nun wird mir klar, dass ich nicht nur für sie mutig war und all diese verrückten Dinge angestellt habe. Ich habe nicht nur für Katie weitergelebt, nicht nur, um sie stolz zu machen, sondern vielleicht auch … für mich.

Nach diesem schrecklichen Unfall konnte ich nicht so weitermachen wie zuvor, konnte nicht weiterleben und so tun, als wäre nichts passiert. Und ich konnte mich auch nicht so in die Suche nach einem Schuldigen stürzen wie Mom und Dad, die sogar das College verklagt haben. Ich habe meine Schwester an meiner Seite gebraucht, weil sie schon immer da war und ich einfach nicht ohne sie existieren *konnte*. Und dieser Sommer … In diesen drei Monaten war es beinahe so, als wäre Katie noch bei mir. Als wäre sie diejenige, die mir Mut zuspricht und mich dazu ermuntert, etwas zu riskieren. Und wann immer ich ihr getextet oder ihr Sprachnachrichten geschickt habe, habe ich mich ihr nahe gefühlt. Nicht so wie früher, aber es war wenigstens etwas, statt diesem großen Nichts, das plötzlich da war und wie ein riesiges schwarzes Loch alles verschlungen hat. Mich selbst eingeschlossen.

Vor gar nicht allzu langer Zeit hat Chase mich gefragt, was ich mir wünschen würde, wenn ich einen Wunsch frei hätte.

Und die Wahrheit ist: Ich würde mir immer Katie zurückwünschen. Immer. Ich brauche sie an meiner Seite, aber so langsam merke ich, dass ich auch ohne sie funktionieren kann. Dass ich ohne sie an meiner Seite leben kann, auch wenn das etwas ist, das ich nie tun wollte. Aber in diesem Sommer gab es Zeiten, in denen ich glücklich war. Und ich war nie glücklicher als am Tag des Musikfestivals zusammen mit Chase. Dass er mich mit diesen Tickets daran erinnert, bedeutet mir mehr, als er je wissen kann.

Und vielleicht weine ich diesmal aus Glück und Trauer, aus Wehmut und Schmerz, Sehnsucht und Freude, weil all das und noch so viel mehr in mir tobt. Aber all das zu fühlen, bedeutet auch, am Leben zu sein. Und dieses Gefühl heiße ich zum ersten Mal seit viel zu langer Zeit wieder willkommen.

Ich bin am Leben. Und wenn Katie jetzt noch hier wäre, weiß ich, dass sie verdammt stolz auf mich wäre.

Die Tür geht auf, und plötzlich kniet Mom neben dem Bett und greift nach meiner Hand.

»Oh mein Gott, Hailee! Was ist passiert? Was ist los?«

Ich schüttle den Kopf, um sie zu beruhigen, aber das scheint nicht zu funktionieren. Ihre Stirn ist gerunzelt, ihre Augen vor Schreck riesig, und sie umklammert meine Hand so fest, dass ich nicht sicher bin, ob sie mich festhalten will oder sich selbst an mir festhalten muss.

»Nichts ist passiert«, bringe ich hervor und wische mir mit der freien Hand über die Augenwinkel. »Es ist nur … Ich bin …«

Himmel, wie soll ich diesen Wirbel an Empfindungen in mir je in Worte fassen? Wie soll ich ihr verständlich machen, was in mir vor sich geht?

»Mom …«, versuche ich es erneut und lächle, obwohl mir erneut heiße Tränen über die Wangen laufen. »Wie … wie ist es möglich, sich gleichzeitig so glücklich und unendlich traurig zu fühlen?«

Sie atmet tief durch, und die Falten auf ihrer Stirn glätten sich etwas. »Du kannst alles fühlen, was du willst, Schatz. Auch Freude und Trauer gleichzeitig. Nichts davon ist richtig oder falsch. Es sind deine Gefühle.« Sie lächelt ganz leicht, obwohl ich ihr anmerke, dass sie sich noch immer Sorgen um mich macht.

»Ich war auf dem Friedhof«, erzähle ich leise und muss kurz innehalten, weil ich vom vielen Weinen Schluckauf bekommen habe. »U-und dann habe ich … Ich habe das Abschiedsgeschenk von meinen Freunden aufgemacht.« Ich deute um mich, wo all die kleinen Dinge ausgebreitet liegen wie ein Schatz, den ich soeben gefunden habe.

»Oh, Liebling.« Mom legt die Arme um mich, und ich lehne mich an sie, vergrabe das Gesicht an ihrer Schulter wie früher als Kind und lasse den Tränen freien Lauf. Sie sagt nichts weiter, erzählt mir nicht, dass alles wieder gut wird oder dass es nur halb so schlimm wäre. Sie schweigt einfach nur und streichelt mir tröstend den Rücken. Und allein, dass sie da ist, dass sie mich sieht – nicht Katie, nicht ihre eigenen Schuldgefühle, nicht das Mädchen, das behütet und beschützt werden muss, weil es sich umbringen wollte, sondern *mich* –, gibt mir mehr, als ich je für möglich gehalten hätte. Es reißt etwas in mir auf, öffnet eine Wunde, die nie richtig verheilen konnte und jetzt die Chance dazu bekommt. Und es gibt mir Kraft, um endlich für das einzustehen, was ich wirklich will.

Als Dad im Türrahmen auftaucht, weil er uns gehört haben muss, weiß ich, was ich zu tun habe.

Ich setze mich auf, schniefe ein letztes Mal, dann sehe ich zwischen den beiden hin und her. »Ich möchte zurück nach Fairwood.«

Ich habe es gesagt. Ich habe die fünf Worte ausgesprochen, die schon seit Langem unterbewusst in mir geschwelt haben, die mir aber erst jetzt richtig klar geworden sind. Und wenn ich völlig ehrlich mit mir bin, dann habe ich diese Stadt und die Menschen dort bereits vermisst, als ich zu Mom und Dad ins Auto gestiegen bin und wir losgefahren sind. Lange bevor Chase mir zum ersten Mal getextet hat. Lange bevor mich Lexis lächerliche Gifs erreicht haben, mit denen sie mich über ihren Tag auf dem Laufenden hält. Meistens sind es wütende Gesichter aus Filmen, Serien und Zeichentrickfilmen, mit denen sie sich über irgendwelche doofen Kunden aufregt. Anfangs war immer eine kurze Erklärung dabei, mittlerweile verstehe ich sie auch ohne. Und ich bin ihr dankbar dafür, dass sie mich auf diese Weise an ihrem Leben und ihrem Alltag teilhaben lässt, genauso wie Charlotte, die ich sogar mitten in der Nacht anrufen kann, wenn ich mich vor einem Gewitter fürchte. Und wenn ich mir die Sachen aus der Erinnerungsbox so anschaue, dann weiß ich mit absoluter Bestimmtheit, dass ich mich bei jedem Einzelnen von ihnen jederzeit melden kann. Dass sie sich freuen würden, von mir zu hören. Und dass ich in Fairwood willkommen bin.

Meine Eltern wechseln einen Blick, dann seufzt Dad und betritt das Zimmer. Er setzt sich nicht zu uns aufs Bett, sondern geht davor in die Hocke, sodass wir auf Augenhöhe sind. Er wirkt nicht überrascht. Irritiert ziehe ich die Brauen zusammen. Wieso ist er nicht überrascht?

»Wenn ich ehrlich sein soll …«, beginnt er und schaut zu Mom, die einen Arm um mich gelegt hat, bevor er sich wieder mir zuwendet. »Dann habe ich schon mit so etwas gerechnet.«

»Du … du hast damit gerechnet?«, wiederhole ich, und der Schluckauf sorgt dafür, dass meine Stimme am Ende ganz piepsig wird.

Er nickt lächelnd. »Dieser Ort … so furchtbar er für uns auch sein mag, weil er für immer mit diesem Brief von dir verbunden sein wird, bedeutet dir eine ganze Menge.«

Ich lächle, obwohl ich gleichzeitig nach der Taschentuchbox tasten muss.

Dad lässt mich keine Sekunde aus den Augen. »Wir verstehen, dass du zurück möchtest, aber bist du dir sicher, dass er dort und nicht in Boston sein wird?«

Ich gebe einen undefinierbaren Laut von mir, eine Mischung aus Schnauben, Schniefen und Lachen. Denn sie verstehen es – und dann doch wieder nicht. Aber das ist okay. Ich begreife es ja selbst kaum.

»Es geht nicht nur um Chase«, erkläre ich mit vom Weinen heiserer Stimme. »Er ist ein unglaublich wichtiger Teil davon, aber nicht der einzige Grund.« Ich deute auf die Holzkiste in meinem Schoß. »Ich habe Freunde gefunden. Echte Freunde, die in meinen schlimmsten Momenten zu mir halten und selbst jetzt noch für mich da sind. Ich habe im Diner gearbeitet und in dem kleinen Café an der Main Street mein Kinderbuch zu Ende geschrieben. Ich habe Abenteuer erlebt und war glücklich und mutig und … und ich habe mich zum ersten Mal nicht in Katies Schatten versteckt, sondern war einfach ich.«

»Hailee …« Mom bedenkt mich mit einem wissenden Blick der Sorte, die Mütter anscheinend immer draufhaben. Seit ich mich am Freitag frühmorgens zurück ins Haus geschlichen habe, nachdem ich die Nacht mit Chase verbracht habe, hat sie mir immer wieder solche Blicke zugeworfen. Zuerst nur nachdenklich, doch dann scheint sie akzeptiert zu haben, dass Chase mir wichtig ist und wie viel er mir bedeutet.

Wärme breitet sich in meinen Wangen aus, und zu allem Überfluss werde ich jetzt auch noch rot. »Er wird da sein«, wispere ich.

Und wenn nicht, wird er immer wieder nach Fairwood zurückkehren, weil es sein Zuhause ist. Und vielleicht, zumindest für einige Zeit, auch wieder meines werden kann.

Dad nickt zwar, aber er wirkt nicht wirklich überzeugt. »Du kannst auch hier schreiben, Freunde finden und dich verlieben ...«

Ich schüttle den Kopf, noch während er redet. »Ich muss zurück. Diese Stadt und die Menschen dort, sie ... sie haben mir zum ersten Mal das Gefühl gegeben, auch ohne Katie lebendig zu sein. Sie haben mich so kennengelernt, wie ich bin – nur als Hailee, nicht als ein Teil von zweien, als die kleine Schwester, und ich konnte ... Ich war einfach ich.«

»Oh, Hailee ...« Er zieht mich in eine feste Umarmung.

Mom legt ebenfalls die Arme um uns und streicht mir über das Haar. »Du darfst auch ohne deine Schwester ein ganzer Mensch sein«, flüstert sie erstickt. »Du *bist* ein ganzer Mensch, Hailee. Es tut mir so leid, wenn wir dir das Gefühl gegeben haben, dass es nicht so sein könnte. Es tut mir leid, dass du dachtest, du wärst uns egal, denn das bist du nicht. Das warst du nie.«

Nur langsam löse ich mich von ihnen. »Mir tut es auch leid. Ihr habt schon ein Kind begraben müssen, und ... und meinetwegen hättet ihr fast das zweite verloren.«

Beide schütteln den Kopf.

Dad seufzt tief. »Sag das nicht, Kleines.«

Mom legt die Hände an meine Schultern und schiebt mir eine lose Haarsträhne hinters Ohr, wie sie es früher immer gemacht hat, als ich noch klein war. Dann sieht sie mir fest in die Augen. »Entschuldige dich niemals für das, was du fühlst, Hailee. Uns tut es leid, dass du erst an diesen Punkt kommen musstest, bis wir erkannt haben, dass etwas nicht stimmt. Du hast alles getan, was du tun konntest, um mit diesem Verlust zurechtzukommen, und wir haben dich damit völlig alleingelassen.«

»Es sind keine Entschuldigungen nötig«, fügt Dad leise hinzu.

Ich umarme die beiden erneut und halte sie ganz fest. Als Katie gestorben ist, hatte ich das Gefühl, nicht nur meine Schwester und mich selbst, sondern auch meine Eltern verloren zu haben. Tagelang waren sie kaum ansprechbar, dann haben sie sich so in Schuldzuweisungen und die Klage gegen das College gestürzt, dass sie unerreichbar für mich wurden. Sie haben mich kaum noch wahrgenommen, nicht mal, als ich mit der Idee für den Roadtrip ankam. Nicht mal das hat sie aus ihrer Starre gerissen, und ich war mir sicher, dass sie mein Fehlen gar nicht bemerken würden. Später in Fairwood und anschließend auch zu Hause haben sie mich mit ihrer Aufmerksamkeit überschüttet, als müssten sie diese Zeit wiedergutmachen. Als könnte ich nichts mehr selbst entscheiden und müsste vor allem und jedem beschützt werden – am allermeisten vor mir selbst. Doch in diesem Moment habe ich das Gefühl, endlich wieder meine Eltern zurückzuhaben.

Nachdem alle Tränen getrocknet sind und Mom und Dad mich wieder allein gelassen haben, nehme ich mein Smartphone und tippe eine Nachricht. Es sind nur fünf Worte, ohne Erklärungen, aber sie bedeuten mir die Welt.

Ich komme zurück nach Fairwood.

Kapitel 26

Chase

Auf halbem Weg zwischen dem Wagen und meinem Elternhaus bleibe ich abrupt stehen und starre auf mein Handy, genauer gesagt auf die Nachricht, die schon vor einer ganzen Weile eingetroffen ist.

Ich komme zurück nach Fairwood.

Wieder und wieder lese ich die Worte, und ich könnte schwören, dass mir dabei kurz das Herz stehen bleibt. *Hailee kehrt zurück. Sie kommt wieder nach Fairwood.* Ich habe keine Ahnung, wann oder für wie lange oder wie sie das überhaupt anstellen will, aber allein die Aussicht darauf, dass ich Hailee bald wiedersehen werde, rückt alles in mir an seinen richtigen Platz. Mehr noch: Es bestärkt mich in meinem eigenen Entschluss und gibt mir Kraft für das, was mir gleich bevorsteht.

Ich tippe eine schnelle Antwort, dann stecke ich das Smartphone wieder ein, atme tief durch und betrete das Haus.

»Chase?« Meine Mutter bleibt mitten im Flur stehen und starrt mich an. Dann breitet sich pure Freude auf ihrem Gesicht aus. »Was machst du denn hier? Was für eine schöne Überraschung!« Ich beuge mich zu ihr hinunter, um sie zu umarmen. »Du kommst genau richtig. Wir essen gleich zu Abend.«

Normalerweise bin ich während des Semesters nur alle paar Wochenenden da, weil ich unter der Woche jeden Tag Kurse habe und an meinen Projekten arbeiten muss. Abgesehen davon liegen zwischen Boston und Fairwood immer noch acht Stunden Fahrt – und das an guten Tagen. Trotzdem bin ich heute hier. In den letzten zwei Tagen habe ich mit Aaron für die Nachholprüfung in Bautechnik gepaukt, sie heute morgen sogar mitgeschrieben, und ich bin mir ziemlich sicher, sie diesmal bestanden zu haben. Nicht, dass das noch irgendeine Rolle spielen würde. Aber wie schon erwähnt: Wenn ich dieses Studium abbreche, dann zu meinen Bedingungen und weil ich mich dafür entscheide. Und nicht, weil ich irgendeine Klausur vermassle oder mich ein egozentrischer Prof durchfallen lässt.

Schnelle Schritte sind zu hören, dann kommt Phil die Treppe heruntergepoltert. »Chase!«

»Wie geht's dir, Kumpel?« Ich halte ihm die Hand hin, und er gibt mir ein High five.

»Willst du was echt Cooles wissen? Willst du? Willst du?« Phil hüpft aufgeregt von einem Bein aufs andere. Wenn ich nicht sofort Ja sage, platzt er wahrscheinlich gleich vor Aufregung.

»Na klar. Schieß los!«

»Ich bin im Basketballteam!« Seine Augen fangen an zu strahlen. »Ich hab's geschafft! Ich bin im Basketballteam!« Ohne Vorwarnung rennt er los und ruft es immer wieder, schreit es durchs ganze Haus, während ich ihm lachend und verdammt stolz nachsehe.

Na also. Dann hat sich unser Training den ganzen Sommer über ja gelohnt.

»Ich dachte, wir hätten das hinter uns«, brummt Dad, der beinahe von seinem jüngsten Sohn umgerannt wird, als er gerade aus dem Wohnzimmer kommt. Phil läuft einfach weiter und verkündet der ganzen Welt immer wieder, dass er ins Team gekommen ist. Zur Begrüßung klopft Dad mir auf die Schulter. Er wirkt erfreut – aber auch misstrauisch. »Schön, dich zu sehen, Chase. Alles in Ordnung am College?«

Ich nicke, und zum ersten Mal fühlt sich meine Antwort ehrlich an. »Alles bestens.«

Oder zumindest auf dem Weg dahin. Vorher steht mir aber noch ein schwieriges Gespräch bevor, allerdings habe ich nicht vor, das ausgerechnet hier zwischen Tür und Angel zu führen.

»Ich hoffe, du hast Hunger mitgebracht. Deine Mom hat ihren Spezialauflauf gekocht.«

Wie zur Antwort knurrt mein Magen hörbar, und Dad lacht. Bis eben habe ich nicht mal gemerkt, wie hungrig ich bin, weil ich die ganze Zeit über so verflucht angespannt war. Während der ganzen Fahrt bin ich in Gedanken dieses Gespräch durchgegangen und habe alle möglichen Varianten durchgespielt, wie ich meinen Eltern möglichst schonend beibringen kann, dass ich nicht nur mein Studium hinschmeißen, sondern auch nicht ins Familienunternehmen einsteigen werde. Und das nur wenige Wochen, nachdem Josh, der verlorene Sohn, zurückgekehrt ist, um seinen Platz in der Firma einzunehmen. Um ehrlich zu sein, weiß ich nicht, ob es mir diese Tatsache leichter oder nicht noch schwerer machen wird.

Zu meiner Überraschung sitzt Josh bereits am Tisch, als ich ins Esszimmer komme. Okay, wow. Die ganze Truppe ist versammelt – Mom, Dad, Phil, Josh und ich. Ich kann mich gar nicht erinnern, wann wir das letzte Mal so zusammensaßen und gegessen haben, ohne dass es ein Sonntagsbrunch war. Vermutlich war das noch zu meiner Highschoolzeit.

Und obwohl es irgendwie befremdlich ist, stellt sich automatisch die alte Routine ein. Jeder sitzt an demselben Platz, an dem er oder sie schon immer saß. Phil schiebt den Salat weit von sich, Josh schaufelt sich Unmengen an Beilagen auf den Teller, Dad will die Stellen vom Auflauf haben, wo besonders viel Fleisch drin ist, und Mom steht zehnmal wieder auf, weil sie irgendetwas vergessen hat, bis Josh und ich die Geduld verlieren und sie dazu zwingen, sitzen zu bleiben. Diesmal ist es mein großer Bruder, der aufsteht, um das fehlende Salz aus der Küche zu holen.

»Also, Chase …« Dad reicht mir die Schüssel mit den Bratkartoffeln. »Was bringt dich heute her?«

Ich halte mit dem Löffel auf dem Weg zu meinem Teller inne. Das ist eigentlich nicht der Moment, in dem ich darüber sprechen wollte, aber ich kann es auch nicht länger hinausschieben. Zum Teufel, ich habe es schon drei Jahre vor mir hergeschoben. Das ist mehr als genug.

Ich reiche die Schüssel weiter und sehe in lauter erwartungsvolle Gesichter am Tisch. Sie wissen nicht mal etwas von der Nachholprüfung, weil ich nicht genügend Mumm hatte, ihnen von meinem Versagen im letzten Semester zu berichten. Letztes Weihnachten hat mir Onkel Alexander erzählt, dass er früher auch Schwierigkeiten mit Bautechnik hatte, aber Dad und Josh haben in diesem Fach geglänzt. Genauso wie in allen anderen.

»Ich werde nicht zurück nach Boston gehen.«

Stille.

»Was soll das heißen, du wirst nicht zurück nach Boston gehen?« Tiefe Falten erscheinen auf Dads Stirn. »Natürlich wirst du das. Das neue Semester hat gerade erst angefangen.« Er schiebt sich eine Gabel voll Auflauf in den Mund, kaut und schluckt runter. »Ich kann ja verstehen, dass du lieber arbeitest, statt nächtelang zu pauken und Prüfungen zu schreiben, aber das gehört nun mal dazu. Diesen Weg sind wir alle gegangen. Nicht wahr, Josh?«

Oh nein. Er wird jetzt nicht ausgerechnet Josh da mit reinziehen.

Ich werfe meinem Bruder einen warnenden Blick zu, und ausnahmsweise reißt er seine große Klappe nicht auf, sondern presst die Lippen zusammen und ist plötzlich sehr an dem Essen auf seinem Teller interessiert.

»So meinte ich das nicht, Dad.« Bedächtig lege ich die Gabel ab, ohne auch nur einen einzigen Bissen gegessen zu haben. Der Appetit ist mir sowieso vergangen. »Ich werde das Studium abbrechen.«

Ich habe es gesagt. Zum ersten Mal habe ich es nicht nur angedeutet, nicht nur laut über die Möglichkeit nachgedacht, etwas anderes mit meinem Leben anzufangen, als Architekt zu werden, sondern die Worte klar und deutlich ausgesprochen.

Diesmal ist die Stille am Tisch so laut, als würde gleich etwas in die Luft gehen. Sogar Phil ist ganz leise geworden und sieht mit vollen Backen von einem zum anderen. Mein Puls beginnt zu rasen. Mein Magen verkrampft sich. Aber ich stehe zu meiner Entscheidung. Selbst wenn ich weiß, dass gleich die Hölle losbrechen wird.

»Wie bitte?« In einer um Ruhe bemühten Geste, die schmerzhaft an meine eigene erinnert, legt Dad das Besteck zur Seite. »Du hast drei Jahre in dieses Studium gesteckt. Von den Unsummen, die wir in deine Ausbildung investiert haben, ganz zu schweigen. Du kannst nicht einfach abbrechen. In weniger als einem Jahr hast du den Abschluss in der Tasche.«

Denkt er, das weiß ich nicht? Glaubt er allen Ernstes, ich hätte das gerade einfach so beschlossen? Aus einer Laune heraus? Er sollte mich besser kennen.

Dad schüttelt den Kopf und nimmt einen Schluck aus seinem Glas. »Du tust das nur wegen dieses Mädchens …«, murmelt er. »Du warst schon im Sommer so verdammt abgelenkt.

Kein Wunder, dass du dich auf der Baustelle in Richmond verletzt hast.«

»Das ist nicht wahr.« Und außerdem ist es nicht fair, weder mir noch Hailee gegenüber. Unter dem Tisch balle ich die Hände zu Fäusten, zwinge mich aber dazu, ruhig zu bleiben. Wenn ich laut werde, wird es Dad auch, und dann haben wir die gleiche Situation wie vor etwa drei Jahren, als ich das letzte Mal gewagt habe, ihm zu widersprechen. »Hailee hat damit absolut nichts zu tun. Das hier ist ganz allein meine Entscheidung.« Und ich habe sie gefällt, noch bevor ich überhaupt davon wusste, dass Hailee zurückkommen will.

Josh räuspert sich, als wollte er etwas sagen, aber unser Vater ignoriert ihn.

»Ach wirklich?«, kontert er kühl. »Bevor sie hier aufgetaucht ist, hattest du keine Zweifel an deinem Studium und deiner Karriere. Wir haben so viel Zeit und Arbeit in die Planung gesteckt. Deine ganze Zukunft ist gesichert, Junge. Wirf das nicht für irgendein Mädchen weg.«

Ich schnaube. Er begreift es einfach nicht. Hailee hat dazu beigetragen, mir die Augen zu öffnen und mich infrage stellen zu lassen, was ich wirklich vom Leben will. Aber die ersten Zweifel hatte ich schon vor Jahren. Vor einem *Jahrzehnt*, um genau zu sein. Doch natürlich weigert sich Dad, das einzusehen. Für ihn hat die Frau Schuld, die mir den Kopf verdreht hat. Dabei kennt er sie nicht mal.

Scheiße, dass wir jetzt hier sitzen und dieses Gespräch führen müssen, ist ganz allein meine Schuld. Abgesehen von dieser rebellischen Phase in der Highschool und dieser einen Diskussion direkt nach meiner Zeit bei der Army habe ich nie durchblicken lassen, dass unsere Pläne für meine Zukunft womöglich voneinander abweichen. Ich habe ihnen nie gezeigt, nie auch nur angedeutet, dass dieser Weg vielleicht nicht das ist, was ich wirklich will. Stattdessen habe ich alles dafür getan, niemanden zu enttäuschen. Es ist ja nicht so, als würden mein Vater und mein Onkel mir eine beschissene berufliche Laufbahn aufzwingen. Architekten sind angesehen und gut bezahlt. Die Firma läuft hervorragend, sie haben sich schon vor langer Zeit einen Namen gemacht und wollen expandieren. Es ist genau so, wie er gesagt hat: Meine ganze Zukunft ist gesichert.

Das Problem ist nur … ich will es nicht. Ich will diese festgelegte Zukunft nicht.

Ich räuspere mich und zwinge mich dazu, wieder in die Runde zu sehen. Ich schaue einen nach dem anderen an und fixiere schließlich meinen Vater. »Ich habe das nicht gesagt, weil es zur Debatte steht, sondern weil ich mich entschieden habe. Tut mir leid, wenn ich euch damit enttäusche.«

»Aber Chase …«, fängt Mom an, wird jedoch von Dad unterbrochen.

»Du willst also einfach all die Jahre und deinen Platz in der Firma wegschmeißen? Dann lass mich dir eine Frage stellen, Chase. Was wirst du in Zukunft tun? Wo wirst du wohnen? Womit willst du dein Leben, dein Essen und eines Tages auch deine Familie finanzieren? Von den Kritzeleien auf Papierservietten?« Dad zerknüllt seine Serviette und wirft sie auf den Tisch. Offenbar bin ich nicht mehr der Einzige, dem der Appetit vergangen ist.

»Das habe ich nicht gesagt«, erwidere ich, noch immer um Ruhe bemüht, auch wenn sich dieses Gespräch gerade genau so entwickelt, wie ich befürchtet habe.

Wir haben dieses Thema schon einmal angeschnitten, nur ging es damals darum, was ich studieren will. Oder vielmehr darum, was ich studieren *soll*. Dad und ich haben uns so heftig gestritten wie nie zuvor – inklusive anschreien und sich gegenseitig hässliche Anschuldigungen an den Kopf werfen. Mom hat uns mit Tränen in den Augen zu beruhigen versucht. Phil war noch fast ein Baby, aber er hat uns in seinem Kinderzimmer gehört und angefangen zu weinen. Schließlich habe ich das Haus türenknallend verlassen, bin in meinen Dodge gestiegen und davongefahren. Nicht mein bester Moment. Aber auch nicht Dads. Ich hoffe wirklich, dass wir das diesmal ruhig und zivilisiert klären können.

»Wenn es wegen des Geldes ist …«, presse ich hervor. »Ich zahle es euch zurück.«

»Unsinn«, widerspricht Dad verärgert. »Darum geht es doch gar nicht. Ich begreife einfach nicht, wie du so leichtfertig deine ganze Zukunft wegwerfen kannst?«

»Quentin«, schaltet sich Mom ein, diesmal etwas lauter, aber dennoch mit sanfter Stimme. »Wir sollten uns anhören, was er zu sagen hat, und in Ruhe darüber reden.«

Sie versucht zu vermitteln, aber ich kann ihr ansehen, dass sie genauso geschockt ist wie mein alter Herr. Doch wenigstens will sie mir die Chance geben, es ihnen zu erklären und ihnen meinen neuen Plan zu präsentieren. Das Problem daran ist nur: Ich habe keinen. Zumindest nicht wirklich ausgefeilt. Diese Entscheidung habe ich vor wenigen Tagen getroffen, da blieb nicht viel Zeit, um einen detaillierten Fünf-Jahres-Plan aufzustellen und meinen Eltern heute jeden einzelnen Schritt davon vorzustellen.

Ich weiß nur, dass ich Menschen helfen möchte. Dass ich es kann – und dass mir das mehr gibt, als stundenlang in der Uni zu sitzen und für mein Architekturstudium zu pauken. Mehr als die Arbeit auf dem Bau und die Stunden bei *Whittakers,* die ich diesen Sommer absolviert habe. Es ist etwas, über das ich nicht mal nachdenken muss. Es geschieht rein instinktiv – nicht nur, weil ich es kann, sondern weil ich es will.

Und von meiner Ausbildung im Militär weiß ich, dass ich gut darin bin. Das Problem ist nur, dass es gar nicht so einfach ist, den richtigen Weg zu finden. Vielleicht gehe ich zunächst wieder zur Freiwilligen Feuerwehr, wo alles angefangen hat. Vielleicht lasse ich mich auch so schnell wie möglich als Paramedic zertifizieren, doch da die Militärausbildung in diesem Bereich nicht vollständig anerkannt wird und ich sowieso erst mal Berufserfahrung sammeln muss, könnte ich mir auch gut eine Paramedic-Schule vorstellen. Sofern ich das finanzieren kann, aber das sollte machbar sein. Ich kann mir einen Nebenjob im Krankenhaus suchen oder wieder auf dem Bau arbeiten. Es gibt Möglichkeiten, das weiß ich. Und ich bin endlich bereit dazu, sie auszuschöpfen.

Doch mein Vater schüttelt nur den Kopf. »Worüber sollen wir noch reden? Es ist doch offensichtlich, dass Chase keine Lust mehr auf sein Studium hat – oder darauf, danach ins Unternehmen einzusteigen.«

Mom wird blass. Ihr fragender, fast schon entsetzter Blick zuckt zu mir, aber ich widerspreche nicht. Weil es die Wahrheit ist. Auch wenn das wirklich nicht der Hauptgrund ist.

Bevor einer von uns etwas dazu sagen kann, spricht Dad auch schon weiter. »Keine Sorge, ich verstehe das sehr gut. Du musst herausfinden, was du vom Leben willst. Ich wünschte nur, du hättest mit diesem Selbstfindungstrip bis nach deinem Abschluss gewartet, so wie Josh.«

Ernsthaft? Ausgerechnet Josh ist sein strahlendes Beispiel dafür, wie man es besser machen könnte? Sogar mein großer Bruder sieht geschockt aus. Er holt Luft, um etwas zu sagen, aber was es auch ist, es ist mir egal. Ich habe genug gehört.

Ich schiebe den Stuhl zurück und stehe auf. »Tut mir leid, dass ich eine solche Enttäuschung für dich bin, Dad.«

Und damit gehe ich.

»Chase! Warte!«

Nicht Dad, nicht mal Mom, sondern ausgerechnet mein großer Bruder folgt mir nach draußen und packt mich noch in der Auffahrt am Arm, bevor ich in den Dodge steigen und wegfahren kann.

»Was, Josh?« Vor der Fahrertür wirble ich zu ihm herum und schlage seine Hand beiseite. »Was könntest du noch zu sagen haben, das Dad mir nicht bereits an den Kopf geworfen hat?«

Nach unserer Konfrontation kurz nach Joshs Rückkehr haben wir kaum noch miteinander geredet – davon, uns auszusprechen, ganz zu schweigen. Wie es aussieht, haben wir uns nichts mehr zu sagen. Und das, obwohl wir uns früher mal ziemlich nahestanden.

»So ist das nicht …« Er hebt abwehrend die Hände.

»Ach nein? Wie dann?«

Einen Moment lang starrt Josh zu Boden, dann holt er tief Luft und sieht mir geradewegs ins Gesicht. »Ich bewundere, was du gerade getan hast.«

Wie bitte? Unter all den Dingen, mit denen ich gerechnet habe – und das waren eine Menge –, war diese Aussage definitiv nicht dabei.

Ich kneife die Augen zusammen. »Verarschst du mich gerade?«

»Nein, Mann.« Zum vielleicht ersten Mal lässt Josh die entspannte Maske fallen, die er seit seiner Rückkehr ständig zu tragen scheint – und ich erkenne ihn endlich wieder. Ich erkenne meinen Bruder wieder, genau wie den Kampf, den er ausgefochten hat und den er noch immer Tag für Tag ausfechten muss. Er sieht zwar besser aus, seine Augen sind nicht mehr blutunterlaufen, er hat keine Zitteranfälle mehr und scheint auch sonst gesund zu sein, aber mit der Entziehungskur allein ist es nicht getan. Josh muss auch danach stark bleiben und weiterkämpfen. Für den Rest seines Lebens. »Du wusstest, dass sie enttäuscht sein würden, und hast es trotzdem durchgezogen. Ich hatte nie den Mumm dazu, obwohl wir beide wissen, dass dieses Studium und dieses Leben nicht das Wahre ist. Weder für dich noch für mich.«

Schnaubend sehe ich zur Seite. Es ist kalt geworden, und ich habe die Jacke drinnen vergessen, aber das ist mir egal. Ich werde sicher nicht noch mal reingehen, um sie zu holen. »Ja, nur dass wir beide ganz schön spät zu dieser Erkenntnis gekommen sind«, presse ich hervor.

Wie meinte Dad vorhin noch so schön? *Ich wünschte nur, du hättest mit diesem Selbstfindungstrip bis nach deinem Abschluss gewartet, so wie Josh.* Ja, klar. Vielen Dank für diesen Seitenhieb. Als ob er mich nicht bereits den ganzen Sommer über bei jeder sich bietenden Gelegenheit hätte spüren lassen, wie sehr Josh ihm fehlt und wie gerne unser Vater ihn jetzt hier hätte. Ungefähr tausend Mal lieber als mich. Und ja, vielleicht ist das unfair und war mit Sicherheit nicht so von ihm beabsichtigt, doch das ändert nichts an den Tatsachen. Es ändert nichts daran, dass ich mich wie die zweite Wahl gefühlt habe, wie das Pflaster, das man in aller Eile auf eine Wunde klebt, obwohl man einen Verband bräuchte.

»So würde ich das nicht sagen.« Nachdenklich wiegt Josh den Kopf hin und her. »Um ehrlich zu sein, habe ich nur darauf gewartet, dass du endlich aus dieser ganzen Nummer ausbrichst.«

»Wie bitte?«

»Du hast keine Ahnung, oder? Scheiße, und ich habe dich die ganze Zeit über beneidet.«

»Beneidet?«, wiederhole ich ungläubig und werfe einen Blick zum Haus zurück, doch wir sind allein. Von Mom und Dad ist nichts zu sehen. Nicht einmal von Phil, den ich mit der

Bombe, die ich heute habe platzen lassen, wahrscheinlich total erschreckt habe. Doch darum kümmere ich mich später, jetzt ist erst mal Josh an der Reihe. »*Du* hast *mich* beneidet?«

»Du hattest immer ein Ziel, Chase, immer eine Vorstellung davon, wie deine Zukunft aussehen könnte und was du mit deinem Leben anstellen willst, selbst wenn du diesem Weg nicht gefolgt, sondern wie alle Whittakers nach Boston gegangen bist. Und selbst dann hattest du noch das Ziel, es unserer Familie recht zu machen. Ich nicht. Was meinst du denn, warum ich mich in Koks, Drinks und Kämpfe geflüchtet habe?« Er schnaubt verächtlich und fährt sich mit der Hand durch das Haar. »Bestimmt nicht, weil mir so langweilig war.«

Ich starre ihn an. Ich starre ihn an und kann nicht fassen, was ich hier erfahre. Wieso zum Teufel hat er mir das nicht schon viel früher gesagt? »Ich dachte, es wäre, weil du den Druck nicht aushältst. Weil dir alles zu viel geworden ist. Und weil du nicht für den Rest deines Lebens einem langweiligen Bürojob nachgehen willst.«

Er lacht, doch es klingt ziemlich bitter. »Das auch, aber ich … Scheiße, Chase, ich war so verloren. Ich hatte keine Ahnung, wohin mit mir. Ich hatte nie ein Ziel, einen Plan oder wenigstens so etwas wie ein Hobby, das ich gerne zum Beruf machen würde. Ich hatte gar nichts. Nur ein Bilderbuch-Leben, in dem ich mich einfach nicht gesehen habe.«

Sekundenlang starren wir einander an, während ich noch zu begreifen versuche, was hier gerade passiert. Josh war immer der Ehrgeizige von uns. Der Perfektionist und der Vorzeigesohn, ganz so, wie es als Ältester seine Pflicht war. Ich hätte nie gedacht, dass er all das nur macht, weil er nicht weiß, was er sonst tun soll. Weil er keine anderen Ziele im Leben hat. Nein, ich war sogar der festen Überzeugung, Josh wüsste ganz genau, was er will, auch wenn wir nie offen darüber geredet haben.

Denn laut auszusprechen, dass wir beide im Grunde nicht an diesem College sein, Architektur studieren und später ins Familienunternehmen einsteigen wollen, hätte die ganze Sache einfach zu real gemacht. Und dann hätten wir uns damit auseinandersetzen und mit Mom und Dad darüber reden müssen. Also haben wir lieber beide so getan, als ob all das auch unser Traum wäre. Und dabei haben wir nicht nur unserer Familie etwas vorgemacht, sondern auch einander.

Shit … Vielleicht habe ich zu schnell über Josh geurteilt. Jeder von uns hat Probleme und kämpft gegen Dämonen, von denen andere nichts wissen. Nicht mal die engsten Freunde. Nicht mal die eigene Familie. Und als ich erkannt habe, wie tiefgreifend Joshs Probleme sind, war es beinahe zu spät für ihn.

»Tut mir leid.« Die Worte verlassen meinen Mund, bevor ich darüber nachdenken kann, doch das macht sie nicht weniger wahr. »Ich hatte keine Ahnung. Und ich war so verdammt wütend auf dich …«, gebe ich eine Spur leiser zu. »Ich wusste, dass du eine harte Zeit durchmachst, aber gleichzeitig …« Ich wende mich ab, reibe mir über den Nacken und atme tief durch. »Scheiße, Josh, es war, als hättest du mich einfach im Stich gelassen. Und nicht nur mich, sondern auch Mom und Dad, die Firma, und sogar Phil. Auf einmal bin ich nicht nur bei diesen beschissenen Untergrundkämpfen für dich eingesprungen, sondern auch zu Hause. Und jeder hat nach dir gefragt. Sie wollten alle wissen, wo du bist, wie es dir geht und wieso du nicht da bist. Wieso du dich nicht mehr bei ihnen meldest.«

»Ich weiß.« Ein gequälter Ausdruck tritt auf sein Gesicht. »Meistens war ich zu high oder zu weit unten, um das zu realisieren, und in der Klinik habe ich mich zu sehr geschämt, um mit Mom und Dad zu reden, aber glaub mir, das weiß ich. Ich weiß, was du alles getan hast – und ich habe mich kein einziges Mal dafür bei dir bedankt.«

Noch während er redet, schüttle ich den Kopf. »Ich will kein Dankeschön.«

Das wollte ich nie. Ich wollte nur … Verdammt, ich wollte einfach nur meinen großen Bruder zurück. Ich wollte Josh zurück. Und als er dann heimgekehrt ist und so getan hat, als wäre alles in bester Ordnung, als würde alles nach Plan laufen und es wäre ihm nie so beschissen gegangen, dass er sich selbst in diese Klinik einweisen musste, da bin ich ausgetickt. Ich liebe meinen Bruder, aber ich war so verflucht wütend auf ihn – und wenn ich ehrlich bin, ist ein Teil von mir das immer noch. Weil er noch immer allen etwas vorspielt, statt reinen Tisch zu machen.

Schweigen breitet sich zwischen uns aus. Mein Blick wandert zurück zum Haus, aber niemand kommt heraus. Wir sind noch immer allein, auch wenn ich mir ziemlich sicher bin, dass Mom oder Dad oder sogar beide den Austausch hier draußen von einem Fenster aus beobachten.

»Ich weiß, dass du kein Dankeschön willst«, stößt Josh schließlich hervor und schiebt die Hände in die Hosentaschen. »Aber du sollst wissen, dass ich das bin. Dankbar. Aber vor allem …« Er räuspert sich und wirkt zum ersten Mal unsicher. »Vor allem wollte ich mich bei dir entschuldigen. Dich in dieses ganze Chaos mit reinzuziehen, die Sache mit den Kämpfen und dass du den ganzen Sommer über für mich dichtgehalten und alle angelogen hast … Ich hätte das nie von dir verlangen dürfen, das ist mir jetzt klar. In der Klinik … Ich habe viel mit meinem Therapeuten über die Entscheidungen gesprochen, die ich getroffen habe, vor allem über die, die dich betreffen. Und mir ist klar geworden, dass ich Mist gebaut habe. In den letzten Jahren war ich ein beschissener großer Bruder, und das tut mir leid.«

Ich kann nicht glauben, was ich da höre. Aber Josh ist noch nicht fertig.

»Ich weiß, wie scheiße du es findest, dass ich weiter so tue, als wäre ich den Sommer über einfach nur unterwegs gewesen, aber ich brauche das. Ich brauche diese Normalität, selbst wenn es eine Lüge ist. Wenn sie die Wahrheit wüssten … Scheiße, wahrscheinlich würde ich sofort zum nächsten Drink greifen.« Er schüttelt den Kopf, als könnte er selbst nicht fassen, was er da von sich gegeben hat.

»Und wie geht es jetzt weiter? Was hast du vor?«

Er schnaubt leise. »Ich habe gerade das schlimmste Jahr meines Lebens hinter mir. Ich will nicht noch mehr Chaos oder Unsicherheit darüber, wie es jetzt mit mir weitergeht, sondern einen Plan. Etwas Vertrautes. Eine gesicherte Zukunft. Fürs Erste hab ich die Nase voll von Action und Abenteuern. Außerdem muss ich noch die Klinik bezahlen, und bei Dad und Onkel Alexander verdient man gar nicht so schlecht.«

»Also willst du ihnen auch weiterhin nichts erzählen?«, bohre ich nach, weil ich es einfach nicht lassen kann. Ich muss wissen, wo wir stehen. Ich muss wissen, was Josh vorhat.

»Fürs Erste nicht. Und ich wäre dir dankbar, wenn du es auch nicht tust.«

Ich beiße die Zähne zusammen, nicke dann aber. »Es ist dein Geheimnis. Ich halte den Mund, aber zwing mich nicht dazu, sie weiter für dich zu belügen.«

»Das musst du nicht. Es ist meine Sache, und ich werde dich da nicht länger mit reinziehen. Ich kümmere mich jetzt um alles.«

»Um alles?«, hake ich nach, noch immer etwas skeptisch.

Seine Mundwinkel wandern nach oben, und es scheint das allererste ehrliche Lächeln zu sein, das ich seit einer Ewigkeit bei ihm sehe. »In der Firma. Du hast deinen Beitrag geleistet, aber du musst das jetzt nicht mehr tun. Nicht für dich und schon gar nicht für mich. Du hast genug getan.« Er wirft einen Blick zurück zum Haus. »Gib ihnen etwas Zeit. Sie waren nicht darauf vorbereitet, aber ich bin sicher, dass sie deine Entscheidung akzeptieren werden.«

Die Energie und das Adrenalin, das mich bisher aufrecht gehalten hat, scheint mit einem Mal aus meinem Körper zu entweichen. Ich lehne mich mit einem schweren Seufzen gegen den Wagen. »Glaubst du das echt?«

Er klopft mir auf die Schulter. »Ich bin absolut sicher.«

Diesmal bin ich derjenige, der lächeln muss. Nicht nur wegen der Worte oder der Geste, sondern weil es mir so vorkommt, als wäre ich wieder der mittlere Bruder – und nicht in der Rolle des großen Bruders, der die Verantwortung für alles und jeden übernehmen muss.

»Danke, Mann.« Ich lege den Arm für eine kurze Umarmung um Josh.

Im ersten Moment wirkt er überrascht, dann erwidert er die Geste. »Mach dir keine Gedanken. In ein paar Monaten haben sie sich beruhigt und reden wieder mit dir. Und in ein paar Jahren kannst du dich auch wieder beim Sonntagsbrunch blicken lassen.«

»*Jahre!?*«, wiederhole ich und muss genauso loslachen wie Josh. »Du Drecksack.«

Er grinst nur. Und zum ersten Mal scheint alles wieder einigermaßen in Ordnung zu sein. Ja, Mom und Dad sind entsetzt, vielleicht sogar wütend über meinen Entschluss, das Studium abzubrechen, aber das werden sie akzeptieren müssen. Genauso wie meine berufliche Umorientierung. Vielleicht wird es eine Weile dauern, bis sie damit klarkommen, vor allem Dad und Onkel Alexander, aber es geht nicht anders. Ich würde keinem von uns einen Gefallen tun, wenn ich weiterhin vorgeben würde, dass das auch mein Traum wäre. Denn das ist er nicht. Und wie Josh schon sagte: Ich hatte im Grunde immer eine Vorstellung davon, was ich mit meinem Leben anfangen möchte. Höchste Zeit, die endlich in die Tat umzusetzen.

Ich will gerade etwas sagen, als es plötzlich in meiner Hosentasche vibriert. In der Hoffnung darauf, dass es Hailee mit mehr Details zu ihrem Plan ist, ziehe ich das Smartphone hervor, aber die neue Nachricht ist nicht von Hailee. Sie ist von Shaine. Er ist wieder in der Stadt.

»Sorry«, murmle ich an Josh gewandt und öffne die Fahrertür. »Es gibt da etwas, das ich noch erledigen muss.«

Kapitel 27

Hailee

Sehr geehrte Mrs Johnson,

vielen Dank für Ihre Rückmeldung, und bitte entschuldigen Sie meine späte Antwort. Gerne schicke ich Ihnen mein gesamtes Manuskript.
Ich würde mich sehr freuen, langfristig mit Ihnen zusammenarbeiten zu können.

Mit freundlichen Grüßen
Hailee DeLuca

Drei Sätze. Es sind nur drei Sätze, obwohl ich eine Million in diese Mail packen möchte. Ich will ihnen erzählen, dass ich gar nicht vorhatte, ihnen die Leseprobe von *Emiko und das magische Licht* zu schicken und dass es eine Freundin von mir heimlich getan hat. Ich will ihnen erzählen, wie überrascht, entsetzt, wütend und verwirrt ich über ihre Antwort war. Ich will ihnen erklären, warum es so lange gedauert hat, bis ich antworten konnte. Und ich will sie fragen, ob sie noch immer Interesse an Emikos Geschichte haben oder ob es schon zu spät ist und meine Antwort im Papierkorb landet. Aber ich schreibe nichts davon. Diese drei Sätze müssen reichen.

Ich atme tief durch. Einmal. Zweimal. Und zur Sicherheit

noch ein drittes Mal. *Sei mutig, Hailee!* Katies Stimme geistert durch meinen Kopf, als würde sie jetzt neben mir stehen und mir genau diese Worte zuflüstern. Und zum ersten Mal tut es nicht weh, obwohl meine Augen brennen und ich mehrmals blinzeln muss. Das hier ist ein schöner Moment, und ich weiß genau, wie stolz Katie auf mich wäre, wenn sie jetzt bei mir wäre. Genauso wie ich weiß, dass sie unendlich sauer wäre, wenn ich diese E-Mail nicht endlich abschicke und diese Chance an mir vorbeiziehen lasse. Denn eine zweite werde ich mit ziemlicher Sicherheit nicht so schnell bekommen.

Einen Moment lang starre ich noch auf den blinkenden Cursor auf dem Laptopmonitor, dann bewege ich ihn mit den Fingern auf dem Touchpad und klicke auf *Senden*.

Ich habe es getan. Ich habe es wirklich getan! Ich habe der Literaturagentur geantwortet! Was mit Emikos Geschichte passiert, liegt jetzt nicht mehr in meinen Händen, sondern ganz allein in ihren. Ich bin so aufgedreht, dass ich nicht still sitzen kann und vom Bett aufspringe. Chase ist der Erste, dem ich davon erzählen will. Und Charlotte, der ich das alles überhaupt erst zu verdanken habe. Wäre sie nicht so hartnäckig gewesen … Ich hätte das Manuskript wohl für immer in der Schublade liegen lassen, ohne es je einen Menschen lesen zu lassen. Davon, es womöglich sogar zu veröffentlichen, ganz zu schweigen.

Adrenalin pumpt durch meine Adern, und ein pures Glücksgefühl breitet sich in mir aus. Ich bin so unglaublich erleichtert und stolz auf mich, gleichzeitig glücklich und wehmütig, weil Katie es nicht mehr miterleben kann. Aber ich habe das hier auch für sie getan. Ich bin für uns beide mutig gewesen. Ich *will* für uns beide mutig sein. Jetzt und in Zukunft, denn endlich sehe ich wieder eine für mich.

Eine Zukunft. *Gott* … Allein bei der Vorstellung, flattert es nervös in meinem Magen. Ich bleibe mitten in meinem Zimmer stehen und lege die Hand an die Stelle. Ich habe tatsächlich eine Zukunft vor mir. Eine, die nicht bloß einfach da ist und sich endlos, sogar trostlos vor mir ausbreitet, sondern eine, die ich haben *will.* Die ich willkommen heiße. Auf diese Mail zu antworten, die schon viel zu lange in meinem Postfach liegt, war einer der ersten Schritte – und es folgt noch einer. Einer, der so immens ist, dass der Gedanke daran mir manchmal geradezu die Luft abschnürt, mir in anderen Momenten aber auch unendlich viel Kraft gibt.

Ein letztes Mal lasse ich den Blick durch mein Zimmer wandern, dann schnappe ich mir meinen Laptop und die Reisetasche neben der Tür und gehe nach unten.

Meine Eltern warten schon im Eingangsbereich auf mich. Mom läuft hin und her, hält jedoch inne, als sie mich kommen sieht. Ein Lächeln erscheint auf ihrem Gesicht, aber es ist auch ein wenig bedrückt. Und besorgt. Seit unserer Aussprache in meinem Zimmer waren wir noch ein letztes Mal in der Familientherapie. Das macht nicht alles wett, was passiert ist, und heilt auch nicht alle Wunden, aber es hat geholfen. Zum ersten Mal habe ich mich wirklich darin eingebracht, und wir haben darüber gesprochen, wie weh es mir getan hat, dass sie Katies Zimmer ohne mich ausgeräumt und später auch noch meine Sommerklamotten weggegeben haben. Ich bin nicht sicher, ob meine Eltern je begreifen werden, wie schlimm das für mich war, aber sie respektieren meine Reaktion darauf. Genau wie meine Entscheidung, zurück nach Fairwood zu fahren.

»Bist du dir sicher, dass wir nicht mitkommen sollen?«, fragt sie. »Es ist so ein langer Weg.«

»Ich muss das allein tun«, erwidere ich und stelle die Tasche neben der Haustür ab. »Bitte vertraut mir.«

Ich weiß, dass ich ihr Vertrauen in diesem Sommer aufs Schlimmste missbraucht habe. Sie dachten, ich würde einen

Roadtrip durch die Staaten unternehmen – was ich im Grunde auch gemacht habe. Allerdings ahnten sie nichts davon, wie diese Reise für mich enden sollte, sonst hätten sie mich niemals gehen lassen. Damals war mir das nicht klar, heute schon. Meine Eltern lieben mich. Sie haben Katie verloren, aber sie lieben mich trotzdem. Und ich wünsche mir so sehr, dass sie damit anfangen, mir wieder zu vertrauen und sie mich in dem Wissen gehen lassen, dass ich nichts Dummes anstellen werde. Denn das habe ich nicht vor.

Ich kann mir ein Leben ohne meine Zwillingsschwester noch immer nicht vorstellen. Nicht richtig. Aber ich lerne, ohne sie auszukommen. Langsam. Schritt für Schritt. Was ein weiterer Grund ist, weshalb ich nicht hierbleiben kann, in dem Haus, in dem ich auf allen Seiten von Erinnerungen umgeben bin. Ich kann auch nicht ans College zurück, zumindest nicht nach San Diego, denn auch dort würden mich die Erinnerungen an Katie erdrücken. Ich muss meinen eigenen Weg finden und ihn gehen.

Mom legt mir die Hände auf die Schultern. »Ich wünschte trotzdem, du hättest einen Flug gebucht. Dann wärst du so viel schneller dort und nicht so lange allein.«

»Es ist okay, Mom.« Ich schlinge die Arme um sie. »Ich habe den ganzen Sommer allein in diesem Wagen überstanden, da schaffe ich auch die Strecke bis nach Virginia.«

Dafür muss ich durch sieben Bundesstaaten fahren. Ich glaube, diese Fahrt allein mit meinen Gedanken und meiner Lieblingsmusik wird mir guttun. Und sie wird das schreckliche Ende, das meinem letzten Roadtrip anhaftet, hoffentlich davonspülen.

»Danke, dass ihr mich nach Hause geholt habt, als ich euch gebraucht habe«, wispere ich. »Aber jetzt muss ich allein weitermachen.«

Meine Mutter schluchzt leise und schiebt mich auf Armeslänge von sich. »Du meldest dich regelmäßig, verstanden? Und damit meine ich nicht nur Postkarten von den Orten, an denen du vorbeifährst. Wir möchten wissen, wo du steckst und wie es dir geht.«

»Mom …«

»Ich weiß, ich weiß. Allerdings geht es nicht darum, dich zu kontrollieren oder zu bemuttern, sondern darum, dass dein Vater und ich uns Sorgen machen. Wir sind deine Eltern. Wir werden uns immer Gedanken um dich machen, weil du unsere Tochter bist und wir dich lieben.«

Gott, ich wünschte, sie hätte das nicht gesagt. Bis eben war ich so erleichtert, dass ich die letzten Tage fast ganz ohne Tränen überstanden habe, doch jetzt muss ich schon wieder dagegen ankämpfen.

»Ich liebe euch auch«, flüstere ich und finde mich gleich darauf in ihren Armen wieder.

Dad kommt dazu und erdrückt uns beide förmlich, bis wir uns lachend voneinander lösen.

»Pass auf dich auf, Spatz«, sagt er und tätschelt mir den Kopf. »Und wenn du angekommen bist, dann …«

»Dann melde ich mich bei Dr. Piatkowski, damit sie alles mit der Therapeutin in Fairwood besprechen kann. Ich weiß. Ich habe ihre Nummer. Und eure auch.«

Ich will ihnen nicht versprechen, dass ich sie sofort nach meiner Ankunft in Fairwood anrufe. Ich weiß, dass sie darauf hoffen, und vielleicht, möglicherweise werde ich das auch machen, aber als ich sie das letzte Mal von Fairwood aus angerufen habe … Bei der Erinnerung daran verkrampft sich mein Magen. Mittlerweile haben wir darüber geredet, und ich weiß, dass Mom es nicht so gemeint hat, als sie so abgelenkt war und mich Katie genannt hat, aber die Erinnerung daran tut immer noch weh. Und sie wird auch noch eine ganze Zeit lang wehtun, obwohl Mom sich dafür entschuldigt hat. Wir haben alle Fehler gemacht, und es wird eine Weile dauern, bis wir darüber hinwegkommen, aber das Wichtigste ist, dass wir darüber gesprochen haben. Dass wir ehrlich waren und wissen, wo wir heute stehen.

Menschen machen Fehler. Auch Katie war nicht perfekt. Und vielleicht geht es gar nicht mal darum, alles zu vergeben und zu vergessen, sondern darum, zu lernen, Menschen trotz all ihrer Fehler zu lieben. Was Mom damals zu mir am Telefon gesagt hat, kann mir auch weiterhin wehtun, aber ich liebe sie trotzdem. Genau wie Dad. Genau wie Katie.

Mom umarmt mich erneut und lässt mich erst wieder los, als Dad den Arm um sie legt. Ich atme tief ein und lächle die beiden dankbar an. Dafür, dass sie mich gehen lassen, auch wenn sie wahrscheinlich gar nicht nachvollziehen können, wie wichtig mir das ist. Aber vor allem dafür, dass sie mir ein Stück ihres Vertrauens schenken.

»Ich melde mich bei euch«, sage ich zum Abschied und hebe meine Tasche auf.

Ein letzter Blick in die Gesichter meiner Eltern, die mir zunicken, dann öffne ich die Haustür. Kurz darauf steige ich in meinen Wagen, starte den Motor und winke ihnen ein letztes Mal zu, bevor ich mich auf den Weg mache. Zurück nach Fairwood. Zurück nach Hause.

Ich bin über vierundzwanzig Stunden unterwegs, weil ich mir zwischendrin Pausen gegönnt habe und beinahe sechs Stunden lang in einem Motelzimmer in der Nähe von Cleveland geschlafen habe. Vielleicht sollte ich gerädert oder total erschöpft sein. Mein Nacken tut auf jeden Fall weh vom langen Autofahren, und meine Augen brennen, weil ich die ganze Zeit auf die Fahrbahn gestarrt habe. Doch als ich das Shenandoah-Tal erreiche, tritt all das in den Hintergrund.

Der Herbst hat das Tal und damit auch Fairwood erobert. Als ich das erste Mal hier war, habe ich mir vorgestellt, wie es wohl zu dieser Jahreszeit hier aussehen würde. Ich dachte damals schon, dass es wunderschön sein muss, doch die Realität übertrifft meine Vorstellungskraft um ein Vielfaches. Die vielen Bäume bilden ein faszinierendes Schauspiel aus Rot, Gelb, Orange und Grün. Es ist bewölkt, doch einzelne Sonnenstrahlen kämpfen sich durch das Grau. Als ich das Ortsschild passiere, nehme ich den Fuß vom Gas. Mein Herzschlag beschleunigt sich, und meine ganze Haut kribbelt vor Aufregung. Ich habe es geschafft. Ich bin wieder da.

Die Schaufenster in den Läden der Main Street sind anders dekoriert als noch im Spätsommer. Jetzt dominieren Blätter, Äste, Kastanien, rote Beeren, Kränze und Kürbisse mit gruseligen Fratzen das Bild. Bunte Lichterketten und herbstliche Tortenkreationen, bei denen einem das Wasser im Mund zusammenläuft, locken die Menschen in *Lizzy's Cakes*. Die Buchhandlung, der Blumenladen, das Tattoostudio, der Friseursalon, der Souvenir-Shop und all die anderen kleinen Läden sind mir gleichermaßen vertraut und doch irgendwie … anders. Es ist nicht mehr Sommer, wie mir jetzt erst so richtig bewusst wird. All die Studenten, die während der Ferien zu Hause waren, sind nun wieder am College. Wenigstens scheint es noch immer haufenweise Touristen zu geben, die mit Postkarten und Kameras in der Hand an den Schaufenstern vorbeischlendern. Doch auch diese laufen nicht mehr in T-Shirts herum, sondern tragen Jacken, Schals und teilweise sogar Mützen. Die Natur und die Menschen in Fairwood bereiten sich langsam auf den Winter vor.

Es ist seltsam, wieder hier zu sein. Seltsam und beruhigend

zugleich. Mit dieser Stadt verbinde ich so viele schöne Erinnerungen, dass ich gar nicht anders kann, als zu lächeln. Gleichzeitig wird mir aber auch schmerzhaft bewusst, dass nichts mehr so ist wie zuvor. Ich kann diese Zeit, diese paar Wochen im Sommer, nicht wieder zurückholen, ganz egal, wie sehr ich es mir wünsche. Sie sind genauso zu einem Teil meiner Vergangenheit geworden wie Katie. Das Einzige, was ich tun kann, ist nach vorne zu blicken und weiterzumachen. Irgendwie.

Obwohl es schon spät am Samstagnachmittag ist, habe ich Glück und finde einen Parkplatz hinter dem Diner. Ich navigiere den Honda in die kleine Lücke, ziehe den Schlüssel ab und steige aus. Sogar die Luft fühlt sich anders an als noch vor ein paar Wochen. Kühler. Würziger. Die Augusthitze ist nur noch eine blasse Erinnerung. Wie zur Bestätigung landet ein Tropfen auf meiner Nase. Ich lege den Kopf in den Nacken. Die Wolkendecke ist noch dichter geworden. Noch dunkler. Es sieht nicht nach einem Gewitter aus, wie bei meinem allerersten Besuch in dieser Stadt, doch als mich ein zweiter Regentropfen auf der Nase trifft und ein weiterer auf der Stirn, beschließe ich, schleunigst ins Warme zu flüchten.

Ich schiebe die Hände in die Jackentaschen und laufe um das Gebäude herum. Das Diner ist wie gewohnt beleuchtet, aber neben der Tür lehnt nun ein altes Holzrad, das aussieht, als würde es von einer Kutsche stammen, und mit einer Lichterkette umwickelt ist. Davor sind drei große Kürbisse und ein Korb voller bunter Blätter und getrockneter Beeren arrangiert. Der Anblick bringt mich zum Lächeln, auch wenn meine Anspannung wächst, sobald ich die Tür aufstoße und das Glöckchen über mir klingelt.

Ich habe nur Chase gesagt, dass ich zurückkehre, aber nicht einmal ihm mitgeteilt, wann und für wie lange und überhaupt. Niemand weiß, dass ich heute ankomme. Zum einen konnte ich schlecht abschätzen, wie lange die Autofahrt tatsächlich dauern würde, zum anderen wollte ich kein Begrüßungskomitee – und auch keine Enttäuschung erleben, wenn ich allen davon erzähle, dann aber niemand da ist, um mich willkommen zu heißen.

Im Diner sieht alles noch genauso aus wie früher. Gut, hier und da ist auch drinnen etwas Dekoration dazugekommen, und auf dem Tresen steht ein Kürbis mit einer Monsterfratze, doch davon abgesehen scheint alles beim Alten geblieben zu sein. Der schwarz-weiß geflieste Boden. Die Sitzecken mit den knallroten Bänken. Die Reihe der Hocker an der Theke. Sogar Mr Kerridge, der noch immer seinen Kaffee trinkt und dabei Zeitung liest, als wäre die Zeit für ihn stehen geblieben, so wie bei der Kirchturmuhr manchmal. Und natürlich Beth, die mit einer Kaffeekanne aus der Küche kommt, um den Gästen nachzuschenken.

Als sie mich entdeckt, bleibt sie abrupt stehen. Sie sieht noch genauso aus wie bei unserer allerersten Begegnung, nur dass sie diesmal einen leuchtend blauen Lidschatten trägt, statt eines pinkfarbenen. Die Blume in ihrem zu einem Dutt gebundenen Haar ist jedoch genau dieselbe wie damals.

Ihr kritischer Blick wandert an mir auf und ab, und sie stemmt eine Hand in die ausladende Hüfte. »Du bist dünn geworden«, stellt sie mit ihrer dröhnenden Stimme fest.

»Ich weiß.« In den letzten Wochen war mir nicht sonderlich nach Essen zumute. Oder vielleicht sollte ich eher sagen: Mir war nach gar nichts zumute.

Kopfschüttelnd und vor sich hin murmelnd verschwindet Beth wieder in der Küche, und ich folge ihr zögernd bis zur Theke. Mist. Ist sie sauer, dass ich mich nicht gemeldet und ihr keine richtigen Erklärungen gegeben habe, was vor ein paar Wochen los war? Bevor ich auch nur darüber nachdenken kann, mir die richtigen Worte zurechtzulegen, taucht sie mit einem Teller voller Pancakes wieder auf und stellt ihn vor mir ab. Wo sie die so schnell hergezaubert hat, bleibt mir ein Rätsel, aber allein der Anblick und der Duft genügen, um mir das Wasser im Mund zusammenlaufen zu lassen. Mein Magen knurrt, und ich bin kurz davor, Beth um den Hals zu fallen. Aber vorher muss ich etwas Wichtiges wissen.

»Wäre es vielleicht möglich …«, beginne ich und knete meine Finger. Sie sind eiskalt und schwitzig. Und ich bilde mir sicher nicht nur ein, dass ich bereits von einigen Gästen neugierig beäugt werde. Ganz toll.

Beth erwidert meinen Blick, ohne die geringste Regung zu zeigen. Keine Frage: Sie wird es mir nicht leicht machen.

Ich räuspere mich. »Wäre es vielleicht möglich, mein altes Zimmer wiederzuhaben? Und … meinen alten Job?«

Ja, Mom und Dad haben mir die Reise hierher bezahlt, und sie würden mir auch noch weiter aushelfen, aber wenn ich die Chance dazu bekomme, will ich wieder mein eigenes Geld verdienen. Die Arbeit im Diner ist nicht leicht und definitiv nicht mein Traumberuf, aber sie macht mir Spaß. Ich fühle mich wohl hier, und ich kann die freie Zeit nutzen, um wieder zu schreiben. Denn das ist ein weiterer Punkt auf meiner neuen Liste mit all den Dingen, die ich tun und die ich mich wieder trauen möchte.

Beth spannt mich weiter auf die Folter.

Von der Durchgangstür zur Küche ertönt ein Schnauben, und Marisol, die Kellnerin, für die ich bei meiner allerersten Schicht eingesprungen bin, weil sie mit ihrem Sohn zum Arzt musste, und mit der ich seither ein paarmal zusammengearbeitet habe, verdreht die Augen. »Mach es ihr nicht so schwer, Beth. Du weißt genau, dass wir die Hilfe gut gebrauchen können. Vor allem jetzt im Herbst.«

Im Herbst, wiederhole ich in Gedanken, *wenn die bunt gefärbten Wälder im ganzen Tal tausende Besucher anlocken.* Ich erinnere mich noch genau, wie Chase mir davon erzählt hat. Es kommt mir beinahe vor, als wäre seither kein bisschen Zeit vergangen. Damals haben wir uns kaum gekannt, und ich hielt ihn für nichts anderes als den Mistkerl aus Jespers Erzählungen. Aber seitdem ist so unglaublich viel passiert. Genug für ein ganzes Leben. Und ich kann es nicht erwarten, weitere Erlebnisse hinzuzufügen und neue Erinnerungen zu schaffen.

Beth wirft Marisol einen grimmigen Blick zu, ehe sie sich wieder an mich wendet. »Du kannst deinen alten Job zurückhaben«, sagt sie schließlich. »Aber wenn du länger hierbleibst, musst du für das Zimmer oben Miete zahlen.«

»Natürlich. Auf jeden Fall.« Das hatte ich mir bereits überlegt – und glücklicherweise muss ich jetzt nicht mehr für eine Autoreparatur sparen.

»Gut.« Beth nickt. »Und jetzt setz dich endlich und iss deine Pancakes, Mädchen, bevor sie kalt werden.«

Ich gebe mir alle Mühe, mein Lächeln zu unterdrücken – und scheitere kläglich. Beth erwidert es nicht, weil sie bereits zu einem der Tische gegangen ist, aber Marisol zwinkert mir gut gelaunt zu, bevor sie wieder in der Küche verschwindet. Und als ich auf einen der Hocker gleite, hebt sogar der alte Mr Kerridge den Kopf und nickt mir zu, bevor er sich wieder in seine Zeitung vertieft.

Es ist kein Empfangskomitee, keine Welcome-Home-Party und keine überschwängliche Begrüßung, die mir hier im Diner zuteilwird; trotzdem breitet sich eine ungewohnte Wärme in meiner Brust aus, und ich fühle mich … angekommen. Als ich in Fairwood gestrandet bin, hätte ich mir nicht mal in meinen wildesten Träumen ausmalen können, dass ich genau am richtigen Ort gelandet war. Aber Chase hat von Anfang an recht behalten: Die Menschen, die dem Charme von Fairwood und seinen Bewohnern erliegen, kehren immer wieder hierher zurück.

Der Regen prasselt gegen die Scheiben, und das Geräusch mischt sich unter die leise Musik im Diner und das Summen von Gesprächen, das über allem anderen schwebt. Ich schiebe mir gerade den vorletzten Bissen meiner Pancakes in den Mund, als Beth neben mir stehen bleibt. Kurz sehe ich auf die Kaffeekanne in ihrer Hand, aber meine Tasse ist noch halb voll und ich trinke das Zeug nicht pur. Doch deswegen ist Beth nicht zu mir gekommen. Mit einem Nicken deutet sie auf die Eingangstür.

Ich drehe mich auf dem Hocker um und folge ihrem Blick, kann aber nichts entdecken. Die Tür ist zu, und niemand ist bei diesem Wetter freiwillig draußen unterwegs. Niemand außer der Person, die draußen vor dem Diner steht. Niemand außer … Chase.

Kapitel 28

Chase

Es schüttet wie verrückt, trotzdem laufe ich nicht ins Diner, um ins Trockene zu kommen, so wie es jeder andere Mensch tun würde. Oh nein.

Nachdem Beth mich angerufen hat, bin ich direkt ins Auto gestiegen und hergefahren. Und nun stehe ich hier und betrachte die Person, die vor wenigen Minuten in die Stadt zurückgekehrt ist: Hailee.

Als sich unsere Blicke durch die Glasscheibe hindurch treffen, muss ich unweigerlich lächeln. Ich nehme nicht mal richtig wahr, wer von uns sich zuerst in Bewegung setzt, aber wir treffen draußen vor der Tür aufeinander. Hailees Augen sind riesig, und ihre Brust hebt und senkt sich so schnell, als wäre sie meilenweit gerannt. Und ich kann gar nicht anders – ich muss die Hand an ihre Wange legen und die Finger in ihr Haar schieben, um sicherzugehen, dass sie tatsächlich hier ist.

Die Berührung ist so vertraut, dass es mir den Atem raubt. Mein Puls beginnt zu rasen. *Sie ist es wirklich.* Sie ist nach Fairwood zurückgekehrt. Ohne auch nur eine Sekunde zu zögern, ziehe ich sie an mich. Wie selbstverständlich schlingt Hailee die Arme um mich, und als ich ihren vertrauten Geruch und ihren weichen Körper an meinem spüre, scheint sich alles in mir zu beruhigen. Meine Atmung. Mein Herzschlag. Meine Gedanken.

Ich habe keine Ahnung, wie lange wir so stehen und einander einfach umarmen, oder von wie vielen Leuten aus dem Diner und gegenüber aus *Lizzy's Cakes* wir gerade beobachtet werden, aber es ist mir völlig gleichgültig. Hailee ist wieder da. Das ist das Einzige, was zählt.

Ich löse mich nur minimal von ihr, um ihr Gesicht in beide Hände zu nehmen. »Hey …«

Sie lächelt so strahlend, dass ich alles andere außer ihr sofort vergesse. »Hi …«, flüstert sie und legt kurz den Kopf in den Nacken. »Es regnet …«

»Ich weiß«, erwidere ich grinsend und beuge mich zu ihr. Auf einmal hämmert es so schnell und heftig hinter meinen Rippen, als wäre dies das erste Mal. Als wäre das hier unser allererster Kuss. Ganz sachte streife ich Hailees Lippen mit meinen, aber sie weicht mir aus.

»Du küsst mich«, stellt sie so leise fest, dass es in dem Prasseln um uns herum beinahe untergeht. Pure Freude leuchtet in ihren Augen, und ihr Lächeln wird noch breiter. »Es regnet! Und du küsst mich im Regen!«

Ich kann nicht anders, als zu lachen. »Ich versuche es. Wenn du mich lässt …?«

Sie nickt sofort, und ich muss erneut lachen. In den drei Wochen, die wir im Sommer zusammen verbracht haben, habe ich alles darangesetzt, ihr den perfekten ersten Kuss im Regen zu verschaffen, nur um gnadenlos daran zu scheitern. Aber wer hätte auch ahnen können, dass es eines nasskalten Abends Ende Oktober bedarf, um ihr endlich diesen Wunsch erfüllen und sie im Regen küssen zu können?

Und genau das tue ich. Ich presse meinen Mund auf ihren, und sie kommt mir entgegen, erwidert den Kuss von Anfang an genauso sehnsüchtig wie ich. Ich packe sie etwas fester, um noch mehr von ihr zu spüren, und sie schmiegt sich an mich, als wäre selbst unsere Kleidung zu viel. Mittlerweile sind wir beide durchnässt, aber das stört mich nicht im Geringsten. Alles, was zählt, ist Hailee wieder küssen, sie berühren zu können, mit ihr zu reden und sie lächeln zu sehen. Gott, ich glaube, dieses Lächeln hat mir am allermeisten gefehlt. Genau wie dieses Funkeln in ihren Augen, das endlich wieder da ist.

Sie ist noch immer so dünn wie beim letzten Mal, als wir uns gesehen haben, und sie trägt nicht mehr die bunten und geblümten Sachen, in denen ich sie im Sommer kennengelernt habe. Aber sie ist noch immer die Frau, die mir innerhalb kürzester Zeit den Kopf verdreht hat, wegen der ich all meine Prinzipien, was Fernbeziehungen angeht, über den Haufen werfen wollte, mit der ich nicht nur befreundet sein und die ich einfach nicht vergessen konnte. Von wollen ganz zu schweigen.

Keuchend hebe ich den Kopf und sehe auf sie hinunter. Hailees Atem geht genauso schnell wie meiner, und als sie die Augen öffnet, durchzuckt mich die Hitze darin förmlich.

»Du bist wirklich zurück«, stelle ich rau fest, ohne sie loszulassen. Keiner von uns macht Anstalten, rein ins Warme zu gehen. Noch nicht.

Hailee nickt langsam. »Ich wollte … ich musste unbedingt wieder hierherkommen. Zurück zu euch. Zurück zu dir. Das ändert nichts an dem, was passiert ist, oder daran, dass ich keine Ahnung habe, wie es weitergehen soll, aber … bei einer Sache bin ich mir absolut sicher: Ich will hier sein.«

»Und … hierbleiben?«, hake ich zögerlich nach.

Sie strahlt mich an. »Unbedingt.«

Ich lächle und danke in Gedanken jeder göttlichen Macht. Aber vor allem danke ich Hailee dafür, dass sie den Mut gefunden hat, ihren eigenen Weg zu gehen – und dass dieser sie zurück nach Fairwood geführt hat.

Sie kommt mir für den nächsten Kuss entgegen. Regentropfen trommeln auf unsere Köpfe, unsere Schultern, aber keiner von uns nimmt es wirklich wahr.

Zumindest nicht, bis die Tür zum Diner aufgeht und eine grimmig dreinblickende Beth uns anschnauzt: »Wie lange wollt ihr zwei da noch herumstehen? Kommt endlich rein, bevor ihr euch noch eine Lungenentzündung holt.«

Wir gehen rein, aber nicht sofort. Erst holt Hailee eine Tasche aus dem Honda und ich ein paar trockene Wechselsachen aus meinem Wagen, damit wir uns beide oben in ihrem Zimmer umziehen können.

Wenige Minuten später stehe ich schon wieder vor Hailee und lächle sie an. »Weißt du, dass du genau zum richtigen Zeitpunkt angekommen bist? Eigentlich war ich nämlich gerade auf dem Weg ins *Barney's*. Und da warten ein paar Leute, die sich bestimmt freuen werden, dich endlich wiederzusehen.«

Statt einer Antwort nimmt sie meine Hand, zieht mich die Treppe und gleich darauf die Main Street hinunter.

Hailee

Wenig später stehen wir in *Barney's Bar*, genau dort, wo alles irgendwie angefangen hat. Wie an jedem Samstagabend ist es laut, voll und warm – und das, obwohl es noch relativ früh ist. Die Musik dröhnt, Stimmengewirr, Gelächter und das Klirren von Gläsern vermischen sich zu einer wilden Geräuschkulisse. Fehlt nur noch das herzzerreißende »Singen« von Clay, während er einen Song beim Karaoke zerstört. Wobei ich beim Gedanken daran, einen solchen Abend wieder mit meinen Freunden zu erleben, unweigerlich grinsen muss. Allerdings würde ich mich nur gemeinsam mit Lexi und Charlotte noch mal auf die Bühne trauen. Allein kriegt mich niemand mehr dorthin. Keine Chance.

»Alles in Ordnung?« Chase drückt meine Hand und wirft mir einen fragenden Blick zu.

Ich nicke. Es ist noch immer ein bisschen ungewohnt, wieder hier zu sein, aber es war die richtige Entscheidung. Das wird mir mit jeder Minute, die ich länger in Fairwood bin, umso deutlicher bewusst.

Chase geht voraus und bahnt uns einen Weg zur Bar. Alle Hocker sind besetzt, also müssen wir uns dazwischendrängen, um etwas zu bestellen. Er gibt den Barkeepern ein Zeichen, und kurz darauf steht auch schon Darlene vor uns.

Sie stellt jemandem ein Bier hin und wirft ein flüchtiges Lächeln in unsere Richtung. »Das Übliche?«

Ich brauche einen Moment, um zu realisieren, dass sie damit nicht nur Chase, sondern auch mich meint. Anscheinend war ich lange genug in dieser Stadt, um mittlerweile ebenfalls ein Getränk zu haben, das als *das Übliche* gilt. Vielleicht sollte mich das nicht so sehr freuen, aber das tut es, denn es gibt mir ein Gefühl von Zugehörigkeit. Von Heimat.

Ich lächle Darlene dankbar an. »Genau.«

Chase sieht ihr kurz nach und mustert mich dann mit hochgezogenen Brauen. »Was ist das Übliche für dich?«

Ich pruste los. »Keine Ahnung. Aber es ist toll, es zu haben.«

Grinsend zieht er mich an sich und drückt mir einen Kuss auf die Schläfe. Ich schmiege mich so selbstverständlich an ihn und lege den Arm um seine Hüfte, als wäre es schon immer so gewesen. Als wäre er nie der Typ gewesen, von dem ich geglaubt hatte, dass er Jesper selbstsüchtig im Stich gelassen hat. Als hätten wir nicht diese ganze Geschichte hinter uns. Oder vielleicht auch genau deswegen. Denn all die Dinge, die uns hätten auseinanderbringen sollen, die Konflikte, die Entfernung, meine Familie und die unsichere Zukunft, haben uns in Wahrheit nur noch näher zusammengebracht. Und ich bin so unfassbar dankbar dafür, dass ich es nicht mal in Worte fassen kann.

Also tue ich es nicht, sondern stelle mich etwas auf die Zehenspitzen und gebe Chase einen Kuss auf die Wange.

Sein Lächeln ist warm, als er mich ansieht. »Wofür war das?«

»Einfach so. Weil alles so ist, wie es ist.«

So unperfekt und schwierig das manchmal auch noch immer sein mag. Denn obwohl wir heute hier zusammen sind, mache ich mir keine falschen Hoffnungen. Die nächste Zeit wird schwierig. Während einer Pause auf der Fahrt habe ich kurz mit Dr. Piatkowski in Rondale telefoniert. Anscheinend hat sie sich direkt im Anschluss daran mit Dr. Sanchez ausgetauscht, denn ich habe schon am Montag einen Termin hier in der Stadt. Ich bin nach wie vor nicht sonderlich begeistert von diesen Sitzungen, aber ich weiß, dass ich sie benötige, genauso wie die Tabletten in meiner Handtasche. Im Grunde ist es ganz simpel: Man muss kein Fan von Schmerzmitteln sein und nimmt sie trotzdem, wenn man gerade Kopfschmerzen hat. Genauso verhält es sich auch mit den Medikamenten, die ich einnehme, damit es mir emotional besser geht. Und das wird es. Ich bin noch lange nicht über den Berg, aber irgendetwas sagt mir, dass es langsam aufwärts geht. Endlich.

»Hailee!« Eine vertraute Stimme dringt an mein Ohr.

Ich sehe mich suchend um, bis ich den weißblonden Kurzhaarschnitt mit dem Blumenhaarreif darin entdecke und lächeln muss. Charlotte kommt mit ausgebreiteten Armen auf mich zu. Ich lasse Chase los, um Charlotte um den Hals zu fallen.

»Wieso hast du nicht gesagt, dass du zurückkommst?«, will

sie sofort wissen und starrt mich aus geweiteten Augen an, die hinter ihren Brillengläsern noch größer aussehen. Und wieder so hübsch geschminkt sind. Ich muss sie irgendwann wirklich mal fragen, wie sie das hinkriegt. Und plötzlich wird mir klar: Ich kann es tun. Ich bin hier. Ich bleibe hier. Und ich habe eine Zukunft, in der ich wissen will, wie man einen solch perfekten Lidstrich ziehen kann.

Charlotte betrachtet mich irritiert, als ich ohne Vorwarnung anfange zu lachen.

»Sorry. Ich bin nur ... Es sollte eine Überraschung sein.«

Sie strahlt übers ganze Gesicht. »Überraschung gelungen, würde ich sagen. Du glaubst gar nicht, wie sehr ich mich freue!«

»Danke, dass du für mich da warst, als ich jemanden gebraucht habe.«

Sie schüttelt den Kopf. »Wir sind Freundinnen, Hailee. Natürlich bin ich für dich da. Und außerdem ... Was ich dir noch sagen wollte ...« Sie senkt die Stimme und sieht sich kurz um, als wollte sie sichergehen, dass niemand etwas von unserem Gespräch mitbekommt. »Danke, dass du mir Jespers Manuskript gegeben hast. Ich ... einfach danke. Das bedeutet mir unglaublich viel.«

Diesmal bin ich diejenige, die sie ganz fest umarmt. Es sind keine Worte nötig. Als wir uns voneinander lösen, wischt sich Charlotte vorsichtig mit den Fingerspitzen über die Augenwinkel, und wir müssen beide lachen, weil wir den Tränen so nahe sind.

»Ich habe das Manuskript seinen Eltern gegeben«, erzählt sie weiter.

»Weißt du, was sie damit vorhaben? Ich hätte da nämlich eine Idee«, füge ich hinzu, während ebendiese Idee in meinem Kopf Form annimmt. Denn das Telefonat mit Dr. Piatkowski war nicht das einzige, das ich während der Fahrt hierher geführt habe. Ich habe auch mit der Agentur telefoniert. Und ich kann es gar nicht erwarten, Chase und Charlotte endlich davon zu erzählen.

Doch bevor ich etwas dazu sagen oder auch nur weiter darüber nachdenken kann, schiebt sich eine andere Person zwischen uns und schlingt den Arm um meine Schultern. »Hallo, Miss DeLuca!«

Ich lege den Kopf in den Nacken und sehe geradewegs in Claytons grinsendes Gesicht. »Hi.«

»Bereit für die nächste Spritztour?« Er wackelt mit den Brauen und hält bereits den Motorradschlüssel in die Höhe.

Chase schlingt von hinten die Arme um mich. »Lass sie doch erst mal richtig ankommen, Mann.«

»Als ob du sie erst mal richtig hättest ankommen lassen«, kontert Clay und sieht so vielsagend zwischen uns hin und her, dass ich unwillkürlich rot werde. Als er das bemerkt, lächelt er breit. »Also? Wie sieht es aus, Hailee?«

»Mir dir? Immer. Aber nicht bei diesem Wetter.« Ich lehne mich gegen Chase und deute mit der Hand Richtung Fenster. Es regnet noch immer und ist kalt und windig. Definitiv nicht das ideale Wetter für eine Motorradtour.

Clayton schüttelt den Kopf. »Na gut. Aber lass dir nicht zu viel Zeit. Wenn der erste Frost kommt, war's das erst mal mit der Motorradsaison.«

»Und was machst du dann?«, hakt Chase nach.

»Ganz einfach: Ich schnappe mir Erics Wagen. Er lässt euch übrigens grüßen. Im Moment sitzt er noch am College fest, aber er kommt zu Halloween nach Hause.«

Halloween. Nach Hause. Ich hätte nicht gedacht, dass diese Worte einmal so viel Freude in mir auslösen könnten. Und obwohl ich gerade erst wieder zurückgekommen bin, freue ich mich darauf. Ich freue mich darauf, Halloween und alle noch folgenden Feiertage mit diesen Menschen zu verbringen. Mit meinen Freunden.

Als würde er etwas von meinen Gedanken ahnen, setzt Chase einen kleinen Kuss auf die empfindsame Stelle direkt unter meinem Ohr und löst sich dann von mir. Ein kribbelnder Schauer breitet sich in mir aus. Und bevor ich nachschauen kann, wo er hin ist, kehrt er auch schon mit zwei Getränken zurück: ein Bier aus einer Brauerei hier im Tal für ihn und eine Cola für mich. Nicht gerade das spannendste Getränk, aber tatsächlich: das Übliche für mich. Und nach meiner letzten Erfahrung mit Alkohol ist das mehr als okay.

Wir stoßen alle miteinander an, dann entschuldigt sich Charlotte, weil sie eine alte Schulfreundin in der Menge entdeckt hat. Wir bleiben an der Bar zurück, Chase lehnt am Tresen neben mir, Clayton ist mit seinem Handy beschäftigt, und ich habe mir den einzigen frei gewordenen Hocker geschnappt. Und während ich an meiner Cola nippe und die ganze Atmosphäre, die Musik, die Stimmen und das Lachen der Leute auf mich wirken lasse, bemerke ich zwei Personen, die gerade durch die Tür kommen. Die erste mit den wilden goldbraunen Locken, in dem kurzärmligen dunkelroten Kleid ist eindeutig Lexi … Hand in Hand mit Shaine.

Oh. Wow. Anscheinend habe ich einiges verpasst, während ich daheim in Rondale war.

Chase scheint meinen Blick zu bemerken, denn er beugt sich zu mir, um mir leise etwas ins Ohr zu raunen. »Du erinnerst dich doch noch daran, wie Shaine dabei geholfen hat, deinen Wagen nach Rondale zu fahren?«

»Mhm.«

Chase seufzt tief und deutet auf die beiden, die sich gerade einen Weg zur Bar und damit zu uns bahnen. »Dafür war ich ihm noch etwas schuldig.«

Überrascht drehe ich mich zu ihm um. »Du hast sie zusammengebracht?«

»Niemand kann Lexi vorschreiben, was sie tun und lassen soll. Glaub mir, das hab ich oft genug versucht.« Jetzt grinst er und sieht dabei ziemlich zufrieden aus. »Ich habe nur dafür gesorgt, dass die zwei sich mal ganz in Ruhe aussprechen können. Anscheinend mit Erfolg.«

Ich blinzle verdutzt. Damit habe ich definitiv nicht gerechnet. Aber Lexi sieht glücklich aus. Ihre Augen funkeln fröhlich, und ihr klappt die Kinnlade herunter, als sie uns zwischen all den anderen Leuten am Tresen entdeckt. Mich, um genau zu sein.

Sie lässt Shaines Hand los, drängt sich recht unsanft an einigen Leuten vorbei und packt mich an den Armen. »Du bist hier!«

Ich lache auf. »Ich bin und ich bleibe hier.«

»Du bleibst hier?«, wiederholt Lexi und macht große Augen. »So richtig?«

Ich nicke mehrfach.

»Na endlich!« Sie zerquetscht mich förmlich, aber ich erwidere ihre Umarmung genauso überschwänglich.

Es war ein langer Weg, aber ich bin wieder da. Ich bin wieder bei den Menschen, dir mir innerhalb kürzester Zeit so unglaublich wichtig geworden sind. Die zu meinem Zuhause geworden sind.

Kapitel 29

Hailee

Wir halten es ganze zwei Stunden in der Bar aus, bevor Chase und ich uns zurückziehen. Oder eher bis seine streichelnden Finger an meinen Seiten und knapp unter meinem Oberteil mich so wahnsinnig machen, dass ich ihn ebenfalls berühren muss.

Mittlerweile hat der Regen nachgelassen, trotzdem beeilen wir uns, zurück zum Diner und zu meinem Zimmer direkt darüber zu kommen. Noch an der Tür packe ich Chase am Kragen und ziehe ihn zu mir hinunter, um ihn zu küssen. Endlich wieder. In den letzten Wochen habe ich diesen Kerl so sehr vermisst, als würde ein Teil von mir fehlen. Aber es hat erst diese eine Nacht gebraucht und den anschließenden Streit mit meinen Eltern, um wirklich zu begreifen, was mir wichtig ist. Was ich tun muss. Und dann noch etwas länger, um den Mut aufzubringen, es auch wirklich durchzuziehen. Mich mit Mom und Dad auszusprechen. Ein letztes Mal zu Dr. Piatkowski zu gehen und mit ihr über meine Zukunft zu reden. Der Agentur Emikos ganze Geschichte zu schicken. Meine Sachen zu packen und zurück nach Fairwood zu fahren. Beth nach dem Zimmer und meinem alten Job zu fragen.

Ebenso viel Mut wie es mich gekostet hat, Chase zu küssen und darauf zu vertrauen, dass er dasselbe für mich empfindet wie ich für ihn. Ihn jetzt in mein Zimmer zu ziehen, obwohl die meisten meiner Sachen noch im Honda liegen. Obwohl das Bett nicht bezogen ist und nirgendwo ein Laken oder Bezüge zu sehen sind. Oh. Ups.

Chase folgt meinem Blick zum Bett und lässt ihn dann durch den Raum wandern, der nur vom Licht der Straßenbeleuchtung erhellt wird. Als er mich wieder ansieht, breitet sich ein kleines Grinsen auf seinem Gesicht aus. Ohne Vorwarnung drängt er mich langsam rückwärts, bis ich mit dem Hintern gegen etwas Hartes, Kantiges stoße. Der Schreibtisch am Fenster. Der *wackelige* Schreibtisch.

»Das meinst du nicht ernst …«, keuche ich.

Aber Chase grinst nur, legt die Hände an meine Taille und hebt mich hoch. »Oh doch.« Dann lehnt er sich an mir vorbei und zieht die Vorhänge zu.

Mein Herz hämmert wie verrückt. Meine ganze Haut kribbelt. Und mein Atem geht so schnell, als wären wir von *Barney's* hierher und die Treppe hoch *gerannt*. Was wir, wenn ich ehrlich bin, tatsächlich getan haben.

Ich lache ungläubig auf. »Das ist verrückt.«

»Nicht so verrückt, wie noch länger zu warten«, raunt Chase an meinen Lippen und beißt leicht hinein. Hitze schießt durch mich hindurch und lässt mich erschauern. »Oder ist dir der Boden lieber? Die Dusche? Die Wand?«

»Oh Gott …« Statt einer Antwort presse ich meinen Mund auf seinen. Ich kann gar nicht anders bei all den Bildern, die er mir gerade in den Kopf setzt.

Sekunden später lösen wir uns kurz voneinander, aber nur, damit Chase sich sein Shirt ausziehen und mir dabei helfen kann, mein eigenes ebenfalls abzustreifen. Es landet irgendwo auf dem Boden, genau wie mein BH. Keiner von uns hat daran gedacht, das Licht oder wenigstens die Nachttischlampe einzuschalten, und mit den zugezogenen Vorhängen ist es so dunkel, dass nur Konturen auszumachen sind. Ich kann Chase' Gesichtsausdruck nicht sehen, aber ich spüre seine Hände auf meinem Körper und seinen heißen Atem auf meiner Haut. Und irgendwie macht es das nur noch verrückter, noch besser, noch unwirklicher.

Dabei sind wir wirklich hier. Wir sind in Fairwood. Und es ist nicht bloß eine Wiederholung dieses Sommers, sondern der Beginn von etwas anderem, von etwas Neuem.

Ich weiß nicht, wer von uns fahriger ist, aber als er meine Hände von seinem Hosenbund wegschiebt, um sich die Jeans in aller Eile selbst auszuziehen, muss ich unwillkürlich lachen. Gleich darauf drückt Chase seine Lippen auf meinen Hals, und aus meinem Lachen wird ein ersticktes Stöhnen. Er zieht mich vom Schreibtisch, nur um Sekunden später vor mir auf die Knie zu gehen und erst den Hosenknopf zu öffnen, dann den Reißverschluss.

Mittlerweile haben sich meine Augen an die Dunkelheit gewöhnt, und ich beobachte ihn mit angehaltenem Atem dabei. Mein Herz pocht noch immer viel zu schnell, und ich weiß nicht, wohin mit all den Gefühlen, die in mir toben. Ich weiß nur, dass ich das hier will. Dass ich Chase will. Jetzt. Kein Warten mehr. Kein Hinauszögern.

Er scheint es zu spüren, vielleicht ist er aber genauso ungeduldig wie ich, denn mit einem Mal bin ich meine Stiefel ebenso wie meine Jeans losgeworden. Und als er die Finger unter den Bund meines Slips schiebt und den Stoff langsam an meinen Beinen hinuntergleiten lässt, entkommt mir ein ersticktes Keuchen.

Während er sich langsam etwas aufrichtet, setzt er kleine Küsse auf mein Bein – zuerst auf meine Wade, dann die sensible Innenseite meines Knies, den Oberschenkel und höher, immer höher, bis ich die Beine für ihn öffne und aufstöhne.

Ich muss mich an der Tischkante festhalten, weil ich sonst für nichts mehr garantieren kann.

»Chase …«

Sein Name ist nur ein heiseres Wispern in der Dunkelheit. Ich weiß nicht einmal selbst, ob es eine Warnung oder eine Bitte ist, weiterzumachen. Ich weiß nur, dass er der Einzige ist, der mich dazu bringt, mich so zu fühlen wie jetzt. Der Einzige, bei dem ich so vollständig loslassen kann.

Er steht auf und küsst mich für einen viel zu kurzen Moment auf den Mund, ehe er sich von mir losmacht. Mit klopfendem Herzen sehe ich ihn in der Dunkelheit hantieren. Er durchsucht seine Jeans, fördert etwas zutage, was vermutlich seine Geldbörse ist, gleich darauf ist er wieder bei mir.

Ich helfe ihm mit dem Kondom, dann setzt er mich wieder behutsam auf die Tischplatte. Mit einer Hand stütze ich mich hinter mir ab, die andere lege ich in Chase' Nacken. Ein letzter Blick, ein letzter atemloser Kuss, dann dringt er in mich ein, und ich stöhne erstickt auf. Instinktiv schlinge ich die Beine um seine Hüften und komme ihm entgegen.

Und ich hatte recht – der Tisch *ist* wacklig. Schnelle Bewegungen sind kaum möglich, aber Chase bewegt sich zunächst überhaupt nicht, sondern hält völlig still. Er wartet auf mich. Nicht nur jetzt in diesem Moment, sondern bereits am Ende des Sommers, als unser Abschied kurz bevorstand. Und danach. All die Tage und Wochen danach bis heute.

»Ich liebe dich«, flüstere ich. Seine Augen weiten sich vor Überraschung, aber ich musste die Worte einfach sagen. Ich musste sie laut aussprechen und sie ihm nicht nur in einem Abschiedsbrief mitteilen.

»Hailee …«

Ich schiebe das Becken etwas vor, und wir keuchen beide auf. Chase lehnt die Stirn an meine und legt die Hände an meine Taille. Ich weiß nicht, ob er sich an mir, ich mich an ihm oder wir beide einander festhalten. Ich weiß nur, dass ich das hier will, dass ich diesen Kerl will – und alles, was damit einhergeht. Völlig egal, wie ungewiss die Zukunft ist und welche Schwierigkeiten uns noch bevorstehen.

Plötzlich spüre ich seine Hände an meinen Wangen und seinen Blick auf mir. Wir atmen beide schwer.

»Ich liebe dich auch«, wispert er. »Das weißt du, oder? Ich habe keine Sekunde lang damit aufgehört.«

Ich nicke hastig – und dann sind keine Worte mehr nötig. Chase beginnt sich in mir zu bewegen, langsam zunächst, um auszutesten, wie viel der Tisch aushält und wie es sich am besten in dieser Position anfühlt. Ich klammere mich an ihn, bohre die Fingernägel in seine Haut und komme ihm entgegen, so gut ich kann.

Jeder Gedanke in meinem Kopf löst sich auf, verschwindet einfach, bis ich nur noch fühlen kann. Bis ich nur noch das spüre, was Chase mit seinen Küssen, seinen Bewegungen und seinen Berührungen in mir auslöst. Und als er die Hand zwischen uns schiebt und seine Finger mich dort berühren, wo er mich vorhin mit dem Mund liebkost hat, zerspringt alles in mir, und ich komme mit einem lauten Stöhnen.

Chase folgt mir gleich darauf und presst den Mund auf meinen Hals, während er in meinen Armen erschauert.

Keiner von uns bewegt sich, während wir beide wieder zu Atem zu kommen versuchen und der Schweiß langsam auf unserer Haut trocknet. Ich habe die Augen geschlossen und den Kopf an seine Schulter gebettet, und Chase hält mich an sich gedrückt. So sanft und gleichzeitig so fest, als wollte er mich nie wieder loslassen.

Vielleicht sind es nur Minuten, die vergehen, vielleicht auch eine ganze Ewigkeit. Zeit spielt keine Rolle mehr. Wo wir uns befinden, spielt keine Rolle mehr. Es gibt nur noch Chase und mich. Alles andere ist weit, weit weg.

Irgendwann löst er sich dennoch ein Stück von mir und streicht mit dem Daumen über meine Wange. »Ich hole uns Bettwäsche.«

»Okay«, hauche ich und drücke meine Lippen für einen weiteren Kuss auf seine. Dann rutsche ich vom Tisch und sehe ihm dabei zu, wie er sich seine Klamotten überzieht und das Zimmer verlässt, und ich kann gar nicht anders, als zu lächeln.

Chase

Wenig später liegen wir eng aneinandergeschmiegt in dem frisch bezogenen Bett, während der Regen gegen die Fensterscheibe prasselt und es draußen auf der Straße genau wie unten im Diner still geworden ist. Hailee kuschelt sich an meine Seite, einen Arm um meinen Oberkörper geschlungen, direkt über dem Tattoo an meinen Rippen. Ihr Bein hat sie über meines geschoben, und ich fühle mich auf die beste Weise festgehalten. Ihr warmer Atem streift meine Haut, und als ich anfange, mit den Fingerspitzen über ihren Rücken zu streicheln, erschauert sie ganz leicht.

»Hailee?«, frage ich nach einer Weile leise.

»Hm …?«, macht sie schlaftrunken.

»Ich breche das Architekturstudium ab.«

»Was?« Blitzschnell richtet sie sich auf dem Ellbogen auf und betrachtet mich besorgt. »Ist das dein Ernst?«

»Ja«, gebe ich zu, erleichtert darüber, diese Frage völlig ehrlich beantworten zu können. »Ich habe es meinen Eltern vor ein paar Tagen erzählt.«

»Wie haben sie reagiert?«

Ich seufze. »Wie erwartet. Nicht sonderlich begeistert. Aber ich musste es tun. Für mich.«

Zu meiner Überraschung lächelt Hailee. »Ich bin stolz auf dich.«

Ich kann gar nicht anders, als ihr Lächeln zu erwidern. Statt einer sofortigen Antwort schnappe ich mir ihre Hand, die noch immer auf meinem Oberkörper liegt, führe sie an meine Lippen und drücke einen Kuss darauf.

»Danke. Und ich bin unheimlich stolz auf dich und alles, was du getan hast, um wieder hierher zurückzukommen.«

»Ja?« Pure Freude schwingt in ihrer Stimme mit. »Du kannst gleich noch stolzer sein, ich habe nämlich von der Agentur gehört. Sie wollen mit mir zusammenarbeiten und Emikos Geschichte bei Verlagen vorstellen.«

Ich blinzle verdutzt. »Wirklich?«

»Wirklich.«

Diesmal lege ich die Hand in ihren Nacken und ziehe sie an mich, um ihr einen Kuss auf den Mund zu geben. »Das ist großartig, Hailee.«

»Ja«, erwidert sie lächelnd, streift ein letztes Mal mit ihren Lippen über meine und bettet den Kopf dann wieder auf meinen Brustkorb. »Ja, das ist es.«

Eine angenehme Stille breitet sich zwischen uns aus, während der Regen weiterhin gegen die Scheibe trommelt und die Müdigkeit sich in mir breitmacht. Zufrieden schließe ich die Augen.

»Chase?«, fragt Hailee plötzlich und klingt dabei nicht mal halb so schläfrig, wie ich mich gerade fühle.

»Hm …?«

»Was ist deine Lieblingsmarmelade?«

Ich pruste los. Von all den Dingen, die sie mich hätte fragen können, fällt ihr ausgerechnet das ein? Das ist so … so typisch Hailee, dass ich gar nicht anders kann, als breit zu grinsen. »Erdbeere.«

»Erdbeere?«, wiederholt sie entrüstet und verpasst mir einen Klaps gegen die Brust. »Du hast behauptet, das wäre langweilig!«

»Ja, aber da wollte ich dich nur ärgern«, gebe ich zu und fahre mit den Fingern wieder besänftigend über ihren Rücken. »Erdbeermarmelade rockt!«

Sie gibt einen undefinierbaren Laut von sich. »Und was ist dein Lieblingsfrühstück?«

»Warum?«, entgegne ich amüsiert. »Willst du mich morgen mit meinem Lieblingsfrühstück wecken?«

»Vielleicht. Also …?«

»Bacon natürlich. Rührei. Frisch gepresster Orangensaft. Und Beth' Käsekuchen.«

»Zum Frühstück?«

»Es ist niemals zu früh für Kuchen.« Ich knuffe sie leicht in die Seite, und Hailee lacht auf, was dazu führt, dass ich sie weiter kitzle, bis sie halb unter mir liegt und ich sie küsse. Als ich den Kopf wieder hebe, lächelt sie weich, aber ihr Blick bleibt ernst. »Was ist los?«, frage ich leise und streiche über ihre Wange.

Sie zögert, hadert mit sich, spricht die Worte dann aber doch aus. »Glaubst du, dass es je weniger wird? Das Vermissen, meine ich.«

Ich seufze tief. Nicht wegen des Themenwechsels, sondern weil ich sie verstehen kann. Weil ich zumindest ansatzweise nachempfinden kann, was gerade in ihr vorgeht.

»Ich glaube, dass wir sie immer vermissen werden, weil sie so wichtig für uns waren. Aber ich glaube auch, dass es weniger wehtun wird. Mit der Zeit.«

Einen Moment lang lässt sie das auf sich wirken und nickt

dann. »Das hoffe ich. Und auch, dass ich mich irgendwann weniger … schuldig fühlen werde.«

»Schuldig?«, hake ich stirnrunzelnd nach.

Hailee zieht ganz leicht die Schultern hoch. »Weil ich glücklich bin. Und sie es nicht mehr sein können.«

»Ich bin auch glücklich«, gestehe ich leise und reibe meine Nase kurz an ihrer. »Und ich bin mir ziemlich sicher, dass sowohl Katie als auch Jesper ziemlich sauer wären, wenn wir ihretwegen nie mehr glücklich sein könnten.«

»Oh, Katie würde einen Aufstand machen.«

»Jesper auch. Wahrscheinlich würde er ein paar Kissen nach uns werfen.«

Sie lächelt, obwohl eine einzelne Träne aus ihrem Augenwinkel rollt. Ich wische sie mit dem Daumen beiseite.

»Ich wollte sie so unbedingt wiedersehen«, flüstert sie erstickt. »Als ich das erste Mal hierhergekommen bin, hatte ich keine Ahnung, wie ich ohne sie leben soll. Ohne meine Schwester und meinen besten Freund. Das weiß ich immer noch nicht so richtig, aber jetzt weiß ich zumindest, dass ich es kann. Und ich bin davon überzeugt, dass wir sie eines Tages irgendwo, irgendwann wiedersehen werden. Ich muss einfach daran glauben. Ist das verrückt?«

»Nein, Hailee.« Ich drücke ihr einen sanften Kuss auf die Stirn. Dann auf die Nase. Und auf die Wange. »Das ist nicht verrückt. Ich glaube auch daran. Ganz fest.«

Sie lächelt, hebt den Kopf und drückt ihre Lippen auf meine. Und das ist alles an Bestätigung, was ich brauche. Nein, streicht das. Es ist *alles*, was ich brauche.

Kapitel 30

Hailee

Am nächsten Tag macht sich Chase schon früh auf den Weg zum sonntäglichen Brunch mit seiner Familie, auch wenn das Verhältnis zwischen ihnen gerade ziemlich angespannt ist. Ich bleibe noch etwas liegen, frühstücke im Diner und fahre dann zum Haus der Harringtons. Bisher bin ich nur zweimal hier gewesen, und obwohl mich Mr und Mrs Harrington freundlich empfangen haben, war es nie besonders angenehm, dort zu sein. Doch diesmal gehe ich nicht hin, um nach Jespers Manuskript zu suchen. Diesmal ist meine Mission eine andere.

Nach dem langen Regenschauer gestern liegt noch immer eine gewisse Feuchtigkeit in der Luft. Aber die Sonne scheint, als ich aus dem Honda aussteige und mein Kleid glatt streiche. Es ist keins der knappen, bunt gemusterten und luftigen Kleider, die ich im Sommer getragen habe, sondern langärmlig, weiß und hübsch bestickt. Dazu ein Halstuch, Stiefel und den Schlapphut, den ich jetzt allerdings ebenso wie meine Jacke auf dem Beifahrersitz liegen lasse.

Das vertraute nervöse Flattern macht sich in meinem Magen breit, als ich auf das Haus zusteuere, aber ich lasse mich nicht davon aufhalten. Diese eine Sache will ich noch für Jesper tun. Nicht, weil ich es ihm versprochen habe, sondern weil ich weiß, dass es sein Herzenswunsch war. Und wenn ich auch nur einen winzigen Teil dazu beitragen kann, damit sich dieser erfüllt, werde ich es tun.

Die Haustür öffnet sich, noch bevor ich die Hand zum Klopfen heben kann, aber anscheinend bin ich die Einzige, die davon überrascht ist. Jespers Mutter lächelt mich warmherzig an.

»Hailee«, begrüßt sie mich und schließt mich für einen Moment in die Arme. »Ich habe dein Auto vom Fenster aus gesehen. Schön, dass du da bist.«

Ich kann gar nicht anders, als ihr Lächeln zu erwidern. »Danke. Und entschuldigen Sie, dass ich einfach so hereinplatze. Ich will Sie auch gar nicht lange aufhalten.«

»Unsinn«, widerspricht sie und bedeutet mir hineinzugehen. »Wir freuen uns immer, dich zu sehen.«

Ich folge ihr in die Küche und bedanke mich, als sie mir ein Glas Limonade einschenkt. Gleich darauf finde ich mich auf der Veranda hinter dem Haus wieder, wo bereits Jespers Dad sitzt und sich erhebt, sobald er mich bemerkt.

»Hailee.« Im Gegensatz zu seiner Frau wirkt er erstaunt, mich zu sehen.

»Mr Harrington.« Ich schüttle seine Hand und setze mich auf die gepolsterte Bank ihm gegenüber, während er sich wieder in den Sessel fallen lässt.

Jespers Mutter setzt sich neben mich und wendet sich mir zu. »Was können wir für dich tun, Liebes?«

»Es geht um Jesper …«, beginne ich.

»Oh, das Manuskript. Natürlich.« Mrs Harrington stellt ihr Glas auf den Tisch und greift nach meiner Hand. »Vielen Dank, dass du nicht aufgegeben und es gefunden hast. Ohne dich hätten wir … wir hätten nie die Geschichte lesen können, die unser Junge uns hinterlassen hat. Damit hast du uns ein unfassbar schönes Geschenk gemacht.«

Mr Harrington schweigt zwar, aber er nickt, und ich meine, auch in seinen Augen ein verdächtiges Schimmern erkennen zu können.

»Das freut mich«, erwidere ich ehrlich. Und dann spreche ich endlich das aus, weswegen ich hergekommen bin. »Wie Sie vielleicht wissen, wollte Jesper damit etwas von sich selbst in der Welt zurücklassen, wenn er eines Tages nicht mehr da ist. Er wollte, dass auch andere Menschen seine Geschichte lesen. Wir haben so oft darüber gesprochen …«

Beim Gedanken an all die Telefonate, Voicemails und Chats muss ich unwillkürlich seufzen. Weil es sie nie wieder geben wird. Ich werde nie wieder einen spontanen Anruf oder lauter lustige Memes, haufenweise Emojis oder ewig lange Sprachnachrichten von Jesper bekommen. Mir bleibt nur die Erinnerung daran und an ihn.

Seine Eltern beobachten mich aufmerksam, und ich zwinge mich dazu weiterzusprechen. »Seit Kurzem stehe ich in Kontakt mit einer Literaturagentur, die Manuskripte an Verlage vermittelt, und ich würde ihnen wahnsinnig gerne Jespers Manuskript schicken. Selbstverständlich nur, wenn das für Sie beide in Ordnung geht.«

Mehrere Sekunden lang wage ich es nicht, aufzusehen, sondern starre auf meine Hände und das Glas, das sie festhalten, hinab. Ich weiß, wie wichtig Jesper diese Sache war. Ich weiß, wie sehr er sich gewünscht hat, dass andere diese Geschichte zu lesen bekommen. Dass er damit Menschen Mut machen und Hoffnung schenken kann. Doch die Entscheidung darüber, was mit dem Manuskript geschehen wird, liegt nicht bei mir, sondern bei seinen Eltern.

Ich trinke einen Schluck. Dann noch einen. Und wage erst danach, den Kopf zu heben. Gerade rechtzeitig, um den stummen Blickaustausch zwischen den beiden zu bemerken.

»Hailee …«, setzt Jespers Vater an, »erst einmal danke, dass du damit zuerst zu uns gekommen bist.«

»Natürlich«, erwidere ich hastig.

Er nickt und greift nach der Hand seiner Frau. »Um ehrlich zu sein, haben wir schon über diese Option gesprochen. Aber wir sehen keine Möglichkeit, Jespers letzten Wunsch zu erfüllen, die uns zufriedenstellen und seiner Geschichte gerecht werden würde.«

Ich verkrampfe die Finger um das Glas. Sie werden es nicht zulassen. Sie wollen Jespers Manuskript nicht mit der ganzen Welt teilen. Und das ist so schade. Aber kann ich es ihnen wirklich übel nehmen? Er war ihr Sohn. Es ist ihre Entscheidung, ganz egal, was ich für das Richtige halte.

»… zumindest bisher. Daher würden wir uns freuen, wenn du den Text an diese Agentur sendest«, fährt Mr Harrington fort.

Ich blinzle. Starre ihn an. Habe ich gerade wirklich gehört, was ich denke, dass ich gehört habe?

»Sie wollen, dass ich es versuche? Dass ich ihnen Jespers Geschichte schicke?«

Mrs Harrington nickt lächelnd. »Wir wollen es versuchen. Es war schließlich sein Herzenswunsch.«

Das ist das Einzige, was sie dazu sagt. Keine ausschweifenden Erklärungen. Kein Abwägen. Nur das. *Es war sein Herzenswunsch.*

Ich realisiere nicht mal, dass ich aufstehe, bis ich die beiden nacheinander umarme. »Ich danke Ihnen so sehr. Das ist noch keine Garantie dafür, dass es klappt, aber ich weiß, wie sehr sich Jesper freuen würde, wenn er jetzt …« Ich halte inne.

Seine Mom nickt mit Tränen in den Augen. »Das würde er. Unser Jesper kann froh sein, Freunde wie dich gehabt zu haben, Hailee.«

Und diesmal bin ich diejenige, die mit Tränen in den Augen lächelt. »Danke«, flüstere ich.

Nachdem ich die Limonade – die noch genauso köstlich schmeckt wie bei meinem allerersten Besuch – ausgetrunken und mich von den beiden verabschiedet habe, trete ich nach draußen und blinzle gegen die hellen Sonnenstrahlen. Diesmal verlasse ich das Haus nicht mit einem schlimmen Gefühl, sondern mit der Gewissheit, genau das zu tun, was sich mein bester Freund immer gewünscht hat. Und wenn er jetzt hier wäre, dann würde er lächeln – und mich mit ziemlicher Sicherheit fragen, wieso zum Teufel das so lange gedauert hat.

»Du wirst immer ein Teil von mir sein, Jesper Harrington.« Die Worte sind nur ein Flüstern auf meinen Lippen, unhörbar für jeden außer mir, aber irgendetwas sagt mir, dass Jesper sie wahrgenommen hat. Wo auch immer er jetzt ist, er weiß, wie wichtig er mir war und für immer sein wird. Und nur das zählt.

Ich gehe die Auffahrt hinunter und steige in meinen Honda. Diese Sache hat mich einiges an Überwindung gekostet, aber da gibt es noch eine zweite, die ich tun will, also starte ich den Motor und fahre los.

Kurze Zeit später halte ich direkt hinter dem vertrauten silbergrauen Dodge und steige aus, bevor ich es mir anders überlegen und einen Rückzieher machen kann. Ich weiß gar nicht, warum ich so nervös bin, schließlich kenne ich einen Teil von Chase' Familie bereits. Seine Mom. Seinen kleinen Bruder Phil. Lexi. Deren Mom und Schwägerin. Aber da gibt es noch einige weitere Whittakers, die sich heute alle zum sonntäglichen Brunch versammelt haben, und auch wenn es vielleicht dumm oder naiv ist, hoffe ich, dass sie mich mögen.

Mit klopfendem Herzen steuere ich auf das herrschaftliche Südstaatenhaus mit den Säulen und der riesigen Veranda zu. Aber noch bevor ich die Tür erreiche, geht auch diese auf, und ich frage mich kurzzeitig, ob die Leute hier einen siebten Sinn für unangekündigte Besucher entwickelt haben.

Aber als Chase mich in den Arm nimmt, komme ich nicht mehr dazu, diese Gedanken auszusprechen.

»Wie war es?«, fragt er leise. »Ist alles gut gegangen?«

Ich nicke. »Sie versuchen es. Ich … glaube, sie freuen sich.«

»Das ist großartig, Hailee.« Chase lehnt sich zurück und streicht mir ein paar Haarsträhnen aus dem Gesicht. »Jesper wäre so glücklich und verdammt stolz auf dich. Genau wie ich.«

»Wirklich? Denn ich habe nicht die geringste Ahnung, was ich hier überhaupt tue«, gestehe ich leise.

Sofort verschwindet das Lächeln und macht einem ernsten Ausdruck in seinem Gesicht Platz. »Die hat niemand. Wir tun alle nur das, was wir für richtig halten. Und du musst das tun, was für dich, für Hailee DeLuca, am besten ist.«

»Ich weiß nicht mal mehr, wer Hailee DeLuca eigentlich ist. Aber«, füge ich hinzu und atme zittrig durch. »Ich will es herausfinden.« Ich greife nach seiner Hand. Einen Moment lang betrachte ich einfach nur unsere verschränkten Finger, ehe ich ihm wieder in die Augen sehe – diese grünbraunen Augen, deren Blick mir versichert, dass Chase mich immer unterstützen und auffangen wird, ganz egal welchen Weg ich auch einschlage. »Hilfst du mir dabei?«

Er hält meinen Blick fest, als er meine Hand an seine Lippen führt und einen kleinen Kuss auf meine Fingerknöchel setzt. Und da ist es wieder – dieses warme Lächeln mitsamt Grübchen, das mich von Anfang an verrückt gemacht hat. »Immer.«

Dann zupft er leicht an meinen Fingern und deutet hinter sich. »Bereit, die ganze Familie kennenzulernen und dich dem endlosen Charme der Whittakers zu ergeben?«

Ich schneide eine Grimasse, weil die Anspannung zurück ist, trotzdem muss ich lachen und nicke schließlich. »Immer.«

Epilog

Chase

Sieben Monate später

Die Sonne strahlt auf das Shenandoah-Tal herab, während ich an den Schaufenstern der Main Street vorbeilaufe. Mit dem Frühling ist nicht nur das gute Wetter zurückgekehrt, sondern auch die Touristen, die beim Eisladen Schlange stehen, im Souvenir-Shop Postkarten kaufen und im Diner zu Mittag essen, bevor sie mit einem Reiseführer aus Tante Jazmines Buchhandlung auf den Skyline Drive zurückkehren.

Es ist so vertraut, aber auch merkwürdig, das alles mitzuerleben. Vertraut deshalb, weil ich hier aufgewachsen bin und es gar nicht anders kenne. Merkwürdig, weil ich in den letzten vier Jahren zu dieser Zeit nicht hier war, sondern zuerst bei der Army und dann in Boston am College. Doch diese Phase ist endgültig vorbei.

Als ich an *Lizzy's Cakes* vorbeikomme, laufe ich fast in den alten Mr Kerridge hinein. »Entschuldigung!«

»Vorsicht, Junge!«, brummt er und mustert mich finster. »Wo willst du an einem Freitag denn so früh hin?«

»Ich hole meine Freundin ab«, erwidere ich und winke ihm zum Abschied. »Schönen Tag noch!«

Jepp. Meine Freundin. Denn dieser Titel gehört Hailee mittlerweile. Nicht *faszinierende Sommerbekanntschaft, sehnsüchtige Fernbeziehung, heiße Sommeraffäre* oder *beste Freun-*

din meines besten Freunds. Oh nein. Hailee ist so viel mehr als das.

Und ich bin zu spät dran.

Ich fange an zu joggen und biege in die nächste Seitenstraße ab, eile an der Konditorei, dem Laden mit der Kinderkleidung, wo Mom immer Sachen für Phil einkauft, und der Drogerie vorbei, ehe ich erneut abbiege und vor einem zweistöckigen weißen Haus mit dunkelgrünen Fensterläden stehen bleibe. Ich war noch nie drinnen, kenne es von außen aber nur zu gut, weil ich Hailee schon öfter hier abgeholt habe.

Ein kurzer Blick auf mein Smartphone, und ich seufze erleichtert. Gerade noch rechtzeitig. Hailees Sitzung bei Dr. Sanchez endet gleich. Ich lehne mich gegen die von der Sonne erwärmte Hauswand und schiebe die Hände in die Hosentaschen. Obwohl alles so frühlingshaft ist, obwohl die Sonne scheint und wir Pläne für das Wochenende mit Lexi und Shaine haben, bin ich angespannt. Bald ist Katies erster Todestag, und ich weiß nicht, wie Hailee damit umgehen wird.

Mittlerweile geht es ihr besser. Sie schmiedet eifrig Pläne für den Roadtrip, den wir uns für den Sommer vorgenommen haben, aber Katie fehlt ihr noch immer. An manchen Tagen mehr, an anderen weniger. Doch auch wenn es noch so schlimm für Hailee am Todestag ihrer Schwester werden sollte, sie muss das nicht allein durchstehen. Und das weiß sie auch. Wir stehen das gemeinsam durch. Sie hat mich, sie hat ihre Eltern, die am Sonntag zu Besuch kommen, sie hat ihre Freunde und Dr. Sanchez, zu der sie seit Oktober regelmäßig geht. Es ist eine Einzeltherapie, und in Absprache mit ihrer alten Therapeutin in Rondale hat Hailee damit begonnen, ein neues Antidepressivum einzunehmen. Auch wenn es eine Weile gedauert hat, das richtige zu finden, scheint es Hailee tatsächlich zu helfen.

An diesem Morgen warte ich hier auf sie, so wie ich es in den letzten Monaten immer getan habe.

»Hey«, begrüße ich sie, als sich die Tür öffnet und halte die Arme für sie auf.

Hailee blinzelt gegen das Tageslicht, dann schmiegt sie sich mit einem tiefen Seufzen an mich. Ihre Augen sind gerötet, und sie ist etwas blass, aber sie wirkt nicht ganz so mitgenommen wie nach den ersten Sitzungen. Damals war sie völlig zerschlagen und wollte sich nur noch in ihrem Bett verkriechen. Manchmal haben wir das gemacht und zusammen Filme geschaut, ich habe ihr aus ihrem aktuellen Buch vorgelesen oder bin bei ihr geblieben, bis sie eingeschlafen ist. An anderen Tagen haben wir etwas unternommen, um sie abzulenken.

Heute schenkt sie mir trotz ihrer Erschöpfung ein Lächeln und drückt mir einen kleinen Kuss auf die Lippen. »Danke, dass du mich abholst.«

Sie erwähnt es immer wieder, obwohl ich ihr schon unzählige Male gesagt habe, dass sie sich nicht dafür bedanken muss, weil ich es gerne tue. Weil es selbstverständlich für mich ist. Und weil wir so ein bisschen mehr Zeit miteinander verbringen können. Inzwischen erinnere ich sie nicht mehr daran, da ich glaube, dass sie das braucht. Genauso wie diese Umarmung.

»Was hast du heute vor?«, frage ich leise, während wir noch immer neben der Praxis stehen.

Doch was dann kommt, überrascht mich.

»Ich will schreiben.«

Ich lehne mich etwas zurück, um ihr ins Gesicht zu sehen. »Wirklich?«

Denn soweit ich weiß, hat Hailee nicht mehr richtig geschrieben, seit sie mit Emikos Geschichte fertig geworden ist. Sie hat es immer wieder probiert, aber jedes Mal frustriert aufgegeben. Dass sie es jetzt ein weiteres Mal versuchen möchte, ausgerechnet nach ihrer Sitzung, kann nur etwas Gutes bedeuten.

Hailee nickt. »Wirklich. Bisher hat sich zwar nichts für Emiko und das magische Licht ergeben, aber davon werde ich mich nicht aufhalten lassen. Ich will weitermachen und an etwas Neuem schreiben.«

»Na, dann los.« Ich löse mich von ihr, nur um nach ihrer Hand zu greifen und unsere Finger miteinander zu verschränken.

Es ist noch verdammt früh am Morgen, und mir bleibt noch ungefähr eine halbe Stunde, bevor ich zur Arbeit ins Krankenhaus fahre. Hailee hat ihre Termine extra so gelegt, damit wir danach noch ein bisschen Zeit miteinander verbringen können, bis auch sie zu ihrer Schicht ins Diner muss. Es ist nicht einfach, vor allem nicht mit meinen anstehenden Bewerbungen für das Paramedic-Training-Programm. Wir hoffen beide auf eine Zusage von einer Schule in der Nähe, aber man kann nie wissen. Wir haben schon darüber gesprochen, wie es weitergeht, wenn ich in einer weiter entfernten Stadt angenommen werde. Ob wir dann beide abwechselnd pendeln oder … ob wir den Schritt wagen und zusammenziehen wollen. Doch das liegt alles noch in der Zukunft. Einer Zukunft, die womöglich näher ist, als wir denken, aber jetzt will ich nur den Augenblick genießen. Das ist etwas, das Hailee mir beigebracht hat und noch immer ziemlich gut kann: im Moment leben.

Als wir uns kennengelernt haben, habe ich sie für lebenslustig, mutig und völlig sorglos gehalten. Hailee war so voller Lebensfreude, hat jede einzelne Sekunde in sich aufgesogen und sich jeder Herausforderung gestellt. Ich hätte niemals ahnen können, was dahintersteckt, denn man sieht es den meisten Leuten nicht an, wie es ihnen wirklich geht. Der nach außen hin glücklichste Mensch kann die meisten Tränen vergossen haben. Die unbeschwerteste Person kann die schlimmsten Verluste erlitten haben. Und das Mädchen mit dem strahlendsten Lächeln kann jeden Lebenswillen verloren haben. Jeder von uns hat innere Kämpfe auszufechten, von denen andere vielleicht nie etwas erfahren.

Und wenn ich eine Sache ändern könnte, dann die, nicht genau genug hingeschaut, nicht richtig zugehört zu haben. Vielleicht wäre dann alles anders gekommen. Vielleicht hätte ich den Schmerz erkannt, den Hailee empfunden hat, und hätte ihr früher helfen können. Doch die Wahrheit ist, dass ich nie wissen werde, was anders hätte laufen können. Ich bin nur froh und dankbar, heute zusammen mit ihr hier zu sein, ihre Hand zu halten, sie zu küssen und sie hin und wieder damit aufzuziehen, dass sie mich damals ausgesprochen schmeichelhaft mit einer Deep Dish Pizza verglichen hat. Denn dieses Geheimnis konnte ich ausnahmsweise nicht lange für mich behalten, und jedes Mal, wenn ich es erwähne, zieht Hailee auf diese niedliche Weise die Nase kraus und läuft knallrot an.

»Du lächelst.« Hailee zupft an meinen Fingern, als wir die Main Street erreichen. »Warum lächelst du? Ich will mitmachen.«

Gut gelaunt lege ich den Arm um ihre Schultern. »Ich musste nur gerade daran denken, dass wir Chicago auf unsere Liste für den Roadtrip setzen sollten.«

»Tatsächlich?« Sie wirft mir einen misstrauischen Blick zu. »Und wieso?«

»Damit ich endlich herausfinden kann, ob ich wirklich so köstlich bin wie eine Deep Dish Pizza.«

Sie prustet los, gibt mir aber auch einen Klaps gegen die Brust. »Die Pizza ist köstlicher als du. Eindeutig.«

»Bist du da *ganz* sicher?«

Und da ist sie wieder, die Röte in ihren Wangen. Statt einer Erwiderung streckt sie mir die Zunge raus und läuft schon mal vor bis zum Café. Als ich die Tür zu *Lizzy's Cakes* öffne, ist Hailee schon drinnen, begrüßt Charlotte und setzt sich an ihren Stammtisch am Fenster.

Ich winke Charlotte, hole mir an der Theke einen Coffee to go und schlendere zu Hailee hinüber, die es sich bereits vor ihrem aufgeklappten Laptop gemütlich gemacht hat.

»Ich muss los«, erinnere ich sie leise und warte, bis sie mich ansieht, damit ich ihr einen Kuss auf den Mund drücken und ihr über die Wange streicheln kann. »Bis heute Abend.«

Sie lächelt warm. »Kann's kaum erwarten. Bis später.«

Lächelnd wende ich mich ab – und komme ganze vier Schritte weit, als mich ihre Stimme innehalten lässt.

»Chase …« Ein alarmierter Tonfall schwingt in dieser einen Silbe mit, und mein Puls schießt in die Höhe. »*Chase!*«

»Was?« Ich renne zurück. »Was ist passiert? Was ist los?«

Hailee sieht mich nicht an, sondern starrt auf den Monitor und packt mich am Arm. »Das! Sie … sie wollen … Sie werden Jespers Geschichte veröffentlichen! Es wird ein richtiges Buch!«

Heilige Scheiße. Ich rutsche neben sie auf die Bank und lese die Mail wieder und wieder, aber es dauert mehrere Sekunden, bis ich begriffen habe, dass das tatsächlich passiert. Nach ihrem Gespräch mit den Harringtons hat Hailee der Literaturagentur von Jesper erzählt und sein Manuskript eingereicht. Danach kam erst mal monatelang gar nichts – und jetzt das. Eine Zusage von einem Verlag. Wir haben es geschafft. Jesper hat es geschafft. Ein Teil von ihm wird in Form eines richtigen Buches in dieser Welt weiterbestehen.

»Oh mein Gott!« Hailee lacht und weint gleichzeitig.

So sehr, dass auch Charlotte auf uns aufmerksam wird und

die Mail ebenfalls liest. Es fließen noch mehr Tränen, und ich bin vollauf damit beschäftigt, mich um Taschentücher zu kümmern. Wahrscheinlich komme ich jetzt zu spät zur Arbeit, aber das ist es mir wert.

»Du bist ja immer noch da!«, stellt Hailee unvermittelt fest und scheucht mich fort. »Geh schon! Wir reden später. Ich will nicht, dass du zu spät kommst.«

Ich grinse. »Zu Befehl, Ma'am.« Doch dann fällt mir ein, dass ich sie noch gar nicht gefragt habe, was ihr neues Projekt werden soll. »Woran willst du schreiben?«

»Was?« Sie starrt mich aus großen Augen an.

»Woran schreibst du jetzt?«, wiederhole ich. »Nach Emikos Geschichte.«

Ein Leuchten tritt in ihre Augen, und sie strahlt mich an, sodass ich schwören könnte, dass mir kurzzeitig das Herz stehen bleibt, weil sie so verdammt schön ist. »Ich habe mit Dr. Sanchez darüber gesprochen, und sie hält es für eine gute Idee, also arbeite ich an einem neuen Kinderbuch. Über die Abenteuer von zwei Schwestern.«

Ich kann gar nicht anders, als zu lächeln. Weil es perfekt passt. Weil es mutig von ihr ist. Und weil es ganz … Hailee ist.

TRIGGERWARNUNG
(Achtung: Spoiler!)

Flying High enthält Elemente, die triggern können.
Diese sind:

Angststörung (Social Anxiety), Tod, Verlust, Trauer und Trauerbewältigung, Suizidalität, Krankheit (Mukoviszidose), Drogenmissbrauch und Depression.

Nachwort

Hailees Geschichte zu erzählen lag mir von Anfang an sehr am Herzen, da mir auch dieses Thema sehr am Herzen liegt. Daher möchte ich dich bitten: Wenn es dir nicht gutgeht, wenn du betroffen bist und dich allein fühlst oder wenn es keinen Ausweg mehr zu geben scheint, dann rede mit jemandem. Sprich mit deiner Familie, deinen Freunden oder suche dir Hilfe.

Hier findest du rund um die Uhr Hilfe und jemanden zum Reden:

Telefonseelsorge: 0800 – 1110111 oder 0800 – 1110222
Für Kinder und Jugendliche: 0800 – 1110333

Unter www.telefonseelsorge.de kannst du auch Hilfe vor Ort, via Mail oder Chat erhalten. Alles anonym und kostenlos.

Des Weiteren findest du Hilfe via Telefon und Mail bei:
www.nummergegenkummer.de

Und wenn du nicht selbst betroffen bist: Kümmere dich um deine Lieben. Frag nach. Hör zu. Sprich mit ihnen. Sei für sie da. Das kann schon unheimlich viel helfen.

Ich wünsche dir die Kraft, alles zu meistern, was vor dir liegt, und schicke dir ganz viele positive Gedanken.

Danksagung

Die Geschichte von Hailee und Chase war eine unglaubliche Achterbahnfahrt, und ich kann kaum fassen, dass es nun vorbei ist. Danke an alle, die mich auf dem Weg begleitet haben!

Ein riesiges Dankeschön geht an meine großartigen Lektorinnen Stephanie Bubley und Kristina Langenbuch Gerez, die mir so viel Zeit eingeräumt haben, wie nötig war, um dieses Buch zu beenden, und die vor und nach dem Schreiben sowie im Lektorat stundenlang mit mir telefoniert haben, um alles durchzusprechen. Ohne euren Rückhalt und euer Vertrauen hätte ich es niemals geschafft. An dieser Stelle auch ein großes Dankeschön an die lieben Mitarbeiter*innen von LYX und Bastei Lübbe, mit denen die Zusammenarbeit traumhaft ist und die mich während der Messe die ganze Zeit mit Tee, Essen, Süßigkeiten und lieben Worten versorgt haben, als ich erkältet war.

Danke an meine Beta- und Testleserinnen sowie meine Sensitivity Reader: Klaudia, Melanie, Xenia, Saskia, Anabelle, Tina, Tanja und Mandy. Danke für alles! Ein besonderer Dank geht an Lydia, die das Ganze aus Therapeuten-Sicht beleuchtet hat, sowie an Mandy, die mir bei den medizinischen Fragen weitergeholfen und alles abgesegnet hat.

Mein Writing Squad (auch wenn wir kaum zusammen schreiben, weil wir zu viel quatschen): Anabelle, Klaudia, Laura, Marie. Ihr seid wie eine zweite Familie geworden, die ich nicht mehr missen möchte. Danke fürs Zuhören, Kümmern, Versorgen, Nachfragen und all die gemeinsamen Lacher!

Danke an Alana, Carolin und Mona fürs Anfeuern, Nachfragen und Fangirlen! Und danke an meine eigene Schwester Linda. Ich glaube, du bist der Mensch, der sich am allermeisten über die Platzierung auf der SPIEGEL-Bestseller-Liste gefreut hat. Ich danke dir für alles!

Und zu guter Letzt Danke an alle, die sich schon lange vor der Veröffentlichung auf diese Geschichte gefreut haben. Und an alle, die *Falling Fast* gelesen haben und unbedingt wissen wollten, wie es weitergeht.

Die Geschichte von Hailee und Chase ist hiermit zu Ende und wir müssen Abschied von Fairwood mit all seinen Bewohner*innen nehmen. Aber keine Sorge! Die nächsten Bücher sind schon in Arbeit und ich freue mich darauf, sie mit euch zu teilen.

Freut euch mit uns auf den 24. Februar 2020:

Leseprobe

BIANCA IOSIVONI

DER LETZTE ERSTE KUSS

Elle

»Wenn du nicht sofort diese verdammte Tür aufmachst, werde ich dir wehtun, Luke!«

Zum wiederholten Mal hämmerte ich so hart gegen das Holz, als wären Zombies hinter mir her und diese Wohnung meine letzte Zuflucht. Beim Gedanken daran schnaubte ich innerlich. Als ob ich in diesem Fall ausgerechnet bei Luke und den Jungs Schutz suchen würde … Sicher nicht. Schon gar nicht mit einem Kater und nach nur zwei Stunden Schlaf, weil ich unfreiwillig geweckt worden war. Das ließ mich mein Körper jetzt spüren, denn jedes Klopfen gegen die Tür hallte in meinem Kopf nach.

Trotzdem trommelte ich weiter mit den Fäusten gegen die Tür, kurz davor, dem blöden Ding einen Tritt zu verpassen. Ein orangefarbener Papierkürbis mit Gruselgesicht segelte von der Pinnwand neben mir zu Boden. Gleich würden die ersten Leute die Köpfe aus ihren Zimmern herausstrecken und fragen, warum ich einen solchen Aufstand machte. Vielleicht war das Szenario mit den wütenden Zombies doch nicht so abwegig. Nur dass ich in diesem Fall der Zombie war, der gleich jemanden fressen würde.

Schritte waren aus dem Inneren zu hören.

Na, endlich.

Wenige Sekunden später wurde die Tür geöffnet.

Ich drängte mich an Luke vorbei in die Wohnung, bevor er ein Wort sagen konnte. Dann wirbelte ich zu ihm herum.

»Hallo, Arschloch«, begrüßte ich meinen besten Freund. »Wie war das mit unserer Vereinbarung, dass du keine meiner Freundinnen flachlegst?«

»Dir auch einen guten Morgen, Sonnenschein.« Gähnend drückte Luke die Tür zu und lehnte sich dagegen. Dann musterte er mich mit halb gesenkten Lidern und zog eine Augenbraue hoch. Als wäre mein schnell zusammengestelltes Outfit aus T-Shirt, Jeans und Stiefeln etwas Besonderes.

Tatsächlich war er derjenige, der hier einen halbnackten Auftritt in schwarzen Shorts hinlegte, die so eng waren, dass sie keinen Raum für Fantasie ließen. Dazu der sonnengebräunte Oberkörper mit den trainierten Muskeln, die mir deutlich vor Augen führten, dass er sein Sportstipendium nicht nur wegen seines charmanten Lächelns bekommen hatte. Hastig riss ich meinen Blick los und richtete ihn wieder auf Lukes Gesicht.

Sein straßenköterblondes Haar war zerzaust und fiel ihm in die Augen, die trotz Müdigkeit in einem so intensiven Blau strahlten, dass ich ihn allein dafür am liebsten getreten hätte. Es sollte verboten sein, schon am frühen Morgen so gut auszusehen. Er hatte sich noch nicht rasiert, und seine Stimme klang schläfrig, als wäre er gerade erst aufgestanden.

Seinem losen Mundwerk tat das leider keinen Abbruch. »Ich hätte nicht gedacht, dass du mich schon so schnell vermisst, Elle.«

»Das hättest du wohl gerne.«

Gerade als ich zu einer Tirade ansetzen wollte, die er so schnell nicht vergessen würde, hörte ich ein leises Maunzen. Eine dreifarbige Katze schlich in gebührendem Abstand zu Luke in meine Richtung und blickte mich erwartungsvoll an. Sofort schmolz die Wut in mir ein bisschen.

»Hallo, Mister Cuddles.« Ich ging in die Hocke und hob die Katze hoch. Wie auf Kommando begann sie zu schnurren, und ich spürte das Rattern unter meinen Fingern in ihrem Fell.

Luke schnaubte abfällig. »War ja klar. Ich bin hier der Einzige, der immer noch regelmäßig gebissen wird.«

Eigentlich mochte Mister Cuddles so gut wie jeden. Abgesehen von Luke. Offiziell waren Haustiere in unserem Wohnheim nicht erlaubt, aber die Umstände von Lukes Mitbewohner Dylan waren so besonders, dass die Wohnheimleitung Gnade walten ließ und Dylan erlaubte, seine Katze zu behalten. Wahrscheinlich weil Mrs Peterson, die Leiterin höchstpersönlich, selbst eine Schwäche für die flauschigen Tiere hatte.

»Sie hat eben eine gute Menschenkenntnis.«

Zum ersten Mal ließ ich meinen Blick durch die Wohnung wandern. Was die Aufteilung anging, war sie identisch mit der WG im Stock direkt darüber, die ich mir mit Tate und seit diesem Semester auch mit Mackenzie, einer rothaarigen Theater- und Musikwissenschaftsstudentin, teilte.

Ich verlagerte Mister Cuddles auf meinem Arm, ging am Sofa vorbei zum Fenster und zog die Rollläden hoch. Luke stöhnte gequält auf, als die ersten Sonnenstrahlen ins Zimmer fielen. Gut so. »Wo steckt Dylan?«

Seufzend rieb er sich über die Augen. »Wahrscheinlich bei der Arbeit in der Tierklinik. Schade, dass er sein Katzenvieh nicht mitnehmen kann.«

»Hör nicht auf ihn, Mister Cuddles«, murmelte ich und

drückte der Katze einen Kuss auf den Kopf. »Er ist nur neidisch, weil du von allen Frauen geliebt wirst und er nicht.«

Ein Maunzen unterstrich meine Worte, dann begann die Katze zu zappeln, und ich ließ sie wieder auf den Boden. Sie tappte zurück in Dylans Zimmer, wo sich ihr Schlafplatz befand, und ich hätte schwören können, dass sie Luke dabei einen verächtlichen Blick über die Schulter zuwarf. Seit Dylan mit der Katze hier eingezogen war, herrschte eine Art Hassliebe zwischen Luke und Mister Cuddles. Die im Übrigen nur so hieß, weil man sie als Kätzchen für einen Kerl gehalten hatte. Den Fehler würde bei ihrem Temperament heute niemand mehr machen, und Luke bekam oft eine ganze Menge davon zu spüren. Für gewöhnlich hatte ich Mitleid mit ihm, aber nicht heute. Nicht, nachdem man mich nach einer viel zu kurzen Nacht um halb sieben aus dem Bett geworfen hatte. An einem Samstag. Und wofür?

»Okay, Casanova.« Ich stemmte die Hände in die Hüften und fixierte ihn mit dem durchdringendsten Blick, den ich um diese Uhrzeit trotz Kopfschmerzen aufbringen konnte. »Wir hatten einen Deal. Du vögelst nicht mit meinen Freunden, ich nicht mit deinen. Schon vergessen?«

Luke öffnete den Mund, um zu antworten, aber ich kam gerade erst in Fahrt.

»Rate mal, wer vor einer Stunde an meine Tür geklopft hat.«

»Offensichtlich nicht der Sensenmann«, erwiderte er trocken.

»Ha. Das hättest du wohl gern! Es war Amanda. Du erinnerst dich doch noch an Amanda, oder? Ungefähr so groß wie ich, braune Locken, blaue Augen, immer gut drauf – aber hey! Heute nicht. Denn heute hat sie sich die Augen wegen des Idioten ausgeweint, der sie flachgelegt hat und dann mitten in der Nacht verschwunden ist. Klingelt da was?«

Luke blinzelte, dann hob er langsam die Hand und deutete auf mich. »Was hast du da eigentlich an?«

»Was?« Ich sah an mir hinunter. Nachdem ich Amanda eine gefühlte Ewigkeit lang mit Taschentüchern versorgt und mir angehört hatte, was für ein Scheißtyp Luke doch war, hatte ich das erstbeste Oberteil aus dem Schrank gezogen. Den Print auf dem weißen T-Shirt nahm ich erst jetzt richtig wahr: Ein Anime-Panda starrte mit großen Kulleraugen in die Welt. Unter ihm stand der Schriftzug: *Dead cute*. Ich funkelte Luke an. »Versuch ja nicht, das Thema zu wechseln.«

»Sorry, Elle.« Sein Grinsen strafte seine Worte Lügen. »Aber in diesem Teil siehst du aus, als wärst du zwölf.«

»Wie bitte?« Ich schnappte nach Luft, zwang meine Empörung jedoch zurück. Dieser Kerl wusste genau, welche Knöpfe er bei mir drücken musste, aber diesmal würde er damit keinen Erfolg haben. Diese Sache war ernst. »Hör auf, so zu grinsen!«, fauchte ich. »Wenigstens konnte ich ihn letzte Nacht in der Hose behalten – ganz im Gegensatz zu dir.«

»Ihn?« Luke sah an mir hinunter. Seine Mundwinkel bebten. »Gibt es da etwas, das du mir sagen möchtest?«

Ich knurrte nur.

»Schon gut, schon gut.« Beschwichtigend hob er die Hände. »Willst du einen Kaffee, oh wunderbare, beste, schönste Elle?«

»Spar dir das Süßholzraspeln, du …«

Whoa, Moment mal. Hatte er gerade das magische Wort mit K gesagt? Auf einmal war ich hellwach und vergaß sogar das dumpfe Pochen in meinem Hinterkopf.

»Du weißt genau, dass ich welchen will. Aber das heißt nicht, dass ich mit dir fertig bin.«

Sein tiefes Glucksen ging beinahe im Mahlen der Kaffeemaschine unter. Für eine Kochnische in einer Studentenbude war sie bei den Jungs überraschend gut ausgestattet. Das lag vor allem an Luke, der als einziger der drei Bewohner kochen konnte – und es auch noch gern tat. Auf den Regalen stapelten sich Teller, Tassen und Töpfe, unter der Arbeitsfläche standen ein Kasten Bier und ein unendlicher Vorrat an Energydrinks, die nicht mehr in den kleinen Kühlschrank gepasst hatten. Über den beiden Kochplatten hing ein Regalbrett, auf dem diverse Gläser und kleine Dosen balancierten, angefangen bei Salz und Pfeffer bis hin zu Gewürzen, deren Namen ich nicht mal aussprechen konnte.

Luke holte Eier und Speck aus dem Kühlschrank, griff nach einer Pfanne und begann wie selbstverständlich damit, Frühstück zu machen. Ich schnaubte leise. Es gab genau drei Dinge, die jeder auf dem Campus über Lucas McAdams wusste:

Erstens: Er gehörte zu den besten Läufern im Cross-Country-Team. Zweitens: Er war ein guter Koch, selbst wenn es sich dabei um etwas so Simples wie Rührei mit Bacon handelte. Und drittens: Er war ein hoffnungsloser Casanova. Es grenzte an ein Wunder, dass er noch nicht das ganze College durchgevögelt hatte.

Nur noch gespielt widerstrebend setzte ich mich auf einen der Hocker an der Kochinsel und schob das Zeug, das sich darauf stapelte, beiseite. Ausgedruckte Unterlagen für eine Hausarbeit von Luke, eine auf der Wirtschaftsseite zusammengefaltete Zeitung – die gehörte eindeutig Trevor – und ein vollgepackter Stundenplan. Hm. Der war entweder ebenfalls von Trevor oder von Dylan. Da direkt darauf ein Kassenzettel lag, der hauptsächlich Katzenfutter enthielt, tippte ich auf Dylan.

Wie aus dem Nichts tauchte eine XXL-Tasse vor mir auf. Der Geruch von frisch gerösteten Bohnen drang mir in die Nase und ich verfluchte Luke im Stillen. Ohne zu probieren, wusste ich, dass er den Kaffee genau so zubereitet hatte, wie ich ihn mochte: mit einem Schuss Milch und unendlich viel Zucker. Lukes Augen funkelten erwartungsvoll, als ich nach der Tasse griff und einen Schluck trank. Fast hätte ich die Augen geschlossen und genießerisch geseufzt, aber diese Genugtuung wollte ich ihm nicht geben. Zumindest jetzt noch nicht, auch wenn es mir zunehmend schwerer fiel, ihm weiterhin böse zu sein.

Und endlich schien auch Luke einzulenken, denn er räusperte sich leise, während er das Rührei in der Pfanne bearbeitete. »Es tut mir leid, okay? Ich wusste nicht, dass ihr befreundet seid.«

»Waren wir noch nicht, und daraus wird jetzt wohl auch nichts mehr. Aber sie ist noch immer in unserem Literaturkurs, du Trottel«, erinnerte ich ihn und streckte mich, um an die Besteckschublade zu kommen, ohne dafür aufstehen zu müssen. Dabei wackelte der Hocker gefährlich, aber beim zweiten Versuch schaffte ich es. »Ich muss eine Hausarbeit mit ihr schreiben und das wäre wesentlich angenehmer, wenn wir Freundinnen wären. Was meinst du, wie das jetzt werden wird, hm?« Ich lehnte mich zurück und deutete mit dem Messer in der Hand auf ihn. »Wenn ich mir jetzt bei jedem unserer Treffen anhören muss, was für ein Arsch du bist, weil du den kleinen Luke nicht zurückhalten konntest, wirst du leiden. Kapiert?«

Er warf mir einen amüsierten Blick zu. »Du kannst ihn nur als klein bezeichnen, weil du ihn noch nie in Aktion erlebt hast, Schätzchen.«

»Wow, letzte Nacht hat nichts dazu beigetragen, dein Ego zu stutzen, Mr *I'm Sexy And I Know It*.«

Luke sagte nichts dazu, aber sein Grinsen war Antwort genug. Der Mistkerl bereute es kein bisschen. Kein Wunder, er hatte seinen Spaß gehabt, während ich die Konsequenzen in

Form einer jammernden Verflossenen ausbaden musste. Wieder mal. Dabei hatten wir doch genau das vermeiden wollen, als wir diese Vereinbarung vor etwas mehr als zwei Jahren getroffen hatten.

Luke stellte einen Teller mit Rührei und Speck vor mich hin, dann nahm er sich seinen eigenen und setzte sich neben mich. Es war unser morgendliches Ritual, wann immer unsere Stundenpläne es zuließen. Einmal hatte ich versucht, selbst zu kochen, aber das war in einer Katastrophe geendet, und da wir sowieso keine vernünftige Kaffeemaschine in unserer Wohnung hatten – Lukes Worte, nicht meine –, fand ich mich immer wieder morgens in seiner WG ein, während Luke Kaffee und Frühstück zubereitete.

»War es sehr schlimm?« Er schaffte es tatsächlich, ein winziges bisschen reumütig zu klingen.

Ich wusste nicht, ob ich lachen oder ihn treten sollte. »Tate hat sie zumindest nicht sofort umgebracht, nachdem sie uns alle geweckt hat«, murmelte ich und schob mir eine Gabel voll Rührei in den Mund. Wenn es jemanden gab, der morgens ohne Kaffee noch schlechter gelaunt war als ich, dann war es meine beste Freundin. Erstaunlich, dass sie Amanda nicht eigenhändig rausgeworfen hatte.

»Hey.« Luke stieß mich mit der Schulter an. »Tut mir leid, Elle.«

Irgendwie war es ein Glück, dass seine Augen nicht braun waren, sonst hätte er den Hundeblick längst perfektioniert. Doch so blitzte es immer noch frech im intensiven Blau auf, was mich daran erinnerte, dass ich es hier nicht mit einem harmlosen Welpen zu tun hatte. Eher mit einem ausgewachsenen Straßenköter, der alles besprang, was nicht bei drei auf den Bäumen war.

»Schon gut«, murmelte ich. »Wenn sie sich während unserer Hausarbeit über dich beschwert, nehme ich es einfach mit dem Handy auf und spiele es dir vor. Nachts. In Dauerschleife.«

Er verschluckte sich an seinem Bissen und musste husten. »Verdammt, du bist böse.«

Ich lächelte nur und trank einen großen Schluck von meinem Kaffee. *Mmmh.* Nur bei Starbucks war der Kaffee besser als bei Luke. Sollte es mit seiner Karriere im Sportbusiness nicht klappen, könnte er immer noch mit einem eigenen Café oder einem Diner durchstarten.

Nachdenklich betrachtete ich ihn von der Seite. »Warum bist du eigentlich einfach so verschwunden?«

Nicht, dass es etwas Neues für ihn wäre. Luke hatte nicht nur den Ruf eines Playboys, sondern auch den, am Morgen danach sang- und klanglos abzuhauen. Am besten noch, bevor seine Bettpartnerin aufwachte.

»Ich musste zum Training«, erwiderte er schulterzuckend.

Ich zog eine Braue in die Höhe. »Mitten in der Nacht? An einem Samstag? Verkatert?«

»Ich laufe eben gern nachts oder frühmorgens. Außerdem bin ich nie verkatert, Süße.«

»Das glaubst auch nur du. Was war mit Patrick Benfords Hausparty letztes Jahr im November? Du warst so voll, dass Trevor und ich dich praktisch nach Hause tragen mussten.«

»Schade, dass ich mich nicht mehr erinnern kann. Aber das war *ein* Kater im ganzen Semester. Ein einziger, was man von dir nicht gerade behaupten kann.«

Dann wachte ich eben öfter verkatert auf als mein bester Freund, auch wenn er mehr trank und öfter feiern ging. Und wennschon. Wenn man bedachte, dass uns das erst zusammengeführt hatte, sollten wir beide dankbar dafür sein. Ich war es jedenfalls.

Auf meiner ersten Collegeparty hatte ich so viel unterschiedliches Zeug in mich hineingeschüttet, dass ich nicht mal mehr gerade stehen konnte. Luke kannte ich damals nur flüchtig, trotzdem hatte er mich mit Tates Hilfe zurück ins Wohnheim gebracht und ins Bett verfrachtet. Und obwohl er sicher weit Besseres zu tun gehabt hatte, war Luke die ganze Nacht über bei mir geblieben und hatte mir das Haar hochgehalten, wenn ich mich übergeben musste. Am nächsten Morgen war er losgezogen, hatte unseren Kühlschrank aufgefüllt und Tate und mir ein Katerfrühstück zubereitet.

Luke mochte sich gegenüber den Frauen, mit denen er Sex hatte, wie ein Arschloch verhalten, aber wenn man ihn zum Freund hatte, konnte man sicher sein, dass er im Zweifelsfall immer da sein würde. Und am Ende zählte nur das für mich.

»Übrigens weiß ich bis heute nicht, wer mich nach Benfords Party bis auf die Boxershorts ausgezogen und zugedeckt hat.«

Ich verschluckte mich beinahe an meinem Kaffee. »Trevor.«

»Bullshit.« Wieder stieß Luke mich mit der Schulter an. »Er hätte mich mit dem Gesicht nach unten auf dem Fußboden pennen lassen. Und Dylan hätte nachgetreten, wenn er in der Nähe gewesen wäre.«

»Ganz bestimmt«, erwiderte ich ironisch.

Dylan Westbrook mochte vieles sein, gewalttätig war er jedoch mit Sicherheit nicht. Der Kerl war ein Pazifist, wie er im Buche stand. Dazu hatte er einen Helferkomplex so groß wie ein Footballfeld und hätte Luke sogar dann geholfen, als er ihn noch gehasst hatte. Zum Glück waren diese Zeiten vorbei. Jetzt mussten Tate und ich auch nicht mehr darauf achten, die zwei bloß nicht allein in einem Zimmer zu lassen.

Irgendwo rumste etwas. Luke und ich sahen uns an, dann schauten wir zu der einzigen geschlossenen Zimmertür. Das

Geräusch wiederholte sich nicht, dafür war ein gedämpftes Kichern zu hören. Eindeutig weiblich.

»Klingt, als hätte Trev Gesellschaft«, murmelte ich und nahm mir noch etwas vom Rührei.

Luke zog eine Grimasse. »Bin ich froh, dass ich die Nacht über nicht da war.«

»Awww ... Sind dir die Ohrstöpsel ausgegangen, Liebling?«

Er kam nicht mehr dazu, etwas darauf zu erwidern, da in diesem Moment die Tür zu Trevors Zimmer aufging. Heraus kam eine hübsche rothaarige Frau in einem zerknitterten schwarzen Kleid. Als sie uns bemerkte, nahmen ihre Wangen die gleiche Farbe wie ihr Haar an. Luke hob grüßend die Hand, als wäre das ein alltäglicher Anblick für ihn, und ich warf der Fremden ein Lächeln zu. Sie wirkte jung, vermutlich ein Freshman, die nichts davon ahnte, dass sie in die Höhle des Löwen spaziert war. Oder vielmehr *der* Löwen, denn Trevor war nur wenig besser als Luke, was seinen Verschleiß an Frauen betraf. Aber wenigstens war er wählerischer.

Trevor folgte ihr. Im Gegensatz zu Luke war er bereits vollständig angezogen – Jeans, legeres Hemd, blankpolierte Schuhe. In dem Aufzug wirkte er sogar mit dem dunklen Bart ganz wie der Business- und Managementstudent. Trevor begrüßte uns mit einem knappen Nicken, dann führte er seine ... Freundin zur Tür, um sich dort von ihr zu verabschieden. Eines musste man ihm und Luke lassen – die Mädchen, die sie um den Finger wickelten, waren allesamt bildhübsch. Wenn ich mich nicht irrte, trat eine von Lukes alten Flammen, die noch Monate nach ihrer einzigen gemeinsamen Nacht wie eine Klette an ihm geklebt hatte, jetzt sogar bei der neuesten Staffel von *America's Next Topmodel* an. Wie hieß sie noch gleich? Lizzy? Lilly? Egal. Hoffentlich flog sie beim entscheidenden Catwalk auf die Nase.

Trevor kehrte allein zurück, warf einen Blick auf unser Frühstück und steuerte die Kaffeemaschine an. »Was hat er diesmal angestellt?«

»Mit Amanda Leeroy geschlafen. Aus unserem Literaturkurs.«

Trevor betrachtete mich einen Moment lang nachdenklich. »Die Hübsche mit den Locken?«

Ich nickte. »Sie hat um halb sieben gegen unsere Tür gehämmert.«

»Autsch. Lebt sie noch?«

»Oh, *ich* habe sie am Leben gelassen. Für alles, was passiert ist, nachdem ich gegangen bin, übernehme ich keine Verantwortung.« Aber ich würde Tate ein gutes Alibi liefern.

»Ich bin überrascht, dass du Luke am Leben gelassen hast.« Trevor prostete mir mit seiner Tasse zu und trank einen Schluck von seinem Kaffee. »Du wirst doch wohl nicht weich, Elle?«

Ich betrachtete Luke einen Moment lang von der Seite und zuckte dann mit den Schultern. »Vielleicht brauche ich ihn noch. Und falls nicht, kann ich ihm später immer noch die Eier abschneiden.«

»Hey!«, protestierte er neben mir, doch seine Stimme ging im Refrain von *Down & Dirty* von Little Mix unter, der aus meinem Handy schallte.

Überrascht zog ich das Smartphone aus meiner hinteren Hosentasche und starrte auf das Display. Der Klingelton war bereits ein eindeutiges Indiz, aber das Foto meiner Schwester vertrieb jegliche Zweifel. Sadie.

Mein Magen zog sich vor Schreck zusammen. Ich drehte mich auf dem Hocker um, bis ich den Jungs den Rücken zuwandte, erst dann ging ich ran. »Wer ist tot?«

»Was?«, ertönte Sadies überraschte Stimme. Sie klang noch

genauso wie früher, obwohl unser letztes Gespräch eine Ewigkeit her war. »Warum soll jemand tot sein?«

Plötzlich spürte ich etwas Warmes in meinem Rücken, und der vertraute Geruch nach Sonne und Meer stieg mir in die Nase. Lukes Stimme war dicht an meinem Ohr. »Du hast *diesen* Klingelton für deine Schwester eingestellt? Erzähl mir alles.«

Ich rammte ihm meinen Ellenbogen in die Rippen, und er zuckte zurück. Darauf, dass ich für alle meine wichtigen Kontakte einen passenden Song auswählte, musste er gar nicht erst herumreiten. Nicht, wenn ich seinen Klingelton alle paar Monate änderte, nachdem sich Luke eine neue Aktion wie heute Morgen geleistet hatte.

»Wer war das?«, fragte Sadie am anderen Ende der Leitung. Dafür, dass sie ein Jahr älter war als ich, klang sie viel zu sehr wie eine neugierige kleine Schwester.

»Niemand.« Ich räusperte mich. »Und irgendjemand muss tot sein, weil ich mir keinen anderen Grund vorstellen kann, warum du anrufst.«

Sie prustete los. Jedes andere Mitglied unserer Familie hätte bei dieser Aussage empört nach Luft geschnappt oder missbilligend die Brauen hochgezogen, wie Mom es immer zu tun pflegte, aber Sadie und ich waren schon immer auf einer Wellenlänge gewesen, ganz besonders, was den trockenen Humor anging.

»Das gilt aber auch für dich, Schwesterchen«, konterte sie. »Du hast ewig nichts mehr von dir hören lassen.«

»Ich weiß … Tut mir leid.« Sofort meldete sich mein schlechtes Gewissen, und ich biss mir auf die Unterlippe. »In den Sommerferien war ich mit Freunden unterwegs, und während des Semesters habe ich eine Million Kurse.«

Was in Anbetracht der Hausaufgaben, die wir so manches Mal aufgedrückt bekamen, nicht mal übertrieben war.

»Schon gut. Und du kannst ganz beruhigt sein: Ich rufe nicht an, weil jemand gestorben ist. Im Gegenteil.«

Ich setzte mich abrupt auf. Vergessen waren die Jungs, die jedes Wort dieses Gesprächs mit anhören konnten. »Du bist schwanger?«

»Was? Nein! Gott …« Sadie kicherte, als wäre diese Vorstellung völlig absurd. »Aber ich bin verlobt.«

Hätte ich noch meine Kaffeetasse in der Hand gehalten, hätte ich sie in dieser Sekunde fallen lassen. Sadie war *verlobt*? Bis zu diesem Moment hatte ich nicht einmal gewusst, dass sie einen Freund hatte. Und jetzt wollte sich meine gerade mal ein Jahr ältere Schwester für den Rest ihres Lebens an einen Mann binden? Waren Mom und Brianna als Beispiele dafür, wie das enden konnte, etwa nicht abschreckend genug?

»Elle …?« Sadie klang besorgt.

Ich blinzelte. »Herzlichen Glückwunsch«, brachte ich heraus und zwang etwas Fröhlichkeit in meine Stimme. Für einen Moment bereute ich es, mich nicht für Theaterwissenschaften als mein Hauptfach entschieden zu haben, sondern für Journalismus. Dann würde ich jetzt vielleicht etwas glaubhafter klingen.

»Danke.« Sie zögerte. »Die Einladung zur Verlobungsfeier hast du doch bekommen, oder? Ich habe nichts von dir gehört, aber wir würden uns wirklich sehr freuen, wenn du auch kommst.«

Ich schluckte. In einer Schublade meines Schreibtisches lag ein Umschlag mit Prägung und meiner Adresse in geschwungener Schrift auf hochwertigem Papier. Ich hatte ihn schon vor Wochen erhalten, aber nicht geöffnet, da ich ihn nur für eine von Moms Einladungen zu irgendeiner Party oder Charityveranstaltung hielt. Nichts, bei dem meine Familie mich tatsächlich dabeihaben wollte. Doch jetzt wusste ich es besser.

Und obwohl ich es bereits ahnte, musste ich die nächste Frage einfach stellen. Vielleicht, weil ich eine Masochistin war. »Wo findet sie statt?«

»Bei Mom und Dad. Es wird eine Gartenparty.«

Inzwischen hämmerte mein Herz so sehr, dass es wehtat und das bisschen Rührei mit Speck, das ich gegessen hatte, lag mir schwer im Magen.

Zurück nach Hause. Konnte ich das wirklich tun? Konnte ich zurück in das Haus gehen, in dem man mich nie wieder hatte sehen wollen? Sadie wusste nichts davon, und wenn, dann kannte sie nur Moms verzerrte Version der Wahrheit. Ich hatte ihr nie gesagt, was an jenem Abend wirklich geschehen war, weil ich keinen Keil zwischen sie und unsere Eltern treiben wollte. Und erst viel später war mir klargeworden, dass mein Schweigen und die lange Abwesenheit dieselbe Wirkung auf Sadie und mich gehabt hatte. Wir telefonierten nicht mehr miteinander, erzählten uns nicht mehr alles wie früher. Ich hatte schon seit einer ganzen Weile das Gefühl, als würde sie mir entgleiten, und jetzt nicht zu ihrer Verlobungsfeier zu kommen, würde das Band zwischen uns endgültig zerreißen.

»Möchtest du …«, sie hielt kurz inne, nur um mit festerer Stimme fortzufahren: »Ich würde mich riesig freuen, wenn du eine meiner Brautjungfern wärst, Elle.«

Sie klang so hoffnungsvoll, und ich war nicht kaltherzig genug, um ihr eine Absage zu erteilen. Auch wenn das unweigerlich bedeutete, nach Hause zurückzukehren und mich meiner Mutter stellen zu müssen.

»Sehr gerne«, brachte ich heiser hervor. »Und ja, natürlich komme ich zur Feier.«

»Wirklich? Oh, das ist super! Ich freue mich ja so! Dann reserviere ich zwei Plätze für dich und deinen Freund. Ich kann es gar nicht erwarten, Luke endlich kennenzulernen.«

»Luke?«, wiederholte ich verwirrt. Im selben Moment nahm ich eine Bewegung aus dem Augenwinkel wahr. Luke hatte seinen Namen gehört und sah fragend zu mir rüber.

Oh, verdammt.

Im ersten Semester hatte ich ihn als Ausrede benutzt, um Sadie nicht die Wahrheit darüber sagen zu müssen, warum ich an Thanksgiving und Weihnachten nicht mehr nach Hause kam. Ich hätte wissen müssen, dass mich diese Lüge eines Tages einholen und mir in den Hintern beißen würde.

»Oh … ähm … also … d-das ist nicht nötig«, stammelte ich. »Wir sind … nicht mehr zusammen.« Noch während ich die Worte aussprach, schlug ich mir mit der Faust lautlos gegen die Stirn. *Nicht mehr zusammen?* Echt jetzt? Etwas Besseres konnte mir nicht einfallen?

»Was? Oh nein.« Sadie klang ehrlich bestürzt. »Das tut mir so leid für dich, Elle. Aber wenn du vielleicht jemand anderen mitbringen möch…«

»Nein, schon gut. Wir sehen uns nächstes Wochenende, ja?« Besser, ich würgte sie jetzt ab, bevor sie ihr Mitleid über meine imaginäre Trennung über mir ausschütten konnte. Sadie war schon immer so verdammt empathisch gewesen.

»Na gut, aber wenn du reden willst, bin ich für dich da.« Sie klang so ehrlich, so mitfühlend, dass sich mein Magen schmerzhaft verkrampfte. »Ich freue mich schon auf nächstes Wochenende. Bis dann!«

Nachdem sie aufgelegt hatte, starrte ich so lange auf das Display, bis es dunkel wurde. Eine Verlobung. Wusste sie überhaupt, worauf sie sich da einließ? In unserer Familie nahm man den Bund fürs Leben wörtlich. Eine Scheidung hatte es in den letzten vier Generationen nicht mehr gegeben, und damals auch nur, weil Ururgroßtante Tori den Verstand verloren hatte und weggesperrt worden war. Ein dunkler Fleck in unserem

Stammbaum, über den niemand sprach. Wahrscheinlich genauso wenig wie über mich.

Ich drehte mich wieder auf dem Hocker um – und blickte geradewegs in Lukes Gesicht. Von Trevor war keine Spur mehr zu sehen. Anders als Luke hatte er sich höflich zurückgezogen, während ich telefonierte.

Fragend hob er die Brauen. »Willst du mir vielleicht irgendetwas sagen?«

»Nein.« Ich schob das Handy zurück in meine Hosentasche und griff nach meiner Gabel. Der Appetit war mir vergangen, aber das hieß nicht, dass ich mir ein Frühstück bei Luke entgehen ließ. Nicht einmal dann, wenn es nur noch lauwarm war und ich es herunterwürgen musste.

»Wir haben uns also getrennt, ja?« Lukes Mundwinkel zuckten verdächtig. »Ich wusste nicht mal, dass wir ein Paar waren.«

Ich verdrehte die Augen. »Es ist kompliziert.«

»Oh, ist das unser neuer Beziehungsstatus bei Facebook? *Es ist kompliziert?*«

Statt einer Antwort pikste ich ihm mit der Gabel in den Arm.

»Autsch.« Gespielt verzog er das Gesicht vor Schmerz und rieb sich über die Stelle. »Eindeutig kompliziert.«

Gegen meinen Willen musste ich lachen und vergaß für einen kurzen Moment sogar diesen Anruf und was er für mich bedeutete. »Als ob ich mich je auf jemanden wie dich einlassen würde.«

»Oh, insgeheim träumst du davon.« Gut gelaunt trank er seinen Kaffee aus. »Du weißt es, ich weiß es, und der Rest der Welt weiß es auch.«

»Kennt dein Ego überhaupt keine Grenzen?«

»Nein.« Er grinste. »Sollte es?«